중국소설과 생태적 상상력

정선경 지음

지은이

정선경 鄭宣景, Jung Sun-kyung

이화여자대학교 중어중문학과를 졸업하고 연세대학교 대학원에서 문학박사학위를 받았다. 북경대학교 중문연구소에서 연구학자를 역임하고 이화여자대학교 이화인문과학원을 거쳐 중어중문학과 부교수로 재직하고 있다. 중국 고전소설과 문화, 동아시아 서사문학과 지식장의 전환, 동아시아 비교문학 및 문화에 관심을 가지고 연구하고 있으며, 최근에는 생명과 생태의 관점에서 중국서사를 다시 읽고 해석하는 시도를 하고 있다. 다수의 연구논문을 발표했고, 저서로는 『神仙的時空』(북경, 2007), 『중국 고전소설 및 희곡 연구자료 총집』(공저, 2012), 『교류와 소통의 동아시아』(공저, 2013), 『중국고전을 읽다』(공저, 2015), 『동아시아 근대 지식과 번역의 지형』(공저, 2015), 『근대 지식과 저널리즘』(공저, 2016), 『동아시아 지식네트워크와 근대 지식인』(공저, 2017), 『중국소설과 지식의 조우-근대전환기 문학장의 재발견』(2017, 2018 세종도서 학술부문 우수도서), 역서로는 『중국현대문학발전사』(공역, 2015) 등이 있다.

중국소설과 생태적 상상력

초판인쇄 2022년 10월 10일 **초판발행** 2022년 10월 20일
지은이 정선경 **펴낸이** 박성모 **펴낸곳** 소명출판 **출판등록** 제1998-000017호
주소 06641 서울시 서초구 사임당로14길 15 서광빌딩 2층
전화 02-585-7840 **팩스** 02-585-7848
전자우편 somyungbooks@daum.net **홈페이지** www.somyong.co.kr

값 26,000원 ⓒ 정선경, 2022
ISBN 979-11-5905-732-8 93820

중국소설과
생태적 상상력

The Ecological Imagination in Chinese Narratives

정선경 지음

책머리에

중국소설 중에는 생태적 상상력이 풍성하게 드리워진 작품이 많다. 그러나 생태문학에 관한 연구는 주로 현·당대문학 및 문화 연구의 영역에서 다루어져 왔고, 전근대 문학에서는 도연명, 이백 등의 시가 연구와 노장 사상 연구에 편중되어 왔다. 고전소설 분야에서 생태학적 비평과 연관한 전문적인 학술 성과물을 찾기는 쉽지 않다. 이 책은 고전소설과 생태비평의 접합을 시도해 보려는 학문적 열정에서 시작되었다.

생태문학 창작과 비평에 대한 관심이 고조되고 있는 현 시점에서, 인간과 자연의 관계를 근본적으로 성찰하여 공생공존에 대한 인문학적 대안과 그 가능성을 탐색해 보고자 했다. 생태적 상상력의 관점에서 인간 삶과 세계의 관계를 재해석하려는 중국 생태문학의 뿌리찾기를 시도한다. 과학기술의 발전으로 증폭된 인간 소외의 문제에 대해 인간과 자연의 관계를 재성찰하면서 상생적 방안을 찾기 위한 시의적인 모색이 될 것이다.

이 책은 저자가 최근 몇 년 동안 꾸준히 천착해 온 연구 주제를 중심으로 기획에 맞게 새롭게 집필하여 출판하게 되었다. 여기에 실린 글들은 저자가 최근 고민해 오던 문제의식을 온전히 드러내고 있으며 동일한 맥락에서 이해할 수 있는 이전의 글 한 편도 전면 수정하고 가다듬어 함께 담아냈다. 일관된 문제의식을 가지고 책으로 엮기 위해 다시 써서 개편하고 보완하며 가독성 있게 수정하다 보니 토대로 했던 논문과 상이해진 부분이 적지 않다. 관련된 자료를 확인하기 위해서는 초출일람에 밝혀 놓은 출전을 참고하는 것이 좋을 듯하다.

이 책에는 의욕만 앞선 저자의 학문적 미숙함 때문에 편향된 이해와 오류도 적지 않을 것이다. 아직 공부해야 할 부분이 많은데 출판하려니 부끄러움이 앞선다. 설익은 시도일지언정 오래되어 은폐된 것들을 꺼내어 마름질하고 동양 고유의 지적 가치를 환기시키고자 했다. 이러한 작업은 미래지향적인 담론을 조망하려는 중간 과정이라고 너그러이 봐주시면 좋을 듯하다. 이에 대한 긍정적인 혹은 비판적인 평가 모두 학계의 발전에 기여할 수 있기를 간절히 소망해 본다.

어려운 상황에서도 출판을 결정해 주신 소명출판의 박성모 사장님, 출판 일정을 조율해 주신 공홍 편집장님, 글을 예쁘게 매만져 주신 조혜민 씨께 감사의 인사를 전한다. 거친 논의들이 모양새를 갖추어 빛을 보게 되었으니 감사한 마음뿐이다.

선학들의 훌륭한 연구 성과와 공로는 일일이 이루 다 언급할 수 없다. 은사님들의 귀한 가르침과 독려, 학문에 대한 고민을 함께 나누는 동료 연구자들의 조언과 질책 위에서 이 연구가 세상에 탄생할 수 있었으니 그 감사한 이름들에 누를 끼치지 않기만을 바란다. 끝으로 학문의 길을 걸어갈 수 있도록 든든한 지원과 격려를 아끼지 않으신 사랑하는 부모님과 가족에게 특별히 고맙고 감사한 마음을 전한다. 가장 가까이에서 보내주시는 변함없는 지지는 내 삶의 원동력이다. 지난한 학문적 여정에 묵묵히 동반해 주시니 감사함만 남는다.

2022년 8월

梨花의 인문관에서

저자 삼가 씀

차례

'관계'의 서사학으로 중국소설 읽기

이 책은 인문학과 과학의 통합 가능성에 대한 현시대의 문제의식을 염두에 두고 인간과 세계의 관계적 패러다임에 주목했다. 관습적이고 획일화된 연구에서 벗어나 중국소설을 새롭게 재해석해서 인간과 비인간에 대한 지식체계의 허구성과 진실성을 통찰하여 21세기 미래지향적인 인문지식을 모색하고자 했다.

협소한 인간중심주의에서 벗어나 인간과 동/식물, 인간과 만물의 생명과 그 관계의 서사성에 대해 살펴보고자 한다. 인간과 자연을 이분법적으로 분리했던 서구의 근대적 사유방식과 달리 동양 고유의 서사에서 보여지는 생명의 상호의존성, 상호역동적 과정과 의미를 탐색할 것이다. 동양 고유의 서사적 상상력과 생태적 사유에 관해 고찰하면서 근대휴머니즘에 대한 비판적 성찰을 시도하고 고전에서 현대로 변통될 수 있는 생태적 가치관과 인식의 전환을 모색하려 한다.

먼저 이 책에서 다루는 중국소설이라는 용어의 범위에 관해서 언급해야 할 것이다. 중국학계에서 일반적으로 루신魯迅의 『광인일기狂人日記』1918가 발표된 이후의 문학을 현대문학이라는 용어로 따로 구분하기 때문에 여기에서 이야기하는 중국소설은 그 이전까지의 작품을 말한다. 단 연구의 범위는 이 책의 기획 의도에 맞춰 중국소설의 상상력이 생태적 관점에서 어떻게 재현되고 변용되었는지 고대의 글쓰기부터 현대사회에 미친 영향력까지 포함했다.

학계에서 통용되는 고전문학의 시기적 범위가 신화전설의 시대부터 20세기 초까지 상당히 광범위하기에 중국소설이라는 용어가 내포하는 성격이나 의미가 획일화될 수 없음은 자명한 노릇이다. 소설의 개념이나 범위, 정체성에 대한 담론과 비평이 다채롭게 시도되었던 것도 이상할 리 없다. 자국 내에서조차 유교 이데올로기와 실록 사상에 대립된다는 이유로 자신의 위상에 걸맞는 합당한 평가를 받지 못했고, 근대시기에는 서구에서 유입된 과학주의 사고관과 이성주의 사조에 의해 폄하되기 일쑤였다.[1]

중국소설은 참으로 많은 부침을 겪어왔다. 개념과 범위에 관한 논쟁부터 정체성과 위상에 대한 평가에 이르기까지 많은 논자들의 비평의 대상이 되었다. 이것은 크게 중국 내부의 자체적인 요인과 외래에서 유입된 요인에서부터 살펴볼 수 있다. 먼저 내부적인 특수성을 살펴본다면, 수천 년 동안 역사서와 철학서에 정통성을 부여해온 중국에서 허구를 담아낸 소설은 태생부터 현란한 부침이 예고되었던 것인지도 모른다. 전통적인 지식 체계 안에서 학술문화 전반을 평가하는 가장 중요한 비평기준은 실록 관념과 유교 사상이었다. 중국의 전통적인 문헌 분류방식은 경학서, 역사서, 철학서, 문학서의 사부四部 분류법이다. 실록 관념과 유교 사상을

---

1 정재서는 일찍이 오리엔탈리즘과 중화주의에 대한 문제의식을 중국소설비평에 적용시켜 문화론적 차원에서 분석해 낸 바 있다(정재서, 『동양적인 것의 슬픔』, 살림, 1996 참조). 그 밖에 중국소설의 개념과 전개에 관한 총합적인 논의는 중국소설연구회 편, 『중국소설사의 이해』(학고방, 1997)를 참조할 것.

지지하는 전통 지식인들의 굳건한 신뢰는 소설을 시대에 따라 역사서인 사부史部에 포함시키기도 했고 철학서인 자부子部에 귀속시키기도 했다. 소설의 정체성은 왕조의 정통성 강화와 정치 이데올로기의 성쇠에 따라 부침을 반복했다. 학술문화를 평가하는 두 가지 주요한 척도는 신문학이 형성될 때까지 중국문학사와 비평사에서 막강한 힘을 발휘했다. 유교 이데올로기와 실록우월주의라는 중국적 특수성은 수천 년 중국사를 통사적으로 관통하면서 소설을 끊임없이 주변적인 것으로 소외시켜 왔다. 제도권 밖으로 밀려났던 소설 작가들은 비공개적인 방법으로 작품을 창작했고, 독자들은 은밀하게 향유하면서 인간과 세계의 관계를 탐색했다.

외래적인 요인으로는 근대 시기 이후 새롭게 유입된 과학주의와 이성주의에 대한 맹신에서 비롯되었다. 서구 신지식과 신문화는 빠르게 전파되었고 이들은 중국 고유의 학술문화적 가치와 충돌하면서 전통적인 지식체계를 붕괴시켰다. 새로운 학술사조는 전통적인 것을 미개하고 낙후된 산물로 규정하고 그것의 위상을 폄하시켰다. 인간과 신이 교제하고, 인간도 신도 아닌 신선들이 등장하며, 인간 아닌 존재들이 서사를 이끌어가는 중국소설을 과거 속에 정체된 흔적쯤으로 은폐시켜 버렸다. 이성과 과학으로 설명할 수 없는 중국소설의 상상력은 진화론적 관점에서 발전하지 못한 비이성적인 산물이라는 것이다. 전통적인 것에 대한 폄하는 계몽과 구국이라는 이름으로 사회 전반에 변화와 개혁을 추진하던 과정에서 나온 것이었지만 중국소설의 예술미학적 특징을 객관적으로 조망할 수 없었던 연구방법론의 부재와 관련있음을 언급하지 않을 수 없다. 돌이켜 본다면 동아시아의 전통지식이 해체되고 재구성되던 격동기에 서구 학술사조에 대한 맹신이 초래했던 그늘진 역사에서의 교훈도 어떻게 소설을 읽을까라는 본질적인 문제로 귀결된다. 연구방법론의 진지한 모색이 더 없이 중요하다.

중국소설은 현대인의 이성적인 사고방식으로 접근하기 어려운 상상력의 보고이다. 『산해경山海經』, 『회남자淮南子』, 『열자列子』, 『장자莊子』 등 각종 서적에 흩어져 존재했던 단편적인 기록들은 지리박물적인 특징과 역사 서사적인 특징이 혼재되어 있었고 나아가 신선사상 및 샤머니즘과 연결되어 있었다. 초기 서사의 특징을 살펴보면 민속학, 지리학, 인류학, 풍속학, 역사학 등이 종합적으로 기술된 혼종적 성격을 지닌다. 호응린胡應麟이 『소실산방필총少室山房筆叢』에서 『산해경』의 성격을 괴이함의 원조라고 지적했던 것처럼, 우리 안에 내재한 억눌리고 은폐된 비일상적 자아가 일상과 마주하면서 은밀하게 표출되는 언술체계였다. 초기 서사는 동양 고유의 상상력이 원초적인 무의식과 결합하여 빚어낸 산물이라고 할 수 있다. 철학서 『장자』는 불안했던 전국시대의 혼란과 절망 속에서 인간의 자유를 갈망했다. 현실적 죽음을 뛰어넘어 인간의 생명을 우주자연과 만물의 질서에서 규명하고자 했다. 자유롭고 초월적인 존재로서의 인간은 천지를 생성하고 변화시켜 나아가는 자연의 일부이다. 생명을 있는 그대로의 모습으로 환원시키려는 철학적 사고를 비유와 해학을 곁들인 상상력으로 녹여냈다. 『장자』의 우언寓言은 소설의 낭만성을 자극하면서 자연과 하나되는 절대 자유의 경지를 상상케 해 준다.

내란과 외란으로 정치 사회 전반이 불안정했던 위진남북조 시기에 소설의 작가들은 초자연적인 기이한 현상이나 능력 속에서 진실성을 찾고자 했다. 사학가였던 간보干寶는 음양술수를 좋아하여 귀신이 실재한다고 여겼다. 기이한 사건이나 인물을 두루 수집하면서 사실로 믿고 기록한 것이 지괴의 대표작『수신기搜神記』이다. 오늘날의 관점에서 보았을 때 서사의 구성이나 인물의 성격 묘사가 온전치 못하지만 후대 소설의 전개와 상상력을 재현하는 방면에서 큰 영향을 미쳤다. 도·불교의 환상적 색채와 고대인들의 상상력은 시간을 재구성하고 공간을 재배치하면서 현실적 한계를 초월하고픈 인간의 욕망을 담아냈다. 변신 이야기, 반인반수의 신이한 존재, 인성과 신성이 결합된 초현실적인 내용들은 위진남북조 지괴와 당대 전기를 거치면서 중국 고유의 독특한 문화사회적 산물로 창출되어 삶의 경험을 반영했다. 과거제도의 시행으로 행권, 온권이 유행했던 당대에는 의식적인 창작 속에 허구미를 녹여냈다. 사건을 서술하고 인간의 감정을 포착하는 데에서 전대의 거친 묘사와 달리 구성이 치밀해지고 수준 높은 예술적 특징을 보여주었다.

　시민사회의 형성과 자본주의 경제의 급격한 발전 속에서 지괴와 전기의 계보적 맥락을 잇는『요재지이聊齋誌異』가 탄생했다. 청대 문언단편소설의 최고봉으로 평가받는『요재지이』의 이야기들은 신선, 귀신, 동물, 식물의 정령들을 인간의 삶 속으로 불러들였다. 평생을 과거 응시생으로 보내야 했던 포송령蒲松齡은 치밀한 서사적 구성과 생동적인 인물 묘사 속에 과거제도의 모순, 봉건예교에 대한 저항, 인간 세상의 불평등과 비리를 담았다. 현실과 초현실이 중첩되는 서사예술적 코드를 통해서 인간과 동/식물의 관계를 낭만적으로 재구성했다. 이 책은『장자』에서부터『요재지이』를 거쳐 현대적 변용에 이르기까지 고대의 상상력이 어떻게 작동하고 재생산되는지 살필 수 있다.

중국소설은 관습화된 세상에서 벗어나는 방식으로 인간과 타자의 관계를 역동적으로 담아낸다. 산 자와 죽은 자의 사랑, 죽음을 초월한 신선, 인간과 동식물의 교류에 관한 이야기들은 선험적인 틀에 갇힌 우리의 시야를 확장시켜 준다. 문화적인 속박에서 벗어나 결핍된 것을 가시화해 준다. 보편적인 사회 규범과 현실 질서에 억눌려온 자아를 해방시켜 일탈의 즐거움을 향유하게 해 준다. 현실세계에 초현실적 요소를 배치하고 초현실적 세계에 현실적 요소를 접합시키며 탄력적인 방식으로 관계를 맺는다. 관계를 생성하고 확장하는 과정에서 우리 안에 내재된 욕망을 거침없이 담아낸다.

삶과 죽음, 인간과 비인간, 현실과 초현실이 대립하고 화합하면서 변주의 틈새에서 발생하는 관계의 문제는 중국소설을 이해하는 중요한 초석이 된다. 개체 사이에서 발생하는 관계는 양자의 경계를 가로지르며 무언가를 생성하고 소멸시킨다. 우주만물의 도에 따라 서로 얽혀있는 자아와 타자의 관계는 고착화된 특정한 실체가 아니기에 끊임없이 유동하고 변화한다. 서로 다른 개체들이 갈등하고 부대끼며 조화와 균형을 찾아가는 과정에서, 관계는 기존의 것을 재편하고 새로운 관계를 낳는다. 이것과 저것이 유기적으로 연결되어 있는 동양 전통의 관계적 철학 속에는 우주자연의 생명의식이 뿌리깊게 자리하고 있다. 개체가 생성되고 소멸되는 과정에서 드러나는 생명의 가치와 의미는 모두 관계의 맥락에서 비롯된다.

이 책은 바로 중국소설 연구에서 '관계성'에 주목한다. 지구 위의 만물이 상호 관련되어 있는 것으로 파악하는 생태비평은 인간과 그 주변과의 관계를 탐색하는 데에서 시작한다. 셰럴 그롯펠티Cheryll Glotfelty가 지적했듯이 생태비평이란 문학과 물리적 환경 사이의 관계에 관한 연구이다. 그렉 개러드Greg Garrard의 언급처럼 인간이라는 용어 그 자체의 문화적 분석으로 이어진 인간과 비인간의 관계에 관한 연구이다.[2] 이 책은 생태비평의 관점에서 중국 고유의 생명의식이 상징적으로 포착되는 인간과 비인간의 관계에 대한 연구라고 할 수 있다.

중국소설 속 자아와 세계의 관계는 인간과 비인간의 대결과 화해로 표면화된다. 관계가 생성되고 굴절되며 확장되는 양상들은 인간과 비인간의 대립과 갈등, 교류와 소통, 타자로의 변신 등으로 구체화된다. 인간, 신, 신선, 귀신, 동물, 식물, 사물 등은 단절된 경계를 무력화시키며 서로 교류하고 소통한다. 인간이 동식물로 변신하고 동식물이 인간으로 변신하는 이야기들은 서로의 세계에 개입하여 간섭하고 연대되어 있다는 관계적 맥락 안에서 본질적인 의미를 파악할 수 있다. 가변적 세계관 속에서 생명의 존재방식과 다원성, 상보적인 삶의 의미와 공존의 가치를 재발견 할 수 있다. 인간의 자기중심적 사고방식에서 벗어나 인간을 자연의 일부로, 자연을 생명의 질서로 간주하는 생태적 상상력 속에서 결핍된 자아는 다양한 삶을 경험하고 이상 세계와 조화를 꿈꿀 수 있다. 존재의 가치와 의미는 본질적으로 관계의 맥락에서 탐색할 수 있기 때문이다.

인간과 비인간의 관계를 중심으로 생태비평의 개념을 적용해서 문학적 재현 양상과 의미, 문화적 변용 및 시의성에 대해 천착하는 것은 중국소설의 특수성을 이해하고 미래지향적인 담론의 장을 펼치려는 노력이다. 본 연구에서 생태적 상상력이란 인간과 비인간적 존재가 상호 관련되어

---

2   그렉 개러드, 강규한 역, 『생태비평』, 서울대 출판문화원, 2014, 13·15쪽.

영향을 주고받는 관계임을 긍정하려는 사고방식이며, 기존의 문학비평이 상실한 책임의식을 회복하면서 지속가능한 발전을 고민하고 대안을 모색하려는 시도를 포함한다. 생태적 상상력의 관점에서 인간과 자연이 시대마다 어떻게 이해되고 어떻게 생명의 균형을 이루어왔는지 그 관계맺음에 대한 탐색은 중국소설의 서사예술적 성취를 창조적으로 재해석할 뿐아니라 미래지향적인 인문학적 가치를 창출하는 토대가 될 수 있다.

이 책은 크게 세 부분으로 나뉜다. 저자의 문제의식이 정연하게 드러날 수 있도록 작품의 시대별 흐름을 기저에 두고 주제별로 세분화하는 방식으로 구성했다. 제1부는 고대 서사의 글쓰기에 내재한 자연과 생명력의 관계를 살펴보면서 중국 고유의 사상철학적 토대를 논의하고자 했다. 제2부는 문언소설의 최고봉으로 평가되는 『요재지이』를 중심으로 생태적 상상력이 어떻게 문학적으로 재현되었는지 탐색하고자 했다. 제3부는 고대의 상상력이 현대 문화컨텐츠의 방면에서 어떻게 변용 및 적용되었는지 다루면서 우리의 책임의식과 미래 지향적인 시사점을 규명하고자 했다.

먼저 제1부는 중국소설을 바라보는 출발점으로서 '생명의 글쓰기와 서사적 상상력'이라는 제목으로 구성했다. 동양 고유의 세계관과 생명의식을 포괄하여 총체적인 이해를 시도하려는 부분이다. 먼저 「장자의 글쓰기와 생명의식」은 중국문학 및 문화에서 생태적 사유 형성에 광범위하고 근원적인 영향을 미쳤던 『장자』의 글쓰기에 주목하여 인간과 세계의 관계에 대해 탐색하는 토대로 삼고자 했다. 「신선설화의 글쓰기와 자연에 대한 메타독법」은 도교문학인 신선설화를 읽는 하나의 방법을 제안하려는 시도이다. 이 두 편의 글은 고대의 글쓰기를 통해서 상상적 자원이 어떻게 문학 작품을 창작하고 어떻게 고대인들의 지식과 소통할 수 있는지 유기적인 관점에서 의미를 분석하고자 했다. 『장자』의 글쓰기는 인간중심적 사유에서 벗어나 타자와 유기적인 관계 속에서 생명의식을 성찰하게 해 준다. 신선설화의 글쓰기는 자연의 무궁한 생명력에 동화하고픈 인간 본연의 욕망을 문학적 상상력으로 형상화했다. 신비롭지만 비과학적인 옛이야기를 들춰보는 것이 아니라 생명 철학과 상상력의 결합 속에서 본원적 의미를 이끌어내는 작업이 된다. 상상력의 관점에서 자연과 생명의 관계를 재해석하는 것은 일종의 현상학적 차원의 논증을 넘어서 생명의 외연을 넓히려는 시도이자 상호 공존의 원리를 제시하려는 과정이다. 동양 고유의 지적 전통과 생명철학적 사유는 『장자』와 신선설화에 어떻게 투영되어 있는지 연계적으로 고찰할 수 있으며, 제도와 이데올로기 사이에서 어떻게 주변화되었는지 살펴볼 수 있다.

　「『열선전』·『신선전』의 수련자와 자연의 생명력」 및 「『태평광기』의 환상성과 죽음 너머의 존재들」에서는 위진남북조와 당송 시기에 생태적 상상력이 문학적으로 재현되는 과정을 살필 수 있다. 생명을 연장하고 영생을 추구했던 수련자들과 자연의 관계를 살펴봄으로써 신선되기란 인간이 자연의 영원성에 합일하려는 자기 초월의 욕망과 의지의 결과물이었음을 확인할 수 있다. 신선은 자연의 질서를 거스르려는 개인적 탐욕이라기보다 우주자연의 도에 합일하려는 간절함이 생명 중심적인 실천으로 확장해 나간 존재이기 때문이다. 신선되기는 단순히 육체의 생명 연장만을 추구한 것이 아니라 영혼의 해방과 자유를 갈망하는 여정이다. 생명 중심적 세계관 속에서 당시인들의 욕망과 경험적 지식이 어떠한 지점에서 교차하여 신선이라는 독특한 문화적 산물로 성장해 나갔는지 수련자들의 자세와 태도를 중심으로 분석했다. 또 죽음 너머의 세계가 존재한다고 믿었으며 몸은 사라지지만 영혼은 다른 형태의 삶을 향유한다고 믿었던 삶과 죽음에 대한 고대인들의 생사관을 탐색했다. 현세에서 영원한 삶을 추구했던 사람들은 죽음을 뛰어넘을 수 있는 신선의 존재를 탄생시켰고, 애초부터 죽음과는 무관한 신을 경외했으며, 죽음 이후의 영혼인 귀신을 받들고 찬양했다. 사후 세계에 대한 두려움과 호기심 속에서 죽음은 극복하거나 다스려야 하는 대상이 아니었고 오히려 우주와 세계의 관계를 이해하는 단초가 되었다. 인간이 아닌 불온한 존재들과의 유희는 은폐되어온 내면의 욕망을 어떻게 반추하는지, 리얼리즘에 의해 조각난 것들은 현실의 삶을 어떻게 채워주었는지 살펴볼 수 있다.

제2부는 '『요재지이』의 서사예술과 '관계'의 생태학'이라는 이름으로 묶었다. 『요재지이』는 인간과 대자연의 각종 생물이 소통하는 최고의 생태문학 작품이며 중국 전통의 생태의식을 예술적으로 승화시킨 작품이다. 『요재지이』에 대한 기존의 획일화된 연구방법론에서 벗어나 생태적 상상력의 관점에서 새롭게 접근한 재해석의 성과물이다.

「『요재지이』의 주제의식과 '사이'의 서술미학」은 '사이'의 글쓰기를 통해서 포송령의 삶의 더께와 『요재지이』 서사예술의 관계성을 추적할 수 있다. 이 글은 인간과 이물의 생태적 관계성을 포착하려는, 뒤이은 세 편의 논지를 이해하기 위한 토대이다. 기대와 절망 '사이'에서는 모순으로 가득한 지식인 사회에 대한 고뇌와 개선되기를 바라는 희망을 담았고, 보수와 진보 '사이'에서는 현실과 이상을 타협한 유상儒商의 존재를 긍정적으로 수용했다. 치정과 방종 '사이'에서는 전통 예법에 얽매여 진실한 감정을 배반하는 문인들과 현실 세태에 대한 비판을 담았다. 세상에 대한 분노와 질책을 고분지서 속 '사이' 공간의 의미로 창출해 냄으로써 주제 의식이 어떻게 예술적으로 드리워졌는지 확인할 수 있다. 「『요재지이』의 생태적 세계관과 인간과 이물의 '관계'」는 오늘날 생태비평적인 문제 의식을 기반으로 해서 생태적 세계관의 유형을 분류하고 생명의식의 특징을 살펴본 글이다. 인간과 이물이 관계 맺는 방식에 따른 함축적 의미를 분석해 보고 포송령이 추구했던 생태적 상상력은 어떤 모습으로 재현되었는지 살펴보았다. 이를 통해 인간과 자연의 이원적이고 대립적인 생명의식을 지양하고 생태적 관계 회복을 위한 반성을 시도하고자 했다.

「『요재지이』 변신서사의 양상과 특징」 및 「『수신기』·『요재지이』 변신서사와 '관계'의 생태학」은 변신이라는 매개를 통해서 삶의 주변에서 마주할 수 있는 동식물과의 연대의식을 담았다. 변신은 인간이 이질적인 세계와 의사소통할 수 있는 가능성을 가장 구체적으로 재현해 내는 문학적 장치이다. 인간이 이물이 되고 이물이 인간이 되는 가변적인 세계 속에서 인간과 세계의 관계가 어떻게 구성되고 재편되는지 살펴보았다. 신체의 변화라는 현상학적 표상에 집착하기보다 인간과 세계의 관계맺음을 통해 문자 너머의 본질적인 의미를 파악하는 게 중요하기 때문이다. 변신은 인간과 이물의 대립된 경계를 해체하고 단절된 이항성을 파편화시켜 경험할 수 있는 삶의 영토를 확장시켜 준다. 나와 다른 존재를 소외시키지 않으려는 노력이 변신 서사를 창작하는 동력이 된다. 이러한 점에서 변신 서사는 인간 삶과 현실적 규범의 모순을 무력화시키며 결핍된 것을 위로하는 서사라고 할 수 있다. 또 『요재지이』 변신 서사의 미학적 특징을『수신기』와 비교적인 각도에서 살피면서 서로 다른 시기에 반영된 고대인들의 생태적 세계관을 통시적으로 분석하고자 했다. 생명은 주변 환경과 상호 영향을 주고 받는 유기적인 관계로 얽혀있음을 확인할 수 있다. 관계는 두 가지 이상의 사물이나 현상이 주고받는 상태뿐 아니라 존재 그 자체가 될 수 있다.

제3부는 '영화서사, 에코페미니즘과 생명공동체'라는 주제로 생태적 상상력의 현대적 의의를 풀어냈다. 여기에 실린 두 편의 글은 요괴와 인어라는 중국소설 속 전형적인 모티프를 서사의 중심에 둔 영화를 연구대상으로 했다. 중국 고유의 전통적인 유산들이 어떻게 비판적 문제의식을 이끌어내고 미래지향적인 시사점을 제시하는지 논의하고자 했다.

「영화 〈착요기〉: 문화적 다양성과 생명 존중의 서사」 및 「영화 〈미인어〉: 여성과 자연, 지구환경의 서사」 두 편은 생태인식에 대한 전 지구적 관심이 높아지고 있는 현시점에서 다양한 생명체들의 존재 가치가 불평등하게 인식되는 원인을 살펴보고 실천적인 변화와 태도를 촉구하고자 하는 글이다. 자연과 여성이 타자로서 억압과 차별의 대상이 되어왔다는 공통점에 기반해서 인간과 인간 주변 생명체들 사이의 관계를 다룬다. 자연과 여성에 대한 폭력적 상태를 폭로하고 조화와 균형을 회복하기 위한 노력을 담았다. 우리 안에 내재한 폭력과 억압의 잔재에 대해 고민하고 반성하는 기회가 될 것이다. 차별이 아닌 차이의 특성을 인정하고 서로가 호혜적으로 지탱해 주고 있다는 생태적 관계에 대한 인식의 전환을 촉구한다. 제3부는 고전에서 길어오는 현대적 시의성을 담고자 했다.

고전은 우리에게 다양한 방식으로 말을 건다. 수백 년 전의 언어로 혹은 그 이상의 경험을 축적하여 상징화된 몸짓으로 다가온다. 고전에 담긴 지적 전통과 문화적 자산은 시간이 지날수록 우리에게 겸허함을 가르쳐 준다.

생태적 상상력에 깃든 고유한 가치들에 대해 해석학적 재창조가 이뤄져야 할 것이다. 인간과 자연이 공존할 수 있는 균형있는 절충점을 모색하기 위해서 생명의 가치와 관계맺음에 대해 진지하게 고민해야 한다. 단지 지난 시대의 이상향을 동경하고 흠모하는 것이 아니라 오래된 지혜가 보여주는 근원적인 의미를 되새기고 호혜적 생명의 가치를 부활시키려는 노력이 필요하다. 생태적 상상력 속에 감춰진 인간과 자연의 친화적 상호작용에 대한 연구는 서구문화의 화려함에 가려져 잊혀졌던 동양 고유의 정체성을 발굴하고 재해석하여 미래지향적인 가치를 창출하는 장으로 도약할 수 있다.

물론 중국소설에 깃든 상상력과 21세기 현실의 생태학적 논쟁을 같은 층위에서 논의하기에 서로 어긋난 부분이 적지 않다. 또 이론적인 문제의식과 실천적인 해결 방안이 나란히 나아가기에 여러 가지 한계점이 있는 것도 사실이다. 더욱이 소설을 기록하고 향유하는 주체가 인간인 한 우리의 상상력도 인간중심적 세계관에서 자유롭지 못하다는 점을 기억해야 할 것이다. 다만 이러한 연구방법론은 인간중심의 지적 편견에서 탈피해서 문화적 다양성을 인정하고 지구 위의 생명체가 연대되어 있다는 생명공동체의 입장으로 우리의 인식을 전환시키는 데 도움을 준다. 오늘날 생태 및 환경 문제의 논쟁에서 잊지 말아야 할 근본적인 의미를 되새기고 호혜적 생명의 가치를 부활시키려는 인문학적 노력은 지속가능한 발전 방안을 선택하기 위한 토대가 될 수 있다. 중국소설에서 살피는 생태적 가치관이 오늘의 현실에 직접 적용되기엔 비약적인 면이 없지 않지만 근대 자연과학의 한계성을 뛰어넘어 창조적으로 재해석하는 미래인문학 연구의 한 방법론이 될 수 있다.

우린 모두 관계의 네트워크 속에 공존하고 있다. 우리가 살아 숨쉬는 한 존재의 의미이자 방향성은 관계 안에서 결정된다. 이 책이 피상적인 차원의 논증을 넘어서 인간과 세계의 사회문화적 관계 회복을 위한 지적 토론의 장이 되었으면 하는 바람이다.

제1부

|

생명의 글쓰기와
서사적 상상력

제1장

『장자』의 글쓰기와 생명의식

1. 『장자』와 인문학, '관계'의 문제

장자가 조릉이라는 밤나무밭 울타리 안을 거닐다가 이상한 까치 한 마리가 남쪽에서 날아오는 것을 보았다. 날개의 너비가 일곱 자, 눈의 크기가 한 치나 되었다. 장자의 이마에 스쳤다가 밤나무 숲에 가서 멈췄다. 장자는 "이것은 무슨 새일까? 날개는 커도 높이 날지 못하고 눈이 커도 보지 못하다니!"라고 말한 뒤 아랫도리를 걷어 올리고 재빨리 다가가 활을 쥐고 그 새를 쏘려 했다. 그러다 문득 매미 한 마리가 시원한 나무 그늘에서 제 몸을 잊은 듯 울고 있는 것이 보였다. 바로 곁에는 사마귀 한 마리가 나뭇잎 그늘에 숨어서 이 매미를 잡으려고 정신이 팔려 스스로의 몸을 잊고 있었다. 이상한 까치는 이 기회에 사마귀를 노리면서 거기에 정신이 팔려 제 몸을 잊고 있었다. 장자는 깜짝 놀라서 "아, 모든 사물이란 본래 서로 이어져 있어서 이로움과 해로움은 서로를 불러들이고 있는 거구나!" 하고 말한 뒤 활을 내버리고 도망쳐 나왔다. 밤나무밭지기가 쫓아와 장자가 밤을 훔친 줄 알고 그를 꾸짖었다. 『장자』「산목(山木)」[1]

인문학이 인간을 이해하기 위한 학문이라면 인문학 연구에서 인간과 그 주변의 관계에 대한 탐색은 아주 중요하다. 인간의 모든 언행은 관계에서 비롯되고 의미를 부여받기 때문이다. 자기 스스로 지각할 수 없을 뿐 우리가 보고 듣고 느끼는 모든 대상들은 우리와 관계로 이어져 있다. 인간은 하나의 홑생명으로 존재하면서 동시에 타자와 다층적인 관계망 속에서 살아간다. 생명의 존재는 생성과 소멸이 '관계' 속에서 이루어지기 때문에 각 개체의 생명력은 '관계'라는 구조와 유기적으로 연결되어 있다. 『장자』「산목」에 기록된 예시문처럼, 모든 사물은 서로가 서로를 불러들이며 연계되어 있다.

인간은 생물학적 존재일 뿐 아니라 사회문화적 존재라는 측면에서 끊임없이 타자와 관계를 형성하고 확장시켜 나간다. 우리가 살고 있는 지구 생태계의 생명의식도 인간과 인간, 인간과 비인간의 관계가 밀접하게 연동되어 있다. 인간은 태어나는 순간부터 관계의 메커니즘에서 자유로울 수 없다. 다만 관계는 각 개체 이전에 선험적으로 주어져 있지만 인간은 이러한 관계의 양상이 형성되는 과정에 적극적으로 자유의지를 갖고 개입할 수 있다.[2] 인간은 연대된 사회 속에서 자율적 의지를 가지고 생태계에 개입하며 사회의 질서를 새롭게 창출해 나간다.

데카르트 이후 인간은 이성을 지닌 존재로 지구상 가장 위대한 생명체로 군림했다. 인간의 삶과 행위를 규정하는 절대적 근거가 인간의 내면에 선험적으로 존재하는 인식능력, 즉 이성에 있다는 인간의 자기 발견과 가

---

1 이 책에서 『莊子』의 번역문은 안동림 역주의 『莊子』(현암사, 2014)를 토대로 해서 필자가 부분적으로 표현을 다듬었다.
2 황봉구, 『생명의 정신과 예술 2 – 생명에 관하여』, 서정시학, 2016, 262쪽.

치의 절대화가 이루어졌다.[3] 인간은 인류사회의 발전이라는 명목을 앞세워 근대 자연과학과 기술을 통해서 자연을 파괴하고 착취의 대상으로 여기며 생태계의 질서에 적극 개입했다. 근대화는 고유한 생명가치를 사라지게 한 주요인이 되었다. 이진우의 지적처럼, 서구 계몽주의 사상은 '인간 이성의 무한한 발전에 대한 믿음과 자연에 대한 지배, 그리고 주체와 객체, 나와 타인을 구별하는 보편적 객관주의'라고 할 수 있다.[4] 국가공권력을 내세운 문명화가 가속화되면서 정치·경제 및 사회의 각 분야에서 눈부신 발전을 이룩했지만 동시에 환경, 윤리, 오염, 도덕 등의 방면에서는 지구 생태계를 위협하는 많은 문제를 야기시켰다. 작금의 생태 위기에 대해 동양 고유의 것에서 대안을 모색하려는 활동이 더욱 활발해지는 현시점에서, 인간중심적인 근대적 생명의 이해에서 탈피하여 이에 대해 다시 한번 통합적인 성찰을 하지 않을 수 없다. 서구 이성주의와 과학주의의 영향으로 비합리적이고 비이성적이라고 폄하되던 동양 고대의 글쓰기 속에서 자연과 인간의 유기적이고 상보적 관계를 성찰하려는 관점에 주목할 필요가 있다.

동양의 고대에서 자연은 단순한 물질이나 장소가 아니라 가장 이상적인 존재인 동시에 인간이 닮아가야 할 궁극적인 목표이자 원리였다. 이 책의 제1장은 고대 중국문학 및 문화에서 생태적 사유 형성에 광범위하고 근원적인 영향을 미쳤던 『장자』의 글쓰기에 주목하여 인간과 세계의 관계에 대해 거시적으로 탐색하는 토대로 삼고자 한다. 인간과 인간의 관

3　전홍석, 「현대 문명의 생태학적 전환－생태와 문명의 교차점 : 보편주의와 다원주의의
　　회통」, 『동서철학연구』 제61호, 2011, 247쪽.
4　이진우, 『포스트모더니즘의 철학적 이해』, 서광사, 1993, 16쪽.

계뿐 아니라 인간과 비인간 혹은 생명과 환경의 관계로 확장시켜 유기적인 관점에서 의미를 분석하고 나아가 오늘날의 시사점을 살필 수 있다. 과학과 기술의 발전으로 증폭된 인간 소외의 문제에 대해 인간과 자연의 관계를 재성찰하면서 상생적 방안을 찾기 위한 하나의 모색이 될 것이다.

2. 『장자』의 생명의식과 탈인간중심주의

『장자』의 글은 단편적이고 산발적이다. 통일되지 않은 재밌고 짧막한 글들은 인간의 이성을 조소하는 듯 환상성이 풍부하다. 『장자』의 글쓰기는 세계를 상대적인 관계망 안에서 상징적으로 해석하는 특징을 지닌다. 널리 알려진 우언의 방식은 생태적 상상력이 풍부한 글쓰기를 통해 진지한 가치관을 역설적으로, 또 강렬하게 전달한다. 여기에서 생태적 상상력이란 인간의 자기중심적 사고방식에서 벗어나 인간을 자연의 일부로, 자연을 생명의 질서로 간주하는 사유를 말한다. 생태비평이란 셰릴 그롯펠티가 정의했듯이, '문학과 물리적 환경 사이의 관계에 관한 연구'이다. 그렉 개러드의 언급처럼 '인간의 문화사 전반에 걸쳐 '인간'이라는 용어 그 자체의 문화적 분석으로 이어지게 마련인, 인간과 비인간의 관계에 관한 연구'라고 할 수 있다.[5]

『장자』에서 우언의 방식이 후대 서사문학의 형성 및 발전에 큰 영향을 미쳤다는 것은 주지의 사실이다. 『장자』의 자서에 해당된다고 할 수 있

---

5   그렉 개러드, 앞의 책, 13·15쪽.

는 「우언」에는 다음과 같은 기록이 있다. "우언은 열 가운데서 아홉이고 중언重言은 열 가운데서 일곱이며 치언卮言은 날마다 생겨나 시비를 초월한다. 열 가운데 아홉의 우언은 다른 사물을 빌려 도를 말한다." 우언은 생생한 비유를 통해 이것으로 저것을 깨우친다.

『장자』는 우언의 방식을 활용하여 자연의 도를 스스로 변화하는 '자화自化'의 질서로 풀어내고 있다. 여기에서 『장자』의 독특한 생명철학을 확인할 수 있다. '물物'이 변화하는 '물화物化'의 과정은 도가 존재하고 확장해 가는 흐름이다. 생명은 물화의 과정에서 근원하여 끊임없이 이어진다.

「대종사大宗師」에는 자여가 병이 났을 때 자사가 문병을 간 일이 적혀 있다.

내 왼팔이 점점 바뀌어서 닭이 된다면, 난 그것이 새벽을 알리기를 바라겠네. 내 오른팔이 점점 바뀌어서 활이 된다면 난 그것으로 구워 먹을 새를 찾겠네. 내 꽁무니가 점점 바뀌어서 수레바퀴가 되고 정신이 말로 바뀐다면 난 그것을 타겠네. 어찌 다른 마차가 필요하겠는가? 대체 이 세상에 태어난다는 것은 그런 때를 만났음이며, 삶을 잃는다는 것은 죽음의 도리에 따르는 것이지. 태어난 때에 편안히 머물고 자연의 도리에 순응하면 슬픔이나 즐거움이 끼어들 수 없다네. 이것이 옛날에 말하던 현해라는 걸세. 그런데 스스로 풀려나지 못하는 건 사물이 서로 얽혀있기 때문이지. 대체 사물은 자연의 도리에 이기지 못하네. 나 또한 어찌 싫어하겠나.

물화와 생사초월의 문제를 다루는 대화에서 자여는 죽기 직전 자신의 몸이 변화하고 있다는 것을 깨닫는다. 신체의 변화에 대해 절망하지 않고 자연스럽게 받아들이며 오히려 자신의 몸을 이처럼 오그라들게 만든 조물자의 위대함을 강조한다. 『장자』에 따르면 변화는 자연의 대도이고 이것은 만물생육의 질서이자 생명의 근원이다. 자연의 변화는 또 다른 생명을 탄생 및 확장시키는 동력이다. 인간은 자연의 조화로움에 순응하는 하나의 생명체일 뿐이다. 그렇기에 새로운 형체를 부여받아 생명을 이어갈 때 반드시 인간이어야 한다는 편견은 자연의 질서에 어긋난다.

> 대자연은 나에게 형체를 주었지. 삶으로 나를 수고롭게 하고 늙음으로 나를 편안하게 하며 죽음으로써 나를 쉬게 해 주네. 그러므로 삶과 죽음이란 이렇듯 하나로 이어진 것이니 내 삶을 좋다고 하는 것은 바로 내 죽음도 좋다고 하는 것이 된다네. 지금 훌륭한 대장장이가 쇠붙이를 녹여 주물을 만들려는데 쇠붙이가 뛰어오르며 "나는 반드시 막야가 되어야 해"라고 한다면 대장장이는 반드시 불길한 쇠붙이라 생각할 것이네. 지금 우연히 사람의 형태로 태어난 것일 뿐인데, 내가 "꼭 사람이 되어야 해. 꼭 사람이 되어야 해"라고 한다면 조물자는 나를 반드시 불길한 사람이라고 여길 것이네.「대종사」

인간의 생명은 기氣가 모여 이루어지고 기가 흩어지면 죽는다. 대자연의 무궁한 변화 속에서 인간이 아닌 다른 존재로 생명을 부여받아 살아갈수 있다. 인간만이 우월하고 인간만이 세계의 중심이라고 고집하는 것은 우주자연의 도와 상반된다. 만물제동의 가치관은 인간의 생명이 다른 만물과 분별없이 동등하다는 입장에서 탈인간중심주의와 궤적을 같이 한다.

그런데 인간은 한정적인 자기의 지식에 근거해서 타자를 판단하려고 한다. 스스로의 이익을 위해 우주의 질서를 어그러뜨리고 자신의 이익을 앞세워 다른 생명을 파괴한다. 대자연의 질서에 작위적으로 개입하면서 인간과 비인간을 구분하고 그에 따라 생명의 가치를 저울질한다. 인간은 생태계에서 최고의 포식자의 위치에 자신을 올려놓고 타자를 핍박하고 강제한다.

대체로 활, 쇠뇌, 새그물, 주살, 방아쇠, 수레 위에 치는 그물 따위 도구를 이용하는 지식이 많아지면 새는 하늘에서 혼란스럽고, 낚시바늘, 미끼, 그물, 반두, 통발 따위를 만드는 지식이 많아지면 물고기는 물속에서 혼란을 일으키며, 울타리, 그물, 올가미, 토끼 그물, 덮치기 따위를 마련하는 지식이 많아지면 짐승은 땅에서 문란해진다. 지식, 속임수, 비방, 원망, 착란, 견백의 궤변, 악담, 동이의 궤변 따위 말이 많아지면 세상 사람들은 그 변론에 현혹되고 만다. 그러므로 온 세상이 캄캄해져서 걷잡을 수 없는 큰 혼란에 빠지는데 그 죄는 지식을 좋아한 점에 있다.「거협(胠篋)」

「거협」의 예문은 인간의 편협한 지식이 오히려 자연의 도를 해치고 생명을 파괴하고 있다고 비판한다. 통치자가 지식을 좋아하고 도를 무시한다면 세상은 혼란스러워질 뿐 아니라 인간 스스로에게도 불행을 자초하는 결과를 낳게 한다. 인간이 지식에 근거해서 시비를 판단하게 되면 자연의 본성을 잃고 타자의 생명을 위협하게 된다. 『장자』의 생명의식은 인간과 비인간 구성원 간의 평등성을 강조하며 탈인간중심주의 세계관을 보여주고 있다. 이와 같은 입장은 북해약과 하백의 대화에서도 살필 수 있다.

도의 입장에서 보면 사물에 귀천은 없소. 그러나 사물의 입장에서 보면 스스로를 귀하다 하고 상대방을 천하다 하오. 세속적인 입장에서 보면 귀천의 구별은 자기에게 없게 되오. 사물의 차별이라는 관점에서 볼 때 각기 큰 것에 대해 크다고 한다면 만물이 크지 않은 것이 없고, 각기 작은 것에 대해 작다고 한다면 만물이 작지 않은 것이 없게 되오.「추수(秋水)」

하백이 북해약에게 귀천과 대소의 구분에 대해 묻자 북해약은 논리정연한 어조로 대답한다. 도의 입장에서 보면 무엇이 귀하고 무엇이 천하다는 구별이 없다는 것이다. 사물은 생겨나서 변화하지 않는 것이 없기에 한 개체의 뜻에 구속하는 것은 우주 자연의 도와 상충된다. 대저 사물은 스스로 변화하기 마련이다. 현재의 개체가 인간의 생명을 부여받았다 해서 영원히 보장받는 것은 아니다. 그런데 인간은 현재 자신의 이익과 편의를 위해 인간중심적인 결정을 한다. 만물제동의 입장에서 보면 인간중심적 가치관은 타자의 생명과 지구생태계를 위협하는 주 요인이 된다.

『장자』는 약육강식의 원리가 지배했던 춘추전국시대에 인간과 자연의 이분적 분리가 인간의 욕망에서 비롯됨을 간파하고 각 개체간의 생명적 평등성을 강조했다. 모든 사물이 각자의 자연스런 본성에 따라 자발적으로 변화한다는 '물화'의 개념에 근거해서 『장자』의 생명의식을 확인할 수 있다. 스스로 변화하는 '자화'는 한 개체에게 한정된 생명력을 초월하여 생태계 전체의 질서로 조화롭게 확장하는 원리가 된다.

3. '제물齊物'의 글쓰기와 생명의 가치

인간과 '물'의 관계에서 『장자』의 생명관은 만물제동에서 시작한다. 생명의 근원적 차원에서 보면 만물은 모두 동일하다는 것이다. 그런데 생태계 최고의 포식자인 인간은 다른 생명체를 차등적으로 대우하고 이용하는 것을 당연시 여겨왔다. 현실적 질서에서 인간과 비인간의 생명적 가치는 다르게 평가되었다. 현실 사회에서 만물이 제동하다는 관점을 수용할 수 없는 이유 중 하나는 인간이 자기중심적으로 시비판단을 하는 데에서 비롯된다.

「제물론齊物論」에 다음과 같은 구절이 있다. "무릇 성심成心에 따라 그것을 스승으로 삼는다면 어느 누가 스승 없는 사람이 있으랴. 어찌 눈 앞에 차례로 나타나는 감정을 판별하는 현자라야만 스승을 가지게 된다고 하겠는가. 어리석은 사람에게도 스승은 있는 법이다. 마음에 '성심'이 없는데 시비의 판단이 생긴다 함은 오늘 월나라로 떠나 어제 거기에 도착했다는 것과 마찬가지며 이는 있을 수 없는 일을 있을 수 있다고 하는 셈이다." '성심'은 사사롭고 편향된 마음이자 고정된 선입견이다. 인간은 누구나 자신의 입장에서 자신에게 유리한 생각을 중심에 두게 되는데 '성심'은 나에게 이로운 것이 옳은 것이라는 잘못된 판단의 토대가 된다. 나의 입장이 옳고 타자의 입장이 그르다는 편견에서 벗어나는 것은 생명체를 평등하게 바라보는 발판이 된다.

계속해서 장주는 자신의 입장에 근거해서 타자를 바라보는 마음을 떨쳐내야 한다고 주장한다.

사람은 습한 데서 자면 허리병이 생겨 반신불수로 죽지만 미꾸라지도 그런가? 나무 위에 있으면 사람은 떨고 무서워하지만 원숭이도 그런가? 이 셋 중 어느 쪽이 올바른 거처를 알고 있는 것인가? 또 사람은 소, 돼지 따위의 가축을 먹고 순록은 풀을 먹으며 지네는 뱀을 먹기 좋아하고 올빼미는 쥐를 먹기 좋아한다. 이 넷 중 어느 쪽이 올바른 맛을 알고 있다고 하겠는가? (…중략…) 모장이나 여희는 사람마다 미인이라고 하지만 물고기는 그를 보면 물속 깊이 숨고 새는 그를 보면 하늘 높이 날아오르며 순록은 그를 보면 기운껏 달아난다. 이 넷 중 어느 쪽이 이 세상의 올바른 아름다움을 알고 있는가? 내가 보기에는 천하의 인의의 발단이나 시비의 길은 어수선하고 어지럽다. 어찌 내가 그 구별을 알 수 있겠나.「제물론」

사람과 미꾸라지, 원숭이의 거처를 비교해서 어느 쪽이 올바른 거처를 알고 있는지 판단할 수 없고, 사람과 순록, 지네, 올빼미의 음식을 비교해서 누가 올바른 맛을 알고 있다고 판단할 수 없다. 여희와 같은 미인과 물고기, 새, 순록 중에 어느 쪽이 세상의 미를 알고 있는지 판단할 수 없다. 이처럼 인간이 자기중심적인 입장에서 '물'의 가치를 매기는 것은 얼마나 어리석은 행동인지 경고한다. 인간의 입장에서 옳은 것은 다른 동물과 식물에게는 그릇된 것일 수 있다. 인간의 입장에서는 아름답지만 다른 이에게는 추한 것이 될 수 있다. 인간의 입장에서 시비를 판단하는 것은 절대적인 가치를 지니지 않는다. 그런데 인간은 끊임없이 자신의 입장에서 타자를 평가한다.

그렇다면 인간과 비인간의 가치를 판단하는 근거는 무엇인가? "도의 입장에서 보면 만물 제동이어서 사물에 귀천은 없다. 그러나 사물의 입장에서 보면 스스로를 귀하다 하고 상대방을 천하다고 한다」「추수」는 사사로운 편견에 사로잡혔기 때문이다. 자신을 중심으로 한 지식으로부터 시비 판단을 하기 때문에 선입견과 편견에 사로잡힌 나를 없애야 '물'과 '물'의 관계가 동등하게 작동한다. 인간의 한정된 지식을 근거로 가치를 판단하는 순간 타자를 배제하고 인간중심적으로 선회하게 된다. 탈인간중심주의적 사유는 인간적 질서에 따라 옳고 그름을 판단하는 인위적인 지식에 대해 문제를 제기한다.

「재유在宥」에 보면, 세상 사람들은 누구나 남이 자기에게 동조하면 기뻐하고 남이 자기에게 반대하면 미워한다고 했다. 자기에게 동조하는 것을 찬성하고 반대하는 것을 싫어하는 것은 다른 사람보다 앞서려는 마음이 있기 때문이다. 남을 이기려는 마음은 나를 중심에 두고 판단하는 입장에서 시작한다. 이와 함께 생각해 볼 만한 이야기로 장주가 감하후를 만나러 간 「외물外物」의 우언을 예시해 본다.

장주가 집이 가난하여 감하후에게 곡식을 빌리러 갔다. 감하후가 말하길, "좋소. 나는 머지않아 세금을 거둬들일 텐데 그러면 선생님께 삼백 금을 빌려 드리지요. 그거면 되겠지요?"라고 했다. 장주는 불끈 화가 나서 낯빛이 달라지며 말했다. "제가 어제 올 때 도중에 부르는 자가 있었습니다. 돌아보니 수레바퀴 자국에 붕어가 있더군요. 제가 그 붕어에게 물었습니다. "붕어야, 무슨 일로 그러느냐?" 붕어가 대답하기를 "나는 동해의 소신이오. 그대가 약간의 물로도 나를 살릴 수 있을거요"라고 했습니다. 그래서 제가 "좋다. 내가 이제 남쪽의 오월의 왕에게로 가는데 촉강의 물을 밀어 보내서 너를 맞게 해주지. 그럼 되겠나?"라고 했더니 붕어는 불끈 성을 내며 말했습니다. "나는 늘 나와 함께 있던 물을 잃었기 때문에 있을 곳이 없는 거요. 나는 한 말이나 한 되의 물만 얻으면 살아날 수 있소. 그런데 당신이 그렇게 말하다니 차라리 건어물 가게에서 나를 찾는 게 낫겠소!"라고요.

위의 '철부지급轍鮒之急'의 이야기는 여러 가지 의미를 내포하고 있다. 본성을 잃고 외물에 집착하여 참된 지혜를 잃어버린 위선에 대해 풍자하고 있다. '철부지급'의 이야기를 생명의 가치와 연관시켜 본다면 인간의 지식이라는 외재적 영향에서 벗어나 '물'이 '물'을 부리지 않는, '물'의 부림을 받지 않는 생명의 평등의식을 목도할 수 있다. 장주와 감하후의 관계가 그러하고, 붕어와 장주의 관계가 그러하다. 세상사에 초탈했던 장주가 부귀한 감하후에게 자신의 요구를 제시할 수 있고, 한낱 미물인 붕어가 인간인 장주에게 자신을 구명해 줄 것을 당당히 요청한다. 인간과 인간의 관계에서 사회적 지위나 명예, 부귀에 구애받지 않으며, 인간과 비인간의 관계에서 생명의 가치는 차등적이지 않다. 그런데 장주가 감하후에게 갔을 때는 당장의 굶주림을 채울 수 있는 약간의 곡식을 얻길 바랐을 뿐인데 감하후는 세금을 거둔 후에 주겠다고 한다. 감하후는 거둬들인 재물로 베풀고자 했으나 자신의 입장에서 판단했기에 장주의 요구를 채울 수 없었다. 또 땅에서 죽어가는 붕어는 당장 약간의 물만 있으면 살 수 있는데 장주는 자신의 입장에서 판단하여 저 먼 남쪽 촉강의 물을 가져다 준다고 대답한다. "인간의 지식이라는 불공평한 척도로 사물을 공평하게 하려는 이상 그 공평은 결코 참된 공평이 아닌"「열어구(列禦寇)」 것이다. 인간의 입장에서 사물을 판단하려는 마음을 버려야 만물을 제동하게 바라볼 수 있다.

「지락至樂」에 "나비는 서라고 하는데 변화해서 벌레가 되어 부뚜막 아래서 생겨나고 그 모양이 탈피하는 모습과 같다. 그 이름을 귀뚜라미라고 한다. 귀뚜라미가 천 날이 지나면 새가 되는데 그 이름을 비둘기라고 한다. 비둘기의 침이 쌀벌레가 되고 쌀벌레는 눈에놀이 벌레가 된다"는 기록이 있다. 이 구절은 현대 자연과학적 지식에 근거해 보면 황당하기 그지없다. 그러나 여기에서 변화는 대자연의 조화 속에서 자연스럽게 흘러가고 있음을 보여준다. 각 개체 간에 생명은 연결고리처럼 이어져 있고 개체들의 존재적 가치는 차등적이지 않다는 것이다. 도의 입장에서 보면 기의 흐름에 따라 외형적인 형태가 변화된 것뿐 본질적으로 동등한 존재이다. 만물의 변화는 우주 자연의 자연스런 질서이며 이를 통해 차별이 없는 세계를 꿈꿀 수 있다. 외형적 모습이 아닌 근원적 생명력에 주목해서 인간중심적인 사사로운 편견을 버려야 한다고 강조한다.

「제물론」의 첫 구절은 남곽자기와 안성자유의 대화에서 시작한다. 스승인 남곽자기가 길게 숨을 내쉬자 안성자유가 질문을 한다. 그러자 남곽자기는 "너는 참 훌륭한 질문을 하는구나. 지금 나는 나 스스로를 잊어버렸다. 너는 그것을 알 수 있겠느냐. 너는 사람의 퉁소 소리는 들어도 땅의 퉁소 소리는 듣지 못했고 땅의 퉁소 소리를 듣는다 해도 아직 하늘의 퉁소 소리를 듣지 못했겠지"라면서 시비를 가리는 인간의 사고를 벗어나 만물과 하나가 된 경지를 설명한다. 자신을 망각하는 '오상아吾喪我'의 단계에 이르면 이기적인 자의식이 사라지고 생명의 평등함을 받아들일 수 있다. 이기적인 마음을 누르고 만물제동한 생명의식을 찾기 위해 '상아'가 전제돼야 한다. 이것은 나 자신을 없애는 '무기無己'의 개념과 상통하는데, '무기'란 편견에 사로잡힌 나를 놓고 참된 자아를 찾아가는 과정이다. 나의 존재를 없애는 것이 아니라 사사로운, 편견에 사로잡힌 나를 없애는 것이다. 나만을 내세우지 않고 타자와 평등한 관점에서 사물을 대하면 자기중심적인 관점에서 벗어날 수 있다. 아래는 안회와 중니가 세상을 살아가는 방법에 대해 나눈 대화이다.

> 너는 잡념을 없애고 마음을 통일하라. 귀로 듣지 말고 마음으로 듣도록 하고, 마음으로 듣지 말고 기로 듣도록 하라. 귀는 소리를 들을 뿐이고 마음은 밖에서 들어온 것에 맞추어 깨달을 뿐이지만 기란 공허하여 무엇이나 다 받아들인다. 참된 도는 오직 공허 속에 모이는데 이 공허가 곧 심재心齋이다.「인간세(人間世)」

자신 안의 욕심을 버리는 것이 '심재'이다. 중니는 안회에게 자신의 마음을 공허하게 하는 '심재'야말로 고집에서 벗어나 속박의 세계에서 해방될 수 있다고 가르친다. 자신의 욕심을 버리면 타인에 대한 구속이나 강제를 버리게 된다. 세속적인 것을 다 잊고 외물의 간섭이나 개입에서 벗어나기에 외물의 부림을 받지 않는다. 자기수양을 통해서 '심재'가 이뤄지면 사사로운 편견에 사로잡힌 나에서 벗어나 타자와 소통이 가능하다. 나를 잊고 도와 하나가 되는 경지, '심재'의 상태에서 인간과 비인간의 생명적 가치를 제동하게 바라볼 수 있다. '성심'을 버리고 '상아', '무기', '심재'의 상태에 이르면 내 안의 굳은 마음, 편견에서 벗어나 도의 관점에서 생명은 모두 제동한 '제물'의 세계로 들어갈 수 있다.

4. '방생方生'의 글쓰기와 생명의 확장

'제물'이 개체의 생명이 존재하는 방식이라면 '방생'은 생명이 확장되는 방식이다. 인위적인 지식으로 자신과 대립되는 입장을 그르다고 비난할 때 자연의 생명력은 파괴된다. "저것은 이것에서 생겨나고 이것은 또한 저것에서 비롯된다"는 「제물론」의 구절은 나와 타자의 조화로운 관계 속에서 생명이 지속될 수 있음을 보여준다. 이러한 점에서 장주는 '양행兩行'을 통해 대립된 자타가 서로 함께 뻗어나가 나란히 자란다는 '방생'에 관해 주목했다. 이것은 저것이 있기 때문에 존재할 수 있고, 저것은 이것이 있기 때문에 존재할 수 있다. 이것과 저것의 대립을 없애는 경지, 즉 도의 지도리에 이르면 무한한 변화에 대처할 수 있고 이로써 서로의 생명을 북돋을 수 있다. 나아가 타자와의 소통을 통해서 삶의 기쁨은 배가되고 나의 재능도 온전하게 드러날 수 있다.

우물 안 개구리에게 바다에 대해 말해도 소용없는 것은 개구리가 자신이 살고 있는 곳에 사로잡혀 그 외부에 대해서 알지 못하기 때문이고, 여름 벌레에게 얼음에 대해 말할 수 없는 것은 자신이 살고 있는 계절에 한정되어 있기 때문이다. 타자의 생각과 방식을 수용하지 못하는 것은 자신만의 세계에 빠져있기 때문이다. 자신의 입장만 고집하는 존재는 타자의 마음을 헤아릴 수 없으며 함께 누리는 생명의 기쁨을 알지 못한다. 「제물론」에는 "상대가 없으면 나도 없고, 내가 없으면 취할 것도 없다"라 하여 이것과 저것, 자아와 타자의 공존은 내가 존재하기 위한 필연적인 조건이라고 설명한다. '물'과 '물'이 소통하면 생명은 넓게 뻗어 나간다.

'물'과 '물'의 소통에서 인간과 인간, 인간과 비인간의 관계를 고려할 수 있다. 먼저 「소요유逍遙遊」에서 관을 파는 송나라 상인의 이야기를 들어 본다. 송나라 사람이 장보라는 관을 잔뜩 마련하여 월나라로 장사하러 갔다. 송나라 상인은 자기 나라에서 중요하게 여겨지는 관을 많이 만들어 이웃나라 사람들에게 팔아서 이익을 남기고자 했다. 그러나 월나라 사람들은 머리를 짧게 깎고 문신을 하고 있어서 관이 필요 없었다. 관습과 예절이 다른 월나라 사람들에게 송나라의 관은 전혀 소용이 없었다는 것이다. 이 이야기는 나의 판단이 상대방에게 동일한 가치와 의미를 지니지 않는다는 것을 깨닫게 해 준다. 비단 인간과 인간의 관계뿐 아니라 인간과 동식물의 관계에서도 그러하다. 아래는 새를 죽인 노나라 임금 이야기를 실어본다.

옛날 바다새가 날아와 노나라 교외에 머물렀다. 노후는 이 새를 맞이하여 종묘 안에서 술을 마시게 하고 구소의 음악을 연주하며 소, 돼지, 양을 갖추어 대접했다. 새는 그만 눈이 쩔쩔해져서 걱정하고 슬퍼하며 고기 한 조각도 먹지 않고 술도 한 잔 마시지 않은 채 사흘 만에 죽어버렸다. 이는 자기를 보양하는 방법으로 새를 보양했지 새를 키우는 방법으로 새를 보양하지 않았기 때문이다. 「지락」

공자와 자공의 대화 속에서 생명체들은 각자의 본성에 따라 살아야 한다는 것을 보여준다. 노나라 임금은 새를 귀히 여겨 자신의 판단에 비추어 최고의 음식으로 접대했다. 그러나 새는 아무것도 먹지 못하고 결국 죽음을 맞이했다. 인간에게 귀하고 훌륭한 음식이 새에게 좋은 것은 아니다. 새는 숲이나 물가에서 노닐며 미꾸라지나 피라미를 먹으며 생명을 보양할 수 있다. 그러나 노나라 임금은 인간의 입장에서 판단하여 인간의 음식으로 접대했다. 본질적인 것은 나의 지식이 그릇됨을 깨닫지조차 못하는 데에서 문제가 시작된다. 나의 호의가 상대방에게 폭력이 될 수 있음을 알지 못한다. 그러기에 독단적인 나의 선행이 타자의 생명을 앗아가는 결과를 초래하게 된다. 타자와 소통하지 않고 나의 입장만을 고집할 때 갈등은 불거지고 함께 양생할 수 없게 된다.

옛날 황제 때 비로소 인의로 사람의 마음을 묶기 시작했다. (…중략…) 이렇게 되니까 사람들은 기뻐하거나 노해서 서로 의심하고 어리석은 자와 현명한 자가 서로 속이며 좋다 나쁘다 서로 비난하고 거짓이다 사실이다 서로 헐뜯어 세상이 차츰 쇠잔해지고 말았다. 뛰어난 덕에 차별이 생겨났고 성명은 사라졌다. 온 세상 사람이 지식을 좋아하여 백성은 심히 혼란해지고 말았다. 「재유(在宥)」

『장자』에 따르면 각 개체는 우주만물의 질서에 따라 기가 변화하여 성명을 부여받는다. 만물제동의 관점에서 보면 기의 변화에 따라 형체도 변화하기 때문에 각각의 사물은 차등적이지 않고 동등한 가치를 지닌다. 그럼에도 불구하고 각자의 입장에서 자신만이 옳다고 주장하는 것은 타자를 강제로 내 안에 끌어들이는 격이다. 위의 「재유」의 기록처럼 상대방을 비방하는 근거는 자신의 이익과 이념을 앞세우는 인위적인 지식에서 비롯된다. '물'과 '물' 사이에는 이것과 저것의 구분이 있으나 그 관계는 차별과 대립이어서는 안 된다. 이해와 소통의 관계가 작동하지 않으면 차별과 배제가 난무하게 된다. 개체는 서로 다름을 인정하고 다름을 배려해야만 온전한 생명을 보존할 수 있다.

남해의 임금을 숙이라 하고 북해의 임금을 홀이라 하며 중앙의 임금을 혼돈이라고 한다. 숙과 홀이 때마침 혼돈의 땅에서 만났는데, 혼돈이 매우 융숭하게 그들을 대접했으므로 숙과 홀이 혼돈의 은혜에 보답하고자 의논을 했다. "사람은 누구나 모두 일곱 개의 구멍이 있어서 보고 듣고 먹고 숨을 쉬는데 이 혼돈에게만 없으니 시험 삼아 구멍을 뚫어주자" 하고는 날마다 구멍 한 개씩을 뚫었더니 칠 일 만에 혼돈이 죽었다. 「응제왕(應帝王)」

널리 알려진 '혼돈渾沌'의 이야기는 인간의 작위적인 행동이 자연의 순수함을 파괴한다는 의미를 가르쳐 준다. 여기서 혼돈은 미분화된 근원적 생명체라고 할 수 있다. '숙儵'과 '홀忽'은 자신에게 잘 대해준 혼돈에게 보답하고 싶었다. 그러나 '숙'과 '홀'의 선의는 '혼돈'의 자연성을 파괴하고 생명을 상실하는 결과를 초래했다. 인간의 인위적인 행동과 생명의식을 연관시켜 본다면, 자기 기준에 따른 호의가 타자에게 오히려 심각한 폭력으로 행사될 수 있다는 경고가 된다. 내 입장에서의 선행은 상대방의 입장에서 상처와 폭력이 될 수 있다. 내 입장에서 내린 호의는 나의 기준에서 근거했기 때문에 우주만물의 질서에서 보면 절대적인 가치를 지니지 못한다. 자아와 타자의 문제는 '물'과 '물'의 관계뿐 아니라 인간과 자연이 소통하며 나아가지 않으면 우주만물의 생명은 보존될 수 없음을 경고하고 있다.

마음이 잘 조화되어 있으면 시원히 트여서 즐거움을 잃지 않으며, 밤이나 낮이나 변화가 끼여들 틈이 없게 하면 만물과 조화를 이루게 됩니다. 이런 경지를 만물에 접해서 봄 같은 화기가 마음에 생긴다고 합니다. 재능이 온전하다는 것은 바로 이런 경지를 두고 하는 말입니다.「덕충부(德充符)」

　위의 인용문은 노나라 애공과 중니의 대화이다. 애공이 온전한 재능에 대해 묻자 중니는 밤낮으로 쉴 새 없이 타자와 접촉하면서 조화를 이루면 재능이 온전해진다고 대답한다. 타자가 존재하기 때문에 내가 존재할 수 있다. 자아와 타자의 생명은 유기적으로 연결되어 있으며 상호 조화로운 관계 속에서 유지되고 확장된다.

　조릉의 밤나무밭 이야기처럼, 사물이란 본래 서로 이해 관계가 그물망처럼 연결되어 있어서 서로를 불러들인다. 나와 타자가 접하고 소통하면서 자신의 온전한 재능이 드러나고 서로의 생명을 보양할 수 있다. 그리하여 "천지의 만물은 각기 모두 종류가 다르고 형체가 다르므로 서로 이어가게 마련이다. 처음과 끝이 고리 같아서 그 순서를 알 수가 없는 것"「우언」처럼, 끊임없이 접촉하고 소통하면서 조화를 이루어 생명을 확장시켜 나갈 수 있다.

5. '유遊'의 글쓰기와 생명의 향유

　『장자』에서 인간이 지향하는 최고의 삶은 절대자유의 경지를 노니는 '소요유'의 삶이라고 할 수 있다. 진인치는 '소요逍遙'란 용어가 일찍이 『시경』과 『초사』에서 비롯된 것임을 밝히고 한가하고 자유로운, 유유자적한 의미를 내포한다고 했다.[6] 여기서 '유'는 『장자』의 핵심적 사유를 담고 있는 주요한 개념이다. 그럼에도 불구하고 『장자』가 도교의 경전으로 추대되면서 개인의 욕망과 자유만을 추구한다는 오명을 받은 것도 이에 대한 소극적 해석에서 비롯된 감이 없지 않다. 표면적으로 '노닐다^遊'라고 해석되는 이 용어는 현실 사회에 적극적으로 참여하는 것이 아닌, 물러나 한가하게 관망한다는 개념과 일부 중첩되면서 소극적, 부정적인 의미가 내포되었기 때문이다. 그러나 생명의 근원적 관점에서 바라보면 '유'는 인간중심주의에서 벗어난 개체가 세계와 평등하게 소통하면서 자유롭게 소요하는 단계를 말한다. '유'는 생명이 정신적, 육체적으로 자유로운 상태이다. 편협한 견해를 버리고 상대적인 관점에서 타자와 동등하게 나아가는 '방생'에서 생명의 자유를 얻을 수 있다.

「재유」에 나오는 황제와 광성자의 대화를 예시해 본다. 황제가 광성자를 찾아가 장수의 비결을 묻자 광성자는 생명 수양의 최고의 경지를 '유'로 제시하고 있다. 광성자는 사물은 무궁한데 사람들은 모두 한계가 있다며 나의 도를 터득한 자는 위로는 황제가 되고 아래로는 왕도 되지만 나의 도에서 빗나간 자는 해와 달빛을 보아도 죽어서 흙이 된다고 이야기한다. "나는 이제 당신과 헤어져 무궁의 문으로 들어가 끝없는 자유의 경지에 노닐려 하오"라면서 사람들은 누구나 죽지만 자신은 해와 달과 나란히 빛나며 천지와 더불어 영원히 살아갈 수 있다고 말한다. 도를 지키며 만물의 조화에 몸을 맡기면 천이백 년을 살아도 몸이 쇠하지 않는다. 육체를 자연의 섭리에 어긋나지 않게 소중히 하며 유일한 도를 지켜 만물의 조화에 몸을 맡기면 영원한 생명을 누릴 수 있다. 만물의 변화를 받아들이면 천지와 더불어 영원하며 무궁의 문으로 들어가 자유의 경지에

6   陳引馳, 『無爲與逍遙－莊子六章』, 中華書局, 2016, pp.59~60.

서 노닐 수 있다.

뒤이어 운장이 여행 중에 홍몽을 만나 모든 생물을 육성해 나가는 방법에 대해 질문한다. 운장이 홍몽을 처음 만났을 때 홍몽은 넓적다리를 두드리며 노닐고 있었다. 무엇을 하는가라고 묻자 그저, '노닐고 있소'라고만 대답한다. 3년 후 다시 만났을 때 가르침을 청하자 "나는 둥둥 떠다니면서 찾는 것이 없고 내키는 대로 다녀도 갈 데가 없소. 내키는 대로 노니는 나는 어지러운 몰골로 있으나 거짓 없는 진실만을 보고 있소"라고 대답한다. 운장이 자신이 무엇을 해야 할지 다시 묻자 휠휠 날아 돌아가라며 어떻게 무위의 삶과 양생을 실천하는지 알려 준다. "마음을 수양해야 하오. 당신이 그저 아무것도 하지 않으면 사물은 저절로 감화되오. 당신의 몸을 잊고 당신의 귀나 눈을 막아 버리며 세상 사람들이나 사물을 잊은 채 자연의 도와 하나가 되는 거요. 마음을 풀어놓고 정신을 헤쳐내서 횅하니 아무것도 모르게 한다면 만물은 무성해져서 각기 그 근원으로 돌아가오"라며 참된 도란 본래 저절로 그러한 것을 받아들여 자연과 하나되는 것이라고 설명한다. 그리하면 '유'하게 살아갈 수 있다.

광성자, 홍몽 등의 신격적 존재뿐 아니라 평범한 인간이 '유'를 향유하며 사는 방법을 '포정해우庖丁解牛' 이야기에서 설명한다. 널리 알려진 이 우언은 포정이 소를 잡는 기술에 빗대어 양생을 실천하는 방법을 보여준다. 포정은 해부학적 지식이 없어도 소를 해체하는 기술이 뛰어나다. 포정이 소를 가르는 기술은 눈과 귀 등의 감각 기관이 아닌 몸과 마음의 전체적인 조화 속에서 움직이니 물이 흐르는 것처럼 자연스러워 거스름이 없다.

제가 처음 소를 잡을 때는 눈에 보이는 것이란 모두 소뿐이었으나 3년이 지나자 이미 소의 온 모습은 보이지 않게 되었습니다. 요즘 저는 정신으로 소를 대하고 있고 눈으로 보지 않습니다. 눈의 작용이 멎으니 정신의 자연스런 작용만 남습니다.「양생주(養生主)」

소를 죽이는 사례를 통해서 양생의 가르침을 전한다는 것은 역설일 수 있다. 그러나 『장자』의 글쓰기는 일상적인 상식을 파괴해서 더 큰 깨달음과 울림을 남겨 준다. 포정의 숙련된 기술은 자신의 마음을 비워 신령함으로 사물을 대하는 경지이기에 양생을 가능케 한다. 포정은 '아我'와 '물'의 경계적 구분 없이 편안하고 자연스럽게 노니는 손놀림에 비유해서 문혜군에게 양생의 이치를 가르쳐 준다. 또「인간세」에서 섭공자고가 제나라에 가게 되었을 때 중니에게 사신으로서의 몸가짐에 대해 묻는다. 중니가 "사물의 움직임에 따라 마음을 유유히 자유롭게 노닐게 하고 사람의 힘으로 어쩔 수 없는 상태에 몸을 맡긴 채 중도를 지켜 가는 것이 제일"이라고 대답한다. 신하로서 군주의 명령을 전달하는 방법으로 마음을 편안하고 자유롭게 두는 '유심遊心'을 제안한다. 사회적 관계 안에서 생활하는 인간이 생명을 향유하는 최고의 방법은 세속적 변화에 따라 구속되지 않고 자유롭게 두는 것이다.

「전자방田子方」에서 공자가 노담을 만나러 갔을 때 노담은 머리를 감고 난 뒤 풀어헤치고 햇볕에 말리고 있었다. 노담은 사람이 아니라 마치 마른 나무같이 미동이 없었다. 공자가 외물을 잊고 사람을 떠나 홀로인 듯하다고 말하자, 노담은 마음을 만물의 시초에서 노닐게 했다고 대답한다. 만물의 발생이 아무것도 없는 상태에서 싹트고 그 종말이 다 흩어져 없는 상태로 돌아가는 것처럼, 참된 도란 처음과 끝이 되풀이되어 다함이 없는 것이라고 대답한다. 그러한 경지에 들어가면 지극한 아름다움을 얻어 지극한 즐거움의 경지에서 노닐게 되는데 이러한 사람을 '지인至人'이라고 한다. 공자는 노자와의 대화에서 대자연이 움직이는 질서는 도에서 근원하고 있고 지극한 도는 외부에 있는 것이 아니라 내 안에 있음을 깨닫는다. '지인'의 경지에 도달하기 위한 수양의 방법을 배우며 인간 사회에서의 욕망을 초탈해 자유롭게 노니는 참뜻을 깨닫는다.

안회가 말했다. "저는 얻는 바가 있었습니다." "무엇 말이냐?" "저는 좌망하게 되었습니다." 중니는 놀라서 물었다. "무엇을 좌망이라고 하느냐?" 안회가 대답했다. "손발이나 몸을 잊고 귀와 눈의 작용을 물리쳐서 형체를 떠나 지식을 버리고 저 위대한 도와 하나가 되는 것, 이것을 좌망이라 합니다." 「대종사」

안회와 중니의 대화에서 안회가 인의를 잊었다고 하자 중니는 아직 부족하다고 대답한다. 안회가 예악을 잊었다고 하자 중니는 그것도 부족하다고 대답한다. 마지막으로 안회가 '좌망坐忘'하게 되었다고 하자 중니가 크게 놀라며 도와 하나가 되면 좋다 싫다의 차별이 없어지고 집착하지 않게 된다며 훌륭한 경지에 이르렀다고 칭찬한다. '좌망'은 인간 사회의 질서에 따른 인의, 예악에서 초탈한 상태이다. '좌망'이 실천되면 사사로운 자신은 없어지고 고요하고 평온한 마음으로 인간사에 초연해진다. 인간적 질서와 구속에서 벗어나 앉은 채로 세속적인 것을 다 잊고서 고집과 인위적인 지식을 버리면 온전한 생명을 누리며 소요의 삶으로 나갈 수 있다. 내 것에 대한 욕심이 없어지며 나 또한 자연의 일부가 되어 무궁한 도에 몸을 맡겨 노닐 수 있다.

「소요유」에는 인간이 지향하는 최종적인 절대자유의 경지가 담겨 있다. 첫 구절은 『장자』에서 가장 유명한 우언이라 해도 과언이 아니다.

북녘 바다에 물고기가 있다. 그 이름을 곤이라고 한다. 곤의 크기는 몇천 리나 되는지 알 수가 없다. 이 물고기가 변해서 새가 되면 그 이름을 붕이라 한다. 붕의 등 너비는 몇천 리나 되는지 알 수 없다. 힘차게 날아 오르면 그 날개는 하늘 가득히 드리운 구름과 같다. 이 새는 바다 기운이 움직여 대풍이 일 때 남쪽 바다로 날아가려 한다. 남쪽 바다란 곧 천지이다.

물고기가 새로 변한다. 등 넓이가 몇천 리가 되는지 가늠도 되지 않는 그 새는 한 번 날갯짓에 온 세상을 거머쥘 듯 힘차게 날아오른다. 삼천 리가량의 파도를 일으키고 회오리 바람을 타며 구만 리를 날아간다. 일반적인 상식을 뛰어넘는 붕새 이야기는 광활함을 너머 깊은 공명을 남긴다. 상상력 가득한 글쓰기로 세속적인 권력, 부귀, 욕망에 갇혀 있는 사람들의 언행을 비웃는다. 반면에 뒤이은 매미와 새끼 비둘기의 대화는 현실적인 경계에 얽매여 그 너머를 상상조차 못하는 좁은 시야의 한계를 보여준다. 활기차게 비상하는 붕새는 현실에 구속된 매미나 새끼 비둘기와 선명한 대조를 이루며 자유로운 삶을 가르쳐 준다.

더욱이 물고기가 새로 변화하는 과정에는 인위적인 힘의 개입이 없다. 변화하는 자연의 질서에 순응하는 내재적인 원동력이 작용할 뿐이다. 이상적인 생명의식은 생태적 상상력이 가득한 『장자』의 우언 속에서 상징적으로 드러나고 있다.

구속이 없는 절대 자유의 경지는 혼자만의 즐거움이나 환상이 아니라 타자 혹은 사회와의 관계 속에서 완성될 수 있다. '노닐다'는 생명의 평등함과 개체 간의 소통이 이루어진 이후 자연의 순리에 순응하는 상태이기 때문이다. 거짓된 나를 잊고 자신을 비워서 모든 개체가 평등하게 존재하는 관계에서 시작된다. 나아가 개개의 존재들은 가치적 차등이 없는 수평적인 교류와 소통을 하면서 서로의 생명을 북돋는 '방생'을 통해 삶을 확장해 나간다. 개체들이 노니는 단계에 이르면 상생의 삶이 완성된다.

6. 『장자』와 다원화된 생명의식

이상 '관계성'에 주목하여 『장자』의 글쓰기에 내재한 생명의식에 대해 살펴보았다. '제물'의 글쓰기가 생명의 가치와 존재에 대한 이해의 방식이라면, '방생'의 글쓰기는 생명의 연속성 혹은 다원성을 인정하면서 생명 확장에 대한 이해의 방식이다. '유'의 글쓰기는 온 생명이 조화롭게 작동하면서 개체가 양생하는 이상적인 상태이자 생명을 향유하는 방식이라고 할 수 있다.

인간 소외, 생태적 불평등의 문제가 시급하게 대두되는 오늘날, 『장자』의 글쓰기는 인간중심적 사유에서 벗어나 타자와 유기적인 관계 속에서 생명의식을 성찰하게 해 준다. 타자와의 관계에 주목한 글쓰기는 생물학적 생명뿐 아니라 사회구성원적 생명의 원리를 보여준다. 물론, 『장자』는 약육강식의 혼란한 전국시대에 인간이 어떻게 하면 생명을 보존할 수 있고 자유를 보장받을 수 있는가에 관한 글이기에 분명 오늘날의 사회문화적 환경과 맞지 않는 부분이 존재한다. 그러나 『장자』에 나타난 주체와 타자의 문제, 소외와 상생의 문제 의식은 갈등과 경쟁 속에서 성과에 급급해하는 현대인들에게 생태적 공존의 가치를 환기시키고 상보적 삶에 대한 의미를 재고하게 해 준다.

"사람으로 형체를 받았으니 잘 보존하여 자연히 다하기를 기다리자. 주위의 사물에 얽매여 서로 해치고 다툰다면 일생은 말 달리듯 지나가 버려 막을 도리가 없으니 슬프지 아니한가"「제물론」라는 기록처럼, 인간으로서 생명의 권리만 앞세울 게 아니라 인간이기에 타자와 공존을 모색해야 한다. 인간은 자신의 의지를 가지고 사회를 변화시키고 새로운 가치관을 창출해 나가는 존재이기 때문이다.

생태환경 내 모든 구성원과의 평등성뿐 아니라 모든 독립체와 형상에 대한 평등성을 옹호하는 심층생태학은 인간중심적 가치로부터 자연중심적 가치로의 전이를 중심 주제로 삼고 있다.[7] 심층생태학에서 가장 경계하는 것이 인간중심주의인데 생태계 파괴의 원인이 바로 이러한 서구적 사유체계에서 비롯된 것이라고 지적하고 있다. 생태적 사유에 주목하려는 이유는 지금껏 자연을 개발 대상으로 당연시 여겨왔던 인간중심주의적 가치관에 대한 반성과 인간의 태도 변화를 촉구하려는 데에 있다. 이러한 사유는 생산성과 효율성을 위해 무분별하게 자연을 훼손시켜 왔던 생태계의 불균형적 가치관을 재고하고 오늘날 지구 생태계를 위협하는 심각한 문제에 대한 인문적 대안을 모색할 가능성을 열어준다. 인간중심적인 가치에서 벗어나는 것은 위계적, 이원적 관계로 편재되어 온 인간과

---

7 그렉 개러드, 앞의 책, 40쪽.

자연의 관계를 회복하는 하나의 대안이 될 수 있으며, 인간중심적 지배 구조를 유기체적 상생의 가치 체계로 변환시키는 토대가 될 수 있다. 인간의 가치와 존재 의의를 부정하는 것이 아니라 인간중심주의에서 탈피하여 생명공동체적 가치관으로 전환시키는 것에 귀 기울일 필요가 있다. 자연은 개발이나 정복의 대상이 아니라 인간을 포함한 우주적 질서이자 생명의 근원이기 때문이다. 이러한 점에서 박이문은 인간을 비롯한 모든 생명체 간의 형이상학적 차이가 없는 이상, 주체의 궁극적 본질은 인간인지 동물인지 식물인지의 분류가 아니라고 주장한다. 가치 판단의 근원적 근거는 포괄적인 존재 개념인 '생명'에서 찾아야 한다는 것이다.[8]

생태적 가치관을 토대로 한 생태 비평이 지향하는 바는 기존의 문학비평이 상실한 사회적 역할과 책임의식을 다시 회복하려는 것이다.[9] 이것이 지구 상의 모든 존재가 관계의 그물망처럼 영향을 주고 받는다는 생태비평에서 실현 가능한 대안을 모색할 때 핵심적인 지향점이 된다. 인간 중심의 지적 편견에서 탈피해서 생명 공동체의 입장으로 가치의 전환을 이끌어야 한다. 협력과 조화, 다양성을 바탕으로 인간과 자연의 상보적인 공동체를 창조해 나가기 위해 인식의 지평을 확장할 필요가 있다.

『장자』의 글쓰기에 내재된 다원화된 생명의식은 오늘날 문학과 생태적 사고의 의존적 방안을 모색할 때 좀 더 융통적이고 유연한 방법을 모색케 해 준다. 자연과 인간의 관계에 대한 상보적인 사고방식은 지구와 인간, 비인간 사이의 적대적이고 배타적인 태도를 지양하고, 친화적이고 조화로운 기술의 발전을 이끌어 인간중심주의에서 말미암은 소외된 현대

---

8   박이문 인문학 전집 특별판, 『생태학적 세계관과 문명의 미래』, 미다스북스, 2017, 481쪽.
9   경상대학교 인문학연구소 편, 『인문학과 생태학』, 2001, 153쪽.

인의 삶을 치유해 주는 대안적 철학이 될 것이다. 「거협」의 첫 단락은 아래와 같다.

> 이제 상자를 열고 주머니를 뒤지며 궤를 뜯어 젖히는 도둑을 막기 위해 반드시 노끈으로 꽁꽁 묶고 자물쇠를 단단히 잠가 둔다. 이것이 흔히 세상에서 말하는 지식이다. 그러나 큰 도둑이 오면 궤를 등에 지고 상자를 손에 들며 보따리를 메고 달려가면서 다만 노끈이나 자물쇠가 단단하지 못할까를 염려한다. 그러고 보니 앞에서의 지식이란 큰 도둑을 위해 오히려 준비해 둔 셈이 되지 않는가!

인간의 지식은 마치 자물쇠를 잠가 세상의 위협에 대비하는 듯 보이지만 오히려 큰 도둑을 위해 들고 가기 편하게 준비해 주는 어리석은 실체가 된다. 대자연의 질서를 보지 못하고 인간의 시야에 갇힌 작은 지식만을 앞세운 편협한 오만함에 대해 반성하고 자연과의 상보적 연대를 모색해야 할 것이다.

제2장
신선설화의 글쓰기와 자연에 대한 메타 독법

1. 과학기술의 시대와 도교

근대 이후 서구에서 동아시아로 유입된 새로운 지식은 이성주의와 과학주의로 상징되는 근대 학문 형성의 동력이 되었다. 이 시기 서구 신학문의 물밀듯한 유입으로부터 동양의 천인합일적, 전일적 등의 관점은 비과학의, 미신의, 문맹의 것으로 밀려났다. 전통과 근대의 경계 구분을 위한 나눔, 즉 미신/문명, 문맹/과학, 불결/위생 등의 이분법적 구획도 자연스레 받아들여졌다. 루쉰은 『아큐정전阿Q正傳』에서 정신승리법에 빗대어 중국의 봉건적인 국민성을 비판했고, 후스胡適는 『대충선생전差不多先生傳』에서 '과학선생賽先生'이 전혀 없는 장자의 상대주의 철학을 들어서 전형적인 중국인의 형상을 꼬집었다.[1] 과학의 척도로서 논리적으로 설명되지 않는 노장 철학의 생명관, 우주관을 비판했고, 많은 신지식인들은 서구에서 들어온 과학과 민주의 개념에 맞지 않는 것들을 타도하고 배척했

---

1 劉劍梅, 『莊子的現代命運』, 大山文化出版社, 2013, pp.61~62.

다. 그것이 국가를 살리고 부강하게 만드는 지름길이라고 인식했다. 규범 지식보다 과학지식이 확산되면서 과학기술 분야의 발전은 급성장했다. 유인우주선을 발사시킨 천문학 분야뿐 아니라 유전공학, 생명공학, 로봇공학 등의 분야에서도 눈부신 성장을 이룩했다.

루쉰과 후스가 외쳤던 과학주의 이후, 그로부터 한 세기 남짓한 오늘, 과학기술을 선두에 배치한 계획이 더 나은 미래를 향한 인간의 삶에 '확실한' 희망을 제시했는가? 생명 연장과 노화 방지를 위한 신약 개발과 기술의 향상이 우리를 더욱 '인간답게' 이끌어 주었는가?

현대인은 과학기술과 분리할 수 없는 생활 환경 속에서 살아간다. 인공지능 로봇의 대중화를 고려하고 있는 오늘날, 필멸의 인간이 지향해야 할 바는 무엇이고 '인간다움'의 위상은 어디에 있는가? 어설픈 이 질문은 '미래'라는 한정어가 붙음으로써 더욱 복잡하고 어려워졌다. 인간과 그 주변의 환경에 대해서 절대지식으로 수용되던 과학과 이성의 이름으로 더 이상 설명할 수 없는 현상들이 넘쳐난다. 과학기술이 눈부시게 발전했지만 아직도 첨단의 이론으로 설명할 수 없는 것들이 수두룩하다. 그렇다면 이에 대한 반성과 미래에 대한 대안을 충분히 고려하고 있는가? 백여 년 전 그 때처럼 동아시아를 잠식했던 문명 패러다임을 또다시 서구에서 찾을 것인가?

과학기술의 발전으로 인해 인류에게 야기된 심각한 문제—인간의 본성, 욕망, 윤리, 환경, 생태 등—에 관해서 오히려 과학기술 혁명을 주도했던 서구학계에서 각성하며 활발히 논의하고 있다. 인간과 과학기술의 경계에서, 혹은 인간과 자연의 경계에서 생태학적 상호 공존에 대한 모색이 활발하다. 더욱이 이들은 동양 고유의 종교와 사상에서 생태학적 대안을 모색하고 있다는 점이 흥미롭지 않을 수 없다. 대표적으로 하버드대학Harvard University에서 출간된 *Daoism and Ecology-Way Within a Cosmic Landscape*2001를 들 수 있다. 이 책은 이미 국내에서 번역되어 출판되었는데 도교와 생태학의 입장에서 지구환경의 위기와 생명적 대안을 고민하는 저서라고 할 수 있다.[2] 자연과 인간을 연장된 하나의 몸으로 이해하는 유기체적 세계관 또는 생명관은 동양의 도교적 사유와 매우 밀접한 관계를 맺고 있고, 이러한 통찰력이 최근 서구 학자들에게 널리 수용되고 있음을 증명해 주는 연구서이다. 과학과 동양철학 사이의 연관성에 대해 연구한 많은 학자들은 동양철학이 서구의 과학주의와 실증주의에 균형추 역할을 하면서 오늘날 서구의 사회적, 경제적 체계에서 빚어지는 많은 문제점들에 대해 대안적인 세계관을 제공해 줄 수 있을 것으로 주장한다. 서구의 전통적 사고방식에서는 자연과 인간을 분리하여 다른 것으로 취급하나 동양의 생태학적 사고에서는 생계태의 근본적인 상호연관성, 자연적 생태계와 인류의 공생적 관계, 마음과 자연의 상호의존성 등을 위시한 전체성, 유기체적 통합성이 중심을 관통하고 있다는 것이다.[3]

그렇다면 근대부터 촉발된 서구식의 교육과 가치관이 그간 우리 자신과 주변 존재에 대한 생각을 획일화, 평면화시켰던 것은 아니었을까? 이러한 점에서도 오늘날 동양 고유의 가치들을 다시 한번 짚어봐야 할 필요성이 충분하다.

동양의 종교사상적 각도에서 살펴볼 때, 유교에서는 도덕적 존재로서의 인간을, 도교에서는 영원무궁한 자연에 동화하고 싶은 인간을 꿈꿨다.

---

2   노먼 지라르도 외편, 김백희 역, 『도교와 생태학』, 한국학중앙연구원출판부, 2016.
3   J. J. 클라크, 장세룡 역, 『동양은 어떻게 서양을 계몽했는가』, 우물이있는집, 2004. 256쪽.

유교가 인간으로서 마땅한 도리와 윤리적 규범으로 현실을 통제할 수 있었다면, 도교는 잃어버린 인간의 본성을 찾아서 근원적인 것에 천착했다. 어쩌면 엄격한 유교적 윤리보다 주변적인 위치에 있던 도교적 신념이 더 강력한 대중적 흡입력을 행사했다고 말할 수 있다. 중국인에게 도교는 인간을 비추는 거울로서 작용한다.

제2장은 도교문학인 신선설화를 읽는 하나의 방법을 제안하려는 시도이다. 신선설화는 신선사상과 그것을 문학적으로 재현한 서사이며, 신선사상은 불멸의 존재를 꿈꾸던 사람들의 믿음을 포괄한다. 일찍이 국내에서 신선설화 연구를 체계적인 학문의 분야로 완성시킨 정재서는 신선사상이 문학적으로 재현된 신선설화의 기원과 변천, 유형 및 의미 공간 등에 대해서 면밀히 논구하여 총체적으로 규명해 내었다.[4] 본 장에서는 선행 연구의 성과에 힘입어 자연과 합일된 경지에 이르고자 노력했던 사람들의 생명의식은 어떠했는지 살피면서 오늘날의 관점에서 새롭게 읽는 시의적인 의미를 재발견하고자 한다. 제1장 『장자』에서 살펴본 생명철학적 사유가 신선설화에 어떻게 투영되어 있는지 연계적으로 탐색할 수 있다.

제2장은 과학기술의 시대에 자칫 미신이나 신비주의와 동일한 맥락에서 오인받는 도교를 위한 항변으로 보일 수도 있겠다. 그러나 본연의 의도는 동양 고유의 지적 전통과 문화를 들춰봄으로서 과학기술을 내세운 인간중심주의에서 벗어나 중심과 주변의 공존에 대해 생각하는 계기로 삼고자 하는 데에 있다.

---

4   정재서, 『不死의 신화와 사상』, 민음사, 1994.

2. 과학적이거나 혹은 신비롭거나

문명이 시작된 이후로 인간은 육체적 생존이라는 불멸의 이야기를 창작해 왔다. 21세기 첫 십 년 동안 유명 과학 학술지 『뉴사이언티스트』는 노화 방지를 약속하는 묘약을 무려 열두 가지나 소개했다. 영국의 철학자 스티븐 케이브Stephen Cave는 이 열두 가지 묘약 중 하나는 콩과에 속하는 약초 황기의 뿌리로부터 추출한 물질이며 이것은 고대 중국 의학이 선정한 오십 가지 기본약초 중 하나로 진시황 역시 복용했었다고 주장한다. 오늘날에도 질병과 노화를 멈춰준다는 약물복용, 수술 등의 신기술이 하루가 멀다고 개발되면서 영원한 삶에 대한 꿈을 부추긴다. 영생을 추구하는 존재, 이들은 중국인들이 흔히 말하는 신선이다. 신선사상은 현세에서 죽지 않고 오래 살고 싶은 욕망을 반영한, 도교의 근본을 이루는 사상이다. 신선이 되었다는 것은 득도하여 자연의 영원무궁한 생명력과 합일된 경지에 이르렀음을 의미한다. 이러한 신선의 이야기는 신선사상을 바탕으로 한, 영원한 삶을 추구하는 인간의 근본적인 욕망을 형상화했다.

불로장생의 이야기는 이성적 지식을 갖춘 현대인들이 받아들이기에 참으로 황당하기 그지없다. 그러나 고대에 신선에 대한 상상은 오늘날 생각하는 것처럼 허무맹랑한 것으로 받아들여지는 것이 아니었다. 『사기』 「봉선서封禪書」에 보면, 진시황이나 한무제는 신선의 실재를 믿고 봉선의 식을 거행하면서 곧 신선을 만날 것으로 굳게 믿었다. 군왕이 즉위한 후 천신에게 제사를 지내는 것은 국가적 차원에서 아주 중요한 의례였고, 이러한 봉선제도에 관한 기록을 통해서 신선의 일화는 그들에게 오락적이거나 유희적인 이야기가 아니라 사실이라고 믿어지는 일종의 신앙이었음을 알 수 있다. 신선사상을 체계화했던 『포박자抱朴子』에 따르면 생명은 원래가 영원한 것으로 해석된다. 객관적으로 보게 되면 영원한 생명은 유한한 것이 되고 과학적인 합리주의와 종교적인 신비주의가 '자연' 속에서 놀랄 정도로 융합되어 있다는 것이다.[5]

영원한 생명을 욕망한 서사에는 득선의 여부를 기준으로 할 때, 이미 득도하여 신선이 된 이야기, 신선이 되기 위해 수련하는 이야기, 수련에서 실패하여 신선이 되지 못한 이야기 등으로 구분된다. 먼저, 득도한 신선들의 이야기가 가장 대표적이다. 이들의 전형적인 특징은 늙지 않는 외모와 젊음을 유지하는 신체적인 외형성에서 찾을 수 있다. 영원한 삶을 추구하고 불사를 욕망하는 도교 서사에서 가장 본질적인 특징이기도 하다.

내가 곡기를 끊고 기를 마신 지 이미 90여 년이 되었으나 눈 속의 눈동자는 푸른빛이 나며 숨겨진 사물을 꿰뚫어 볼 수 있다. 나는 삼천 년에 한 번 골격과 골수가 바뀌고 이천 년에 한 번 살갗을 벗겨내고 털을 깎는데 세상에 태어난 이래로 이미 세 차례 골수를 바꾸고 다섯 차례 털을 깎았다. 『태평광기(太平廣記)』 「동방삭(東方朔)」[6]

"무릇 네 번이나 임기응변에서 기발한 계책을 내어 큰 화를 벗어나고서야 제가 제대로 된 세상을 만나지 못했음을 알고는 이 산으로 도망쳐 왔지요. 송진과 나무의 열매를 먹다 보니 수명을 이처럼 연장할 수 있었습니다. 털이 많

5　갈홍, 이준영 해역, 『포박자』, 자유문고, 2014. 7~8쪽. 이 책에서 인용한 『포박자』의 번역문 중 일부는 『抱朴子·內篇』을 선역한 이준영 해역의 책을 참조하여 수정했다.
6　『태평광기』에 관해서는 이 책의 제4장을 참고할 것.

은 이 여인은 진나라의 궁녀로 진시황의 무덤에 다른 궁녀들과 같이 순장되어야 했습니다. 저는 그녀와 함께 여산의 화를 피해 이곳에 은닉했는데, 지금이 몇 갑자나 지났는지 모르겠습니다." 두 사람이 말했다. "진나라에서 지금까지는 정통을 계승했던 왕조만도 아홉 나라로 천여 년의 세월이 흘렀으며 그 사이에 흥하고 망했던 일들은 이루 다 셀 수가 없을 정도입니다."『태평광기』「도윤이군(陶尹二君)」

『태평경』「경문부수소응결」에 보면, 하늘이 사람의 목숨을 내리는 데 법도가 있다고 하면서 상수와 지수, 인수로 구분했고 각각 120년, 100년, 80년으로 나누었다. 『태평경성신각재법』에는 상수, 중수, 하수로 구분하여 각각 120년, 80년, 60년으로 제시했다. 과학기술이 발달한 오늘날에도 상수에 해당하는 120년을 살기 어려운데 만 년 이상을 살았다는 동방삭, 천 년 이상을 살았다는 진나라 궁녀의 이야기는 신비로운 상상 속에 감춰져 있는 듯하다.

오늘날은 다양한 세포배양 실험을 통해서 노화의 속도를 늦추는 신약이나 기술을 개발하고 있으며, 이것을 주장하는 학자들의 과학적 입증과 실험결과는 상당히 설득력있다. 그러나 아직까지도 세포를 영원히 살게 하는 기술의 발명이나 불멸의 존재를 탄생시키는 일은 공상과학소설에나 나올법 하다. 더욱이 과학적인 근거없이 오래 살면서 젊음을 유지했다는 기록은 신비로움을 넘어 황당하기까지 하다. 그러나 아주 터무니없는 것만은 아니라는 점이 우리의 주목을 이끈다. 고대인들이 영생을 추구하기 위해 수련했던 방법들 중에는 오늘날의 의학적, 과학적 관점에서 생명연장의 효능을 입증할 수 있는 것들이 상당수 존재하기 때문이다.

둘째, 신선이 되기 위해 수련하는 과정을 묘사한 이야기들이 존재한다. 초기에는 특별히 선택받은 자들, 즉 선골의 형상을 지닌 자들만이 신선이 될 수 있다고 믿었으나 시대를 거치면서 누구나 일정한 수련을 통해서 가능하다고 믿었다. 그래서 수련의 방법은 아주 중요했다. 현세에서 불로장생하는 신선으로 거듭나기 위해서 심신을 수련해야 했다. 송 정초鄭樵의 『통지·예문략』「도가」에 의하면, 장생술과 관계된 책이 아주 세분화되어 있다. 비슷한 내용이 다른 항목에 중첩되기도 했으나 불로장생의 수련법은 이미 구체적으로 체계화되어 전수되고 있었다. 원 마단림馬端臨도 도가의 술법은 매우 복잡하다라고 할 정도로 다양하고 잡다하게 강구되어 왔다. 육체적인 수련법은 크게 복약·방중·호흡·벽곡·도인의 다섯 가지로 나눌 수 있는데 일정 부분 과학적인 근거와 타당성을 확보하고 있다.

신선이 되고자 수행하던 육체적 수련법 중 가장 핵심적인 방법은 금단金丹의 복용이었다. 약을 복용해서 신선이 된다는 복약법은 크게 광물질의 복용과 식물질의 복용 두 가지로 나뉘게 된다. 먼저 광물질의 선약 제조에 대해 살펴보자. 서구에서는 주로 황금을 얻기 위한 목적에서 연금술이 발달했었다면 동양에서는 심신단련을 통해 불로장생을 위한 기술적인 노력의 일환으로 연금술이 성행했다.

노군은 키가 1장쯤 되고 머리를 늘어뜨렸으며 무늬가 있는 옷을 입고 있었는데 몸에서는 광채가 흘렀다. 잠시 후에 몇 명의 선녀가 금으로 만든 쟁반에 옥으로 만든 술잔을 가지고 나타나 심희에게 주면서 말했다. "이것은 신단으로써 마시는 자는 죽지 않게 됩니다. 부부가 각각 한 잔씩 마시면 만 년을 살게 됩니다."『태평광기』「심희」(沈義)

생명의 기술을 학술적으로 체계화했던 『포박자』에 따르면, 진인들이 금을 만드는 것은 금을 액화시켜서 복용하면 황금이 영원히 녹슬지 않는 것과 같이 인체도 영원한 생명력을 가지고 불노불사의 신선이 된다고 했다. 연금술은 잘못된 과학 지식을 바탕으로 인간의 생명을 연장시키고자 했지만 그 시행착오 속에서 중국의학과 약학, 본초학 및 화학 분야의 발전을 이끄는 토대가 되었다.

중국 최초의 약물학 전문서적 『신농본초경』에 보면 상약 120종, 중약 120종, 하약 125종으로 구분하고 있다. 상약은 "군주가 생명을 길러 하늘에 응한다"고 해서 독이 없으니 오래 복용해도 몸을 상하게 하지 않고 오히려 몸을 가볍게 하고 기를 강하게 하기 때문에 불로장생을 원하는 사람은 이것을 섭취해야 한다고 주장하고 있다. 중약은 "신하가 성명을 길러 인간에 응한다"고 하여 독성의 여부를 가려야 하고 병을 낫게 하며 허약함을 보충하는 것이라 했다. 하약은 "좌사가 병을 치료하여 땅에 응한다"고 하여 독이 있으니 오래 복용하면 안되며 한열 감기를 없애고 기를 극복하고 질병을 고친다고 쓰여있다. 『포박자』「선약仙藥」에는 신농사경을 인용하여 상약은 신체를 평안히 하여 목숨을 연장시켜 천신에 이르게 하는 것, 중약은 성性을 키우는 것, 하약은 질병을 제거하는 것이라고 했다. 상약 중에 최상의 것은 수은과 유황의 화합물인 단사이고 상약의 대부분은 광물질이 차지했다. 광물질의 복용은 복잡한 제조법과 비싼 경비로 인해 처음엔 황제나 상층 귀족들에서 유행했으며 일반 백성들에게 있어서는 식물질의 선약 복용법이 주류를 이루었다. 흥미로운 것은 신선이 되기 위해 복용했던 식물질의 선약들 중에 많은 약초들이 오늘날 한의학에서 신체의 기혈을 보충하는 데 사용되고 있다는 점이다. 이것과 상반되는 수련법인 벽곡법은 일종의 단식법으로 선약을 복용하면 더 이상의 곡물은 먹지 않아도 배고픔을 모르며 호흡수련과 병행하여 생명을 유지시켜 나가는 방법이다.

신은 85세 때에 늙고 쇠약해져 거의 다 죽게 되어서 머리는 하얗게 되고 이는 빠져 버렸습니다. 그러다 우연히 도사를 만났는데 신에게 곡기를 끊고 창출과 물만 먹으라고 가르쳐 주었지요. 또한 신침을 만들게 했는데 베개 안에는 32가지 사물이 있었습니다. 그 32가지 사물 중에 24가지는 24절기에 해당하고 8독은 8풍에 대응하는 것이었습니다. 신이 그렇게 행하니 젊어지게 되어서 검은 머리가 다시 나고 빠졌던 이가 다시 나며, 하루에 300리를 가게 되었습니다. 신은 현재 180세입니다. 『태평광기』「태산노부(泰山老父)」

당대 이후 광물질의 선약을 먹고 전신마비, 혈변, 피 토하기, 수족 떨림, 사망 등으로 중독되는 사례가 많아지면서 수련자들은 외단법보다 내단법으로 수련을 전향했다. 선약을 연단해서 복용했던 외단법보다 호흡수련이나 체조 수련의 내단법이 주목받았다. 오늘날 단 수련이나 기공수련 등을 통해서 신체적, 정신적 건강을 추구하는 방식들은 그 외연적 재현양상은 다르지만 생명 보존에 대한 근본적 사상은 같은 맥락에서 연원했다고 할 수 있다.

셋째, 앞서 예시한 유형들과 달리, 득도에 실패해서 신선이 되지 못한 이야기가 전해진다.

"오경이 될 때까지 말을 하지 않아야 손을 맞잡고 승천할 수 있네." (…중략…) 신미가 아이를 빼앗으려 했으나 어쩌지 못하자, 처가 손을 들어 돌에다 아이를 내리쳤는데 골수가 터져 나왔다. 신미는 고통스러워하면서 자기도 모르는 사이에 깜짝 놀라서 소리를 지르고 말았다. (…중략…) 별안간 종무위의 탄식 소리가 들리고 그 순간 갑자기 연단 가마가 사라졌다. 두 사람은 서로 통곡했다.『태평광기』「소동현(蕭洞玄)」

불사의 이야기라고 해서 전부 득도에 성공한 기록만 전해지는 것이 아니다. 실패한 이야기는 연금술의 폐해가 두드러졌던 당대 이후에 많이 보인다. 득도했거나 혹은 수련 중인 유형보다 신선설화 본연의 전형성은 감소했지만 위의 예시문처럼 노력했으나 육체적인 수련을 하는 도중에 금기를 어기고 실패한 이야기들이 전해온다. 혹은 세속적인 명예나 욕망 때문에 자발적으로 수련을 포기하는 이야기도 있는데 이것은 오히려 현실적인 개연성을 증폭시킨다. 득도에 실패한 이야기는 누구나 욕망한다고 득선할 수 있는 것이 아님을 보여주는 동시에, 초현실적인 목표와 세속적인 탐욕 사이를 저울질하는 인간의 내면의식을 여과없이 보여준다.

영생을 획득하기 위한 수련을 통해서 육신은 변화의 과정을 거쳤다. 신선이 되었거나 혹은 되고자 했던 그들의 믿음과 열정은 과학적이거나 혹은 신비로운 비법을 내재한 채 오랜 시간 동안 전해져 왔다. 신선을 소재로 한 이야기를 통해서 득선에 성공했느냐 또는 실패했느냐에 주목하기보다 이러한 기록은 우리에게 무엇을 보여주고자 했는지, 기록하고 신봉했던 사람들의 세계관과 그 내면적 의미를 읽어내는 것이 중요하다.

3. '물화物化'와 생명력

신선설화는 자연의 무궁한 생명력을 동경하고 인간과 자연 사이 생명의 조화를 욕망하는 서사이다. 현존하는 역사자료 중 '신선'이란 단어의 정의는 『한서』 「예문지」에 최초로 보이는데 '성명의 참됨을 보존하여 밖에서 노니는 자'라고 하여 자연이 부여한 성명의 근원을 보존시킬 수 있는 자를 가리켰다. 그것은 구체적으로 생명 연장의 현상으로 발현된다.

신선이 되었다는 것은 득도하여 자연과 합일된 경지에 이르렀다는 것이다. 도교에서는 『노자』를 『도덕경』으로, 『장자』를 『남화진경』으로 부르며 도교의 경전으로 격상시켜 추송한다. 도교 경전에서 도와 자연의 관계를 설명할 때 도가 만물의 '자연'에 순응한다順, 기인한다因, 따른다隨고 표현한다. 이것은 무엇을 의미하는가? 이에 대한 대답은 신선설화의 본질을 파악하기 위한 가장 핵심적인 부분 중 하나일 것이다. 그토록 합일하고자 갈망했던 '자연'을 어떻게 이해할 것인가의 문제와 밀접하게 연관되어 있다.

고대 동양철학에서 '자연'은 오늘날 nature로 번역되는 자연의 의미가 아니었다. '자自'의 어원을 『설문해자』에서 살펴보면 '비鼻'자에서 파생된 글자이다. 코는 얼굴의 중심에 있으며 코의 호흡으로 생명활동이 이어지므로 생명체의 중심, 주체의 근원으로서 자기 자신을 가리키게 되었다. 『노자』 제25장에 "사람은 땅을 본받고 땅은 하늘을 본받으며 하늘은 도를 본받고 도는 스스로 그러함自然을 본받는다"는 기록처럼, '자연'은 스스로 그러하게 '변화'해가는 과정이자 그것이 존재하는 방식이었다. 여기서의 '자연'은 오늘날 우리가 흔히 떠올릴 수 있는 눈에 보이는 산과 들,

하천과 같은 공간적 실재라기보다 스스로 운행하며 변화하는 원리적 특성이 강하다. 변화의 과정은 자발적이고 지속적이다. 영원한 생명에 대한 자기 초월의 재현적 양상이 스스로 운행하는 과정을 통해서 지속시켜 나가기에 '변화'는 '자연'의 본질적인 속성이라고 할 수 있다.

주지하듯, 도교의 근본 교리는 도가 철학에서 연원하고 있다. 제1장에서 소개한 바 있는 붕새이야기는 『장자』의 첫 글이자 전체를 관통하는 주제를 제시하는데 천지만물이 존재하는 내재적 규율이 '변화'에 있음을 보여준다.

북녘 바다에 물고기가 있다. 그 이름은 곤이라고 한다. 곤의 크기는 몇천 리나 되는지 알 수가 없다. 이 물고기가 변해서 새가 되면 그 이름을 붕이라 한다. 붕의 등 너비는 몇천 리나 되는지 알 수가 없다. 힘차게 날아오르면 그 날개는 하늘 가득히 드리운 구름과 같다. 이 새는 바다 기운이 움직여 대풍이 일때 남쪽 바다로 날아가려 한다. 남쪽 바다란 곧 천지이다.「소요유」

자유로운 삶을 인생 최고의 가치로 여기는 『장자』에서 만물의 본성은 다채로운 변화를 억제하는 것이 아니다. 천지만물의 본성은 '변화'에 있으며 이것을 따를 때 도와 하나되는 경지에 이른다는 것이다. 변화는 '무위자연無爲自然', '도법자연道法自然' 등으로 설명되듯 스스로 그러하게 나아가는 도의 내재적인 질서에서 근원했다. 도술은 사물과 함께 변하면서 일정한 모습이 없다는 변화무쌍한 특징을 지니고, 만물의 변화 생성은 해가 동쪽에서 떠서 서쪽으로 지는 것처럼 자연의 조화를 따르니 처음과 끝이 끊임없이 되풀이되어 무궁한 것이다.

사실 '변화'라는 용어는 『주역』에 먼저 보인다. 대자연 속에 사는 존재는 자연의 영향을 받을 수밖에 없고 하늘과 땅이 함께 어우러져 이루어지는 것으로 설명한다. 스스로 되풀이해서 생명을 생산하고 확장해 나가는 자연은 근본적으로 자기 초월의 힘을 내재하고 있다.

1) 자화自化

불사를 추구하는 신선들의 가장 전형적인 특징은 늙지 않고 젊음을 유지하는 외모에 있다. 흰 머리가 검게 변하고 빠진 이가 다시 새롭게 나며, 수백 년이 지났어도 예전 모습 그대로이다. 육체적인 수련을 해서 점차 외형이 변화해 가는 모습은 바로 자연의 본성 속에 감추어진 내재적 생명력과 연관되어 있다.

점차 세속의 음식을 끊고, 마음을 전일하게 하며 잣나무 잎 가루를 복용한 지 60~70일이 지났어도, 아무런 이로움도 없이 그저 때때로 열이 나는 것을 느낄 뿐이었으나 끝내 복용하기를 그만두지 않았다. 2년 정도가 지나면서 열병이 나고 머리와 눈이 찢어지는 듯했고 온몸에 등창이 났다. 그의 어머니가 울며 말했다. "본래는 목숨을 연장코자 한 것이거늘 이제는 도리어 약 때문에 죽겠구나." 그러나 전란은 끝내 그만두지 않고 여전히 이를 복용했다. 7, 8년이 되자 열병이 점차 심해져 몸은 불덩어리처럼 뜨거워지고 남들이 가까이 오지도 못할 정도가 되었는데 모두들 그에게서 잣나무 잎 향기를 맡았다. 전란의 온 몸에 난 등창들은 문드러졌고 누런 진물이 온몸에 흘렀다. 어머니 역시 그가 죽을 것이라 생각하고 문득 이렇게 혼잣말을 했다. "전란의 몸이 오늘 좀 나아졌으니 한번 목욕을 시켜야겠다." 이에 1곡의 따뜻한 물을 그의 방에다 두고는 여러 사람이 그를 들어올려 물 속에 누이게 했다. 전란은 원래 발병한 지 10여 일 동안 잠을 이루지 못했는데, 갑자기 자고 싶어져서 좌우 사람들에게 문을 닫게 하고는 소란을 피우지 말도록 했다. 드디어 물 속에서 잠이 들더니 3일 만에 깨어나 사람을 불러 자신을 일으키라고 했다. 몸의 모든 등창은 이미 사라졌고 피부는 윤이 나게 깨끗해졌으며, 눈썹과 수염은 검푸르게 되었고 갑자기 눈과 귀가 밝아진 듯했다.『태평광기』「백엽선인(栢葉仙人)」

위의 백엽선인 이야기에는 영생의 존재로 변화해 가는 과정이 구체적으로 드러난다. 세속적인 음식을 끊는 벽곡법과 식물질 선약을 먹는 복용법을 병용하면서 칠팔 년의 시간 동안 서서히 몸이 변화되는 과정이 묘사되어 있다.

생명을 온전히 지켜내는 방법에 주목했던 갈홍은 배움을 통해서 신선이 될 수 있고 금단을 만들어 장생불사할 수 있다고 믿었다. 다양한 서적을 탐독하면서 신선가학神仙可學의 믿음을 구체화시켰고 신선의 실재와 금단의 가능성에 대해서 『포박자』 내편에서 집중적으로 다루었다. 다양한 수련의 방법 중 단약의 복용을 통해서 영원한 생명을 얻을 수 있다고 강조했다. 황금이 지니는 불변성에 근거해서 금액과 환단을 설명한 「금단」, 금과 은을 제조하는 방법을 설명한 「황백」에 보면, 자연은 변화 혹은 변화의 과정 자체이며 자연의 본성 속에는 초월을 내포하고 있음을 제시하고 있다.

사람이 '물'이 되는 것은 귀한 성이 가장 신령한 것으로 남녀가 형체를 바꾸기도 하고 학이 되고 돌이 되고 호랑이가 되고 원숭이가 되고 모래가 되고 자라가 되는 것이 또한 적지 않지요. 높은 산이 연못이 되고 깊은 계곡이 언덕이 되는 것에 관해서는 이 또한 대물의 변화지요. 변화라는 것은 천지의 자연인데 어찌 금은이 다른 물건으로 만들어 지는 것이 불가능하다고 의심하겠소?「황백」

인간이 동물이 되기도 하고 산과 연못이 바뀌기도 하는 변화는 천지만물의 자연스러움, 즉 자연의 법칙이다. 만물이 끊임없이 변화하며 스스로의 초월성을 내포하고 있기에 불가능한 것은 없다. 대물의 변화가 이러할진대 인간이 금단을 제조하여 복용하고 수련해서 신선으로 변화하는 것이 가능하다. 인간의 수명에는 한계가 있지만 금단대약을 입수할 수 있다면 천지만물의 가장 큰 덕인 생명을 연장시킬 수 있다. "변화의 이치에는 불가능한 것이 없기에"「황백」 신선이 실재하는데도 그 가치와 존재를 부정하는 인식에 대해서 강하게 반박하고 있다. "천지만물이 이렇게 크고 다양한데 기이한 일이 어찌 끝이 있을 수 있겠는가"「논선(論仙)」라면서 생명을 연장하는 기술이 실재하며 또 가능하다고 강조하고 있다.

신선설화를 집대성한 『신선전』에는 수백 년이 지났지만 외모가 늙지 않고 그대로이거나 오히려 흰 머리가 다시 검게 변하고 동남동녀의 모습으로 변화하는 과정을 묘사한 이야기가 가득하다. 나이가 760세였으나 늙지 않았던 팽조彭祖, 한 해에 열두 번이나 몸의 형체를 바꿀 수 있었던 화자기華子期, 신체를 변화시킬 수 있었던 악자장樂子長, 노인으로도 혹은 어린 이로도 변하는 태현녀太玄女, 변화의 도술에 능숙했던 번부인樊夫人, 몸을 분해해서 변신하는데 능숙했던 갈현葛玄, 자신의 몸을 초목이나 조수로 변하게 했던 개상介象 등 신체를 변화시키는 이야기들이 많이 기록되어 있다.

『장자』「재유」에 보면, 황제가 광성자를 찾아가 장수의 비법을 묻는다.

"당신의 몸을 소중히 지켜나가면 만물은 저절로 왕성해지오. 나는 유일한 도를 잘 지키며 만물의 조화에 몸을 맡기고 있소. 그러니 천이백 년이 지났어도 내 몸은 아직 쇠하지 않은 채로 있소"라고 대답한다. 자연에 어긋나지 않게 몸을 소중히 지키면 자연히 장수할 수 있다고 말한다. 광성자는 자신이 해와 달과 나란히 빛나며 하늘과 땅과 함께 하니 다른 사람들은 죽지만 자신 혼자만은 홀로 살아갈 수 있다며, 정신을 맑고 고요하게 간직하여 마음에 분별이 없게 하는 것이 지극한 도의 핵심이자 장수의 비결이라고 알려준다. 뒤이어 운장이 홍몽을 만나서 가르침을 청하자 마음을 수양하며 자연스러움에 맡기라고 조언한다. "그저 아무것도 하고 있지 않으면 사물은 저절로 감화되오"라면서 자신의 몸을 잊고, 귀나 눈 등의 감각기관의 작용을 막고, 세상 사람들이나 사물을 잊은 채 자연의 도와 하나가 되어야 함을 역설한다.

　여기에서 우리는 '자화'에 주목할 수 있다. 자율적이고 독립적인 '스스로 변화하다'를 강조하고 있는데, 만물은 본래 그러하게 저절로 생육하는 것이기 때문이다. '유일하지만 변화할 수밖에 없는 것이 도이고, 신비롭지만 실천할 수밖에 없는 것이 자연'이기에 끊임없이 자율적으로 변화하는 것은 도의 본성임을 밝히고 있다. 『장자』에서 황제와 광성자가 주고받았던 대화는 『신선전』의 제일 첫머리 「광성자」에 다시 등장한다. 또 『신선전』 「팽조」에 보면, 당시 어떤 존재를 선인이라 했는지 살필 수 있다. '날개가 없이 날기도 하며' '제 몸을 새나 짐승으로 바꾸기도 하고' '명산을 찾아 날아가기도 하는' 스스로 몸을 변신하거나 초월적인 능력을 발휘하는 존재라고 설명한다. 우리는 이러한 변화가 생명이 지속하는 자발적이고, 내재적인 규율의 일정한 과정임을 알 수 있다.

사물이 생겨나 변화하는 것이 마치 말이 달리듯 재빠르오. 움직여서 변화하지 않는 것이 없고 시간에 따라 변동되지 않는 것이 없소. 무엇을 할까요, 무엇을 하지 않아야 할까요?라고 하는데 대저 모든 것은 본래 스스로 변화하게 마련이오.『장자·추수』

『장자』「추수」에서 하백이 황하의 홍수를 본 뒤 북해약과 귀천의 구분과 대소의 분별에 대해 대화하는 부분이다. 도의 입장에서 보면, 만물이 제동하니 존귀의 구분없이 끝없는 변화인 '반연反衍'만이 도에 어긋남이 없다. 변화가 없이 고정된 것은 도에 어긋난다. 사물의 변화에 순종하는 '사시謝施'를 따라야 도에 거스름이 없다. 사물은 시간에 따라 변화하지 않음이 없는데 이것은 본성 스스로가 그러함을 나타내며 이것을 일러 '자화'라고 하는 것이다. 자연의 본성에 의거해 주위 변화에 따라 자유롭게 굽혔다 폈다 하면서 도의 극치를 말할 수 있다. 만물이 운행하는 방식이자 존재하는 방식, 곧 생명을 존재케 하는 내재적인 규율은 스스로 변화하는 자율성, 자발성에 있음을 살필 수 있다.

유검매劉劍梅는『장자』「추수」에서의 '자화'를 들어『장자』생물진화론의 핵심이라고 지적한다. 또 왕중강은 만물이 활동하고 존재하는 방식인 '자연' 개념을 설명하면서 만물의 자발성과 자연의 연속성이라는 두 가지 중요한 특성을 강조한다. 특히 '自~'로 시작하는 언어구성을 통해서 만물이 존재하고 운행하는 방식인 자발성에 주목한다.[7]

이러한 '자화'에 대한 기록은 일찍이『노자』에서 찾을 수 있다.

7　王中江,「出土文献与先秦自然宇宙观重审」,『中國社會科學』, 2013年 第5期, pp.78~85.

도는 항상 무위하지만 이루어지지 않음이 없다. 통치자가 만약 그 이치를 지킬 수 있다면 만물은 장차 스스로 변화될 것이다.^{제37장}

내가 무위하면 백성들은 스스로 변하고, 내가 고요함을 좋아하면 백성들은 스스로 바르게 되며, 내가 일을 꾸미지 않으면 백성들은 스스로 부유해지고, 내가 무욕하면 백성들은 스스로 질박해진다.^{제57장}

전선진은 『노자』의 주지는 '아자연我自然', 즉 스스로 그러함은 인생의 변화에서 인간과 자연의 조화를 추구하며 생명의 근원으로 돌아가려는 것을 의미한다고 했다.[8] 우주 만물이 존재하는 근원이자 생명의 근원으로서의 도는 스스로 존재하면서 자발적으로 변화하는 존재, 즉 자연에 따른다. 자연스럽게 되어가는 원리에 맡겨둘 뿐이니 "만물에 군림하지 않고 항상 저절로 그러한"^{제51장} '자화'는 '물'이 존재하는 방식이다. 스스로 그러하게 변화해 가는 자율적인 운행방식으로 생명은 이어진다. 저절로 생겨나서 자발적으로 운행하는 만물의 변화는 도를 구체화시키는 과정이며 도가 현실적으로 존재하는 방식이다.

2) 조화和

우리는 자발적인 변화에도 일정한 방향이나 지향점이 있다는 것에 주목해야 한다. 중심과 주변이 상호 작용하는 '관계'의 과정이 개입되고 있다. 이에 관해서 로저 T. 에임즈^{Roger T. Ames}와 데이비드 홀^{David L. Hall}은 도

---

8   田先進, 『道法自然論』, 巴蜀書社, 2016, pp.8・10.

교 세계에서 발휘되는 작용으로서 관계성 개념을 '초점-현장focus-field'이라는 언어로 주목한 바 있다. '초점-현장'은 주변과 주거─개체의 지속적인 특수성─와 자연적 환경뿐 아니라 개체의 사회적이면서 문화적인 환경 사이의 관계를 의미한다.[9] 스스로 그러하게 변화하는 '자화'의 과정 중에는 사물 사이의 상호 의존적인 관계성이 계속해서 작동하고 있다.

『장자』「천지天地」에 보면, "천지가 비록 크다지만 그 변화에는 일정한 길이 있고, 만물이 비록 많다지만 다스려짐에는 한가지이다"고 하여 변화의 중심에는 만물 상호간, 또 중심과 환경 사이의 관계성에 의해 일정한 방향으로 움직이고 있음을 알 수 있다. 그러면 상호 관계적으로 작동하는, 변화가 지향하는 본질적인 방향은 무엇인가? 그것은 스스로 작동하나 이것과 저것, 음과 양, 하늘과 땅이 조화되는 변화로 나아가는 것이다. 나와 타자가 상호 의존적 교감을 통해서 호혜로운 상태로 나아가는 것, 이것이야말로 상호공존을 통해 생명력을 강화시키는 중요한 원칙임을 보여준다.

신선이 되기 위한 수련법을 크게 육체적 수련법과 정신적 수련법으로 구분할 수 있다. 육체적 수련법 중에서 강조되었던 금단을 만드는 방법에서도 상호 의존적인 관계는 중요했다. 『포박자』 내편 「금단」에 보면 연금술에서 9종의 약품을 조합한 것을 '현황玄黃'이라 했다. '현황'은 본래 『주역』에 나오는 말로 '현'은 하늘의 색을, '황'은 땅의 색을 말한다. '현황'은 천지가 혼합된 색으로 천지의 정수가 섞여 있음을 의미한다. 비록 고대에 잘못된 원소변환설을 믿고 황금을 만들어 액화시켜 복용하다가

---

9   노먼 지라르도 외편, 김백희 역, 앞의 책, 467~468쪽.

죽은 사람들이 많았지만 장생불사를 가능하게 해 줄 수 있는 선약을 '현황'으로 불렀던 것은 천과 지, 우주만물을 본질적으로 조화시켜야 인간의 생명력을 최고로 강화시킬 수 있다는 믿음에서 나왔다.

정신적 수련법에는 타인을 위한 선행의 실천을 포함했다. 『포박자』내편 「논선」에 "선인이 되는 법에는 널리 천하를 사랑하고 다른 사람을 내 자신처럼 생각해야 한다"고 하고, 「미지微旨」에 "자비로운 마음이 사물에 미치어 나를 대하듯 남을 너그럽게 헤아린다"고 했다. 자신의 생명을 연장하려면 천하를 사랑하고 인덕을 쌓고 적선을 하며 타인을 구제하는 것이 중요한 덕목이었다. 타인의 어려움을 가엾게 여기고 나 자신을 대하듯 구제하는 어진 마음과 선행은 득선한 이후에도 이어지는 중요한 원칙이었다.

> 그대는 본래 태극 자미전의 좌선경이었으나 교록하는 데 근면하지 않았기 때문에 인간 세상으로 쫓겨난 것이니, 하루 속히 공을 세우고 사람들을 구제하며 나라를 보좌하여 덕행을 쌓아서 옛 신분을 회복해야 할 것이다. 이에 태상께서 정일삼오법을 그대에게 전수하라 하셨다. 그대 또한 이를 부지런히 수행하면 승천하는 데에 도움이 될 것이니 마땅히 힘써야 할 것이다.『태평광기』「섭법선(葉法善)」

「섭법선」 설화에서처럼 타자를 위한 봉사와 선행은 신선이 되기 위해 수련하는 방법 중에서 중요한 덕목이었고 득선한 이후에도 추구해야 할 행위였다. 이로써 득선은 자기 혼자만의 수련이나 덕행으로 이루어지는 것이 아니라 주변과의 관계성이 크게 작용하고 있음을 알 수 있다.

『신선전』 중에 질병으로 고생하는 백성들을 치료하고 구제하라는 명을 받든 「심희沈羲」, 병들고 가난한 힘 없는 사람을 잘 보살펴주는지 시험해 보는 「이팔백李八百」, 자신이 가진 것을 궁핍한 자들에게 나눠주던 「이아李阿」, 질병에 걸린 사람들을 치료해 주는 「손박孫博」・「옥자玉子」・「모군茅君」, 먼 곳에 있는 병자도 치료해 준다는 「황노지黃盧子」, 황금 수십만 근을 만들어 궁핍한 자들에게 나눠주는 「음장생陰長生」, 국가를 위해 재앙을 제거하고 백성과 서민을 구제해야 한다는 「장도릉張道陵」, 무더위 속에서 타인의 일을 대신 해 주는 「이소군李少君」, 황금을 제조하여 가난하고 병든 자를 구제하는 데 사용한 「백화帛和」, 음양을 조화시켜 나라를 지켜내고 각종 원한을 풀어주며 병 치료에 능했던 「갈현葛玄」, 전염병이 돌던 마을에서 역기를 제거했던 「유근劉根」, 약을 팔아 번 돈으로 가난하고 배고픈 자들에게 베푼 「호공壺公」, 부친상을 당한 가난한 고아를 돕기 위해 연금술을 시행한 「윤궤尹軌」, 나병 환자를 치료하고 가뭄을 해결해 주며 자신이 가진 것을 가난한 자들에게 베푸는 「동봉董奉」 등의 이야기는 자아와 타자의 상호 조화와 공존의 관계가 얼마나 중요하게 작동하는지 보여준다. 여기에는 가난하고 병든 자들을 치료해 주는 경우가 대부분인데, 자신의 생명을 보존하기 위해 타인의 생명을 같이 돌보는 것은 득선을 위한 수련의 전제조건인 동시에 득선 이후 생명을 지속, 확장시키는 토대이기도 했다.

신체와 정신을 건강하게 수련하고 사물이 존재하는 근본 원리로서의 조화에 주목할 필요가 있다. 정신과 육체를 단절적으로 파악하지 않는 도교의 사유체계에서, 정신과 육체 어느 한쪽에 치우치지 않는 수련을 도교의 내단 수행에서는 '성명쌍수性命雙修'라고 부른다. '성'은 정신적인 측면을, '명'은 육체적인 측면과 관계있다. 성명쌍수에 의해 개인의 내적 생명은 신적 경지에 이를 수 있다고 보고 그것을 달성한 존재를 신선이라고 불렀으니[10] 정신과 육체는 조화로운 관계 속에서 하나의 전일적인 개체가 될 수 있다.

『노자』의 사상을 계승한 『태평경』에서 만물은 도가 외적으로 변화되어 이루어진 것이라고 했다. 구체적인 자연현상, 일월성신, 만사만물 모두는 원기에서 시작하고 원기로 구성된 것인데, 원기는 반드시 도를 지키고 도의 원칙과 규율에 따라서 비로소 만물을 생성할 수 있다.[11] 도는 변화의 뿌리이자 으뜸이다. 도에 따라서 변화하는 규율의 중심에는 분리될 수 없는, 상호 의존적인 관계성이 작동하고 있다.

원기는 황홀하고 자연스러워 함께 응결되어 하나가 되니 이름하여 하늘이 된다. 나뉘어 음을 낳아서 땅이 되니 이름하여 둘이라 한다. 그리하여 위로는 하늘, 아래로는 땅이 되어 음과 양이 서로 화합하여 사람을 베풀어 낳으니 이것을 이름하여 셋이라 한다. 세 가지가 합쳐져 함께 낳아 온갖 사물을 길러낸다.

하늘과 땅, 사람이 함께 조화되어야 만물을 생육할 수 있다. 천하의 모든 일은 음과 양 번갈아 드러남으로써 상생하고 서로 기를 수 있다. 천, 지, 인, 일, 월, 성, 군, 신, 민 등은 상호 의존적인 관계에 있게 되므로 상애, 상통해야만 자연계의 조화와 인간계의 태평을 이룩할 수 있다. 성선의 과정 중에 타자와의 관련성이 중요한 덕목인 이유가 여기에 있다.

---

10 이용주, 『도, 상상하는 힘』, 이학사, 2003, 237쪽.
11 우민웅, 권호 · 김덕삼 역, 『도교문화개설』, 불이문화, 2003, 230쪽.

『장자』「제물론」에 보면 이것과 저것의 대립을 없애는 경지, 즉 도의 지도리에 이르면 무한한 변화에 대처할 수 있고 이로서 서로의 생명을 북돋을 수 있다고 했다. 지극한 도를 이룬 사람을 성인이라 했는데, 자연 그대로에 몸을 맡기면 성인은 시비를 조화시키고 자연의 균형에서 쉴 수 있다. 이것과 저것이 서로 함께 조화롭게 나아가는 '양행'의 운행 속에서 만물이 생성하고, 또 만물은 스스로 그러하게 나아가는 질서 속에서 서로를 감싸며 성장하는 '상온相蘊'을 이룩한다. 그리하여 "자연의 길로서 모든 것을 조화시키고 변화에 모든 것을 맡기면" 천수를 누릴 수 있다고 설명한다. 이어서 장주의 꿈 이야기를 제시하며 '물'과 '아'의 상대적인 차별이 없는 세계, 그 변화의 과정을 '물화'로 이름짓는다. 『장자』「우언」에는 "천지의 만물은 각기 모두 종류가 다르고 형체가 다르므로 서로 이어가며 변화하게 마련이다. 처음과 끝이 고리 같아서 그 순서를 알 수 없다. 이를 하늘의 조화라 한다. 하늘의 조화란 시비를 초월하여 대자연과 하나됨을 말한다"고 하여 상호 의존적인 변화의 과정을 서로 번갈아 교대한다는 '상선相禪'으로 설명한다. 「우언」편은 『장자』 전체의 요지를 보여주는데 대자연과 하나되기 위해서 하늘의 조화에 따라야 하고 그 조화로움은 상호 지속적인 의존성에 있는 것임을 밝히고 있다. 자연의 조화에 따라 만물의 변화에 몸을 맡겨 천수를 누린다는, 즉 자연의 그러한 변화에 조화롭게 순응해야 함을 강조하고 있다.

오여균은 자연과 인간의 조화야 말로 장자가 강조하려는 주지라고 밝힌 바 있고,[12] 왕중강은 '조화'란 만물의 다양한 관계에서 존재하는 원리

---

12 吳汝鈞, 『老莊哲學的現實析論』, 文津出版, 1998, p.115.

이자 지속하는 상태이니 이는 곧 사물의 질서라고 주장한다.[13] 하늘의 힘과 땅의 힘, 만물이 서로 교통하고 조화를 이루어야 물은 스스로의 생명력을 보존하며 전일하게 나아갈 수 있다.

일찍이 『노자』에도 만물과 다투지 않으면서 만물을 이롭게 하는 것에 대해 설명하고 있다. 가장 훌륭한 덕은 물과 같은데 물과 같은 덕을 지닌 사람은 살아가면서 낮은 땅에 거하고 마음 씀씀이도 깊으며 베풀 때도 천도처럼 다한다는 것이다. 도의 완성은 "만물을 이롭게 하지만 다투지 않으며"제8장, "이롭게 하지만 해를 끼치지 않는"제81장 조화로움에 있다.

천지자연은 장구하다. 천지자연이 장구할 수 있는 까닭은 스스로를 살리려고 하지 않기 때문이다. 성인은 이러한 자연의 이치를 본받아 자신을 내세우지 않는다. 그러나 오히려 앞서게 된다. 그 자신을 도외시하지만 오히려 자신이 보존된다.제7장

장생하기 위한 기본적인 원리는 상호 조화에 있다. 자아의 욕심을 내세우지 않고 타자의 권리와 존재를 인정하며 상호 조화로워야 능히 자기 자신을 완성할 수 있다. "도가 하나를 낳고 하나가 둘을 낳고 둘이 셋을 낳고 셋이 만물을 낳는다. 만물은 음을 등에 업고 양을 가슴에 안는다. 기가 서로 합하여 조화를 이루는"제42장 것이다. 주체와 객체가 미분화된 상태에서 양분되고 다시 세분되는 과정에서 서로가 상보하며 만물을 생육시킨다.

---

13 王中江, 「'和'的道理和價値」, 『河南社會科學』, 2010年 第18卷 第5期, p.73.

『노자』에서는 도의 근원성과 본래성을 표현하기 위해 '자연'이라는 개념을 사용한다. 자연이 도에서 기원하듯이 도가 자연을 낳고, 자연이 도의 품으로 회귀하듯이 도는 스스로 존재하며 만물을 생육시킨다. 도교적 수양은 자연의 품 안에서 자연과 하나되는 것을 지향하기에 자연과 다투지 않는다.[14] 도로 회귀하는 것은 모든 생명체들의 건강과 조화가 충만함을 위하여 세계 속에서 작동하고 있는 그 힘을 인식하는 학습이고 또 그 힘에 의존하는 학습을 의미하는 것이다. 양생하는 것은 실천적으로 자각된 자기-절제를 통하여 하는 것이지 제멋대로 움직이는 행위를 통하여 하는 것은 아니다.[15] 낳고 생성해서 변화해가는 '물화'는 생명을 보존하고 지속시키는 '자연'의 과정이다. 자율적이고 자발적인 내재적 규율과 타자와 화합하는 외연적 확장원리를 통해 생명은 스스로를 보존하고 지속할 수 있다.

4. 도교적 상상력과 생명철학

진고응은 '자연'이란 객관적이고 구체적으로 존재하는 사물이 아니라 인위성이 전혀 개입되지 않은, 자유롭고 그러하게 펼쳐 나가는 상태를 일컫는다고 지적한다.[16] 사회적 질서와 가치가 규정되기 이전부터 생명의 본질과 근원성은 내재되어 있었으며 이것을 도교에서는 '자연'이라고 명

---

14 이용주, 『도, 상상하는 힘』, 58·175쪽.
15 노먼 지라르도 외편, 김백희 역, 앞의 책, 517쪽.
16 陳鼓應, 『老子註譯及評價』, 中華書局, 2012, pp.62~63.

명한다. 대자연과 융합하는 것은 자연을 정복하는 것이 아니라 자연의 법칙에 순응함으로써 자연과 일체화되고 그 기능을 다하는 것이다.[17]

신선설화는 신선의 존재를 확신했고 누구든 배워서 불멸의 존재가 될 수 있다는 믿음을 투영시켰다. 자연의 무궁한 생명력에 동화하고픈 인간 본연의 상상력을 문학적으로 형상화시켰다. 그런데 이성과 과학적 지식을 내세운 근대 이후, 불사에 관한 오래된 상상력은 설 자리를 잃고 미신과 문맹의 산물로 평가되었다. 인간이 모두 죽는다는 명제는 절대불변의 진실이었고 그 너머를 상상하는 것들은 불온한, 비이성적인 것이 되었다.

지금은 어떠한가? 비가시적인 것을 가시화 시켜주며 물질의 새로운 조합을 통해서 이전에 불가능했던 많은 것들을 가능케 해주고 있다. 나노과학의 놀라운 발전들은 과학이 본격적으로 상상과 창의성의 세계로 이입되고 있음을 보여준다. 근대의 과학혁명이 경험적 관찰을 지식의 토대로 삼는 새로운 인식론의 산물이었다면, 지금은 귀납적 경험으로부터 가설적 측면으로 근거를 옮기면서 과학은 상상력과 연계되며 현실화되고 있다.[18] 실증적인 지식보다 오히려 일상적인 개념이나 관습을 뛰어넘어 이성으로부터 해방될 때 무한한 창조가 가능해졌다.

이러한 점을 상기한다면, 도교적 상상력의 관점에서 '자연'과 '생명'의 관계를 재해석하는 것은 일종의 현상학적 차원의 논증을 넘어서 생명의 외연을 넓혀 상호 공존의 원리를 제시하는 의미있는 과정이다. 신비롭지만 비과학적인 옛이야기를 들춰 보는 것이 아니라 생명 철학과 상상력의 결합 속에서 그 본원적 의미를 이끌어 내는 작업이다. 섭해연의 언급처럼

---

17 酒井忠夫 외, 崔俊植 역, 『道敎란 무엇인가』, 民族史, 1990, 258쪽.
18 임정택, 『상상, 한계를 거부하는 발칙한 도전』, 21세기북스, 2011, 43·46쪽.

문자화된 도교적 상상력은 철학으로서 생명을 강구한 것이 아니라 생명으로서 철학을 펼쳐 냈다는 의미를 부여할 수 있을 것이다.[19]

영국의 철학자 클락은 다음과 같이 언급했다. "20세기 전반 실증주의의 영향력으로 인해 세상과 거리를 둔 전통적인 종교적 체계는 쉽게 무시되었다. 이러한 분위기에서 도교 또한 자리를 둘 곳이 없었다. 그러나 최근 들어 평형추가 반대 방향으로 움직이고 있다. 우리의 시대는 실증주의자들이 추구했던 확실성이 물러나고 과학, 철학, 문학에서 언어가 진리를 표상할 수 있는가에 대해 의심하면서 예측불가능, 무질서, 통약불가능성과 같은 말이 강조되고 있다. 서양의 계몽적 기획에 대한 포스트모던적 비판은 물론이요, 오늘날 철학적 관심사인 자아, 진리, 그리고 성 정체성에 대한 문화 상호 간 논의의 적절성에 대해서도 주목했다. 일찍이 이러한 논의에 끼어든 것은 힌두교와 불교였으나 이제는 도교의 차례이다. 그것은 건강한 유한성의 의미, 자연과 일상을 낭만적으로 화해시켜 허무주의를 넘어서는 방법을 가르쳐 준다."[20]

현대사회는 인간의 본질, 인간과 주변의 관계성부터 다시 검토하기를 요구하고 있다. 자연 위에 군림하고자 했던 근대의 자연과학적 세계관이 갖는 한계를 넘어 인간과 그 너머 존재들의 상보적인 조화로 나아갈 수 있을까? 근대 과학주의 이후, 고착화된 인간중심주의에서 벗어나 인간과 자연의 '양행'이 서로를 북돋아주는 '상온'으로 나갈 수 있을까?

과학기술 발전의 끝에서 패러다임의 전환을 모색할 때 동양권에선 오히려 오래된 것들이 주목받는다는 점은 무척 흥미롭다. 융합소통의 시대

---

19 葉海煙, 『莊子的生命哲學』, 東大圖書公司, 2015, p.22.
20 J.J. Clarke, 조현숙 역, 『서양, 도교를 만나다』, 2014, 414쪽.

에, 도교적 상상력에 깃든 고유한 가치들에 대하여 해석학적 재창조가 이뤄져야 할 것이다. 과학의 실증성을 앞세워 자연을 통제하고자 했던 인간 중심적 사고에서 탈피하여 인간과 자연의 호혜적 공존을 위한 인문학적 자기 성찰이 필요하다.

제3장

『열선전』·『신선전』의 수련자와 자연의 생명력

1. 생명연장의 꿈과 영생의 가능성

아주 오래전에도 무병장수의 꿈을 꾸던 사람들이 있었다. 경험과 직관으로 쌓아온 지식에 토대하여 학문의 체계를 이루고 실현가능한 기술을 고안하고자 했다. 그 중 도교의 방술은 그것을 경험했던 사람들 사이에서 구전되면서 질병을 치료하고 생명을 연장시켜 주는 비법으로 전수되었다. 현실의 한계에서 벗어나고픈 사람들은 장생불사할 수 있는 신선이 되고자 정신적인 수련과 육체적인 수련을 병행했다. 생명연장의 간절한 염원은 도교 방술의 신비로운 효험에 기대어 신선설화라는 독특한 문학 장르를 성장시켰다.

인간이 영생할 수 있다는 신선설화의 내용은 우리에게 재미와 당혹스러움을 동시에 전해준다. 늙지 않고 젊음을 유지하는 방법이 있어서 장수할 수 있다고 믿었던 당시인들의 소망과 달리, 현대 의학의 경험과 통계에서도 인간은 죽음을 피할 수 없다. 그러기에 장생불사할 수 있다는 믿음과 수련법은 오늘날 비논리적이고 학술적 근거 없는 미신쯤으로 간주되는 경향이 없지 않다. 그러나 인간의 몸을 소우주라고 여기며 육체적 한계를 극복하고 자신의 삶을 주관하려던 고대인들의 바람은 의학기술의 힘을 빌려 젊음과 건강을 유지하려는 현대인들의 욕망과 크게 다르지 않다. 건강하게 오래 살고자 하는 간절함은 시기와 지역을 막론한 인간의 원초적인 바람일 것이다.

신선의 정체성을 에워싼 논쟁거리 중 하나는 신선이란 도가 철학에서 근원했지만 현세적 삶에 대한 지나친 애착에서 비롯된 이기심의 산물이라는 점이다. 이것은 도가 철학과 대치되는 반자연적인 혹은 역자연적인 특징을 지녔다는 것과 관련된다. 죽음을 초월하고자 했던 신선은 자연에 순응하기보다 자연에 저항하려는 인간중심주의적 구현물이라며 도가철학과 모순적인 존재라고 비판한다. 이 장에서는 신선의 정체성을 반자연적이라고 규정한 편견에 대한 변명이자 상반된 견해에 대한 저자의 생각을 담고자 한다. 도가 사상과 충돌되는 지점이 없지는 않지만 '신선'이란 존재를 도가의 외피만 두른 역자연적 특성의 구성물로 간주하며 비판하는 사고에 대한 반성을 포함한다.

생명을 연장하고 영생을 추구했던 수련자들과 자연의 관계를 살펴봄으로써 신선되기란 인간이 자연의 영원성에 합일하려는 자기 초월 의지의 결과물이었음을 확인할 수 있다. 신선은 자연의 질서를 거스르려는 개인적 탐욕이 아니라 우주자연의 도에 합일하려는 간절함이 생명 중심적인 실천으로 확장해 나간 존재이기 때문이다. 생명 중심적 세계관 속에서 당시인들의 욕망과 경험적 지식이 어떠한 지점에서 교차하여 신선이라는 독특한 문화적 산물로 성장해 나갔는지 수련자들의 자세와 태도를 중심으로 분석하고자 한다.

중국에서 가장 오래된 신선설화집인 『열선전列仙傳』과 그것의 간략한 서사에 불만을 품고 보완했던 『신선전神仙傳』은 초기 신선설화의 원형적 특징을 면밀히 살펴볼 수 있는 자료가 된다. 『열선전』과 『신선전』의 수련자들이 동물과 식물, 광물 등의 자연물을 어떻게 인식하고 영생의 가능성을 타진했는지 살펴보면서 초기 신선설화에서 수련자와 자연의 관계에 대해 고찰할 수 있다. 신선가학론을 학문적으로 체계화시킨 갈홍의 『포박자』 내편에 근거하여 두 텍스트의 내용을 분석하면서 생명의 질서는 수련자와 자연 사이에서 어떻게 긴장과 균형을 이루며 신선문화로 확장해 갔는지 탐색할 수 있다.

불로장생술의 구체적인 방법에 대해서는 학자마다 달리 구분했다. 한漢 왕충王充은 『논형論衡』「도허道虛」에서 양정애기·벽곡·식기·도인·약물 복용으로 나누었고, 송 정초의 『통지·예문략』「도가」에서는 토납·복식·내시·도인·벽곡·내단·외단·금석약·복이·방중·수양으로 분류했으며, 쿠보 노리타다窪德忠의 『도교사』에서는 벽곡·복이·조식·도인·방중의 다섯 가지로 구분했다. 정재서는 앞의 책에서 양신과 양형으로 나누고 양형은 다시 복약·호흡·방중·기타의 네 부류로 나누어 분석했다. 다양한 방술은 득도하기 위한 수련의 방법이자 득도한 이후의 능력으로 중첩되기도 한다. 득도한 이후에도 지속적으로 수련했던 점에 근거해서 득도의 여부를 기준으로 구분하지 않고 수련자의 입장과 태도에서 통합적으로 논의한다.

종교사상적 사고가 삶 전체에 깊은 영향력을 행사했던 당시의 세계관을 따라가면서 인간으로 태어나서 죽음을 뛰어 넘으려했던 자들이 어떻게 현실과 이상을 소통시키려 했는지 살펴볼 수 있다.

2. 동물의 생명력

1) 변신하기

『신선전』 첫머리는 「광성자廣成子」가 실려 있다.

  지극한 도의 정수는 그윽하고 심원하며, 지극한 도의 끝은 어둡고 고요하지
요. 보이지도 않고 들리지도 않지만 신을 품고 고요히 하면 형체는 장차 스스
로 바르게 될 것이오. 반드시 고요하게 하고 반드시 청결하게 해야 하며, 당신
의 몸을 노고롭게 해서는 안 되고, 당신의 정신을 흔들리게 해서도 안 되오.
그리하면 장생할 수 있다오.

『장자』「재유」에도 등장하는 이 내용은 지극한 도의 요체에 관해 개괄
하고 있다. 지극한 도로 몸을 다스리면 생명을 연장할 수 있다. 신선되기
는 단순히 신체 나이만 정지시키려 했던 기교가 아니라 정신이 도에 합
일한 이후에야 몸도 화합하여 장수할 수 있다는 원리에서 출발했다. 「광
성자」의 기록처럼 '무궁의 문으로 들어가 무극의 들에서 놀며 일월과 같
이 그 빛을 함께 비추어 천지와 더불어 떳떳함을 삼을 수 있을 때' 죽지
않고 영원한 생명을 누릴 수 있다. 육신의 노화만 정지시키는 것이 아니
라 자연의 도를 터득할 때 그것의 생명력과 함께 나아갈 수 있다. 『열선
전』「노자」에서도 "덕이 원기에 합치되면 수명은 천지와 같다"고 기록했
다. 그러기에 만물의 지극한 도를 터득한 광성자는 천이백 살이 되었지만
쇠하지 않은 건강한 몸으로 자연과 벗하고 살아갈 수 있었다.

인간은 시간이 흐를수록 늙고 쇠하기 마련이다. 이 세상에 늙지 않는 인

간은 없다. 태어나서 정해진 시간이 다하면 죽음에 가까워지는 것이 지구 생명체의 속성이다. 그러나 '자연'은 끊임없이 변화하면서 자기 스스로를 생성한다. 천지만물의 본성은 자발적인 변화에 있기에 인간의 몸도 스스로 변화하는 우주자연의 도를 체화할 수 있다. 부여받은 성에 따라 수련하여 도에 합일되면 생명을 담은 그릇인 몸의 외피가 변하는 것은 이상한 일이 아니었다.

『열선전』에서 하얀 머리카락이 검게 변하고 빠졌던 치아가 다시 생겨난 「용성공容成公」, 변신술에 능숙했던 「방회方回」, 시간이 지나도 늙지 않았던 「소부嘯父」, 노쇠했다가 다시 젊어진 「구생仇生」, 백 세가 넘어도 건장했던 「공소邛疏」, 수백 년간 살았던 「육통陸通」, 해마다 외모가 달라졌던 「유백자幼伯子」, 외모가 변치 않았던 「계부桂父」, 백 세가 넘어도 젊음을 유지했던 「임광任光」, 흰 양으로 변신했던 「수양공修羊公」, 흰 머리가 검게 변하고 빠진 이가 다시 났던 「직구군稷邱君」, 수백 년간 변신하며 살아갔던 「독자犢子」 등이 그러하다. 또 『신선전』에는 한 해에도 열두 번씩 몸의 형체를 바꾸던 「화자기」, 젊었을 때와 변함없는 외모를 계속 유지했던 「이아李阿」, 사람이 식물이나 동물로 변신했다는 「유정劉政」, 이백팔십 세에도 어린 아이의 안색과 같았던 「천문자天門子」, 오백여 년이 지났지만 갈수록 젊어졌던 「구령자九靈子」, 노인이 되었다가 다시 어린 아이가 되기도 했던 「태현녀」 등이 그러하다. 『열선전』과 『신선전』에는 젊고 건강한 모습으로 변신하여 살아갔던 이야기들이 즐비하다. 회춘한 모습으로 혹은 다른 신체로 변신했다는 이야기는 신선들의 정체성을 표면적으로 보여주는 대표적인 특징들이다.

전염병과 질병으로 인해 수명이 단축되고 사망자가 속출했던 위진남북조 시대에 건강하게 오래 살고자 했던 바람은 인간이라면 누구나 꿈꾸는 본능이었다. 실현 가능성을 탐색했던 수련자들은 신선되기를 통해서 자연을 배우고 그것의 섭리에 동화하고자 했다. 건강 유지의 비법이 우주 자연의 도에 깃들어 있기에 그 도를 터득하면 영원한 생명력을 자신의 몸에 체현시킬 수 있다고 믿었다.

배워서 신선이 될 수 있다는 신선가학론의 이론을 체계화시킨 갈홍은 『포박자』 내편 「황백」에 아래와 같이 기록했다.

> 사람이 물이 되는 것은 귀한 성이 가장 신령한 것으로 남녀가 형체를 바꾸기도 하고 학이 되고 돌이 되고 호랑이가 되고 원숭이가 되고 모래가 되고 자라가 되는 것이 또한 적지 않지요. 높은 산이 연못이 되고 깊은 계곡이 언덕이 되는 것에 관해서는 이 또한 대물의 변화지요. 변화라는 것은 천지의 자연인데 어찌 금은이 다른 물건으로 만들어 지는 것이 불가능하다고 의심하겠소?

『포박자』 내편에서 인간의 변신은 우주만물의 자연적인 질서에 따른 것으로 설명한다. 우주만물은 기로 이루어져 있는데 기의 발현으로 인간과 동물이 변신하고 서로 다른 종이 섞이는 것이 가능하다. 자연스런 섭리에 따라 남자가 여자가 되고 여자가 남자가 되며 인간이 호랑이나 원숭이 혹은 학이 되기도 한다. 변화의 이치는 불가능한 것이 없기에 노인이 어린 아이로 변하고 빠진 이가 다시 나며 흰 머리가 검은 머리로 바뀌는 것이 이상할 것 없다. "도는 스스로 그러함을 본받는道法自然" 끊임없는 변화를 통해 자기 초월의 생명활동을 이어간다. 우주만물의 섭리가 그러할진대 인간이 배우고 익혀서 자연의 생명력을 이어받아 장생하는 것이

가능하다고 믿었다.

『신선전』「팽조」에서 신선들의 변신 능력이 구체적으로 제시된다.

선인이란 몸을 들어올려 구름으로 들어가는데 날개가 없이 날기도 하며 용이나 구름을 타고 신선세계에 이르기도 하지요. 새나 짐승으로 변화하여 청운을 타고 노닐며 강과 바다 속에 잠겼다가 명산에서 날아다니기도 하지요. 원기를 먹고 지초를 먹으며 인간 세상에 출입하는데 식별할 수 없지요. 몸을 초야에 숨겨 얼굴에 특이한 골상이 생기고 몸에 기이한 털이 나기도 하지요. 깊고 외진 곳을 좋아하며 세속과 교류하지 않습니다.

『열선전』에서 100자 남짓 짤막하던 팽조에 관한 행적은『신선전』에 와서 장문의 전기로 기록된다. 팽조는 황제 전욱의 현손으로 세속적인 일에는 관심이 없고 양생 치신하는 것에만 관심을 두었다. 각종 수련법을 배우고 익혀서 육신을 온전히 보존할 수 있었던 팽조는 나이 760세에도 늙지 않은 건강한 모습이었다. 다양한 양생술에 능했던 팽조는 각자의 기를 잘 수양하면 120세까지 수명을 누릴 수 있고, 조금이라도 도를 깨닫게 된다면 240세까지 살 수 있으며 더 노력하면 480세까지 살 수 있다고 가르쳐 준다. 그러나 진정한 신선은 몸을 가볍게 하여 날개가 없어도 하늘을 날 수 있고 자신의 신체를 새나 짐승으로 변신할 수 있으며 초야에 몸을 숨겨 세속과 교류하지 않는 존재라고 설명한다.

변화한 육신은 수련자가 도달하려는 완성된 최종 목적지가 아니다. 갈홍이 강조하려는 것은 단순히 수명을 연장할 수 있는 능력이 아니라 지극한 도의 요체를 체득하는 원리와 방법에 있었다. 도의 본성은 끊임없이 자율적으로 변화하는 것이다. 갈홍의 관점에서 형체의 변화는 영원한 생명 에너지의 자율적인 순환에 따른 질서이기에 특별할 것도 이상할 것도 없다. 인간은 노력과 의지로 수련하고 득도하여 신체적인 한계를 초월할 수 있다. 자연과 더불어 자연 안에서 영원하려는 믿음은 스스로의 한계를 극복하려는 자기 초월의 능력을 이끌어 줄 수 있기에 신체의 변신도 가능하게 만들어 준다.

2) 모방하기

신선되기의 수련법에는 동물의 행동을 모방해서 생명을 보양하는 방법이 있었다. 『포박자』 내편 「대속對俗」에 보면 인간은 장수하는 동물을 모방해서 장생불사할 수 있다고 기록했는데 그중 도인법이 대표적이다.

도인이란 신체를 운동시키는 체조법의 일종으로 체내의 기를 유통시켜 질병이 생기지 않게 만드는 원리에서 비롯되었다. 화타가 창안했다고 알려진 오금희가 이에 해당한다. 호랑이, 사슴, 곰, 원숭이, 새의 동작을 모방하여 신체를 굴곡시켜서 혈맥의 흐름을 부드럽게 해주고 몸을 가볍게 만들어 준다. 도인법은 기의 소통을 원활히 해주어 음양의 조화를 통해서 장생하는 데 도움을 준다. 『열선전』 「팽조」에 도인행기에 능했다고 간단히 기록한 후 "항상 두 마리 호랑이가 사당 좌우에 있었고 제사가 끝나면 호랑이 발자국이 생긴다"고 했다. 100여 자로 응축된 「팽조」에서 팽조와 호희虎戱의 연관성을 범박하게 추정할 뿐이지만 호랑이의 동작을 모방한 호희는 먼저 숨을 멈추고 머리를 숙여 호랑이처럼 납죽 엎드렸다가 다시 천천히 몸을 일으키는 동작이다. 허리를 길게 펴서 하늘을 바라보고 다시 원상태로 돌아온다. 숨을 삼키고 신기를 몸에 가둔 듯하게 하고 앞으로 갔다가 다시 뒤로 가는 동작을 일곱 번씩 반복한다. 팽조와 호희의 연관성에 대해서는 차후 꼼꼼한 논증이 필요할 것이다. 팽조가 수련했다는 보양도인술은 『신선전』에 와서야 자세히 묘사되어 있다.

> 항상 기를 닫아 안으로 호흡하였고 새벽부터 정오에 이르기까지 바르게 앉아 눈을 닦고 몸을 문질렀다. 입술을 핥고 침을 삼키며 복기를 수십 번 하고 나서야 일어나 다녔다. 말하거나 웃는 것이 원래대로 였다. 몸이 피곤하거나 편안하지 못하면 곧 도인술을 써서 기를 막아 아픈 곳을 다스렸다. 마음에 그 몸을 담고 있어 얼굴과 머리의 아홉 구멍, 오장과 사지에서 모발에 이르기까지 모두 그 안에 담았으며 그 기가 몸 속을 운행하여 코와 입 안에서 시작해 열 손가락 끝까지 이르는 게 느껴지면 잠시 후 곧 평안해졌다.

「팽조」에 기록되어 있듯이 도인술에서 중요한 것은 기의 순환이었다. 사지를 쭉 펴서 관절을 늘려줌으로써 기를 흘려보내 막힌 것을 뚫어 건강을 유지하게 해 준다. 「팽조」 이외에도 「심건沈建」, 「음장생陰長生」, 「난파欒巴」에서 언급하고 있는데 「난파」의 기록처럼 도인술의 요체는 바로 기혈을 자연스럽게 유통시키는 것이었고 그에 따라 몸을 유연하게 만들어서 질병을 없애고 장수할 수 있다고 믿었다. 『포박자』 내편 「지리」에 사람은 기 속에 있고 기는 사람 속에 있기에 천지로부터 만물에 이르기까지 기에 의해서 생겨나지 않은 게 없다고 했다. 기를 원활히 순환시키는 것이야말로 생명을 기르는 수련자들이 가장 염두에 두어야 할 중요한 사안이었다.

동물의 특정 행동을 모방한 도인법은 인체의 생리구조적 특징에 맞춘 관절의 움직임을 통해 음양의 조화를 강구한다. 동물의 움직임을 학습하고 일정한 자세와 동작을 수련하여 인체의 기를 소통시켜서 양생하게 해준다. 구부렸다 펴기도 하고 내려다보았다 올려다보는 도인술의 구체적인 동작을 오늘날 완벽히 복원하기는 어렵겠지만 호남성 장사 마왕퇴 3호 한묘에서 출토된 백서의 도인도를 통해서 신체를 굴절시키는 동작을 이해하는 데 도움을 받을 수 있다.

체조법의 일종인 도인법과는 다르나 새의 울음소리를 흉내 내는 소법을 수련해서 하늘로 승천하는 능력을 갈망하기도 했다. 생황을 잘 불며 봉황의 울음소리를 흉내 낼 줄 알았던『열선전』의 왕자교는 흰 학을 타고 하늘로 날아올랐다. 퉁소를 잘 불어 공작과 백학을 뜰에 불러들일 수 있었던 진나라의 소사는 목공의 딸인 농옥에게 봉황의 울음소리 내는 법을 가르쳐 주었고, 몇 년 동안 소사와 농옥의 집 지붕에 머물던 봉황을 따라 부부는 마침내 하늘로 날아갔다.

새 소리를 흉내 내는 소법의 기원에 관해서는『산해경』「서차삼경西次三經」에서 찾을 수 있다. 표범의 꼬리에 호랑이 이빨을 한 서왕모가 소에 능하다고 했으나 그 상세한 기법은『우초신지』권11「소옹전嘯翁傳」의 기록에서 참조할 수 있다. 새의 울음소리를 모방하여 악기를 연주하거나 휘파람을 부는 소법은 온갖 새들이 모여들게 하거나 파도와 풍랑을 일으키기도 한다. 큰 바람을 일으켜 들판의 물건들을 다 쓰러뜨릴 만큼 강력한 힘을 행사한다. 소법의 종류는 구강 구조와 혀 및 입 주변 근육의 조절, 소리의 강약, 기를 발설하는 방법에 따라 다양하다. 호흡기관을 진동시키며 정신을 가다듬고 체내의 기류를 유동시킨다.『우초신지』는『열선전』과『신선전』등의 초기 서사에 비해 의도적인 허구성이 많이 가미된 후대의 작품이기에 그것의 기록은 소법의 원형적 특징과 거리가 있겠지만 고대 시기 소법의 독특한 특징을 이해하는 데 도움을 받을 수 있다.

신선설화에서 조류와 관련된 기록이 많은 것은 승천할 수 있는 특별한 능력, 즉 비상과 관련되기 때문이다. 날개 달린 새는 자유롭게 하늘을 날 수 있는 승천의 능력과 연관된다. 바람과 비를 타고 오르내릴 수 있었던 『열선전』의 적장자여赤將子輿는 새를 잡는 주살 줄을 팔았다. 『열선전』에 대해 세계 최초로 주석을 달았던 칼텐마크는 이에 대해 "도교의 상징을 새와 새잡이 신화에 연결시키는 적절한 예시"[1]라고 지적한 바 있다. 소법 은 새의 울음소리를 흉내 내 봉황이나 공작, 백학 등 하늘을 날 수 있는 비상의 능력을 내 몸에 체현시키는 수련의 일종이었다.

동물의 행동을 모방한 도인술은 인체의 기를 순환시켜 장생을 추구하 는 행기라는 복기술과 같이 병행되었다. 『장자』 「각의刻意」에 "숨을 내쉬 고 들이쉬어 호흡을 하고 옛것을 내뱉고 새 것을 들이며 곰이 몸을 가볍 게 하고 새가 몸을 펼치듯 체조를 하는 것은 장수하려는 것뿐이다. 이것 은 도인을 하는 선비나 신체를 기르는 사람, 팽조와 같이 생명을 기르는 자들이 좋아하는 바"라고 쓰여 있다. 행기는 정신을 통일하여 심신을 안 정시키며 도인과 함께 몸을 단련하는 호흡 수련이었다.

『포박자』 내편 「지리」에 "약을 복용하는 것은 장생의 근본인데 만약 행기를 겸할 수 있다면 그 효과는 아주 빠를 것이다. 만약 약을 얻을 수 없다면 우선 행기하면서 이치를 궁구하여 수백 살은 살 수 있다"고 하여 누구나 호흡법을 수련하여 생명을 연장할 수 있다고 강조한다. 또 「석체

---

1 Kaltenmark Max, *Le Lie-sien Tchouan*, Universite de Paris, 1953, pp.49~50.

釋滯」에서 행기의 술은 이것만으로도 백 가지 병을 치료할 수 있고 전염병이 유행하는 땅에도 들어갈 수 있으며 맹수를 부릴 수도 있고 물 속에 거할 수도 있으며 배고픔을 피할 수도 있어서 건강을 유지할 수 있는 중요한 방법이라고 설명한다. 행기란 특별한 호흡을 통해 신체의 기가 잘 순환되도록 만들어 주는 것인데 고대 중국인들에게 기는 고정불변의 것이 아닌 활성을 띠는 '폭넓은 생명력'의 존재 형식이었다.[2] 만물의 정기가 결합하여 생명이 되는데 생명의 정수인 기를 어떻게 양육하느냐에 따라 신체의 수명이 달라졌다. 『열선전』에는 앞서 도인술을 수련했던 「팽조」와 「공소」의 두 곳에서 이에 대한 간단한 기록을 살필 수 있고, 『신선전』에서는 「팽조」 이외에 「음장생」, 「장도릉」, 「난파」, 「섭정涉正」, 「계자훈薊子訓」, 「황경黃敬」, 「감시甘始」에서 행기를 수련했던 기록을 찾을 수 있다.

호흡 수련은 다른 특별한 도구나 재료가 필요 없고 비용이나 장소에 구애받지 않았다. 누구나 의지와 노력만 있으면 쉽게 접근할 수 있는 방법이었으나 일반 사람들은 기를 기르는 것이 양생의 토대임을 알지 못했다. 『신선전』「난파」에서 "기혈이 몸을 의지하여 붙어 있어 이를 범할 수 없으니 자연스럽게 유통되게 하는 것보다 귀한 것은 없다. 세상 사람들이 어찌 이것을 알겠는가!"라고 하여 기 수련의 중요성을 모르는 무지함에 대해 탄식하고 있다. 행기만으로 불사를 얻을 수는 없지만 기가 곡식 섭취를 대체할 수 있다고 생각했고 온갖 질병을 고치고 건강한 삶을 유지하는 데 중요한 역할을 한다고 보았다.

생명의 에너지인 기를 몸 안에 깊이 들이마시고 내뿜는 기는 적게 해

---

2   소병, 노승현 역, 『노자와 性』, 문학동네, 2000, 455~457쪽.

야 한다. 특별한 심호흡을 통해서 질병을 치료하고 수명을 연장할 수 있었는데 그중 가장 최고의 것은 태식법이었다. 이에 관해 『포박자』 내편 「석체」의 기록을 살펴볼 수 있다.

> 신선이 되고자 하면 마땅히 지극한 요체를 얻어야 하는데 지극한 요체는 보정행기에 달려 있다. (…중략…) 그러므로 행기를 하면 가히 만병을 다스릴 수 있고 전염병이 있는 곳에도 들어갈 수 있으며 뱀이나 호랑이를 제어할 수 있고 피고름을 멈추게도 하고 물속에서 살 수도 있고 물 위를 걸을 수도 있다. 혹은 배고픔과 목마름을 피하게 하고 수명을 연장시킬 수도 있다. 가장 중요한 것은 태식일 뿐이다. 태식할 수 있는 자는 능히 코나 입으로 호흡하지 않고 모친의 태중에 있는 것처럼 하는데 그러한즉 도가 이루어진다.

태식법은 입과 코로 얕게 호흡하지 않고 어머니의 자궁 속에서 호흡하는 것과 같은 원리로 수행한다. 태아가 태중에 있는 것처럼 손을 굳게 쥐고 하나를 지키며 모체의 원기를 호흡한다. 먼저 코로 기를 들이마시고 잠시 멈춘 후 마음 속으로 120까지 센다. 그 다음에 비로소 입을 통해 기를 내뿜는데 그 소리가 자신의 귀에 들리지 않을 정도로 고요하게 조절해야 한다. 마치 기러기의 깃털을 코와 입 사이에 놓고도 움직이지 않게 할 정도로 평정심을 유지하는 것과 같다. 마시는 기를 많이 마시고 내뿜는 기는 적게 하여 자신의 몸에 생명의 에너지를 가득 담아둔다. 이것을 수련하면 굶주림도 느끼지 않고 노인이라도 다시 젊어질 수 있다.

수명을 연장시킬 수 있는 특별한 호흡법은 정해진 시간에 수련하는 것이 중요했다. 한밤과 정오 사이에 운행하는 기를 '생기'라고 해서 만물이 발육 성장하는 생명력이 충만한 에너지를 가리켰다. 정오부터 밤 열두시까지의 기를 만물이 쇠하는 '사기'라고 했는데 이 시간에 수련하면 효력이 없다. 탁한 사기를 뱉어내고 맑은 생기를 몸 안에 받아들이는 호흡법은 생명의 정수를 내 몸 안에 들여서 질병을 없애고 건강을 유지하는 방법이었다. '항상 숨을 닫고 안으로 호흡하였고 이른 아침부터 정오에 이르기까지 바르게 앉아 눈을 비비며 몸을 문질렀고 입술을 핥고 침을 만들어 되넘기며 복기를 수십 번 한 후에야 일어나 움직였다'는 『신선전』의 팽조는 아침부터 정오까지 생명의 에너지가 충만한 생기를 호흡했던 것을 알 수 있다.

　행기술은 인체에 해로운 사기를 배출하고 이로운 생기를 들이마시며 자연의 기운을 북돋는다. 『포박자』 내편 「대속對俗」에서 장수하는 동물인 거북이의 호흡을 모방했던 이야기를 살필 수 있다. 장광정이라는 사람이 혼란을 피해 도망가던 중 딸아이가 너무 어려서 함께 하기 힘들어지자 먹을 것과 함께 무덤 밑에 두고 떠났다. 3년이 지나서 돌아왔을 때 딸아이가 죽지 않고 살아 있는 것을 발견했다. 그 방법을 물어보니 처음에 양식이 떨어졌을 때 배고팠지만 무덤의 한쪽 구석에 있는 생물의 행동을 보고 따라했더니 배고픔도 추위도 느끼지 않았다는 것이다. 목을 늘이고 숨을 삼키는 생물의 행동을 매일 모방하자 이렇게 살아갈 수 있었다고 대답한다. 그녀가 모방했던 생물은 큰 거북이로 밝혀졌다. 열악한 환경에 처한 인간이 동물의 특정한 행동에 따라 기를 들이마시기를 반복하면서 목숨을 보존할 수 있었다는 내용이다. 『신선전』의 구령자는 태식을 행하며 안색이 갈수록 젊어졌고, 계자훈은 태식법을 수련한 지 200년이 되자 늙지 않게 되었다. 황경도 복기단곡과 함께 태식법을 수행하자 나이 200

세에 다시 젊은 모습으로 변신했다. 청기를 마시고 탁기를 내뱉는 특별한 호흡법은 신체를 단련시켜서 능히 장생하게 해 준다.

수련자들은 동물의 특정한 행동을 모방하고 훈련하여 우주자연의 질서에 따라 기를 순환시키고 장수할 수 있는 방법을 익혔다. 배워서 터득할 수 있다는 믿음과 노력으로 자연의 생명력을 내 몸에 체현시키며 무궁한 자연의 도에 동화하고자 했다.

3. 식물 및 광물의 생명력

1) 벽곡하기

수련자는 선약을 복용해서 득도하기 전에 자신의 신체를 깨끗이 정화해야 했다. 먼저 순수한 몸과 마음을 유지하기 위해서 일상적인 곡식을 끊는 벽곡법을 실천했다. 곡물은 불사의 도를 이루기에 방해되는 음식이다. 벽곡은 속세의 음식을 끊음으로써 몸 안의 더러운 찌꺼기를 털어내고 몸을 정화시키는 단계였다. 세속적인 삶과 단절하여 자신의 신체를 새로운 세계에 진입하기 적합한 청정한 상태로 준비하는 과정이다.

적장자여는 황제 때 사람으로 오곡을 먹지 않고 온갖 풀꽃을 씹어 먹었다. 요 임금 때 이르러 목공이 되었다. 바람과 비를 타고 오르내릴 수 있었다.

벽곡을 했던 『열선전』의 적장자여는 바람과 비를 타고 하늘을 날아다닐 수 있었다. 바람과 비를 부릴 줄 안다는 것은 득도한 신선들의 대표적인 특징이자 승천의 능력을 암시한다. 찬讚에서도 일반 사람들은 곡식을 먹으니 장수할 수 없었지만 자여는 속계를 벗어나 풀꽃을 먹고 감로를 마셨기에 구름 속을 노닐며 수명을 연장할 수 있었다고 평가했다. 벽곡은 음식을 끊고 위장을 비워냄으로써 몸을 가볍게 하여 하늘로 날아갈 수 있는 초월자가 되기 위한 예비 단계였다.

『장자』「소요유」에 보면, 막고야라는 신인은 곡식을 먹지 않고 바람을 호흡하고 이슬을 마시며 구름을 타고 용을 몰아 천지 밖에서 노닌다고 했다. 『장자』의 철학을 계승하면서 양생술을 구체화했던 『태평경』에서도 곡식을 먹는 사람의 수명에는 한계가 있지만 먹지도 마시지도 않는 사람은 자연과 더불어 생명을 같이 할 수 있다고 했다. 『포박자』내편「잡응雜應」에는 세상이 황폐해져 산림에 은거했을 때 이 방법을 알고 있다면 아사하지 않을 수 있다며 벽곡의 효능을 구체적으로 지적하고 있다.

도서에서는 장생하고자 한다면 반드시 장을 깨끗하게 비워야 하고 불사를 얻고자 한다면 장 안의 찌꺼기를 없애야 한다고 말한다. 또 풀을 먹는 자는 잘 달리지만 어리석고, 고기를 먹는 자는 힘이 세지만 사납고, 곡식을 먹는 자는 지혜롭지만 오래 살지 못하고, 기를 먹는 자는 정신이 죽지 않는다고 했다.

벽곡은 세속적인 곡식을 끊고 자신의 몸과 마음을 온전히 비워내는 과정이었다. 신선되기의 수련 과정 자체가 성공하기 어려운 것이었지만 식욕 억제야 말로 평범한 인간이 견디기 힘든 고통이었다. 음식을 끊는 식이요법은 매우 고통스러울 뿐 아니라 심지어 생명을 잃을 수 있는 위험한 방법이었다. 그러나 수련자는 감당하기 힘든 고통과 절제의 훈련을 통해서 몸 안의 더러움을 씻어내고 도를 받아들일 청정한 공간을 준비한다. 세상에서 즐기는 미각과 쾌락을 거부하고 식욕을 억제함으로써 자발적인 절제와 통제를 배우고 익히게 된다.

　바로 승천할 수 있다는 금단대약을 복용할 때에도 일상적인 음식을 끊은 지 백여 일이 되어야 효과가 극대화된다. 정해진 기간 동안 금식하는 것은 상당한 고통을 수반하지만 식욕을 절제하여 고통을 이겨낸 자들은 득도하기 위한 다음 단계로의 진입이 가능하다.

　쌀, 보리, 밀 등의 농산물은 인류가 땅을 경작하고 정착 생활을 하면서 얻을 수 있었던 농경사회의 산물이었다. 오곡의 거부는 작위적인 인간 사회의 문물을 거부하고 세속적인 삶과 단절하겠다는 의지이다. 인간 문명의 상징인 재배한 곡식에서 멀어져 자신의 신체와 정신을 금욕적인 상태로 만든다. 이에 대해 이용주는 곡식의 재배가 인간 문화의 발생과 연결되어 있다는 것은 곡식이 인간의 삶, 인간 문명의 메타포라는 사실이라고 지적한다. 곡식을 먹는 것은 인간 문명을 유지하고 문명에 소속되기 위해 필요한 최소한의 조건이기에 곡식을 먹지 않는다는 것은 인간의 문명, 인간의 세속적 삶을 벗어나려는 것이라고 강조한다.[3] 더욱이 도교적 신앙에 따르면 곡물은 인간의 몸 안에 살고 있는 삼시충에게 영양분을 제공한다. 삼시충은 인간의 행동을 감시하고 경신일에 하늘의 신께 자신이 살고 있는 몸의 주인인 인간의 과오를 고발하여 수명을 단축하게 만든다. 삼시충은 인간이 죽어야만 제삿밥을 먹을 수 있기에 최대한 인간의 잘못을 기록한다. 곡물은 삼시충이 살아가는 에너지가 되며 오히려 인간의 생

3　이용주, 『생명과 불사』, 이학사, 2020, 207~208쪽.

명을 단축시키는 자원이 된다. 『열선전』의 「주황朱璜」에서 뱃속의 삼시를 제거해야 진인의 도를 가르쳐 줄 수 있다고 했고, 『신선전』의 「유근」에서도 장생하고 싶거든 삼시부터 제거해야 한다는 기록이 이러한 원리를 뒷받침해 준다.

2) 복용하기

『포박자』내편 「극언極言」에는 벽곡을 수행하여 몸을 가볍게 만들어 정화한 이후에야 식물질 혹은 광물질의 선약을 복용할 수 있다고 밝히고 있다.

> 분노를 참아 음기를 온전히 하고 기쁨을 억눌러 양기를 기른다. 그러한 연후에 먼저 초목을 복용하여 이지러지고 부족한 것을 보충하고, 나중에 금단을 복용하여 무궁함을 확고하게 한다. 장생의 이치는 모두 여기에 있다.

『신농본초경』에 따르면 상약, 중약, 하약을 각각 125종으로 구분해서 그 효능을 설명하고 있는데 상약은 몸을 가볍게 하고 기를 강하게 하기 때문에 불로장생을 원하는 사람은 섭취해야 한다고 했다. 약초 채집과 효능에 관해 상세히 기록하고 있는 『포박자』내편 「선약」에는 그것의 등급에 따라 순차적으로 나열되어 있다. 상품의 선약으로 단사, 황금, 백은, 제지, 오옥, 운모, 명주, 웅황, 태을우여량, 석중황자, 석계, 석영, 석뇌, 석류황, 석이, 증청, 송백지, 복령, 지황, 맥문동, 목거승, 중루, 황연, 석위, 저실을 순서대로 제시한다. 여기에는 광물질의 선약과 식물질의 선약이 섞여 있다.

(1) 식물

식물질 선약의 으뜸으로는 제지를 손꼽을 수 있다. 제지는 명산 속에서 자라는 버섯류를 말한다. 이것은 다시 석지, 목지, 초지, 육지, 균지의 다섯 가지로 나뉘며 이것을 복용하면 하늘을 날 수 있고 오랫동안 장수할 수 있다. 『열선전』에서 정교보와 강비이녀가 주고받는 사랑의 언약시에 지초가 등장하고, 산 정상의 지초와 신천의 물을 복용하여 영생을 얻었던 녹피공鹿皮公, 도인행기술에 능했던 팽조 역시 영지와 계피를 복용했다.

제지 다음으로는 송백지를 복용했던 기록을 찾을 수 있다. 송백지는 송지를 말하며 소나무 가지에서 나오는 천연수지의 일종으로 오늘날의 송진에 해당한다. 『열선전』의 구생은 늘 송지를 복용했는데 젊고 건장한 모습으로 변신했고, 문둥병을 앓았던 『신선전』의 조구趙瞿는 송지를 먹고 병이 나았다. 오랫동안 복용했더니 몸이 가벼워지고 기력은 백 배나 되어 험한 곳을 오르내려도 전혀 피곤하지 않았고 나이 백칠십 세에도 건강했다. 조구의 이야기는 송지 복용의 효험이 더 강조되어 『포박자』 내편 「선약」에도 등장하고 있다. 또 송지와 복령을 복용했던 「황초평皇初平」의 황초기皇初起는 어린 아이의 안색으로 바뀌어 앉은 채로 자신의 몸을 사라지게 만들 수 있었고, 송지와 송실, 복령을 복용했던 공원孔元도 나이가 들수록 오히려 젊어졌다.

특히 솔잎과 송실을 복용해서 장생했다는 수련법이 개연성 있게 서사되고 있다. 소나무는 일 년 내내 변치 않는 푸르름의 상징이며 전통적으로 굳은 절개와 지조를 대표한다. 「조구」의 기록처럼 소나무의 부속물인 송지, 송실 등은 산이나 집 주변에서 흔히 찾을 수 있는 것들이다. 수련자들이 쉽게 구해서 복용할 수 있다는 것은 그만큼 누구나 의지가 있다면 수련해서 장생할 수 있다는 가능성을 강조한다. 『열선전』의 적수자赤須子는 송실, 천문동 등을 복용하여 젊고 건장해졌고, 송실과 소나무 뿌리에 기생하는 복령을 복용했던 독자는 수백 년 동안 모습을 바꿔가며 살아갈 수 있었으며, 송실과 국화를 복용했던 문빈文賓의 부인도 다시 젊어져 장수할 수 있었다. 더욱이 소나무의 부속물을 복용했던 수련자들 중 몸에 털이 자라났다는 이야기에 주목할 필요가 있다.

『열선전』의 약초 캐는 노인 악전偓佺은 소나무 열매를 즐겨 복용했는데 눈은 사각형이었고 몸에는 수촌이나 되는 털이 자라났다. 날아다닐 수 있었고 달리는 말을 따라잡을 수도 있었다. 악전이 준 송실을 복용한 자들은 모두 이백 세에서 삼백 세까지 살았다. 칼텐마크은 악전이 날아다닐 수 있었던 것은 몸에 난 털에 의한 능력이고 이 털은 깃털 달린 새와 연관있다고 주장했다. 솔잎이나 송진, 송실을 먹는다는 것은 온 몸에 털이 나게 하기 위한 것이며 이들은 비상을 할 수 있는 불사의 식량이었다는 것이다.[4] 또 진시황의 궁녀였으나 난을 피해 산에 들어갔던 한 여성은 도사에게 솔잎 먹는 법을 배워 170여 세가 되었는데도 몸이 날 듯 가벼웠다. 솔잎과 송실만 복용했던 궁녀는 온 몸이 털로 뒤덮여 있기에 『열선전』에서 모녀라는 이름으로 기록되었다.

모녀는 자가 옥강으로 화음산에 산다. 사냥꾼들이 대대로 그녀를 보았는데 몸에 털이 나 있었다. 스스로 말하길, "진시황의 궁인으로 진이 망하자 떠돌아 다니다 산에 들어가 난을 피하였는데 우연히 도사 곡춘을 만나서 송엽 먹는

---

4   Kaltenmark Max, op. cit., p.54.

법을 배웠습니다. 마침내 배고프지도 춥지도 않게 되고 몸이 가벼워 날 듯한
데 백 칠십여 년을 지냈습니다"고 했다.

모녀 이야기는 수련자와 식물질 선약의 관계를 잘 보여준다. 『포박자』
내편 「선약」에는 『열선전』에 기록되지 않은, 모녀가 세상 사람들에게 발
견된 이후의 일까지 상세히 묘사되어 있다. 깊은 산 속에서 아사하기 직
전의 그녀는 솔잎과 송실 먹는 법을 배웠는데 배고픔과 추위 및 더위도
느끼지 않게 되었다. 사람들이 그녀를 발견하고 집으로 데려가 곡식을 먹
였더니 처음에는 구토하며 힘들어 했지만 며칠 지나서 안정을 찾는 듯
했다. 그러나 2년 뒤 몸의 털이 다 빠지더니 마침내 늙어서 죽어버렸다고
기록했다.

앞에서 수련자와 새의 관계성을 언급하면서 비상의 능력을 지닌 새의
날개는 깃털로 이루어져 있음에 주목한 바 있다. 송엽을 먹고 몸에 털이
난 여인의 모습은 깃털이 난 종족을 연상시킨다. 솔잎과 송실은 불사의
식량이며, 이것을 복용하면 마치 솔잎처럼 온 몸에 털이 났다. 긴 털이 난
사람인 우인羽人은 비상의 능력을 발휘할 수 있는 특별한 사람이다. 날개
달린 우인은 하늘로 승천이 가능한, 영원한 생명을 누리는 불사자로 변모
해 가는 상징적인 기호와 같다. 나아가 선약을 복용하여 건강을 유지했으
나 다시 인간 세상의 곡식을 먹고 몸이 쇠해 죽었다는 모녀의 이야기는
수련의 지속성 문제도 함께 제기한다. 얼마나 꾸준히 실행해야 하는지의
중요성을 상기시켜 준다.

그 다음 식물질 선약으로는 거승을 복용했던 이야기를 찾을 수 있다.
거승은 깨를 말한다. 노자가 진인임을 미리 알아보았던 『열선전』의 관령

윤關令尹이 참깨씨를 복용했고, 『신선전』의 노녀生魯女生도 참깨의 일종인 호마를 복용해서 건강해졌다. 거승적송산방을 복용했던 악자징樂子長은 나이 백 팔십 세에 어린 아이와 같은 외모를 지녔고 구름을 타고 능히 오르내릴 수 있는 신선이 되어 사라졌다. 『본초강목』에서도 깨는 추위나 습기에 견뎌낼 수 있는 힘을 제공하고 노화를 방지하는 식품으로 설명한다.

그 밖에 오곡을 금식하고 온갖 풀꽃을 섭취했던 「적장자여」, 삽주 뿌리를 복용한 「연자涓子」, 연꽃 열매를 복용한 「여상呂尚」, 창포와 부추 뿌리를 복용한 「무광務光」, 탁로나무 열매와 무청 씨를 복용한 「육통」, 계피를 복용한 「범려范蠡」, 여지의 꽃과 열매를 복용했던 「구선寇先」, 계피와 해바라기를 복용했던 「계부谿父」, 오색 향초의 열매를 먹었던 「원객園客」, 봉류의 뿌리를 복용했던 「창용昌容」, 지황·당귀·강활·독활·고삼의 분말을 복용했던 「산도山圖」, 출과 창포 뿌리를 먹은 「상구자서商邱子胥」 등에서 살필 수 있듯이 『열선전』의 신선들은 30여 종의 약용 식물들을 복용하여 병이 낫고 장수했다. 『신선전』에서는 황정을 복용했던 「왕렬王烈」·「윤궤尹軌」·「봉군달封君達」, 석뇌를 복용했던 「엄청嚴靑」, 버섯과 삽주를 복용했던 「갈현葛玄」, 창포를 복용했던 「왕흥王興」, 이출을 복용했던 「노녀生魯女生」, 온갖 풀과 꽃을 채집하여 환으로 만들어 복용했던 「봉강鳳綱」 등에서 식물질 선약과 생명 연장의 관계에 대해 찾을 수 있다.

(2) 광물

신선되기 수련법 중 가장 강력한 효능을 발휘하는 방법은 금단을 복용하는 것이었다. "불사의 도는 그 요체가 신단에 있다. 행기도인하고 부앙굴신하며 초목을 복용하면 가히 수명을 조금 연장할 수 있으나 세상을 초월해 천선을 이루지는 못한다"는『신선전』「음장생」의 기록처럼, 최상의 약은 금단의 광물질이었고 이것을 복용한 자는 신선 중 최고의 등급인 천선에 오를 수 있었다.

『포박자』내편「황백」에는 금단을 복용하면 최고 등급의 신선이 될 수 있다고 기록했다.

> 주사를 금으로 만들어 이것을 복용하고 승천하는 자는 상사이다. 지초를 먹고 도인하고 행기하여 장생하는 자는 중사이다. 초목을 복용하여 천 세를 누려 돌아가는 자는 하사이다. 또 이르길 금과 은이 스스로 만들어지는 것은 자연의 본성이니 장생은 가히 배워서 얻을 수 있다.

『열선전』첫머리에 등장하는 적송자赤松子는 수정을 복용했으며 불 속에 들어가 스스로를 태울 수 있었고 바람과 비를 주관할 만큼 신령스러웠다. 염제의 막내딸과 함께 하늘로 날아올라 승천했다. 단약을 제조해서 복용했던「임광」과「주주圭柱」, 단사와 초석을 정련해서 복용했던「적부赤斧」, 운모를 복용했던「방회方回」, 오색의 석지를 복용했던「적수자赤須子」와「능양자명陵陽子明」등에서 광물질 선약을 복용하는 내용이 기록되어 있다. 짤막하고 단편적인『열선전』에서는 식물질 선약의 복용에 관해 주목했고, 광물질 선약을 제조하거나 복용한 사례는 주로『신선전』에 집중되어 있다.

> 약 중의 상급은 오직 구전환단과 태을금액이 있을 뿐이다. 그것을 복용하면 모두 즉시 하늘로 오르게 되는데 며칠 몇 달이 걸리지 않는다. 그 다음은 운모

와 웅황의 부류인데 능히 구름과 용을 타게 한다. 또한 귀신을 부리게 하고 변화하며 장생하게 해 준다. 초목의 약은 다만 능히 병을 치료하고 허한 것을 보충해 줄 수 있다. 시간을 멈추게 하고 백발을 검게 되돌리며 곡류를 끊고 기를 더하는 정도라서 죽지 않게 하지는 못한다. 위로는 수백 년을 살게 하며 아래로는 그 타고난 품성을 온전히 해 줄 뿐이지 오래 의지할 수 없다.

위에 인용한 『신선전』「유근」에는 신인을 만나서 도술을 전수받은 요결까지 자세히 기록되어 있다. 장생하려면 삼시충을 제거해서 의지를 안정시키고 욕망에서 벗어난 이후에 선약을 복용해야 효험이 있다고 제시했다. 약에는 상약과 하약이 있기에 신선도 여러 품등이 나뉘어 있음을 밝히고 행기도인술을 행한다 할지라도 약을 복용하지 않으면 신선이 될 수 없다고 경고한다. 벽곡을 하지 않아도 죽지 않을 수 있는데 그 요결은 바로 광물질 선약의 복용이라고 강조한다. 「음장생」에서는 마명생에게 『태청신단경』을 전수받아 단약을 만들어 복용하여 신선이 되었다고 기록했다. 죽지 않는 도의 요체는 신단에 있다며 행기도인과 식물질 선약의 복용은 수명을 늘릴 수 있을 뿐 죽음을 초월한 천선에 이르지 못한다고 지적했다. 대낮에 승천했다는 「음장생」처럼, 갈홍이 편찬한 『신선전』에는 광물질 선약의 복용 사례가 많이 기록되어 있다.

「백석생白石生」・「위숙경衛叔卿」・「심희沈羲」・「이팔백李八百」・「손박孫博」・「옥자玉子」・「구령자」・「북극자北極子」・「절동자絶洞子」・「태양자太陽子」・「태양녀太陽女」・「태음녀太陰女」・「마명생馬鳴生」・「장도릉張道陵」・「회남왕淮南王」・「백화帛和」・「궁숭宮嵩」・「무염巫炎」・「유근」・「윤궤」・「이근李根」・「봉군달」에서 모두 광물질 선약의 제조 방법이나 복용에 관해 설명하면서 수

런자의 노력과 의지를 강조하고 있다.

불사약 중 최상의 것은 금단이다. 금단이란『포박자』내편「선약」에서 상품의 선약으로 제시된 단사와 황금을 말한다. 광물질의 선약 중에서도 가장 뛰어난 효력을 지닌 금단을 복용하면 짧은 시간 안에 승천이 가능했다. 물화와 주술적 감응의 원리에 토대해 단약을 제조할 수 있고 그것을 복용해서 영원한 도에 합일할 수 있다고 믿었다. 고대인들은 금을 만들어 복용하면 변치 않는 금의 속성과 같이 불변의 원리에 따라 인체도 늙지 않고 영원한 생명을 이어받을 수 있을 것으로 생각했다.『주역』의 괘효와 오행의 원리를 결합하여 금단 제조가 가능하다고 믿었고 음양의 조화에 따른 제조 법칙을 강구했다. 장생법에 관한 서적들을 연구하고 불사의 처방들을 수집했다. 우주자연의 정수가 응축된 금단을 제조하여 복용하면 신선이 될 수 있다고 확신했다. 인체는 생명을 담아낸 소우주이며 인간의 의지와 노력에 따라 대우주의 질서와 조화가 몸 안에 그대로 이어진다고 믿었기 때문이다.

신선이 되고픈 간절함은 순수 자연의 금보다 인간의 손을 거쳐 제조된 금의 효능이 훨씬 뛰어나다는 논리로 이어졌다. 신선이란 인간의 노력과 의지에 따라 배워서 성취할 수 있는 존재라고 생각했기 때문이다.「황백」에는 "또한 변화시켜 만든 금은 모든 약 중의 정수이며 자연적인 것보다 뛰어나다"고 하여 인공의 금을 제조할 때 오래 달일수록 영묘한 효과를 볼 수 있다고 했다.

대저 금단이 물이 된 것은 그것을 달이는 것이 오래될수록 변화가 더욱 오묘해 진다. 황금을 불에 넣으면 백 번을 달구어도 사라지지 않는다. 땅 속에 묻어도 세상이 다할 때까지 썩지 않는다. 이 두 가지 물건을 복용해서 신체를 단련하면 사람을 능히 불로불사하게 해 준다.

『포박자』 내편 「금단」에는 금단을 한번 굴린 것부터 아홉 번 굴린 것까지 제조하는 방법에 따라 구단으로 제시한다. 단화, 신부, 신단, 환단, 이단, 연단, 유단, 복단, 한단으로 나눌 수 있으며 각 단계별로 제조 과정과 효능이 구분된다. 그중 단화는 현황을 기본 재료로 해서 웅황수, 반석수 등을 넣어서 만들어 36일간 불 위에서 굴리게 되는데 이것을 복용하면 7일 만에 신선이 된다는 최상의 약이다. 『주역』의 곤괘에서 말하는 현황이 천지를 의미하는 것을 떠올린다면 금단의 가장 본질적인 원리는 천지만물의 조화에 기반을 두었음을 알 수 있다. 『신선전』 「유근」에서 제시한 상급의 약인 구전환단이 바로 아홉 번 굴려 제조한 단약이다. 또 「위백양魏伯陽」에서는 제자들을 시험하기 위해서 일부러 굽는 횟수가 부족한 독단이라는 약을 만들었다는 기록이 있다. 「좌자左慈」에는 『구단금액경』을 얻어 온갖 변화를 구사했고 곽산에 들어가 아홉 번 굴려 만든 구전단을 제조해서 신선이 되어 사라졌다고 했다.

단약은 생명 에너지를 물질화해서 그것을 복용하면 인체의 장생불사를 실현할 수 있다는 믿음에서 탄생했다. 기의 조화에 따라 물이 변하는 것은 우주의 자연스런 질서이자 섭리이기에 변하지 않는 금을 복용해서 인간의 몸도 영원무궁한 도에 동화되는 것이 가능하다고 생각했다. 인간이 학이 되거나 호랑이 및 원숭이가 되고 혹은 돌이 되기도 하는 물화의 논리 위에서 자연의 영원한 생명력도 배워서 얻을 수 있다고 여겼다. 변하지 않는 광물질의 생명력에 감응하여 음양의 조화에 따라 생명이 이어지는 것은 자연스럽고 당연한 우주적 질서였기에 인간도 영원불사가 가능하다는 것이다.

단사나 황금보다 효능이 떨어지지만 은을 연단했던 기록들은 『신선전』「정위처程偉妻」, 「윤궤」에서 찾을 수 있다. 또 수은과 관련한 연단술도 「정위처」, 「무염」, 「봉군달」에서 찾을 수 있다. 금과 은은 비쌀 뿐 아니라 쉽게 구할 수도 없기에 수은을 넣어서 불에 구우면 황금이 된다고 생각했다. 금단대약을 복용하는 것이 신선의 도를 획득하는 데 가장 빠르고 강력한 효과를 얻을 수 있다고 믿었으나 실제로 금단의 재료를 구하는 것도 조제의 과정이 성공하는 것도 모두 어려웠다. 차선책으로 수은을 넣은 단약을 조제하여 복용했으나 수은 중독으로 부작용을 겪거나 죽는 자가 많아졌다. 단약 복용의 피해가 속출하게 되자 당대 이후에는 광물질 선약을 복용하는 것 대신 식물질 선약의 복용과 호흡법이 널리 시행되면서 수련의 방식은 외단에서 내단으로 전향되었다.

고대 연금술은 잘못된 원소변환설과 감응 주술을 맹신하여 물리적인 화학 실험에 실패할 수밖에 없었고 애초에 인간의 생명을 무기한 연장할 수 있는 불사약은 이 세상에 존재하지 않았다. 그러나 고대인들의 상상력 속에서 영생을 획득하려는 간절한 바람은 방법을 달리하여 인간의 노력을 지속적으로 일깨우고 있었다.

4. 책임감 있는 생명의식

고대인들은 인간의 신체가 지니는 한계성에서 벗어나고자 우주자연의 도에 합일하려는 학문을 체계화했다. 그 학문의 세계 안에서 인간은 변신이 가능하고 젊음과 건강을 유지할 수 있었다. 누구든 불사의 도를 수련하려는 의지가 있고 실천한다면 유한한 삶을 무한한 영생으로 바꿀 수 있었다. 이러한 믿음은 신선되기라는 가능성으로 구체화되었다.

생명연장을 꿈꾸는 고대의 인문적 상상력은 장수하는 동물의 행동을 모방하고 식물과 광물질 선약을 복용하여 자연의 생명력을 신체에 체현하려는 수련으로 확장되었다. 자연에 깃든 영원성을 소우주인 인간의 몸에 재현하고자 노력했다. 생명 연장을 통해서 영혼을 해방시키고 영원한 자유를 얻고자 했다. 수련자들에게 자연은 치우침이 없이 자신을 완성해가는 운동하는 힘이자 생명의 근원이었다. 신체와 정신을 전일하게 완성시켜 줄 무한한 잠재력을 지닌 유기적 원리이자 방법이었다.

신선의 이야기는 불완전한 인간의 몸이 자연의 영원한 생명력에 동화되기를 바라는 일종의 상징화된 언어기호이다. 그러므로 신선설화는 인간과 자연 사이의 경계에서 영생의 가능성과 잠재력을 상상하는 것이지 실재적인 세계를 현상학적으로 보여주는 게 아니다. 득도해서 승천했다는 신선의 존재를 실증적으로 증명하거나 확인할 방법이 불가능하기에 신선가학설을 표방한 문학작품은 과학적 검증이 아니라 상징적 언어체계로 받아들여야 할 것이다.

오늘날 사람들은 인간과 자연의 범주를 엄격하게 분리하여 다루고 있다. '친환경' '친자연'이라는 표현을 써서 자연을 애호하고, 환경을 보호하며, 지구를 사랑하는 사람들의 태도를 강조한다. 기후변화, 지구온난화, 환경오염뿐 아니라 코로나19 팬데믹에 이르기까지 생태적 불균형의 원인이 자연을 통제하려는 인간중심적인 행위에서 비롯되었다고 지목하고 있다. 그간 인간의 많은 행동들은 문명발전이라는 명목으로 반자연적인 결과를 초래했고 근대 이후 인간과 자연을 분리하는 양극화 현상이 한층 가열되었기에 오늘날 양자는 서로 다른 문화의 범주로 간주되는게 낯설지 않다.

인간과 자연을, 문명과 자연을 대치 상황으로 규정짓기에 이와 더불어 신선의 정체성을 자연적인지 반자연적인지 구분하려는 문제도 발생했다. 근대성 연구에서 파생된 이 논쟁에서 간과하기 쉬운 것은 생명 연장이라는 편면적 현상에만 집중한다면 신선이란 자연의 순리에 역행하는 반자연적인 존재로 오인될 수 있다는 점이다. 사람이 죽음을 통해서 자연으로 돌아가는 것만큼 자연스러운 것이 없다는 논리와 같다. 그러나 신선되기의 과정은 개인적 탐욕을 위해 자연을 훼손하고 통제하여 길들이고자 함이 아니었다. 인간중심적인 관점에서 자연물을 재배치하고 작위적인 질서를 만들려는 것이 아니다. 세상의 명예와 권력, 부귀를 놓지 않으려는 이기적인 물욕이 아니라 자연의 생명력을 모방하고 학습하여 스스로의 한계를 뛰어넘고자 했던 자기 초월의 의지와 노력이 결부되었다. 부귀와 명예를 거부한 『열선전』의 개자추介子推, 벼슬을 거부했던 마단馬丹, 황금과 벽옥을 거부했던 안기선생安期先生, 많은 돈을 버리고 떠난 축계옹祝鷄翁, 관직을 모두 버리고 산에 들어가 수도했던 『신선전』의 왕원王遠, 세상의 부귀영화가 헛된 것임을 알고 관직을 버리고 양생술을 구했던 유정, 무상으로 병든 자들을 고쳐주고 대신 나무를 심게 했던 동봉董奉 등 세속의 물질적인 것을 버리고 자연으로 돌아간 많은 신선들의 이야기가 이를 증명한다.

장생을 추구하는 사람은 반드시 선을 쌓고 타인의 고통이나 어려움을 불쌍히 여겨 도와야 한다는 『포박자』 내편 「미지」의 기록과 같이 신선되기의 과제는 애초부터 이기적인 마음에서 성공할 수 없는 것이었다. 어진 마음이 곤충에까지 미치도록 행동하라는 구체적인 지침들은 이타적인 선한 마음과 친자연적인 실천의 토대 위에서 수련이 가능했던 것임을 보여준다. 영생의 가능성을 타진하는 몸은 이타적 선행과 자연에 대한 존중 없이는 근본적으로 무의미한 것이었다.

신선이 되려는 것은 타고난 운명과 죽음에 저항하려는 것이 아니라 자신에게 주어진 한계를 극복하려는 의지의 발현이다. 불완전한 자신의 몸을 완전한 자연에 동화시키려는 자기 치유의 과정이다. "또 증명할 수 있으며 장생이 가능하고 신선은 특별히 종류가 따로 있는 것이 아님을 알고 있기에"「지리」 누구나 부단한 노력과 실천을 통해서 영생을 얻을 수 있다고 확신했다. "나의 생명은 나에게 달린 것이지 하늘에 달린 것이 아니며"「황백」 주어진 삶을 적극적으로 개척해 나가려는 의지와 노력은 자연질서를 장악하고 통제하려는 인간의 힘을 현시하지 않는다. 신체와 정신을 전일하게 하여 자신의 한계를 극복하고 삶을 완성시키려는 자기 초월의 서사이다.

자연은 생명을 품고 있다. 자연으로 되돌아가려는 인간의 노력은 마르지 않은 생을 창출하는 자연의 치유 능력을 모방하고자 한다. 신선이 되고자 함은 자연을 거스르는 것이 아니라 자연을 통해 자연으로 되돌아가려는 의지이며 자기 절제와 통제를 통해 스스로의 한계를 초월하려는 시도이다. 자연의 질서를 파괴하거나 정복하려는 것이 아니라 자연의 도를 내 몸에 체현하여 불완전함을 완전함으로 극복하려는 노력의 소산이다. 그런 의미에서 생명연장을 꿈꾸는 신선되기의 과정을 이기적인 욕망의 발현으로 폄하할 것이 아니라 책임감 있는 생명의식을 실천하려는 노력의 일환으로 살펴볼 수 있다.

신선가학설을 믿었던 고대인들은 자신들의 종교와 사상 안에서 자연과 더불어 살고자 노력했다. 수련자들에게 자연은 초월을 완성할 수 있는 재료이자 장소이고 또 원리였다. 자연을 쟁취하거나 제어하는 것이 아니라 스스로 금욕하고 절제하면서 자연의 원리에 동화하고자 했다. 신선되기는 단순히 육체의 생명 연장만을 추구한 것이 아니라 영혼의 해방과 자유를 갈망하는 여정이다. 원리와 방법으로서의 자연의 생명력은 어쩌면 기계화되고 통계화된 현대 과학의 화려함에 가려진 부분일 수 있다. 신선되기의 과정은 힘겨운 현실을 극복하여 살아갈 힘을 제공하는 건강한 상상력에서 출발했다.

제4장
『태평광기』의 환상성과 죽음 너머의 존재들

1. 『태평광기』와 죽음 너머의 세계

과학은 인간이 자신이 경험했던 관점에서 연구하고 실험하여 통계를 내는 학문이기 때문에 수치화할 수 없는 현상들의 잠재성을 읽어낼 수 없다. 생물학적 죽음, 신화적 죽음, 신학적 죽음, 형이상학적 죽음, 인류학적 죽음 등 죽음을 이해하는 방식은 다양하지만 과학적 지식은 생물학적 죽음 만을 설명해 줄 따름이다. 인문학의 홀대로 이어졌던 과학에 대한 맹신이 무너지고 반성의 목소리가 높아지면서 보이지 않는 것들, 주변적인 것들이 주목받게 되었다. 그중 하나는 인간 삶에 대한 근원적 과제, 죽음을 둘러싼 문제일 것이다.

인간은 죽을 수밖에 없는 운명을 뛰어넘어 '다른' 존재로의 환상적인 탈바꿈을 꿈꾼다. 환상은 보이지 않는 것을 가시화하고 표면화시켜 주는 힘이 있다. '환상적fantastin'이라는 단어는 로지 잭슨Rosie Jackson이 지적했듯이 라틴어 phantasticus에서 나온 말이다. 이것은 그리스어에서 파생된 단어로 '가시화하다, 명백하게 하다'라는 의미를 가진다.[1] 중국문학에서는 환상성과 관련하여 빈번하게 출현된 용어로 환幻, 현玄, 괴怪, 기奇, 비秘, 이異, 신神, 선仙, 영靈, 귀鬼, 요妖, 마魔, 묘妙 등을 들 수 있다.[2] 이 용어들의 기저에는 공통적으로 삶과 죽음에 대한 고대인들의 문제의식과 세계관이 담겨 있다. 고대 중국에서 죽음 너머의 세계가 존재한다고 믿었으며, 몸은 사라지지만 영혼은 다른 형태의 삶을 향유한다고 믿었다. 그리하여 현세에서 영원한 삶을 추구했던 사람들은 '죽음을 뛰어넘을 수 있는' 신선의 존재를 탄생시켰고, 애초부터 '죽음과는 무관한' 신을 경외했으며, '죽음 이후의 영혼인' 귀鬼를 받들고 찬양했다. 사후 세계에 대한 두려움과 호기심은 세 존재와 인간의 관계 맺음 속에서 다양한 모습으로 드러났다. 그들에게 있어 죽음은 극복하거나 다스려야 하는 대상이 아니었고 오히려 우주와 세계를 이해하는 단초가 되었다. 인류의 역사 속에서 공통 관심사였던 죽음이라는 코드 뒤에 숨겨진 사회 문화적인 의미를 파악하는 것은 역설적이게도 현실에서의 삶을 보다 더 의미있게 살아가기 위한 노력의 과정이다.

『태평광기太平廣記』는 중국소설사상 중요하면서도 특별한 위상을 차지하고 있다. 이 책은 선진시기부터 송초에 이르기까지 수백 가지의 야사·소설 등을 총망라한 유서이다. 소재와 구성 및 서사예술적 측면에서 후세 중국소설 및 문학발전을 촉진시켰을 뿐 아니라, 한국에 유입되면서 한국 설화와 소설문학의 발전에 상당히 공헌했다. 당 이전시기 소설의 발달과정을 살펴볼 수 있는 서적들 대부분이 없어졌기 때문에 『태평광기』에 실

---

1   로지 잭슨, 서강여성문학연구회 역, 『환상성-전복의 문학』, 문학동네, 2002, 23쪽.
2   정재서, 「중국 환상문학의 역사와 이론」, 『사라진 신들과의 교신을 위하여』, 문학동네, 2007, 219쪽.

려있는 이야기를 근거로 일실된 원서를 복원할 수 있다. 또 역사, 민속, 풍습에 관한 지식을 바탕으로 당시의 문화적, 사회적 배경을 연구할 수 있다. 다행스러운 일은 김장환이 이 500권의 거질을 오랜시간 연구하면서 총 21권으로 번역해서 출간해 냈기에 이 분야의 연구자들에게 주요한 자료를 제공해 주고 있다.[3] 저자 역시 큰 도움을 받았고 이 책에서 『태평광기』 인용문의 토대가 되었다.

특히 『태평광기』의 배열체제와 기록된 내용을 살펴보면 신선·여선·신·귀신 등의 주제가 책의 서두부터 시작되는 것에 주목하지 않을 수 없다. 게다가 「신」·「신선」·「여선」·「귀」 류가 다른 항목의 권수에 비해 상대적으로 많은 분량을 차지하고 있다. 송 왕조가 새롭게 기강을 잡는 초창기에, 그것도 칙령에 의해서 만들어진 총 500권의 거질 속에 도교적 인물과 그들의 기이한 이야기가 권1부터 배치된 것에 주목한다면 소설이라는 용어가 최초로 등장한 『장자』 이후 줄곧 폄하되어온 허구 서사에 대한 인식에 뚜렷한 변화가 생긴 것을 알 수 있다. "소설을 꾸며서 관직을 구하는 것은 큰 도리에 이르는 것에서 멀다"고 한 『장자』에서의 기록은 당시에 도와 거리가 먼, 자잘한 이야기 정도로 인식되었다는 것을 보여준다. 고대 시기에 실록 서사는 특권을 지닌 지배적 장르였고 허구 서사는 정식 역사의 부속물처럼 취급되던 평가가 지속적으로 막강한 영향력을 발휘해 왔기 때문이다. 그리하여 『태평광기』의 편찬은 허구 서사의 인식 변화를 추적하는 데 주요한 분기점이 되며, 역사 서사가 아닌 허구 서사를 통해서 정치·경제·종교·민속 등의 방면에서 당시의 사회상을

---

3 김장환 외역, 『태평광기』 1~21, 학고방, 2000~2005.

연구하는 데 중요한 참고자료가 된다. 그 중 상당한 분량은 삶과 죽음의 문제의식을 동반하는 내용으로 구성되어 있으며, 철학, 민속학, 역사학 등 단일 학문의 장르를 뛰어넘는 학제 간의 제반 지식과 연관되어 있다.

많은 문학가들이 『태평광기』의 가치와 문학적 의의를 언급해 왔고 "패사와 설화의 깊은 바다"라는 칭송을 해왔지만 환상적 가치에 대한 구체적인 언급에 대해서는 소극적이었다. 청淸 기윤紀昀도 사장가들과 고증가들이 명물과 전고를 취하여 문장을 만드는 데 도움이 되는 훌륭한 서적이라고 평가했으나 그 안에 담겨진 신괴성에 관해서는 부정적인 입장을 표현했다. 그러나 기이하고 신이한 이야기들, 현실과 초현실을 넘나드는 환상적 이야기들은 인간과 삶에 대한 당시인들의 인생관과 세계관을 읽어낼 수 있는 중요한 토대가 된다. 이 점이 바로 『태평광기』가 단순한 허구적 사실들을 모아놓은 전집이 아니라 리얼리티에 대한 인식을 확장시켜 준다는 러셀 커크랜드의 주장에 힘을 실어줄 수 있는 이유이다.[4] 지정학적으로 가깝게 위치한 중국의 환상서사보다 서구의 SF물에 친숙함을 느끼고 있는 오늘날 현대인들에게 중국 고대 서사물의 환상성을 탐색하는 데 귀중한 자료라고 할 수 있다.

삶에 대한 집착만큼이나 중요한 죽음의 담론, 그것을 기점으로 한 불멸, 초멸超滅, 필멸의 존재에게서 환상성을 탐색하는 작업은 세상에서 소외된 자아의 정체성을 찾아가는 연구이다. 불멸, 초멸, 필멸의 존재를 형상화시킨 신, 선, 귀에 내재된 의미부터 파악하여 생사학적 관점에서 논의할 것이다. 각각의 명칭에 함유된 문자학적 개념을 살펴보는 것은 모티

---

4   Russell Kirkland, "A World in Balance : Holistic Synthesis in the *T'ai-p'ing kuang-chi*". *Journal of Sung-Yuan Studies*, Number 23, 1993, pp.64~71.

프에 투영된 근원적 의미와 상징성을 해석해 내는 데 중요하다. 작품의 수량이나 내용이 방대하고 서사구조가 다양하기 때문에 그 유형을 일률적으로 추출하기는 불가능하지만 환상적 함의가 두드러지고 유사한 구조가 반복되어 등장하는 이야기군들을 선별하여 분류하기로 한다.

2. 환상서사의 기원과 변모 양상

『태평광기』가 지어진 송초 이전 환상서사의 기원과 변모 양상을 개략적으로 정리하면 다음과 같다. 먼저, 서주 초기에서 위진시대 사이에 지어진 것으로 추정되는『산해경』에서 시작할 수 있다. 이 책은 중국과 중국 주변의 지역을 기록하고 있는데 그곳에 사는 동식물, 특이한 괴물이나 신령, 이국의 풍속과 사물, 영웅의 행적 등을 다양하게 서술하고 있어서 지리서적인 성격뿐 아니라 신화서적인 성격을 동시에 지니고 있다. 그 중 반인반수, 괴상하게 생긴 동물들, 신이한 능력을 행하는 존재 등 고대인의 무의식에 존재했던 상상의 산물들이 구체화되어서 등장하고 있다. 『산해경』에서 근원한 환상적 모티프는『장자』에서 좀 더 구체적으로 묘사된다. 어떠한 경계나 구분이 생기기 이전, 모든 것이 하나로 통합된 상황을 상징하는 혼돈의 이야기나 막고야산의 이야기가 그렇다. 이 책의 제1장에서 언급했던 바,『장자』의 우언에서 재현된 환상성은 물화와 변신의 형식으로 초월적 세계와 영혼의 자유를 향한 인간의 욕망을 냉철하면서도 해학적으로 담아내고 있다. 죽음을 초월하여 생명의 원리인 자연으로 돌아가려는 절대 자유의 경지로 보여주고 있다.

전한의 동방삭이 지었다는『신이경神異經』은 음양오행설과 팔괘에 입각하여 형상화할 수 없는 초월적 존재를 구체적으로 묘사하고 있다. 박학다식하고 골계와 해학에 뛰어난 동방삭의 이름에 기대어 기이한 변방의 동물, 사물 등에 대해 기록했는데 동왕공 이야기가 대표적이다. 중국에서 가장 오래된 신선설화집『열선전』과 그것을 보충해서 지은『신선전』에는 죽음을 초월한 신선들의 세계가 펼쳐진다. 이 책의 제2장과 제3장에서 다룬 바 있듯이, 신선설화는 중국소설사의 전개과정에서 독특한 위상을 차지한다. 젊은 모습 그대로 늙지 않고 장수하며 살아갔다는 신선들의 이야기는 청말까지 시, 소설, 희곡 등 다양한 장르에서 다채롭게 변형되어 창작 및 향유되면서 중국문학사에 큰 영향력을 발휘해왔다. 죽음을 뛰어넘어 한계를 극복하려는 인간의 욕망과 의지를 환상적인 서사수법으로 포착해 내고 있다.

동진의 간보가 지었다는『수신기』는 위진남북조 지괴의 대표작으로 불리운다. 기이하고 신령한 이야기를 모아 편찬한『수신기』에는 신선뿐 아니라 귀신, 요괴, 정령, 징조, 기이한 물건, 기이한 현상 등 초자연적인 신이한 능력에 대한 서사로 가득 차 있다. 그 중에서도 인간과 개가 결합한 반호고사 등에 주목할 수 있는데 한대부터 유행하던 음양오행, 신선술, 예언, 길흉화복, 인과응보 등 일반적인 상식으로 이해할 수 없는 기이한 사건과 현상들을 총망라했다. 그밖에도 장화張華의『박물지博物志』, 한무제와 서왕모의 만남을 아름답게 묘사한『한무제내전漢武帝內傳』은 모두 당대 전기가 나오기 이전 지괴라는 이름으로 중국 환상서사를 대표하는 작품들이다.

당 전기 중 인신연애의 작품이나, 환몽류, 협의류 작품들 대부분은 도·불교의 종교적 배경 위에 신선, 귀신, 도술, 예언 등의 이야기를 환상적

필치로 그려내고 있다. 꿈을 통해서 인생무상을 체험하는 「침중기枕中記」, 「남가태수전南柯太守傳」, 수신의 이야기 「상중원해湘中怨解」, 남성에서 여성으로 환생하는 이야기 「두자춘杜子春」, 여협의 내용을 담은 「섭은랑聶隱娘」, 육체와 영혼이 분리되는 내용인 「이혼기離魂記」, 도·불교의 종교적 색채가 짙은 「최위崔煒」 등 환상적 이야기들이 당시인들의 인생관을 상징적으로 대변해주고 있다. 송초까지 전해 내려온 신비하고 영이로운 단편적인 기록들은 『태평광기』에 이르러 총 500권의 거질 속에 편입되어서 죽음을 둘러싼 중국 고대인들의 은밀한 환상적 세계관을 읽어내는 데 중요한 자료가 되었다.

3. 불멸의 존재와 환상서사

'신神'은 갑골문에 보면 '신申'으로 썼다. 서주시기에 와서야 '시示'가 더해져 '신神'이 되었다. 허신의 『설문해자』에 따르면 禰로 썼는데 "신神은 천신으로 만물을 이끌어 내는 자이다. 시示를 따르고 신申으로 읽는다"고 했다. 부수인 시示를 찾아보면 "하늘이 형상을 드리운 것으로 길흉을 나타냄으로써 사람들에게 보여주는 것이다. (…중략…) 시示라는 것은 신성한 사건이다"고 되어 있으며, 신申은 "신神이다. 칠월에 양기가 이룩되니 몸체가 스스로 펼치거나 모아진다"고 했다. 서개徐鍇는 신神이란 하늘이 기를 주관하여 만물을 감응시키는 것이라고 했고, 양수달楊樹達은 신申은 전電과 통하며 음양이 빛나는 모양을 그린 것이라고 해석했다.[5] 고대 문자학적 입장에서 해석할 수 있는 신이란 자연 현상을 주관하고 인간에게 미래를 보여주는 신성한 존재로 정리할 수 있다.

『태평광기』에서의 신들은 미래의 길흉을 예언해 주며 인간의 능력 이상을 행사한다. 인간의 수명을 연장시켜 주고 병을 고쳐주며 이상 세계를 방문하게 해 주기도 하지만 천지창조 신화나 영웅 신화에서 보이는 신성함은 삭제되어 있다. 천지를 개벽하고, 홍수를 다스리는 절대적 능력의 소유자, 인류를 구원하는 영웅, 경외와 두려움의 대상이라기보다 조당신, 사당신의 역할을 하는 존재이다. 절대자로서의 힘과 권위를 지니지 않기에 인간과 신의 관계는 상하 수직적이고 일방적이지 않다. 평범한 인간보다 초월적인 능력을 보유하고 있으나 인간을 통제하기보다 인간에게 애걸하는 혹은 인간의 도움을 받고 은혜를 갚는, 심지어 인간을 속여서 자신의 욕망을 채우려는 존재로 묘사되기도 한다. 그 대표적인 내용을 분류하면 다음과 같은 특징을 살필 수 있다.

먼저, 범상의 능력을 초월한 이야기, 그 중에서도 불멸적 존재로서의 신을 꼽을 수 있다. 여기에는 죽지 않는 존재 혹은 죽었다가 다시 살아나는 존재를 포함한다. 신류 맨 처음에 등장하는 이야기는 우임금과 복희씨의 만남에 관한 것이다. 그 다음은 주 문왕과 무왕, 소왕, 제 환공, 진 문공, 정 목공과 신과의 조우를 서술함으로써 역사적으로 실존했던 제왕들의 존재를 기록하고 있다. 역사적 인물은 신과 소통하는 존재로서 범상의 능력을 초월한 존재임을 부각시킨다. 「신」류 권1의 첫 이야기인 「용문산」 이후는 생존연대를 추정할 수 있는 역사적 인물들을 순차적으로 기록하고 있다. 「신」류 권2부터는 죽음을 초월하긴 했으나 신성과 인성이

---

5   張舜徽 撰, 『說文解字約注』, 上冊, 卷一, 河南人民出版社, p.238.

조화된 존재이다. 죽으면 신이 될 것이라고 입버릇처럼 말하다가 죽음 이후에 실제로 토지신이 되어 백성들을 이롭게 보살폈던 「장자문蔣子文」, 죽어서 저승의 신과 천자, 천인들과 교류하고 미래의 운명을 암시받고 다시 깨어난 「두붕거杜鵬擧」, 사람의 생사를 주관하는 신을 만났던 「황보순皇甫恂」 설화에 근거하면 그들에게 죽음이란 두려움의 대상이 아니다. 죽음이라는 형식적인 관문을 빌렸을 뿐 애초부터 신은 죽음에 굴복당하지 않는 존재임을 확인시켜 준다.

둘째, 인간과 상부상조하는 존재로서 인간의 도움을 갈구하는 신, 인간에게 도움을 주는 신으로 나눌 수 있다. 전자는 사당을 세워서 영혼을 위로해 달라고 부탁하는 신, 후자는 미래를 예시하면서 다가올 재난을 대비하게 해 주는 신으로 등장한다. 대부분은 사당을 짓고 신에게 제사 음식을 바쳤더니 그 보답으로서 인간에게 앞 일을 예언해 주거나 생활상의 어려움을 해결해 준다. 사당을 세워 주었더니 호랑이에게 잡혀간 부인을 무사히 구출해 주는 「장자문」, 정월 보름에 흰죽을 쑤어 제사를 지내주었더니 누에 농사를 잘 되게 해 주었던 「장성지張誠之」, 사당을 세워주자 호랑이 피해를 줄여 준 「원쌍袁雙」, 사당에 가서 복을 빌자 도적들로부터 구해주고 죽은 부인도 살려 주었던 「연주인兗州人」, 억울하게 죽은 유골을 잘 묻어주자 궁금한 것들을 알려 주는 「장가우張嘉祐」, 죽은 후 사당을 세워달라고 간청하는 「장안張安」, 신들의 전쟁에서 군사를 지원해 달라는 「위수장韋秀莊」, 지전 만 장 태워줄 것을 부탁하는 「왕기王錡」, 고마움의 표시로 미래를 예언해 주는 「진사최생進士崔生」 설화 등이 여기에 해당한다. 심지어 제사지내지 않았다고 성내면서 책망하는 「무증武曾」 설화도 살필 수 있다.

셋째, 신과 인간이 교합하는 이야기로 평범한 남성과 신녀와 결합 혹은 인간 세상의 여자를 탐하는 남성으로서의 신을 꼽을 수 있다. 전자의 예로는 태진부인의 딸과 결혼한 「황원黃原」, 두려운 마음에 신녀와의 결합에 실패했던 「서랑徐郎」, 결혼을 파괴하자 남자를 죽이는 「장자문」, 요괴가 아닐까 의심하자 새가 되어 떠나는 「대문심戴文諶」, 여신과 교접을 거부하자 죽임을 당하는 「완약宛若」, 하백의 딸과 혼례를 올렸다는 「하백」, 두 신녀가 찾아와 사랑을 나누는 「유자경劉子卿」, 신녀를 따라 신선의 궁궐로 들어가 사랑을 나누는 「소총蕭總」, 함께 했던 그녀는 사당의 벽화 속 여인이었다는 「소악蕭嶽」, 용왕 누이와 사랑을 잊지 못하는 「태학정생太學鄭生」, 후토부인과 혼례를 하는 「위안도韋安道」, 세 명의 신녀와 사랑을 나누는 「이식李湜」, 신인과 결혼했던 「여음인汝陰人」, 화악신의 셋째 딸과 결혼했다는 「화악신녀華嶽神女」 설화 등이 해당된다.

신이 주는 보편적인 이미지 즉 경건함과 상반되는, 인간의 부인을 빼앗아 자신의 애욕을 채우려는 탐욕스러운 신이 있다. 갈피군의 부인을 탐하는 동해군을 혼내주었다는 「비장방費長房」, 노생의 부인을 탐하려던 태산삼랑을 벌하는 「조주참군처趙州參軍妻」, 남의 부인을 욕보이려던 자를 책망하는 「하동현위처河東縣尉妻」, 부인을 탐하려던 산신을 혼내주는 「구가복仇嘉福」 설화 등이 그러하다.

『태평광기』에 보이는 신은 절대적인 신성함과 거리가 있는 현실과 초현실의 중간적 존재로 등장한다. 관습적으로 알려진 경건함과 두려움의 대상이라기보다 인간과 대등하게 소통할 수 있는 존재이다. 절대자, 순결함, 성스러움으로 대표되는 종교철학적인 신이라기보다 인격화된 존재, 때로는 인간보다 하등한 존재로 묘사함으로써 초현실적인 불멸의 존재를 현실세계의 질서 속으로 끌어들이고 있다.

4. 초멸의 존재와 환상서사

초멸의 존재인 신선을 다른 존재와 구별지어 주는 것은 '선仙'이라는 글자의 의미에 있다. '선'은 갑골문과 금문에서는 보이지 않는다. 소전에서는 '선僊'이라고 썼는데 '선仙'은 '선僊'의 예서체이다. 단옥재는 '선仙'이 널리 쓰이면서 '선僊'은 잘 쓰이지 않게 되었다고 했다.

『설문해자』에서는 僊로 쓰였는데, '선僊'은 "오래 살다가 하늘로 올라가는 사람"이라고 했다. 본래 의미는 "춤소매가 펄렁거리는 것"이다. '선仚'자를 찾아보면 "사람이 산 위에 있다"고 되어 있다. 한대 유희劉熙의 『석명釋名』「석장유釋長幼」에는 "늙어서도 죽지 않는 것을 선仙이라고 한다"고 정의했으며, 쓰다 소키치津田左右吉의 「신선사상의 연구神僊思想の研究」에서는 '선'의 본뜻은 '비양승고飛揚升高', 즉 '하늘로 올라가는 사람'이라고 정의되어 있다. 선인이란 가볍게 날아 올라가는 존재, 하늘 위를 가볍게 떠돌아다니는 사람, 비상의 능력을 지닌 존재라는 것이다. 정재서가 지적했듯이, 신선의 존재성은 '비역사적'이라기보다는 '초역사적'이라는 말이 더 어울린다.[6] 종합해 보면 신선이란 '범상의 사람들이 행하는 능력 이상을 발휘하면서 죽음을 초월한 인간'이라고 정의할 수 있다.

신선은 죽지도 않고 늙지도 않은 채 공간적인 한계를 벗어나서 현실세계와 신선세계를 자유로이 왕래한다. 태어날 때는 인간이었으나 수련을 거친 이후 불사의 생명체가 되는 존재이다. 필멸의 존재가 죽음의 한계를 뛰어넘어 초멸의 존재가 되는 과정이 담겨있기에 현실성과 초현실성이

---

6 鄭在書, 『不死의 神話와 思想』, 民音社, 1994, 33쪽.

중첩된 특징을 지닌다. 신선류의 이야기를 종합해 보면 다음과 같은 특징을 살필 수 있다.

첫째, 불로장생에 대한 염원이 가장 두드러지게 나타난다. 영생을 희망하는 신선사상의 특징을 잘 표현해 주는 것은 늙지 않는 외모에 있다. 767세임에도 늙지 않았다는 「팽조」, 9천여 년을 살았다는 「동방삭」, 2천여 년을 살았다는 「백석선생白石先生」, 선약을 먹고 젊어져서 자손 대대로 늙어 죽는 자가 없었다는 「여문경呂文敬」, 세상에서 대대로 보였다는 「양백추楊伯醜」, 시간이 지날수록 젊어졌다는 「허선평許宣平」, 나이든 후의 모습이 어렸을 때와 동일했다는 「매약옹賣藥翁」, 고조부와 한 자리에서 이야기를 나누는 「위선옹韋仙翁」, 8대 선조와 동시대에 살아가는 327세의 「소영시蕭穎士」, 머리카락이 하얗게 바랜 노인이 얼굴빛이 어린 아이와 같은 어머니에게 매를 맞았다는 「서하소녀西河少女」, 수백 년이 지나도 용모가 20여 세 같았다는 「이진다李眞多」 등이 해당된다. 그 밖에, 신선설화의 대부분이 그런 것처럼 그들의 마지막 행선지를 명확히 표기하지 않는 것은 영원한 생명을 향유하고픈 염원을 투영시킨 것으로 해석할 수 있다.

둘째, 선경의 선유를 꼽을 수 있다. 현실 너머의 세계를 방문하고 다시 현실로 되돌아오는 이야기들은 크게 천상계, 지상계, 수중계로 나눌 수 있다. 하늘을 훨훨 날아 도착한 그 곳은 화려한 장신구로 치장을 한 선녀들과 옥동들이 가득하다. 천상계를 묘사한 이야기로는 「심희沈羲」·「동방삭」·「나공원羅公遠」·「섭법선」·「범팔형凡八兄」·「묘녀妙女」·「오청처吳淸妻」·「양경진楊敬眞」·「위몽처」 등을 들 수 있다.

그러나 천상계보다 현실세계 저 어딘가를 묘사한 지상계의 이야기가 훨씬 많다. 내가 사는 이곳 너머 혹은 저 언덕 너머라는 상상의 공간 속에 신선이 살고 있을 것만 같은 개연성 짙은 이야기가 대다수를 차지하고 있다. 「동방삭」・「여문경呂文敬」・「왕요王遙」・「숭산수嵩山叟」・「완기院基」・「장노張老」・「노이이생盧李二生」・「설조薛肇」・「배심裴諶」・「문광통文廣通」・「유법사劉法師」・「마주馬周」・「음은객陰隱客」・「장이이공張二公」・「유청진劉淸眞」・「당약산唐若山」・「사명군司命君」・「치감郗鑒」・「승계허僧契虛」・「위엄韋弇」・「배씨자裴氏子」・「최위崔煒」・「제영齋映」・「이청李淸」・「위선옹」・「엄사칙巖士則」・「마양촌인麻陽村人」・「설존사薛尊師」・「왕노王老」・「유무명劉無名」・「배노裴老」・「이우李虞」・「전선생田先生」・「구도사瞿道士」・「왕경王卿」・「형산은자衡山隱者」・「왕태허王太虛」・「이구李球」・「허서임許棲巖」・「위경재韋卿材」・「진혜허陳惠虛」・「온경조溫京兆」・「숭악가녀嵩岳嫁女」・「배항裴航」・「진사陳師」・「장탁張卓」・「기린객麒麟客」・「설봉薛逢」・「천태이녀天台二女」・「봉구蓬球」・「진시부인秦時婦人」・「최서생崔書生」・「태음부인太陰夫人」 등에서 지상선계에 대한 이야기를 살필 수 있다. 또 용왕과 수선水仙들이 살고 있는 그 곳은 지상에서 수만 리 떨어진 섬 혹은 바닷 속에 있다. 「왕모사자王母使者」・「유귀순柳歸舜」・「원장기元藏幾」・「이림보李林甫」・「한횡韓滉」・「왕가교王可交」・「풍준馮俊」・「채약민採藥民」・「섭법선」・「당약산唐若山」・「백유구白幽求」・「당헌종황제唐憲宗皇帝」・「백락천白樂天」・「이신李紳」・「반존사潘尊師」・「우경여자虞卿女子」・「장건장張建章」 등에서는 수중의 선계를 묘사하고 있다.

셋째, 도술의 행사를 들 수 있다. 여기서 도술의 행사는 득선한 후 혹은 수련의 과정 중에 타인을 이롭게 하기 위한 행동 등을 모두 포함한다. 신선이 되기 위해서는 육체적, 정신적 수련의 과정을 거쳐야 했다. 육체적 수련법으로는 이 책의 제3장에서 살펴본 것처럼 벽곡・복이・조식・도인・방중 등이 있고, 정신적 수련법 중에는 타인에 대한 선행 등을 꼽을 수 있다. 신선류에서 가장 많이 보이는 선행은 가까운 친지나 선량한 사람들의 미래를 예언해 줌으로써 재앙이나 불행을 방지해 주는 것이었다. 「왕자교」·「금고琴高」·「양옹백陽翁伯」·「모몽茅濛」·「주은요周隱遙」·「유상劉商」·「왕원王遠」·「장도릉」·「배씨자」·「엄사칙」 등에는 자연 재해나 사회적 변란 등을 예고해서 미래의 어려움을 대비해 주도록 이끌어 준다.

득선한 이야기가 오래도록 회자되는 이유는 실제적으로 득선의 가능성이 희박하고 득선에 실패한 수련자들이 많았기 때문일 것이다. 신선의 행적은 독자로 하여금 당황스럽고 낯설게 하기보다 기이하지만 그럴듯한 실현 가능성을 상상하게 해 준다. 신선은 현실세계에서 도피하거나 벗어나려는 탈영문학의 주체라기보다 실현 가능성을 내포한 상상적 실체로서 작용하고 있다.

5. 필멸의 존재와 환상서사

『설문해자』에서 '귀'는 鬼로 표기되어 있는데, "사람이 죽으면 '귀'가 된다. '인ㅅ'을 따르고 귀신의 머리를 그렸다. '귀'의 음기는 해로운 것이고 'ㅅ'를 따른다"고 했다. 진래는 "죽은 자의 영혼이 변한 것이 귀신이다"[7]고 했다. '귀신'이란 단어는 '신'보다는 뒤에 나오는 '귀'라는 글자에 중점이 두어진다. 고대인들은 죽은 조상을 '귀'라고 불렀으며 문자학적으로 보면 '귀'에 대한 신앙이 '신'에 대한 신앙보다 먼저 나타났음을 살필

---

7   陳來, 『古代宗敎與倫理』, 三聯書店, 1996, p.99.

수 있다. 중국에서의 '귀'는 서구에서의 '귀'와는 다소 거리가 있다. 인간에게 해를 끼치는 서구에서의 '귀'는 종교 신앙적인 측면이 아주 강하다. 반면 중국에서는 종교철학적·민속학적·인류학적·심리학적 의미가 혼재되어 시대별로 조금씩 다르게 수용되었다. 은대의 귀신은 조상신이었으며 민족의 위대한 인물이었고 부성父性을 지닌 강력한 존재였다. 전국시대에는 대부분 억울함을 품고 죽은 영혼을 가리켰으며 자연계의 정령을 일컫기도 했다. 위진시대에 이르면 인간을 놀려대는 친근한 존재이기도 했고 인간의 꾀에 넘어가는 존재이기도 해서 초기의 '귀'가 지니고 있던 종교적 의미와는 다른 해학적인 개념으로 변화해 갔다. 「귀」류의 내용적 특징을 정리하면 다음과 같다.

첫째, 사람과 귀신의 길이 다름을 강조하는 내용이 대부분을 차지한다. 이것은 「귀」류의 맨 처음과 마지막인 「한중韓重」과 「유즐劉驚」에서도 확인된다. 죽음을 경계로 인간과 다른 존재임을 규정한 '귀'의 문자학적 해석에 가장 근접한 내용이 아닌가 싶다. 삶과 죽음의 길이 다르지만 인간에게 화를 끼치지 않겠다고 약속하는 「한중」, 귀신의 일은 인간이 알 바가 아니라는 「공손달公孫達」, 사람들의 집에 살고 있는 귀신을 쫓아내기 위해 여러가지 방법을 시도하는 「유티劉他」, 사람과 귀신은 그 길이 달라 오랫동안 함께 머물 수 없다는 「왕광본王光本」, 저승과 이승의 길은 다르다는 「상이常夷」, 사람이 어찌 귀신과 같이 살 수 있는가를 반문하는 「전달성田達誠」, 사람과 귀신의 길은 다르니 산 자에게 해를 끼치지 않는다는 「이인李茵」, 죽은 자와 산 자는 함께 있을 수 없다는 「유즐」 설화가 그러하다.

사람과 귀신의 길이 다름을 강조하는 내용들은 곧 귀신이 실재한다는 믿음을 가감없이 보여주는 반증이다. 「귀」류에는 무귀론을 주장하는 사람들과 토론을 벌이거나 혹은 귀신의 존재를 부정하는 자들을 죽이는 내용이 상당하다. 무귀론을 짓고 제사를 금지시켰던 자가 결국 죽임을 당했다는 「종대宗岱」, 귀신을 믿지 않던 자들이 흉가를 사서 생활하다가 뒷간 속 귀신에게 몰살당했다는 「색이索頤」, 어려서부터 귀신을 믿지 않던 자에게 천지가 생긴 이래로 귀신이 있었음을 항변하는 「위징魏徵」, 귀신이 직접 출현해서 무귀론이 거짓임을 역설하는 「최상崔尙」, 귀신을 업신여기던 자와 그 가솔들이 죽임을 당하는 「왕감王鑑」, 귀신이 없다고 말하자 그 자리에서 죽임을 당하는 「설직薛直」 등이 여기에 해당된다.

둘째, 인간과 상부상조 하는 이야기를 들 수 있다. 억울한 죽음을 호소하면서 시신을 매장시켜 달라거나 혹은 관을 이장시켜 달라거나 제사를 부탁하는 내용이 대부분이다. 인간의 도움을 받은 귀신들은 예언을 해주거나 불상사를 피하는 방법을 가르쳐 줌으로써 인간의 은혜에 보답한다. 인간에게 도움을 구하는 이야기로는 강물이 무덤을 덮쳐서 관목이 부패했으니 이장해 달라는 「문영文穎」, 무덤을 옮겨 달라는 「심계沈季」, 시체에 옷을 입혀 달라는 「미축糜竺」, 우물 속에서 썩어 버린 관을 새로 짜고 장사까지 지내주었다는 「원무기袁無忌」 등을 꼽을 수 있다.

인간에게 보답하는 내용으로는 귀신의 소원을 들어주자 집안의 화재를 예언해 주는 「미축」, 제물을 바치자 배를 순항하게 해 주었던 「조백륜趙伯倫」, 귀신의 한을 풀어주자 비단을 보내 보답하는 「장우張禹」, 무덤에서 제사지내 준 자에게 음식을 대접하는 「임회인任懷仁」, 아들을 살려준 것에 보답하는 죽은 아버지 이야기 「요우姚牛」, 제사 음식을 챙겨주자 앞 일을 예언해 주는 「환공桓恭」, 술 대접을 받은 저승사자가 미래를 예언해 주는 「염경閻庚」, 음식을 대접받고 보물로 은혜를 갚으려는 「사문영선사沙門英禪師」,

융숭하게 대접받은 저승사가가 다른 사람을 대신 잡아가는 「양창楊瑒」, 아들의 억울함을 벗겨주자 죽은 아버지가 감사하며 보응하는 「장수일張守一」, 나무 구멍 사이의 무덤에 염을 잘 해주자 은혜를 베푸는 「우문적宇文覿」 등이 있다.

셋째, 죽은 자와 사랑을 했다는 기록이다. 이것은 크게 남녀 간의 사랑과 가족 간의 사랑으로 나누어 볼 수 있다. 남녀 간의 사랑은 길을 가던 나그네가 죽은 여인과 하룻밤의 사랑을 하고 다음 날 깨어보니 무덤이었다는 내용이 대부분이다. 가족 간의 사랑은 죽은 부모 혹은 남편이 남겨진 가족에게 도움을 주는 내용으로 정리될 수 있다. 전자의 예로는 노루를 쫓다가 어느 기와집의 막내 딸과 결혼을 했는데 알고 보니 그녀는 이미 죽은 여인이었다는 「노충盧充」, 한밤 중 찾아온 아름다운 여인과 결혼했으나 수양왕의 죽은 딸이었다는 「담생談生」, 깊은 산 속에서 만난 여인과 사랑을 나누었던 곳이 무덤이었다는 「오상吳祥」, 하룻밤을 함께 했던 아름다운 그녀는 죽은 지 얼마 안 된 귀신이었다는 「정기鄭奇」, 아름다운 부인의 핏자국을 따라가 보았더니 무덤이었다는 「종요鍾繇」, 여인과 하룻밤을 보낸 후 죽은 자임을 알게 된 「왕공백王恭伯」, 여인과 대화를 나누고 뒤돌아 보니 누각이 아니라 무덤이었다는 「최라집崔羅什」, 사랑하는 여자가 되살아나는 과정을 기록한 「장과녀張果女」 등이 있다.

후자의 예로는 죽은 모친이 흉신으로부터 아들을 구해 주는 「팽호지彭虎子」, 죽은 남편이 찾아와 회임하게 되었다는 「순택荀澤」, 죽은 모친이 아들의 재앙을 예언해 주었다는 「왕표지王彪之」, 죽은 부인과 동침해서 열 달 뒤 아들을 얻었다는 「호복지胡馥之」, 죽은 남편이 아내를 찾아와 가난한 살림에 경제적 도움을 주었다는 「유숭庾崇」, 죽은 모친이 살아있는 자식을 찾아와 지켜 주었다는「급사給使」, 죽은 부친이 아들들의 생활고를 해결하기 위해 돈을 주는「양원영楊元英」, 죽은 남자가 애첩을 그리워하다가 자신의 시체 옆으로 데려온다는「주칠낭朱七娘」, 죽은 후에도 식구들을 돌봐주었다는「이패李霸」등을 들 수 있다.

종합해 보면『태평광기』의 '귀'는 은대인이 믿었던 죽은 조상들의 영혼이라는 의미와 상당히 멀어진다. 인간에게 속아 넘어가거나, 인간과 우정을 쌓아 가는 이야기를 통해 '귀'란 인간을 해치는 사악한 힘을 지녔을 것이라는 예상에서 벗어난다. 오히려 인간의 모습으로 산 자에게 나타나 도움을 요청한다.「장우」에 기록된 것처럼 "죽은 자는 기가 약하기 때문에 산 자의 힘을 빌어서" 인간과 관계를 맺는 불완전한 존재이다.『태평광기』에서의 '귀'는 죽음 이후의 별세계에 존재하는 무섭고 위협적인 존재가 아니라 인간의 은혜에 보답하거나 인간의 도움을 갈망하거나 혹은 살아있는 사람처럼 행세하는 인격화되고 희화화된 존재로서 등장한다.

6. 나누기 혹은 겹치기

불멸, 초멸, 필멸의 존재는 일상적이고 보편적인 질서를 어그러뜨리며 낯설고 불안한 사건을 유발시킨다. 현실적 삶을 대변하는 존재가 인간이라면 신, 신선, 귀신은 삶 너머의 초현실세계를 투영시킨다. 이들은 독립적인 동시에 상호 중첩되는 양상을 보이며 현실세계의 인간과 끊임없이 소통하면서 사회적 통념에 도전한다. 애초부터 죽음과 무관했던 신, 죽음을 초월했던 신선, 죽어야 했던 귀신에 대한 이야기는 각 존재의 정체성을 파악하는 것뿐 아니라 삶과 죽음을 둘러싼 저변의 문화적 의미를 읽어내는 게 중요할 것이다.

먼저 '신'과 '귀'의 명칭을 혼용했던 내용에서 당시인들의 생사관을 살펴볼 수 있다. 머리가 몇 척이나 되는 귀신이 숙상신이었다는「양기陽起」, 신선이 된 조공명의 휘하에서 귀신이 벼슬을 했다는「왕우王祐」, 귀신과 대화하는「왕문도王文度」, 귀도와 사람의 도가 다르다고 강조하는「목인천睦仁蒨」, 귀신의 말은 믿을 수 없다는「유가대劉可大」 등은 모두「신」류에 기록된 이야기들이지만 그 내용은 신과 귀신의 함의를 혼용해서 사용했고 심지어 신선까지 동일한 층위에서 파악하고 있다.「왕번王樊」에 근거해 보면「귀」류의 이야기임에도 불구하고 신이라는 호칭을 사용하고 있다. '귀가 말하길', '귀신이 말하길', '신이 말하길' 등「신」류 항목에서 '귀'라는 호칭이,「귀」류 항목에서 '신'이라는 호칭이 혼용됨으로써 그 경계가 불분명하다.「왕상王常」에서는 신과 인간을 중첩시킨 '신인'이란 명칭도 살필 수 있다.「신」류에 들어갈 이야기가 잘못해서「귀」류에 편찬된 것인지 아니면「귀」류에 들어갈 이야기가 실수로「신」류에 편입된 것은 아닌지 의구심이 든다.

유엽추는「신선」,「여선」,「신」류가 따로 설정되어 있고 동일한 설화가 중복된 것을 근거로『태평광기』의 체제가 복잡하고 불합리하다고 지적한 바 있다.[8] 섭경병은『태평광기』체제에 대한 결점을 여섯 가지로 정리한 바 있는데, 첫째 인용 서목과 실제 출전이 부합되지 않고, 둘째 인용서의 명칭이 통일되지 않았으며, 셋째 출전을 표기하지 않은 설화가 많고,

---

8 劉葉秋,『類書簡説』, 上海古籍出版社, 1987, pp.46~50.

넷째 달아놓은 출전이 정확하지 않으며, 다섯째 편찬 배열이 잡다하고, 여섯째 마음대로 원문을 고쳐놓았다고 했다.[9] 혹시 『태평광기』의 편찬자들이 혼동해서 분류한 것은 아니었을까? 칙명으로 편찬되면서 많은 인원이 참여하다보니 체계적인 통일성이 떨어진 것일까? 체제상의 오류가 적지 않다는 유엽추와 섭경병의 지적이 힘을 받아온 것은 사실이나 명칭 혼용에 대한 의문은 신과 귀신을 어떻게 수용했는지 당시인들의 세계 인식에서 해결점을 찾을 수 있다.

『예기』의 "혼기魂氣는 하늘로 돌아가고 형백形魄은 땅으로 돌아간다"는 기록은 『회남자』의 "하늘의 기운이 '혼'이고 땅의 기운이 '백'이다"와 일맥 상통한다. 『예기정의』에서는 인간이 죽으면 그 기는 하늘로 올라가 만물의 정기인 '신'이 되고 '백'은 땅에 묻혀 '귀'가 되며 '귀'와 '신'이 합해져야 가르침이 지극해진다고 했다. '신'과 '귀'는 서로를 지탱하는 존재이며 하나가 되어야 비로소 완정해진다고 생각했다. '신'과 '귀'는 본래부터 별개의 존재가 아니었고 하나에서 시작했다. 살아있을 때 하나였던 혼과 백은 죽은 이후에 각자의 영역으로 분리되지만 조화로운 하나가 되었을 때 온전해진다. 인간이 둘로 나뉘어지면서 명칭도 두 개가 되었고 그 실체를 수용하는 과정에서 다르게 인식되어 혼용되었다. 사후 세계를 긍정했던 당시인들의 사고관 속에는 종교적·철학적인 근엄한 '신'보다, 사악하고 두려운 '귀'보다, 초현실을 넘나드는 인격화된 실체가 현실세계와 긴밀한 관계 속에서 합당한 의미를 획득했다.

『중용장구』에 보면 귀신이란 '이기二氣'의 '양능良能'이라고 했다. '이기'

---

9 葉慶炳, 「有關太平廣記的幾個問題」, 『現代文學』 44期, 1971, p.15.

의 각도에서 말하면 '귀'란 '음'의 '영靈'이고 '신'이란 '양'의 '영'이라고 할 수 있다. '일가一氣'의 각도에서 말하면 이르러 펴지는 것이 '신'이고 다시 돌아오는 것은 '귀'이니 실은 하나일 뿐이라고 했다. 기가 펴져 하늘로 올라가는 것을 '신'이라 하고 굽어져 땅으로 내려가는 것을 '귀'라 한다. 춘추시대 이후 정신과 육체를 의미했던 혼백은 생명을 구성하는 중요한 요소였기 때문에 육신은 소멸되더라도 정신은 그대로 남아 인간의 주위를 맴돌게 된다. 인간이 혼백을 잃으면 사망했다고 인식했지만 그것이 사후의 존재로 되어 '귀'라고 불리면서 여전히 생전의 인격을 흡입했다. 독립적이어야 할 개체가 인간의 주변을 맴돌며 인격적 존재로도 행사했으니 '신'과 '귀'의 경계성은 더욱 모호해질 수밖에 없었다.

명칭과 개념의 혼용뿐 아니라 현실과 초현실의 경계도 중첩되었다. 인간 세상의 질서는 죽어서 현실세계를 떠난 존재들에게도 여전히 유효했다. 「유도석劉道錫」에서 칼로 찔려 죽임을 당하는 귀신의 이야기가 전해지고, 「목인천睦仁蒨」에는 귀신도 죽을 수 있다고 기록했다. 귀신은 이미 죽어서 육신이 없는 상태가 아니던가? 그런 존재가 다시 죽음을 맞이한다는 것은 육신의 죽음과 영혼의 죽음을 별개로 인식했음을 알 수 있다. 「임회인」에 보면 자신을 살해했던 자를 죽어서도 두려워한다. 자신의 애첩이 재가하지 못하도록 죽은 후에도 훼방을 놓는 「사마의司馬義」, 죽은 엄마가 자식의 안위가 걱정되어 자식 곁을 지켜주는 「급사」, 죽은 남편이 부인과 자식을 돌보는 「유숭庾崇」, 다른 사람을 대신 잡아가는 인정 많은 저승사자 이야기 「장개張闓」, 귀신과 우정을 나누는 「혜강嵇康」 등에서는 현실세계와 죽음 이후의 세계가 단절된 영역이 아니라 지속적으로 영향을 주고받는다. 생전에 가졌던 세상에 대한 물욕과 정욕이 죽음 이후의 존재에게 그대로 전가되며 인간 아닌 것들의 인성적 특성을 두드러지게 묘사하고 있다.

신과 인간의 결혼, 귀와 인간의 사랑인 이류교합의 이야기 역시 따로 나뉘어야 할 두 영역의 경계를 해체시킨다. 죽음을 기점으로 이 세상을 떠난 존재 혹은 초월한 존재가 현실세계로 돌아와 사랑을 한다. 인간과 죽음 너머의 존재가 함께 했던 곳은 무덤이기도 하고 신을 모시는 사당이기도 하다. 산 자와 죽은 자가 사랑하는 공간은 실재 장소이기도 하며 혹은 꿈을 통해 언제든지 교감할 수 있다. 이러한 공간은 죽음으로 갈라진 존재들이 만나는 자리이기도 하지만 반면에 죽어야 머물 수 있는 자리라는 이중적 특징을 지닌다. 삶과 죽음의 중간 지점, 인간과 죽음 너머의 존재들이 만나는 중첩된 공간이다. 그리하여 로지 잭슨은 환상적인 것의 상상적 세계는 실재적인 것도 비실재적인 것도 아닌 그 둘 사이 어딘가의 불확정적으로 위치하고 있다고 했다.[10]

불멸의 존재인 신, 필멸의 존재인 귀는 인간과 끊임없이 소통한다. 삶과 죽음의 길이 다르다는 반복적인 기록은 서로 다른 존재의 영역을 구분지으려는 의도적인 노력이다. 단절되야 마땅한 삶과 죽음의 세계가 연결되어 서로의 경계를 넘나들고 있다. 이러한 이야기들은 공간적 경계를 중첩시킬 뿐 아니라 통시적 경계도 해체한다. 성군으로 추앙받아 온 역사적 인물들을 신의 자리에 위치시킨다. 신화 속 인물을 역사 속으로 편입시켰던 것처럼 역사 속 제왕들을 신의 위치로 밀어 올렸다. 만날 수 없는 존재들을 같은 공간에서 교차시켰을 뿐 아니라 다른 시대의 인물들을 호

---

10 로지 잭슨, 서강여성문학연구회 역, 『환상성－전복의 문학』, 문학동네, 2002, 32쪽.

출하여 중첩시켰다. 만나서는 안 되는 존재들이 소통하고, 단절돼야 마땅한 두 세계는 끊임없이 교류하고 있다. 인간과 죽음 너머 존재들의 이야기는 삶과 죽음의 교차 지점에서 단절된 영역을 해체하여 '다른' 삶을 경험하게 해준다.

「소소蘇韶」의 "죽음과 삶은 같다"는 기록에 주목할 필요가 있다. '사람이 살다가 죽게 되는 것은 필연'「왕우」이므로, 인간이 '생을 탐하고 죽음을 싫어하는 것은 잘못된 것'「장안」이라는 것이다. 당시인들이 삶과 죽음을 차등적으로 수용하지 않고 자연스럽게 받아들이고 또 흘려보낼 수 있었던 것은 그들의 심리 속에 생과 사의 경계가 단절되어 있지 않았기 때문이다. 우리가 살고 있는 현실세계와 죽음 너머의 저 세계를 소통시킴으로써 유한한 존재인 인간이 무한한 세계를 탐닉하고픈 욕망을 펼쳐낸다. 환상 서사 속에서 삶과 죽음의 세계는 나뉨과 동시에 이어져 있다.

환상의 본질은 질서화된 기득권을 와해시키는 데에 있지 않다. 구획화된 영역을 파괴시켜 모호한 혼돈의 상태로 돌아가고자 함도 아니다. 그것은 단절된 경계를 해체시켜 새로운 가능성의 세계를 열어준다. 현실적인 질서에 길들여지고 획일화된 자아를 해방시켜 다른 세계를 경험하게 해준다. 불완전한 자아는 중첩된 세계를 통해서 더 넓은 세상으로 나가는 자유를 만끽할 수 있다.

7. 낯설기 혹은 친근하기

환상 서사에서 주변화된 타자, 반문화적 존재, 음성적 소산들을 양지로 이끌어 내는 통로는 인간과 교류에서 시작된다.

현실세계에서 금지된 타자와의 교류는 환상의 세계에서 자유롭다. 존재할 수 없는 것들이 존재하고, 교류할 수 없는 것들이 소통하면서 현실 너머의 경계로 확장된다. 괴이한 사건들, 낯선 이야기에 귀 기울일 때 친근함과 통쾌함을 느끼는 것은 현실적 질서 속에 억눌리고 은폐되었던 욕망이 수면 위로 분출되기 때문이다.

「대문심」에서는 신을 보고 요괴일까 의심하자 새가 되어 날아갔다는 내용이 전해진다. 「진서陳緒」에는 믿음을 저버리면 사라진다며 의심한 자가 죽을 뻔했다고 기록했다. 신이 내려와 인간과 결합하는 일은 일상적인 사건이 아니다. 보편적이고 관습적인 것만 진실로 받아들이고 비현실적인 것을 의심하는 자들에게 환상의 가능성은 차단되어 있다. 『포박자』의 "보이지 않고 들리지 않는다고 해서 귀신이나 신선의 존재를 인정하지 않을 수 없다"는 기록처럼, 믿지 않은 자들에게 더 넓은 세상으로의 무한한 가능성은 열리지 않는다. 죽음 너머의 존재를 믿고자 했던 고대인들에게 이 세상은 믿는 만큼 확장 가능한 공간이다. 환상 서사는 현실적 시야에 가려진 낯선 세계를 펼쳐주어 자아와 세계가 화해할 수 있는 길을 열어준다.

신들의 전쟁에서 인간에게 군사적 도움을 요청하는 「위수장」, 한 농부가 신들의 싸움에서 중요한 역할을 담당했다는 「한해신瀚海神」에 보면, 신이란 인간보다 상위의 위치에서 선과 악을 판단하고 상벌을 주관하는 절대자가 아니다. 오히려 인간의 도움이 절실한 불완전한 존재이다. 보편적인 통념에 의하면 인간의 생각을 낱낱이 꿰뚫는 전지적 존재가 신이 아니던가? 죽음 너머의 존재들을 경외하거나 두려워했던 것은 인간의 능력을 뛰어넘는 초능력을 발휘하는 존재라고 여겼기 때문이었다. 그러나 인간에게 기만을 당하거나 혹은 신체적 훼손까지 당하는 귀신들이 존재한다. 인간에게 모욕을 당하는 신선이 등장하고, 이미 죽은 여귀가 피를 흘리는 사건이 기록되어 있다. 어리숙한 신과 신선, 생명을 갈망하는 귀신에 대한 낯선 이야기 속에서 독자는 두려움보다 묘한 친근감을 느낄 수 있다. 제도화된 이데올로기와 정형화된 질서에 억눌렸던 것들을 해체하여 무한한 자유의 세계로 이끌어주기 때문이다. 전지적 능력과 영험함을 갖춘 완전한 존재가 아니라 인간과 소통하고 심지어 인간을 닮은 모습을 노출시킴으로써 규범화된 질서에서 해방된다.

「성고聖姑」에 보면 사후 700년이 되어도 얼굴 모습이 여전했다. 어느 누구도 시간의 흐름을 정지시킬 수 없다. 수백 년이 지난 후에도 변하지 않는 외모는 현실 사회의 규범 속에서 낯설고 불안정해 보인다. 그러나 젊고 건강한 모습을 유지하고픈 바람은 주어진 수명 안에서 살아야 하는 인간이 갈망하는 본능적인 욕망이다. 획일화된 질서 속에 은닉된 욕망이 표출되면서 친근함을 느낄 수 있다. 자연의 무한한 생명력을 닮고 싶은 내재적 욕망은 보편적인 통념을 비틀어 낯설고 생소한 사건을 통해 해방감을 만끽하게 해 준다.

인간과 신이 결혼을 하고, 인간과 귀가 사랑을 하는 이야기들은 괴이하기 짝이 없다. 시간적으로 또 공간적으로 서로 마주할 수 없는 존재들이 교류하고 소통한다. 「전달성」에서처럼, "사람과 귀신이 어찌 같이 살 수 있는가?"라는 사회적 통념을 강조하면서 오히려 이질적인 존재와 교류하는 비일상적인 사건을 전개시킨다. 황당하고 불안정해 보이는 이야기들은 신물信物이나 이류와의 사이에서 태어난 혼종적 생명체를 등장시켜 서사의 개연성을 확보해 나간다.

신녀와 사랑을 나눈 후 그녀가 떠나면서 남겨준 선물, 신선의 세계에서 받아온 기이한 물건들은 생소한 이야기를 그럴듯한 가능성으로 포장하여 현실 사회에 편입시킨다. 술잔, 구슬, 두루마리 책, 옥가락지, 은방울, 금사발과 사향 주머니, 황금 주발, 진주 도포, 고리 한 쌍, 야광주, 비단 요와 향주머니, 황금병, 비녀와 구슬, 대모로 만든 비녀와 옥가락지 등이 그러하다. 일상적인 생활 용품을 구체적인 증거로 제시하여 기괴한 사건들을 현실적 질서 속으로 재배치한다. 죽은 자들끼리 사랑했다는 징표가 서로의 관에 남겨지기도 하며 신의 딸과 결혼하여 자녀를 낳고, 귀신이 임신해서 생명을 잉태한다. 죽은 부인과의 동침에서 얻은 아들은 이질적인 사건을 친근하고 있음직한 세계로 투영시킨다. 현실 너머의 괴이한 이야기들은 가시적인 증거물을 통해서 실현 가능한 사건으로 재구성된다.

「위추韋騶」에 보면, '귀신은 사람의 분노를 두려워 않는다. 다만 인간의 과감함만이 두렵다'고 했다. 과감함이란 일상적인 규율에서 벗어나 새로운 것에 대해 도전하는 결단력이다. 기존의 정형화된 틀을 깨고 새로운 것을 탐색하려는 시도라고 할 수 있다. 정상적이고 안정적인 것에서 벗어나 불안하고 낯선 것과 부대끼는 과정 속에서 내 안에 묵혀진 억압된 것들을 표면화시킨다. 일상적이고 관습적인 것에서의 일탈을 통해 잊혀진 욕망을 복원할 수 있다. 환상은 보이지 않던 것들을 가시화하고 불가능했던 것들을 가능하게 해 주는 힘이 있다. 사실 위주의 실록 서사에서 벗어나 환상이 이끌어 주는 세계를 수용할 수 있다면 현실 너머의 넓은 세상에서 자유로울 수 있다.

작품에 깃든 낭만성을 높게 평가했던 풍몽룡馮夢龍은『경세통언警世通言·서序』에서 다음과 같이 언급했다. "거짓이 마음을 움직여 빠지게 할 수 있다면 슬프고 감동적인 뜻이 있다. 사건이 진실하면 그 이치가 거짓일 수 없고 사건이 거짓이라 해도 이치는 진실할 수 있다."

인간과 신의 사랑, 인간과 귀의 사랑, 영원히 늙지 않는 존재와 소통하는 것이 불가능하다고 규정했던 질서 속에 잠재된 상상력은 자유롭다. 획일화된 질서에서 벗어나 세상과의 갈등을 해소하고 이상과 현실의 조화를 꿈꿀 수 있기 때문이다. 불가능한 것들의 실현 가능성을 이끌어 주는 서사물을 통해서 더 넓은 세상과 조우하여 화해할 수 있다. 삶의 한계를 펼쳐서 무한한 도전을 시도하는 자들에게 환상서사는 자유와 해방을 선물해 준다. 환상서사는 통념화된 질서에서 일탈하고 제도화된 금기를 위반하며 현실과 이상 세계의 갈등을 조율한다. 타자의 언어를 통해서 잊혀져 왔던 내면의 힘을 회복시킨다.

다층적인 매력이 있는 환상은 하나이면서 둘이고, 둘이면서 하나인 그림자와 같다. 현실과 이상 사이에서 부대끼며 탄생했지만 어느 한 쪽으로 치우침이 없다. 나눔과 겹침이 하나되어 전체를 완성하듯 낯섦과 친근함이 중첩되어 조화를 이룬다. 환상이란 현실에서의 부재를 심리적인 실재로 메워 주고 중심과 주변을 소통시키는 통로와 같다. 현실세계에서 소외되고 불완전한 자아는 환상 서사 속에서 완전해진다.

환상은 현실을 떠나서 존재할 수 없다. 환상성을 논하는 것 자체가 현실세계의 결핍과 상실에서 출발하기 때문이다.『태평광기』에 그려진 죽음 너머 존재들과의 유희는 은폐되어온 자신의 내면을 반추하게 해 준다. 리얼리즘에 의해서 파편화되고 조각난 것들의 의미와 가치를 발견하는 일은 현실의 삶을 더 풍요롭게 이끌어 줄 수 있다.

제2부

『요재지이』의 서사예술과
'관계'의 생태학

제5장
『요재지이』의 주제의식과 '사이'의 서술미학

1. 지괴와 전기 '사이'

『요재지이』는 고대 문언소설 중 서사예술성이 가장 뛰어난 작품 중 하나로 평가받는다. 이에 대해 주선신은 "지괴소설과 전기소설의 전통과 경험을 계승해서 총결해 내었을 뿐 아니라 소재, 체재, 수법, 풍격 등의 방면에서 융합적으로 발전시켜 독창적이고 참신한 문언단편소설의 경지를 이룩해 내었다"[1]고 평가했다. 고대 서사의 특징을 계승하면서 새로운 서사예술의 경지를 창출해 낸 『요재지이』는 지괴의 성격을 보여주면서 동시에 전기의 특징까지 담아낸 독특한 작품이다.

지괴가 괴이하고 신이한 사건을 진실이라고 믿고 기록하면서 사실성을 강조했다면, 전기는 신괴 혹은 요괴의 소재라 할지라도 의도적인 서사를 통해서 인간 세상의 진리와 사회적 의의를 담고자 했다. 지괴 작가가 주관적 역사 의식을 견지했다면, 전기 작가는 허구적 예술미를 추구했다

---

1   周先愼, 『古典小說的思想與藝術』, 北京大學出版社, 2011, p.190.

고 할 수 있다. 루쉰이 언급했던 것처럼, 『요재지이』는 "전기의 수법으로 괴이함을 기록함으로써 변화하는 모습이 눈에 보이는 듯한" 서사예술미가 뛰어나다. 『요재지이』의 저자 포송령은 민간전설을 광범위하게 수집했을 뿐 아니라 자신이 경험했던 실제 사건을 중심으로 시대상을 반영하여 당시인들의 사상과 감정을 담아내고자 했다. 일찍이 풍진만馮鎭巒은 『요재지이』를 전기의 문체로 쓴 고소설이라고 했고, 석창유는 필기체로 쓴 전기소설이라고 평가했다.[2] 진문신은 전기의 풍부한 낭만성을 바탕으로 서정과 사실의 결합이라고 평가했으며,[3] 제유곤도 지괴와 전기의 예술적 수법을 창조적으로 계승해서 기이하고 다채로운 인물을 생동적으로 묘사했음에 주목했다.[4] 『요재지이』는 지괴의 신이함과 함축적 진실을, 전기의 핍진함과 세련된 허구미를 융합적으로 녹여냈으며 그 독창적인 서사예술의 풍격을 연구하는 데에 있어서 계승과 창신이라는 이름으로 단순하게 평가하기에는 한계가 있다.

포송령은 명말에서 청초로 넘어가는 역사적 격변기에 살았다. 어려서 동자시에 응시하여 수석으로 뽑힌 바 있으나 향시에서 거듭 실패하고 막객으로 떠돌았다. 강남에서 막료 생활을 하는 동안 지방을 유람하고 대자연의 아름다움을 느끼면서 현실사회의 모순과 관료 계급의 부조리를 경험했다. 강희 10년1671에 막료생활을 접고 과거에 응시했으나 다시 실패하고 고향으로 돌아와 명대 고관을 지냈던 필제유 집안의 가정교사가 되었다. 포송령은 괴이한 수석, 다양한 꽃들이 잘 가꾸어져 있는 필가의 저

2 石昌渝, 『中國小說源流論』, 三联书店, 1994, p.213.
3 陳文新, 『傳統小說與小說傳統』, 武漢大學出版社, 2007, p.142.
4 齊裕焜 主編, 『中國古代小說演變史』, 人民文學出版社, 2015, pp.119~125.

택에서 생활하면서 많은 문인 명사들과 교류하며 살아가게 된다. 끝내 과거에 급제하지 못하고 일생의 대부분을 고향인 산동 치천에서 지내다가 강희 54년1715 일흔 다섯의 일기로 세상을 떠났다. 박학다식했으나 과거에 계속 낙방하여 입신양명의 뜻을 펴지 못한 채 자신의 분노와 낙심을 『요재지이』에 담아냈다.

『요재지이』에 대한 국내의 선행 연구 중에는 김혜경이 완역본을 출간하여 관련 연구자들에게 기초 자료를 제공하고 있다.[5] 필자도 『요재지이』 연구에 큰 도움을 받았고, 이 책에서 인용한 번역문은 이를 토대로 했으며 부분적으로 수정하여 표현을 가다듬었다.

제5장에서는 동식물, 귀신, 정령, 신선 등의 신괴한 소재를 가져와 당시의 사회상을 반영하며 현실 비판의 사상을 담아낸 『요재지이』의 독창적인 주제의식에 주목했다. 특히 '사이' 경계를 가로지르는 글쓰기 방식에 대한 연구는 『요재지이』의 주제의식이 어떻게 예술적으로 풍성하게 드리워질 수 있었는지 확인하는 과정이 된다.

2. 『요재지이』의 창작의도와 서사적 특징

『요재지이』는 널리 알려진 대로, 꽃의 정령, 여우, 신선, 귀신 등을 주인공으로 삼아 인간과의 관계 속에서 벌어지는 다양한 사건을 담아내고 있다. 대부분의 이야기에서 비록 비현실적인 존재들이 중심 인물로 등장

---

5   김혜경 역, 『요재지이』 1~6, 민음사, 2002.

하지만 오히려 인간 세상을 향한 현실 비판적 의의가 배가되어 포착된다. 『요재지이』의 서문에 근거해서 포송령의 창작의도와 서사적 특징을 살펴본다.

먼저, 서사태도의 진실성을 꼽을 수 있다. 『요재지이』의 예술성이 뛰어나다고 평가받는 이유 중 하나는 작가 포송령의 실제적 체험 위에서 우러난 사상과 감정이 예술성을 배가시켜 주기 때문이다. 『요재지이』 창작의 토대는 서사의 진실성에서 시작한다고 할 수 있다.

포송령은 일생 동안 과거시험을 준비하면서 관료에 대한 기대를 포기하지 않았다. 어려서부터 학문을 좋아했던 포송령은 19세에 현시, 부시, 도시에서 모두 일등으로 수재가 되었고 당대 저명한 시인이었던 시윤장의 주목을 받으면서 이름을 날리게 되었다. 수십 년간 과거에 응시했으나 매번 합격하지 못했고 한때는 강남에서 손혜의 막료생활을 하기도 했다. 비록 일 년 정도의 기간이었으나 남방을 유람하면서 산수자연 속에서 백성들의 민정과 풍속을 살필 수 있었기에 막료 생활에서의 경험은 작품의 창작과 집필에 상당히 중요한 영향을 미쳤다. 『요재지이』는 막객 생활을 하면서 백성들의 고통, 관료 사회의 부패, 불평등한 현실을 목도하고 저자의 고독과 울분을 독창적인 심미의식으로 승화시켰다. 포송령은 일 년 정도의 짧은 막료 생활을 했지만 보응, 고우, 양주 등 강남의 각 지방을 돌아보면서 대자연을 유람하며 백성들의 비참한 생활을 목도했다. 이후 고향인 산동성 치천의 필제유의 집에서 삼십여 년간 가정교사 노릇을 하면서 생계를 이어나갔다. 일생의 대부분을 지방에서 살면서 막료 생활과 필가에서 얻은 생활의 경험은 독특한 자연관을 형성하여 『요재지이』 창작에 주요한 토대가 되었다. 일생을 주변인으로 살았던 그는 모순과 비리로 얼룩진 인간사를 동물·식물·곤충 등 자연과의 관계에 빗대어 진실하게 담아낼 수 있었다.

「요재자지聊齋自志」에서 스스로 밝혔듯이, 굴원이 초사를 창작했던 영감을 흠모했고 귀신과 요괴를 환상적으로 다루었던 이하의 시를 손꼽으며 가슴 속에서 우러나는 대로 수식하지 않은 글을 높게 평가했다. 포송령은 간보처럼 신기한 이야기의 수집을 좋아했고 소식처럼 남들이 들려주는 귀신 이야기를 즐겼기 때문에 그런 이야기들을 듣게 되면 즉시 기록해 두었다. "나는 다만 여우의 겨드랑이 가죽을 모아 갖옷을 짓듯 한 글자 한 구절씩 모아 감히 『유명록』의 속편을 짓고자 덤벼들었다"면서 혼자 술잔을 기울여 붓끝을 놀리다 이 한 권의 '고분지서孤憤之書'를 완성했다고 밝혔다.

포송령은 집안이 가난하고 과거에 불운하여 자신의 재주를 펼치지 못한 울분을 가슴에 담고 살았다. 억압과 차별, 멸시의 생활을 겪으면서 현실사회의 부조리에 눈을 떴고, 이물의 이야기에 빗대어 인간 사회를 풍자했다. 현실에서 펼치지 못한 의지와 욕망을 인간과 비인간의 관계 속에서 독창적인 심미의식으로 승화시켰다. 인간과 동물, 인간과 식물, 인간과 곤충, 심지어 인간과 무생물의 관계를 생태적 상상력을 통해서 펼쳐냈다. 그는 오랜 시간 향촌에서 생활하면서 대자연의 각종 동식물과 자연스럽게 친밀감을 형성했기에 인간 주변의 생명체에 빗대어 일생 동안의 불평등, 과거에 급제하지 못한 울분을 풀어낼 수 있었다. 인간과 이물의 관계에서 진실한 이치를 담아낼 수 있었던 것은 현실적인 다양한 경험 위에서 가능했다.

그는 민간에서 떠도는 귀신이나 여우 이야기를 수집해서 기록하기도 했지만 자신이 치천과 제남의 자연 속에서 생활하면서 몸소 경험했던 사건들을 『요재지이』의 소재로 활용했다. 『요재지이』 중 제일 먼저 지어진 「지진地震」은 강희 7년 화북 역사상 가장 큰 산동일대의 지진을 경험한 토대 위에서 창작했으며, 인간이 귀뚜라미로 변신한 이야기인 「촉직促織」은 『명조소사明朝小史』에도 기록된 귀뚜라미 헌납과 관련하여 탐관오리들에 대한 분노와 백성들의 고통을 목도했기 때문이다. 「상선上仙」은 포송령이 양씨 성의 호선을 직접 만났던 사건의 토대 위에서 재구성한 것이며, 전대미문의 치정을 완성했다고 평가받는 「향옥香玉」은 강희 11년 노산에 머물며 생활했던 경험을 바탕으로 쓴 것이다. 「축옹祝翁」에서는 축씨 성의 노인이 죽었다가 다시 되살아난 이야기를 담았는데 축 노인의 가족이 필제유의 집에서 가정교사 노릇을 하던 포송령에게 자세히 들려주었던 사건이었다. 「호몽狐夢」에서는 친구 필이암이 숙부의 별장에서 직접 경험했던 여우 이야기를 생생한 체험처럼 기록했는데, 필이암은 강희 21년에 그 이야기를 포송령에게 들려주었고, 포송령은 그렇게 멋있는 여우라면 나 요재의 필묵도 영광스러울 것이라며 잘 기록해 두었다고 서술하고 있다. 「영녕嬰寧」에서 천진무구한 영녕과 아름답고 깨끗한 자연환경에 대한 묘사는 비열하고 추악한 인간사를 목도한 뒤 이상향에 대한 갈망으로 창작될 수 있었다. 오랫동안 대자연의 환경에서 생활했던 포송령의 자연친화적인 삶과 사상은 사회현실을 반추하는 거울로서 『요재지이』에 투영되었다.

포송령은 가정교사 노릇을 그만두고 집으로 돌아온 이듬해인 강희 49년 일흔 살이 되어서야 겨우 벼슬 전 단계인 발공에 임명되었다가 강희 54년에 세상을 떠나게 된다. 가장 즐겨 읽었던 것은 『사기』, 『장자』, 『열

자』,『이소』, 이백 등의 시가였고, 평생을 유학자로 살아갔지만『장자』와
『열자』를 천지의 기문이라고 여겼다.『사기』중에서는「유협열전」을 좋
아했으며,『수호전』·『삼국연의』·『서유기』·『금병매』·『삼언』·『이박』 등
의 작품을 애독했다. 그의 문학적 재능과 독서의 성향을 상기해 본다면,
포송령은 틀에 박힌 듯한 제도적 규범이나 질서에 순응하기보다 가슴 속
에 담겨진 열정을 자유롭고 개성 있는 문체로 펼쳐내고자 했음을 살필
수 있다. 동식물 등 비인간적 소재를 가져와 환상적 수법으로 사회의 모
순과 심각한 부조리를 현실감 있게 고발할 수 있었던 것은 평생을 주변
인으로 살아갔던 포송령의 생활 체험에서 우러나온 작문하는 태도의 엄
중함과 진실함에서 출발했기 때문이다.

자신의 의도와 목적이 현실에서 수용될 수 없다는 것을 잘 알고 있던
포송령은 유생으로서 이런 심사를 기탁하기에 슬프고 애달프다고 자신의
심경을 토로했다. "나를 알아줄 이는 꿈 속에서나 만날 수 있는 귀신들뿐
인가"라면서 한탄하지만 작품의 내용이 황당함의 극치를 달린다 해도 취
할 곳이 있다면 일괄 없애버리면 안된다는 의지를 분명히 밝히고 있다.
포송령은 인간의 행동을 유교의 인의만을 기준으로 판단하지 않았다. 예
를 숭상하는 군자들이 조소하고 세상 사람들이 미쳤다고 자신을 욕할 수
있겠지만 수식하지 않고 가슴에서 우러나는 그대로 쓰는 글이 좋은 글이
라고 확신했다. 소식을 흠모하며 유불도의 사상이 융합적으로 투영되었
는데 인간의 마음이 진실되게 드러난 글이야 말로 좋은 글쓰기라고 생각
했다.『요재지이』에 인간과 동식물의 환상적인 이류연애 이야기가 가득
한 것은 인간의 진실한 감정을 중시했던 이하, 탕현조, 공안파 등의 낭만
주의 정신을 계승한 까닭이다. 포송령은 필가에서 가정교사 생활을 할 때

왕사정과 교류한 바 있는데 신령스러운 운치를 높게 평가했던 왕사정은
『요재지이』의 원고를 보고 출판을 제안할 정도로 포송령의 필력을 칭송
했다. 『요재지이』를 애독하여 제시題詩를 쓰기도 하고 평점을 달았던 것
은 화려한 형식적인 수사보다 마음에서 우러난 진실된 감정이 잘 녹아든
『요재지이』의 예술성을 알아보았기 때문이다.

　둘째, 서사수법의 의도성을 들 수 있다. 지괴나 전기 등 고대 서사의
소재를 가져와 당대의 시의적 주제와 의의를 강조했던 서사는 『요재지
이』의 예술적 성취를 배가시켰다. 저자 포송령은 풍진만이 지적한 대로
"기사를 좇는 것이 아니라 분명한 의도를 가지고" 글을 썼다. 소설가로서
의 뚜렷한 창작 의도를 지닌 채 지괴의 소재를 가져와 전기의 수법으로
현실적 비판의식을 담아냈다. 기존의 서사수법과 구성을 계승했지만 『요
재지이』의 각 편 서두에서부터 천편일률적인 방식에서 벗어나 저자의 창
작의도와 주제의식이 강조된 글쓰기를 시도한다. 예를 들어, 「동공자董公
子」는 관우신이 등장하여 죄지은 자를 단죄하는 이야기를 담았는데, 지괴
나 전기의 서두에 일반적으로 등장하는 주인공의 가계도 소개를 생략한
채 등장인물의 성격에 대한 묘사에 집중하여 이야기 전체의 개연적인 논
리성을 부각시키고 있다. 「동공자」의 소재 자체는 신기한 사건을 다룬 지
괴의 성격이 농후하다. 그러나 등장 인물의 심리와 행동에 대한 생동적인
묘사를 통해 의도적인 허구성을 강조하고 있다. 서두에서 마치 선언문처
럼 동 상서가 집안을 얼마나 엄격하게 다스렸는지에 대한 설명이 제시된
다. '남녀지간에는 서로 간에 이야기 한마디도 나누지 못하는 것이 집안
의 법도'라고 단정한 후 남녀 하인이 시시덕거리다 동 상서에게 들켜 달
아나 버린 사건이 시작되고 있다. 사상적인 면에서 봉건 제도를 옹호하는

한계점이 보이지만 잘린 동 상서의 목을 신체와 다시 이어 붙이는 과정, 어둠 속에서 두려움에 떨며 기괴한 사건을 지켜보는 어린 남자 아이의 심리적 변화 등을 묘사하는 데에 의도적인 예술성이 주목되는 작품이다. 분량이 길지는 않지만 등장 인물의 심리묘사, 행동묘사를 독창적으로 포착해 낸다. 「착호捉狐」 역시 짧은 분량으로 여우를 결박하는 내용인 지괴성이 강한 작품이다. 그러나 저자의 창작 의도는 단지 신괴한 사건을 그대로 기술하는 데에 있는 것이 아니라 주인공 손옹의 행동 속에 그의 성격이나 심리를 구체적으로 형상화시켜 인간의 용기가 어떻게 표출되어 나오는지 단계별로 묘사해 내는 데에 있다.

또 「영녕」에서 왕자복이 산 속으로 영녕을 찾아 나설 때 첩첩한 녹음 속 자연환경에 대한 묘사는 마치 인간과 여우 사이에서 태어난 순수한 영녕의 자연미를 상징하듯 투영시킨다. 예법의 교육을 받지 못했지만 그녀가 있는 곳은 언제나 화목했고 모든 일이 순조롭게 해결된다. 이러한 과정을 개연적으로 묘사함으로써 인간의 감정을 얽매는 예교에 저항하며 주정주의를 지향했던 포송령의 사상을 심미적으로 전달하고 있다. 인적이 닿지 않은 깊은 산 속의 자연 환경과 영녕의 미소에 대한 묘사는 인간적 질서와 예법에 오염되지 않은 순수한 인물의 성격과 심리를 예술적으로 승화시켰다. 「요재자지」의 첫 단락에서, 담쟁이를 입은 산귀가 굴원의 영감을 자극하여 『초사』라는 위대한 문학을 낳았고, 쇠 귀신과 뱀 요괴의 환상적인 변환이 이하 시의 소재였다며, 좋은 글이란 "가슴 속에서 우러나는 대로 시를 짓고 세속에 영합하여 자신의 글에 수식을 가하지 않은 것"이라고 밝혔다. 의도적인 서사수법을 활용하면서 독창적인 예술적 성취를 이룩해 내었다. 괴이한 사건인 지괴의 내용 위에 정연한 서술과 핍진한 묘사를 더한 전기적 수법을 가미하여 '사이' 경계의 예술미를 배가시켰다.

셋째, 서사체제의 융합성을 들 수 있다. 사전체 서사방식의 토대 위에 저자의 개인적 울분을 담아 역사와 소설의 '사이' 경계에서 주제의식의 예술적 성취를 배가시키고 있다. 『요재지이』의 이야기 말미에는 '이사씨왈'로 시작하는 의론 형식을 살필 수 있다. 이것은 『좌전』의 '군자왈', 『사기』의 '태사공왈'로 시작되는 사전체 서사방식을 계승한 것이다. 석창유의 통계에 따르면 『요재지이』 491편 중 『사기』의 전기체는 195편, 전체의 40% 가량으로 분류될 수 있다. 『사기』에서 태사공이 역사가의 입장에서 바라본 사실을 전술하고자 했던 것에 비해, 『요재지이』에서 이사씨는 실록의 사실성과 무관하게 개인적 감정이나 사상을 노골적으로 표출해 냈다. '이사씨왈'로 시작하는 글은 짧막한 몇 글자에서부터 장편의 의론문처럼 길게 서술되기도 했고, 고문이거나 혹은 변려체를 겸용하기도 했다. 형식과 분량은 자유로웠지만 예술적 허구미가 가미된 저자의 사상과 감정은 분명하고 뚜렷하게 전달된다.

「왕자안王子安」에 보면, 과거 시험에 운이 없는 왕자안이 합격자 통보를 받는 상황을 꿈꾸듯 환상적으로 묘사해 낸다. '이사씨왈'로 시작하는 장편의 논찬을 통해서 수재가 시험장에 들어갈 때부터 불합격했을 때의 상황과 심리묘사를 일곱 단계로 포착해 낸다. 막 시험장에 들어설 때는 영락없는 거지의 모습 자체이고, 호명할 때 관리들이 호통을 치면 감옥에 갇힌 죄수와 비슷하며, 각자 호사로 들어가면 늦가을 추위에 얼어붙은 꿀벌의 형상이고, 시험장을 나서면 조롱에서 갓 벗어난 병든 새의 꼬락서니이며, 합격자 명단이 내걸릴 즈음이면 불안과 초조로 좌불안석 어쩔 줄 모르는 쇠사슬에 매인 원숭이 꼴이라고 풍자한다. 합격자 명단에 본인 이름이 빠진 걸 확인하면 마치 독약 먹은 파리 새끼처럼 아무 감각이 없다. 처음 떨어진 것을 알았을 때는 실망과 분노가 겹쳐 시험관에게 욕설을 퍼붓고 모든 물건을 갈기갈기 찢어버리며 머리카락을 풀어 헤치고 산 속으로 들어가 종일 면벽 수도로 정진할 기세이다. 시간이 흐른 후 묵은 재주가 근질근질해서 알 껍질 깨뜨린 산비둘기가 알을 품는 형국과 비슷해진다고 조롱한다. 마치 눈 앞에 살아 움직이는 듯 구체적이고 생동적으로 묘사한 허구적 기법은 부조리한 사회 현실에 대한 비판의 의미를 배가시켜 전달하고 있다. 사전체 의론의 형식에 빗대어 당시 팔고문만 학습하여 과거 급제를 염원했던 유생들의 삶과 사회문화적 배경에 대해 한편으로는 우습거나 가련하게 희화화했고, 또 다른 한편으로는 분노에 찬 울분을 담아 노골적으로 질책하고 있다. 『요재지이』 중 총 175편이 '이사씨왈'로 시작하는 사전체 서사 체재를 활용해서[6] 저자 포송령의 창작의도와 주제의식을 강조하고 있다. 『유명록』의 속편을 짓는 마음으로 한 권의 '고분지서'를 완성하였던 포송령은 세상에 대한 울분과 비통함을 편미의 '이사씨왈'을 통해서 분명하고 명확하게 드러내고 있다. 풍진만이 『사기』와 『한서』를 계승해서 전기체로 소설의 사건을 서사해 냈다고 지적했던 것처럼, 실록의 체재 위에 소설적 비판 의식을 담아냈다.

조기고趙起杲는 「청가정각요재지이예언靑柯亭刻聊齋志異例言」에서 "사건은 귀신, 여우, 신선, 기괴한 것을 다루고, 문장은 『장자』, 『열자』, 사마천, 반고를 이어받았으며, 뜻은 『춘추』의 필법처럼 명확한 의의를 취해 첨삭하여

---

6 冀运鲁, 「『聊齋志異』敍事藝術之淵源探究」, 上海大学博士學位論文, 2010, p.48.

드러냈다"고 지적했다. 포송령은 스스로 『요재지이』를 '귀호사鬼狐史'라고 불렀는데 전통서사의 소재와 체제를 가져와 자신의 경험을 바탕으로 삶에 대한 진실한 태도를 담아냈다.

진실한 서사 태도를 바탕으로 고도로 형상화된 등장인물의 성격과 심리 묘사를 통해서 의도적인 예술미를 창출해 냈고, 사전체 서사체제에 근거해 개인적인 울분을 주제의식으로 승화시켜 독창적인 성취를 이룩해냈다.

3. 정치관과 과거제도

포송령은 과거 시험에서 운이 따라주지 않았지만 정치적 이상을 펼치기 위해 평생을 준비하고 노력했다. 통치자를 보좌하고 백성들을 돌보는 청렴하고 현명한 관료가 되기를 꿈꿨으며, 그의 원대한 포부와 기대는 이야기 곳곳에서 찾을 수 있다.

「우중승牛中丞」에서는 현명한 관료가 기지를 발휘하여 도둑을 잡는 내용이 그려져 있다. 우중승은 한 마을에 큰 도둑이 들자 성 밖 출입을 통제해서 두 번 이상 출입하는 자를 체포하여 물건을 운반하려는 도둑들의 계획을 차단시킨다. 병자를 들 것에 실어 나르는 광경을 살펴서 신고조차 못하는 백성들의 억울함을 풀어주는 현명한 관료를 칭송한다. 사건의 해결 방법은 관심을 가지고 생각하는 간단한 이치에서 근원할 뿐이라며, 관할 구역에 대해 꼼꼼히 관찰하고 살펴서 강도 사건의 범인 잡는 일을 기록했다. 「연지胭脂」에서는 통치 관료들이 어떻게 진범을 찾아내고 무고한 사람의 억울함을 풀어주는지 자세히 기록했다. 문약한 서생 악추준은 겁탈죄뿐 아니라 살인죄까지 뒤집어 쓴 후 모진 고문 때문에 거짓 자백을 해서 사형 판결을 받았다. 그러나 제남부의 태수가 악추준의 억울함을 풀어주고, 시 우산이 공정하고 현명한 재판으로 진범 모대를 잡아낸다. 이사씨는 백성 들 위에 군림하는 관리들이 백성들의 어려운 사정은 아랑곳하지 않고 그 저 형벌로만 입막음을 하려든다며 아둔한 관리들의 판결로 억울하게 누 명쓰거나 은폐되는 사건들이 많다고 탄식한다. 사건은 반드시 증거가 남 기 때문에 심사숙고하여 세밀히 관찰하면 해결의 실마리가 발견된다며, 사건의 진실을 파헤치기보다 잔혹한 고문으로 누명 쓴 죄인들을 양산시 키는 관료들의 무지함과 잔악함을 비판한다. 더불어 자신의 스승인 우산 선생 시윤장은 선비들을 북돋으며 인재를 목숨만큼 아꼈고 억울한 사람 이 생기지 않도록 배려했던 뛰어난 학자였음을 칭송한다. 이사씨의 언급 을 통해서 포송령이 꿈꿨던 이상적인 관료에 대한 기대를 살필 수 있다.

「절옥折獄」에서는 치천의 현령을 지냈던 비위지가 얼마나 현명했고 어 떻게 백성을 사랑했는지 담아냈다. 살인 사건에 대해 무고한 백성이 생기 지 않도록 철저하게 관찰하여 진범을 잡아낸다. 수십 명씩 잡아다 잔혹한 고문을 가해서 거짓 자백을 받아내고 퇴청한 후에는 송사 사건을 완전히 잊은 채 풍류나 즐기는 판관들이 얼마나 백성들의 삶을 파탄내는지 밝히 고 있다. '영리한 사람이 꼭 어질지는 않지만 어진 사람은 반드시 지혜롭 다. 힘들여 생각에 몰두하다 보면 반드시 기막힌 묘책이 떠오르는 법'이 라며 천하의 관료들이 세심하게 관찰해서 억울한 사람을 만들지 말아야 함을 강조했다. 편말에는 스승의 과분한 총애와 찬사를 받았지만 어리석 고 재주가 모자라 결국 기대를 저버리고 말았다며 자신의 스승이 평생

밝지 못했던 일은 바로 '나 포송령 때문'이라고 탄식한다. 급제하지 못한 자신의 심경과 울분을 토로하면서 동시에 어질고 현명했던 스승의 행적을 강조하며 이상적인 관료에 대한 기대를 투영시켰다.

그러나 포송령이 마주한 현실은 청관이나 현관보다 탐관오리에게 고통받는 백성들이 즐비함을 목도해야 했다. 그는 막료생활의 경험을 통해 우매한 인재가 관료로 선발되면 백성들이 얼마나 고통받고 비참해지는지 체험했다. 낮은 벼슬의 고을 관리에 의해서 목숨을 빼앗기는 일조차 허다했음을 작품 속에서 고발하고 있다. 과거를 통해서 현명한 관료가 되려는 기대와 포부는 백성들의 비참한 현실을 직접 확인함으로써 절망으로 이어진다.

「촉직」은 관료계층의 탐욕이 평범한 한 가정의 삶을 어떻게 파괴하는지 잘 보여준다. 궁중에서 귀뚜라미 놀이가 유행하자 매년 민간에서 귀뚜라미를 징발하게 되었다. 섬서 지방의 특산물로 지정된 귀뚜라미를 상납하지 못한 성명은 간사한 지방 관리들에게 얕보여 곤장을 맞아가며 살아간다. 어느 날 겨우 잡은 귀뚜라미를 아홉 살 아들이 실수로 죽여 버리고 공포에 질린 아들은 뛰쳐나가 우물에 빠진다. 성명은 몸집은 작지만 수탉마저도 꼼짝할 수 없게 만들 만큼 싸움을 잘하는 귀뚜라미를 다시 얻게 되어 현령에게 바친다. 현령은 다시 순무에게 바치고, 순무는 다시 황제에게 바쳐서 큰 상을 받게 된다. 황제는 순무에게 명마와 비단옷을 하사하고, 순무는 현령을 높게 평가해서 중앙에 보고하고, 현령은 수재에도 합격하지 못했던 성명을 생원이 되도록 주선했다. 귀뚜라미로 변신한 성명의 아들 덕분에 결국 대궐 같은 집을 소유하게 되었다고 했지만, 자신들의 이익을 추구하기 위해 백성들의 고혈을 짜내는 탐관오리들의 간악한 횡포가 어떻게 삶을 파괴하고 생명을 **빼**앗는지 구체적으로 묘사하고 있다. '탐욕무도한 관리들이 가세하면 백성들은 날마다 처자식을 내다 파는 지경이 되며 숨 돌릴 틈조차 없어지게 된다. 때문에 천자의 일거수일투족은 하나같이 백성들의 명줄과 직결되니 절대 소홀히 여겨서는 안 될 바'임을 강조한다. 고관들의 취미생활 때문에 백성들의 삶이 얼마나 힘들었는지 사실적으로 고발하며 현령, 순무뿐 아니라 심지어 황제까지도 억압의 가해자로 포함시키고 있다. 백성들의 비참한 삶에 대한 책임을 최고 통치자까지 연대시키면서 통치계급 전반을 신랄하게 비판하고 있다. 「매녀梅女」에서는 도둑한테 삼백 푼의 뇌물을 받고 매씨의 딸을 간통죄로 누명을 씌워 죽게 만든 전사를 고발한다. 이사씨는 '관직이 낮을수록 더 탐욕스럽다더니 이것이 일반적인 상황인가? 고작 삼백 푼의 돈에 간통 누명을 씌웠으니 양심이라곤 눈곱만큼도 찾아보기 어려운 지경'이라며 낮은 관직의 관료일수록 가까이에서 잔악한 행동을 일삼아 백성들의 삶은 더욱 힘들어진다고 폭로했다. 이사씨의 총평 뒤에는 강희 23년에 일어난 탐욕스런 전사의 아내가 도망간 사건을 기록하면서 현실 속 탐관들의 행위가 얼마나 잔혹했는지 고발한다. 뇌물을 받아 세금을 탈루시켜 주는 관료들의 추악함을 다룬 「왕십王十」에서처럼, 백성들의 생계를 좀먹는 관료들의 부패가 만연한 세상에 절망하고 있다.

비참한 현실에 대한 절망은 팔고문만 익힌 우매한 인재를 선발하는 과거제에 대한 비판과 분노로 드러난다. 과거제 자체에 대한 불만을 토로하기보다 융통성 없는 팔고문만 익히면 관료가 되는 사회의 불합리한 구조를 지적하고, 뇌물을 받아 형편없는 자들을 관료로 선발하는 과거장의 부패에 대해 통렬하게 질책한다.

「우거악于去惡」에서는 저승에서도 과거를 보려고 하는 귀신 우거악을 통해서 과거장에서의 비리를 고발했다. 죽어서까지 과거에 급제하고픈 열망과 대조시키며, 저승의 신들도 현실의 벼슬아치와 마찬가지로 학식은 없고 탐욕만 남았다고 비판한다. 관리가 되어 의기양양 세도를 부리는 작자들 중에서 고서 한 줄 읽어보지 않은 이들이 허다하다며, 젊었을 때 입신양명의 수단으로 팔고문을 공부했을 뿐 일단 부귀공명을 획득하고 나면 학문하고 담을 쌓는다고 폭로한다. 순치順治 14년1657에 과거장에서의 비리가 발각나면서 염관들 대다수가 주살되거나 유배를 갔다며, 실제 각지의 과장에서 전국적으로 비리가 행해졌고 뇌물 공여가 만연했던 사건을 고발했다. 역사적으로 정유丁酉 과장안은 청대 최초의 대규모 과장안으로 순치 14년 북경 향시에서 시험관 십여 명이 명말의 악습을 이어받아 뇌물을 받고 권세가들의 자제들을 모조리 합격시킨 일이었다. 결국 시험관들이 참수당하고 가산이 몰수되었으며 관련된 사람들은 옥고를 치뤘다. 순치제는 친히 재시험을 실시하여 경계하고자 했다. 같은 해 남경 향시에서도 시험관들이 뇌물을 받아 합격시키는 등 과장 안에서 일어나는 부패 사건으로 많은 사람들이 연루되어 죽었다.[7] 부정 행위가 잘못된 행동임을 알아도 과거급제를 향한 끊임없는 유혹을 근절할 수 없었던 당시 문인들의 현실적인 상황을 포착하고 있다.

실력이 안되는 권세가의 자제들이 뇌물을 써서 급제하는 사건도 문제였지만 실력있는 유생들마저 뇌물을 쓰지 않으면 합격하지 못하는 사회적 분위기가 더 큰 폐단을 야기하고 있음을 폭로한다. 「사문랑司文郎」에서

7　金諍, 김효민 역, 『중국 과거 문화사』, 동아시아, 2003, 291~292쪽.

는 시험지를 불태워 냄새로 학문의 고저를 판단하는 장님을 등장시켜서 팔고문만 익히는 서생들의 우매함과 눈 멀고 귀 먼 시험관들의 평가에 따라 합격 여부가 결정되는 과거제도의 모순을 풍자했다. 무례하고 거만한 여항생이 시험관의 문하생이었기에 합격하고, 학문이 훌륭한 왕평자는 낙제하는 불공정함과 선발 과정의 비리에 대해 고발했다. 떠돌아 다니는 혼백을 통해 저승에 가서라도 과거에 급제하고픈 미련을 담아냄으로써 당시 입신출세를 향한 관료들의 그릇된 욕망을 잘 보여주고 있다. 형편없는 자들이 급제하고 뜻있는 자들이 낙방하는 팔고문 학습의 불합리성과 부조리함이 반복적으로 나타났던 부패한 사회 현상을 직설적으로 비판했다.「하선何仙」에서는 문장은 뛰어나도 과거에 급제하지 못하는 사건을 통해 실력 없고 무능한 채점자들이 인재를 선발하는 비리를 고발한다. 이번은 문장이 뛰어나지만 사 등급을 받을 운수라며 글의 수준과 운수가 너무나 부합하지 않는 과거장에서의 상황을 그려냈다. 강희 연간 산동의 제학사였던 주 문종을 작품에 등장시켜 공사에 바빠 글을 평가하는 데는 전혀 신경을 쓰지 못한다고 비판한다. 실제로 채점하는 막료들은 뇌물을 주고 자격을 획득한 자들이라 응시자들의 학문을 제대로 평가하지 못하는 수준임을 고발한다. 강희 24년 통정사참의의 벼슬에 올랐던 손자미에게 시험장의 의혹을 제기한 이후에야 이듬해에 겨우 급제할 수 있었다며, 무능한 막료들로 인해 야기되는 과거장의 현실이 애달플 뿐이라며 통곡한다.

나아가 과거에서 떨어졌다고 해서 쉽게 낙담하고 삶을 포기하는 유생들의 나약함을 강하게 질책한다.「소추素秋」에서 현, 군, 도가 주관한 시험과 과시에서 장원을 차지했으나 향시에서 낙방한 후 충격을 받아 죽었던 순구에 대한 안타까움을 기록했다. 시험관들이 운명만을 저울질할 뿐 문장을 품평하지 않았다며 불합리한 선발과정까지 신랄하게 고발하고 있다. 과거시험에 낙방한 후 실의와 충격 속에 죽음에 이르렀다는 이야기는 「섭생葉生」에서도 찾을 수 있다. 재주가 비범했던 섭생은 과시에 일등했으나 향시에서 낙방했다. 자신의 재주를 인정하고 학자금과 생활비까지 대주며 돌봐 준 정생의 은혜에 보답하기 위해 고향까지 따라가 그의 아들을 가르친다. 일평생 과거에 응시하기 위해 지었던 팔고문의 문장들을 정생의 아들에게 가르치자 그가 회시에 합격하여 진사가 된다. 이사씨는 '온 세상의 천리마가 모두 열등한 종자로 분류되어 있으니 인재를 알아볼 오늘날의 백락은 누구인가'라면서 자신이 죽었다는 사실조차 잊어버리고 혼백이 지기를 따라갔던, 알아주는 이 없고 기댈 곳 없는 섭생의 삶에 대해 탄식한다. 이 세상에 섭생처럼 비범하면서도 실패한 사람이 어디 한둘이던가라며 연이어 낙방했던 자신의 처지에 빗대어 자조 섞인 절망을 쏟아낸다. 그런 의미에서, 한평생 과거급제를 향해 달려온 문인들의 초조함과 기대를 풍자하고 있는 「왕자안」의 내용이 해학적이라기보다 비참함으로 읽혀진다. 시험장에 막 들어갔을 때의 상황부터 낙제한 것을 알았을 때의 실망과 분노, 시간이 흐른 후 다시 과거를 준비하는 행색을 일곱 단계로 구분하여 과거 급제를 향한 문인들의 처절한 삶을 눈 앞에 펼치듯 생생하게 그려냈다.

포송령은 19세에 수재가 되었고, 수십 년간 거인에 합격하지 못하다가 칠십이 넘어서야 공생이 되었다. 관료들의 행태와 과거장에서의 비리를 구체적이고 생생하게 묘사할 수 있었던 것은 과거에 실패를 거듭했던 자신의 체험에서 근거했기 때문이다. 바르게 학문을 연마하고 수양을 쌓는 것이 아니라 관료로 출세하기 위해 팔고문만 학습하는 당시 유생들의 행태를 질책하고, 과거제도에 노예화되어 간 지식인 사회를 비판한다. 표면상 탐관오리의 잔인함과 과거 합격의 어려움을 토로하는 듯 하지만 결국엔 팔고문만 학습하여 백성들의 삶에 공감하지 못하는 아둔한 인재만을 양성시킨 비정상적인 사회제도의 모순을 고발하고 있다. 팔고문만이 가장 훌륭하다고 믿는 고지식하고 융통성 없는 지식인 사회의 세태를 비판한다. 학식 높은 자들이 낙방하고 뇌물 바친 자들이 합격하는 인재 선발 방식의 부당함에 대해서도 노골적으로 질책한다. 이상적 관료를 꿈꾸던 학자로서의 의지와 포부가 꺾이는 과정을 기대와 절망의 '사이'에서 고뇌하며 담아냈다.

4. 경제관과 현실인식

『요재지이』에는 과거 급제를 향한 유생들의 기대와 절망 이외에, 다양한 상인의 삶을 통해서 당시 변화하고 있는 상인관과 현실인식을 담아내고 있다. 이윤을 위해서라면 기본적인 양심이나 도리를 저버리고 행동한다는 상인에 대한 보수적인 인식부터, 문인이라도 현실의 곤궁함을 해결하기 위해 경제 활동을 해야 한다는 진보적인 인식에 이르기까지 '사이'의 경제관에 대해 살필 수 있다.

먼저, 상인은 금전에만 관심 있는 탐욕스런 계층이라는 인식을 담아냈다. 「종리種梨」에서 가난한 도사에게 배 한 개조차 인색하게 굴며 욕설을 퍼붓는 어리석은 시골상인이 등장한다. "돈푼깨나 있다는 사람들이 친한 친구가 쌀이라도 꾸러 찾아오면 얼굴색이 벌게지며 불쾌해 하는 광경은 늘상 있는 것"이라는 평가처럼, 상인에 대해 폄하된 인식이 전통적으로 만연했음을 보여준다. 어려운 사람을 도와주는 일에는 벌컥 화를 내는 것이 일상이라면서 부정적인 인식을 드러낸다. 「백추련白秋練」에서 상인 모 소환은 아들이 기생과 놀아난 줄 알고 불같이 화를 내다가도 돈과 물건들이 그대로인 것을 알고는 꾸중을 그만두었다. 백추련이 맘에 들지 않지만 조금씩 부자로 만들어주자 며느리로 인정하는 행동을 보인다. 상인들에게 삶의 가치는 경제적 이윤이 가장 중요한 평가의 기준임을 보여주고 있다. 전갈을 많이 잡아 죽인 전갈상인 이야기 「갈객蝎客」처럼 이윤을 남기기 위해서 자비나 인덕과는 무관한 행동을 하는 자가 상인임을 강조한다. 등짐장사로 연명하다가 많은 돈을 받고 부인을 관기로 팔아넘기려는 「운취선雲翠仙」에서 양유재, 저당 잡힌 원금과 이자로 미녀를 첩으로 들이려는 「인침紉針」에서 황씨의 행동처럼 돈과 인품의 관계는 병립할 수 없는 대칭점처럼 묘사해 왔던 것이 상인에 대한 보편적인 인식이라고 할 수 있다.

그런데 수단과 방법을 가리지 않고 이윤을 추구한다는 널리 만연된 부정적인 인식과 달리, 긍정적으로 평가하는 인식을 살필 수 있다. 「유성劉姓」에서 동향 사람이 나쁘게 행동할 때마다 좋은 말로 달래가며 사건을 해결하는 전당포 운영자 이취석에 대한 평가에 주목할 수 있다. 이사씨는 이취석 형제에 대해 지방의 큰 부자이지만 유달리 충직하고 자선하기를 좋아했다고 하면서 부자라는 이유로 남들에게 거드름을 피운 적 없는 겸손하고 온화한 군주였다고 평가한다. 전당포 운영자를 '군자'라고 표현했던 것은 상인의 지위를 정당한 직업군으로 받아들였을 뿐 아니라 인과

덕을 갖춘 존재라는 긍정적인 인식을 보여준다. 부자는 어질지 않다는 『맹자』 「등문공상」의 기록을 인용하면서 먼저 어질고 나중에 부자가 된 것인지 먼저 부유하고 나중에 선행을 베푼 것인지 이해할 수 없다며 익살스럽게 풍자한다. 부자는 어질지 않고 어진 사람은 부자일 수 없다는 상인에 대한 보편적인 관념에서 벗어나 새롭게 평가되는 인식을 보여준다. 이취석 형제의 행동을 칭송했지만 그 이면에는 여전히 이윤을 추구하는 상인과 학문에 뜻을 둔 문인의 가치관은 충돌되어 병립하기 어렵다는 전제에서 자유롭지 못하다.

포송령은 청초 시단의 영수인 시윤장의 주목을 받았으나 향시에서 거듭 낙방하면서 31세 때 같은 고을 손혜의 막객으로서 문서 작성을 도와주며 살아갔다. 19세에 수재가 된 이후 연이어 낙방하면서 지천명이 넘어서야 과거 시험에 더 이상 응시하지 않았다. 그는 세시, 과시, 향시를 반복해서 응시하면서 일평생 유학자의 길을 고수했지만 기대했던 관료로서의 생활을 경험하지 못하고 수십 년간 가정교사로서 남의 집에 기거하며 살아갔다. 『일중반日中飯』에 보면, 집안에 음식이 부족해서 포송령의 자식들이 서로 음식을 다투어 빼앗아 먹었다는 기록이 남겨져 있다.[8] 포송령처럼 매년 과거를 준비하느라 생활이 곤궁해진 유생들은 가문을 일으키기는 커녕 기본적인 의식주도 해결하지 못하는 경우가 많았다. 오랫동안 과거를 준비하면서 불확실한 미래의 삶에 투자하기보다 일찌감치 상업의 길로 뛰어들기도 했다.

이러한 변화된 인식은 멀리는 명대 중후기부터 문인과 상인의 관계가

---

8 馬瑞芳, 『馬瑞芳話聊齋』, 作家出版社, 2007, pp.29~30

가까워진 사회문화적 배경과 관련있다. 명대 상인들은 정력과 여가가 생기면 문인들의 문학 활동에 참여했고, 문인들 역시 자연스럽게 상인과의 교류를 지속했다. 상인들은 문예 모임을 조직하여 문인 학사뿐 아니라 저명한 문인들과 서로 교유하고 지내면서 스스로 시문을 짓고 자신의 문집을 간행하기도 했다. 문인들도 시정에 출입하여 상인들과 교제하면서, 문인과 상인의 왕래와 교류는 상당히 보편적인 현상이 되었다. 명대 전후칠자의 대표자 이몽양李夢陽도 상인 가정에서 태어났으며, 강소와 절강 지역의 저명한 문인들 중 다수는 모두 상인 집안 출신이었다. 포송령에게 영향을 미쳤던 이지李贄도 1대조부터 5대조까지 모두 거상이었고 해외 무역에도 종사했었다.[9] 청초에도 문인과 상인의 유대는 밀접하게 연대되어 있었으며, 이러한 사회적 배경은 『요재지이』에서 과거만 준비하느라 생활고를 겪었던 문인들이 상업으로 전향하는 이야기가 상당수 기록될 수 있는 토대가 되었다.

「백추련」에서 상인 모소환은 아들 모섬궁이 어려서부터 글 읽기를 좋아했지만 열여섯 살이 되었을 때 현실과 동떨어진 일이라고 여겨서 공부를 그만두고 장사를 배우게 했다. 「나찰해시羅刹海市」에서 열네 살에 수재가 되어 명성을 떨쳤던 마기는 책 몇 권 읽어봐야 쓸데없는 짓이라며 장사를 배우라는 상인 아버지의 권유를 받아들인다. 「세류細柳」에서도 아들들에게 '사농공상은 각자 본업이 있는 법'이라며 엄하게 가르치는 어머니의 훈육을 확인할 수 있다. 두 아들을 각각 진사와 갑부로 성장시킨 것에 대해 이사씨는 하나는 귀하게, 다른 하나는 부자로 키워낸 뒤 세상 사

---

9 명청시대 문인과 상인의 관계에 대해서는 소의평, 박경남·정광훈·신정수·김수현·우수치 역, 『중국문학 속 상인세계』, 소명출판, 2017, 473~483쪽 참고.

람들 앞에 당당히 선 세류에 대해서 뛰어난 인재라고 칭찬했다. 상인과 선비는 하는 일은 다르지만 마음은 같다는 이몽양의 언급을 떠올릴 수 있으며, 사민의 직업은 다르지만 도는 같으니 그 마음을 다하는 것은 일치한다는 왕수인王守仁의 관점과 맥을 같이하고 있다.

포송령의 부친인 포반蒲槃은 가정 살림이 어려워지자 유학을 버리고 장사했기에 그는 일찍이 상업적 경제관에 눈을 떴다고 할 수 있다. 『요재지이』에서 상인 아버지의 권유가 아니라 스스로 상인의 길을 선택했던 이야기를 찾는 것은 어렵지 않다. 「방문숙房文淑」에서 등성덕은 훈장 노릇을 사임하고 장사하러 떠날 계획을 세우면서 선생 노릇 아무리 오래 해봐야 돈 벌 가망이 전혀 없으니 객지를 돌며 장사를 배우려 했다. 장사를 배워 두면 나중에 고향으로 돌아갈 기약이 있을 것으로 기대한다. 나아가 학문의 뜻을 꺾고 상업의 길로 들어선 것에 대해 오히려 현명한 선택이었다며 만족하는 부분을 찾을 수 있다. 「뇌조雷曹」에서 과거 시험에 매번 실패했던 악운학은 스스로 글공부를 팽개치고 장사를 시작해서 형편이 넉넉해진다. 이사씨는 문장으로 일세를 풍미했지만 하늘이 정해준 자리가 아님을 알고 지필묵을 헌신짝처럼 내던진 악운학에 대해서 마치 후한 반초班超가 붓을 버리고 무인이 된 것에 비유한다. 역사적으로 존경받는 인물에 빗대어 오히려 붓을 버린 사람들의 성공한 면모를 부각시키며 상업에 종사하려는 선택을 후회하지 않았다고 강조한다. 「연성連城」에서는 가난한 유생보다 돈 많은 장사치 집안으로 딸을 시집보내려는 아버지의 이야기가 그려진다. 부친인 사 효렴은 교생이 가난했기에 탐탁지 않게 생각하고 소금장수의 아들인 왕화성과 딸을 정혼시킨다. 효렴인 아버지가 사윗감을 선택할 때 유생보다 경제적 형편이 여유로운 상인 집안을 우선시했다. 현실적 곤궁함 때문에 어쩔 수 없이 상인이 되었던 불가피한 상황이 아니라 오히려 자유롭게 선택할 때조차 가난한 유생보다 돈 많은 상인 집안을 더 선호했던 사회적 분위기를 살필 수 있다.

아마도 당시 변화하는 경제관념을 상징적으로 잘 보여주고 있는 것이 「황영黃英」이 아닐까 싶다. 도생과 황영 남매는 가난하지만 유별나게 꽃을 사랑했던 마자재의 집에 기거하면서 국화를 가꿔서 팔아 생계를 꾸려나간다. 마자재는 국화를 파는 일은 안빈낙도와 상반되는 일이라며 반대했으나 도생 남매 덕분에 윤택하게 살아갈 수 있었다. 국화는 전통적으로 지조와 고고함, 청렴함을 상징한다. 이지가 국화를 독야청청 고독하고 고결한 인품에 빗대어 「한국恨菊」이라는 칠언절구를 짓기도 했던 것처럼, 국화는 청빈을 대변하는 도연명의 분신과도 같은 꽃이며 고결함을 상징한다. 마자재는 국화를 파는 행위는 국화를 욕보이는 짓이라며 반대했으나 가정 살림이 점차 부유해지면서 암묵적인 승인을 하게 된다. 전통적으로 국화는 꺾이지 않는 지조를 상징하기에 국화를 팔아 부를 축적하는 이야기는 상당히 충격적인 구성이다. 사람이 구차하게 부자가 되어서는 안되겠지만 일부러 가난할 필요가 없다는 황영의 말을 통해서 상인과 문인의 선택지에서 당시 변화하고 있는 '사이' 경계의 가치관을 보여주고 있다.

그러나 상인으로 전향했다 할지라도 학문을 완전히 등지지 않았던 유상儒商으로서 살아가는 모습을 살필 수 있다. 「유부인劉夫人」에서 미망인 유부인은 집안이 찢어지게 가난했던 염생에게 장사를 권유한다. 설사 글 공부에 뜻을 두었더라도 그에 앞서 생계를 해결해야 한다며 책상 머리에서 반딧불처럼 말라죽는 것보다 훨씬 나을 것이라고 현실적인 경제 관념을 가르친다. 염생이 합법적인 소금 장사를 개시해서 일 년이 지나자 이익은 원금의 몇 배가 되었다. 이윤이 남으면 하인에게도 약속한 사례금 이외 후하게 상금을 내렸다. 염생은 워낙 글 읽기를 좋아했기에 주판알을 퉁길 때에도 서책을 손에서 놓지 않았고 사귀는 친구들도 모두 독서인들 뿐이었다. 염생은 유부인 덕택에 결혼도 하게 되고 거인이 되었으며 그의 자손들은 몇 대에 걸쳐 왕후장상에 버금가는 부귀영화를 누리게 된다. 여기서 염생은 상인과 유생의 면모를 동시에 지닌 유상이라고 할 수 있다. 금전적 이윤이 남으면 하인에게 충분히 보상하며 자신만 더 많은 몫을 챙기는 파렴치한 상인이 아니다. 오히려 자신의 몫이 너무 많다고 양보하는 모습에서 인덕을 베푸는 어진 유학자들의 생활 태도를 엿볼 수 있다. 「백추련」에서 아버지의 권유로 장사를 배웠지만 틈만 나면 책을 보거나 시를 읽었던 모섬궁 역시 유상이라고 할 수 있다. 모섬궁과 백추련의 사랑은 우여곡절 끝에 서로 시를 읊조리면서 이어지게 되고, 심지어 백추련의 시신도 두보의 시를 하루에 세 번씩 읊어 주어서 썩지 않을 수 있었다. 「소이小二」에서 어려서부터 글공부를 해 오경을 완전히 통달했던 소이는 경영하고 기획하는 능력이 탁월했다. 일꾼들을 가르쳐서 다른 공방에서는 흉내조차 낼 수 없을 만큼 희귀한 모양과 변화무쌍한 색깔을 지닌 유리등을 만든다. 유리등은 비싼 가격에도 날개 돋친 듯 팔려 나가서 재산이 엄청나게 늘었다. 소이는 돈과 곡식의 출입을 점검하며 일한 양에 따라 상벌을 주는 것이 철저했다. 게으른 자에게는 회초리를 들고 부지런한 자에게는 많은 상을 내리면서 수고한 양보다 후하게 나누며 하인들을 다스렸다. 재산을 관리하고 집안 경제를 일으키는 방면에는 남편인 정생보다 뛰어났다. 부부는 잊어버린 책의 구절을 누가 많이 기억하는지의 놀이를 하고 『주례』를 읽으면서 시간을 보냈다. 함께 글공부를 했던 정생이 일찌감치 그녀의 재주를 알아보았기에 한 때 도적 무리에 잘못 가담했던 행동에서 빠져나올 수 있었다며 이사씨는 정생의 안목을 높게 평가한다. 봉건적 남성중심주의 시각에서 해석하려 했다는 사상적 한계점이 존재하지만 여성 경영인의 능력을 인정하고 있었음을 살필 수 있다. 부부는 경전이나 역사책을 읽으며 즐거움으로 여겼고 유학을 근간으로 삼아 행실을 삼가했다고 주목했다. 포송령의 아버지 포반이 유학을 버리고 상업에 종사했으나 경사에 밝았고 학문이 광박했던 것처럼, 소이 부부도 학문을 추구했던 문인으로서의 정체성을 저버리지 않은 것으로 기록했다. 「뇌조」에서 스스로 글공부를 팽개치고 상업으로 전향했던 악운학은 말년에 낳은 아들이 매우 총명해서 열여섯 살에 진사에 합격한다. 이사씨는 악운학을 인간 세상의 어진 호걸이라고 묘사하고 평소 그의 선한 행동에 대한 포상이라고 칭송한다. 아들의 진사 급제는 과거에 운이 없었던 악운학에게 최고의 포상이자 기대의 실현이 된 셈이다. 상인 아버지와 진사 아들의 '사이'에서 파생되는 현실적인 경제 관념과 사회문화적 의의를 비유적으로 전달해 주고 있다.

포송령은 상인에 대해 이윤만을 우선시한다는 전통적인 인식과 차이를 보여주면서 진보적인 평가를 견지하고 있었다. 당시 문인과 상인의 유대가 더욱 친밀해지고 있었던 사회적 분위기 속에서 유상을 긍정적으로 묘사하는 이야기가 상당수 등장한다. 상업경제에 대한 개방적인 인식에 눈을 뜨긴 했지만 유생으로서의 본분을 완전히 버리지 못하는 '사이'의 경계에서 현실적인 고민과 갈등을 고스란히 보여준다. 상인이면서도 학문의 끈을 부여잡은 유상의 이야기 속에는 과거에 급제하지 못한 유학자 포송령의 현실적인 삶의 방식과 고뇌가 녹아있다.

5. 인생관과 주정주의

포송령이 명말 양명학과 주정주의의 영향을 받았다는 것은 주지의 사실이다. 『요재지이』에 묘사된 많은 남녀의 사랑 이야기는 지고지순한 순애보를 아름답게 묘사하고 있다.

대표적으로 「아보阿寶」에서 손자초의 순수한 사랑을 들 수 있다. '손바보'라고 불리는 고지식하고 어리숙한 손자초는 절세미인인 아보를 짝사랑하면서 그녀가 장난처럼 말한 것도 그대로 받아들여 자신의 손가락을 아무렇지 않게 잘라 낸다. 아보의 아름다운 모습을 보자 혼이 분리되어 앵무새로 변해 그녀를 따라가 감동시킨다. 이사씨는 손자초의 심지가 견고하다며 칭찬하고 오히려 그의 바보스러움을 조롱하는 사람들이 어리석다고 탄식한다. 「연성」에서는 자신의 가슴살까지 떼어 주며 연성을 지극히 사랑했던 교생의 진실한 마음을 담아냈다. 재주가 뛰어났던 교생은 연성을 사랑했지만 그녀의 부친은 가난한 교생보다 부유한 왕화성을 사위로 맞고자 했다. 연성이 폐병으로 죽을 위기에 처했을 때 교생은 죽음을 각오하고 자신의 가슴살을 베어 내서 그녀를 살렸다. 상대방을 따라 죽음으로써 서로의 사랑을 지키고자 했기에 그들의 사랑은 저승까지 감동시켜 환생해서 이어질 수 있었다. 뛰어난 미녀를 보고 한 눈에 반해 버린 「영녕」에서 왕자복의 사랑도 그러하다. 왕생은 우연히 보게 된 영녕을 사랑하다가 상사병이 심해져 죽기 직전에 이르렀고 직접 그녀를 찾아 나서게 된다. 왕자복의 순수한 사랑은 남녀 관계에 대해서도 전혀 무지한 그녀를 부인으로 맞이하도록 이끈다. 영녕은 기본적인 예의조차 배운 바가 없어 철부지처럼 보였지만 그녀가 있는 곳에서는 모든 일이 조화롭게 해결된다. 이사씨는 바보 같은 웃음 뒤에 진면목을 감춘 영녕의 순수함과 총명함을 칭송한다. 「서운瑞雲」에서도 항주의 이름난 기생을 사모했던 가난한 하생은 나중에 그녀가 추녀로 변했어도 여전히 사랑하면서 부인으로 맞는다. 손자초, 교생, 왕자복, 하생 등 조건 없는 사랑에 빠진 주인공들은 대체로 순수하고 융통성이 없으며 고지식한 성격이다. 사랑하는 여성의 장난스런 놀림이나 교육수준, 환경, 외모에 상관없이 일편단심으로 사랑하며 타인의 시선이나 사회적 관념에 구애받지 않는다. 그들은 순수한 사랑을 위해서 자신이 가진 모든 것을 아낌없이 바칠 수 있기에 상대방의 신분이나 정체가 순애보적 사랑을 하는 데에 걸림돌이 되지 않는다. 고대 서사에서 인간과 귀신, 인간과 신선 등의 이류연애 이야기는 더 이상 생소한 주제가 아니지만 『요재지이』에서 사랑의 대상은 신녀, 선녀, 귀신뿐 아니라 동물, 식물, 심지어 무생물인 돌까지 다양하게 펼쳐진다.

「향옥」에서 백모란의 요정인 향옥을 사랑했던 황생은 환생한 그녀와 행복하게 살다가 죽음을 맞게 되고, 평소의 소원처럼 모란으로 환생해서 향옥과 함께 지낸다. '꽃은 귀신이 되어서도 사람을 따랐고 사람은 또 혼백을 꽃에다 두었으니 이 어찌 깊은 사랑의 표현이 아닌가'라면서 자신의 죽음마저 새롭게 태어나는 날이라고 즐거워하며 조건 없는 사랑의 정점을 보여준다. 「청봉靑鳳」에서 호쾌하고 자유분방했던 경거병이 청봉에게 마음을 빼앗긴 이후 그녀를 한시도 잊지 못한다. 어느 날 청봉이 자신은 여우임을 밝히고 사람이 아니라고 미워하지 말라고 부탁하자 경거병은 꿈에서도 잊지 못할 만큼 그리워했는데 어찌 미워할 수 있는가라며 기뻐한다. 사랑에 빠진 등장 인물들은 상대가 모란꽃이던 여우이던 크게 개의치 않는다. 또 인간과 돌과의 교감을 포착해 낸 「석청허石淸虛」를 통해서 일명 수집광들의 치명적인 애착도 확인할 수 있다. 형운비는 신기한 구름을 내뿜는 수석을 얻어 무척 기뻤으나 이것을 탐내는 사람들 때문에 모함과 무고를 당하게 된다. 수석도 주인을 선택하는 신비한 능력이 있었기 때문에 형운비와 수석은 함께 할 수 있었다. 형운비는 자신의 목숨을 걸고 돌을 지켰으며 유언대로 죽어서도 돌과 함께 무덤에 묻히게 된다. 이사씨의 탄식처럼 돌을 위해 죽음을 불사하겠다는 생각은 어리석은 것이지만 결국 언제까지나 함께 있게 되었다며 형운비와 돌의 군건한 감정적 교류에 빗대어 지조 없는 인간들을 비판한다.

남녀의 관계에서, 혹은 인간과 타자의 관계에서 죽음도 불사할 만큼 흔들리지 않는 사랑의 감정을 '치정癡情'이라고 할 수 있다. 『요재지이』에 '치癡' 자는 109회 등장한다. 사실, '치'라는 글자는 『설문해자』에 보면 '불혜야不慧也'라고 되어 있어 현명하지 못한, 우매함을 표현하며 단옥재는 느리고 둔하며 일종의 질병에 해당한다고 해석했다. 일찍이 『세설신어』 「임탄任誕」에서 어리석거나 바보스럽다는 단순하고 부정적인 개념으로 사용된 것 이외에, 순진할 정도로 정이 각별하거나 다재다능한 재주를 지닌 기인을 '치'라로 해석하기도 했다.[10] 마치 「서치書痴」에서 책을 읽는 것 이외에 아무것도 못하는 유생처럼, 우매해 보일 정도로 융통성이 없으며 타협하지 못하고 무언가에 혹은 누군가에 자신을 내던지듯 몰입하는 것과 같다. 정이 지극하면 귀신도 통하고 책을 열심히 읽으면 시문에 능해지고 기예의 연마에 매진하면 뛰어난 기술을 보유한다는 「향옥」과 「아

---

10 '癡情'의 용어 해석에 관해서 최병규, 『중국고전문학 속의 情과 欲』, 한국문화사, 2014, 44·
   49·352쪽; 陳文新, 『中國小說的譜系與文體形態』, 中國社會科學出版社, 2012, pp.219~
   229 참조

보」에서 이사씨의 언급처럼, 『요재지이』에서 '치정'은 어떠한 외부적 구속 없이 자신의 감정을 고스란히 드러내는 순수함을 상징한다.

치정의 이야기들은 팔고문 학습에만 몰두하여 틀에 박힌 듯한 고지식한 인재만을 양성했던 청초 사회문화적 분위기와 사뭇 다른 메시지를 전달한다. 개인의 자유로운 개성과 감성을 존중하려는 포송령의 주정주의적 사상을 분명하게 보여주고 있다. 만명 반복고주의를 이끌었던 학자들의 주장을 '치정'의 기록으로 녹여내고 있다. "무릇 동심이란 거짓을 끊어낸 순수한 진심으로 사람이 제일 처음 갖게 되는 본심이다. 만약 동심을 잃게 되면 진심을 잃게 된다. 진심을 잃게 되면 곧 참된 인간성도 잃게 된다. 사람이 진실하지 않으면 초심을 결코 회복할 수 없는 것"이라는 이지의 동심설을 그대로 반영한다. 『분서焚書』에서 제창했던 인간의 진실한 감정과 개성을 조건 없는 순애보적 사랑 이야기로 자유롭게 담아냈다. 초사라는 위대한 문학을 낳은 굴원의 영감을 흠모했고, 귀신과 요괴의 변환을 다룬 이하의 시를 사랑했던 포송령에게 있어서 좋은 글이란 가슴 속에서 우러나는 대로 시를 짓고 세속에 영합하지 않은 수식 없는 글이어야 했다. 『요재지이』 속 치정은 진실하고 순수한 마음에서 출발한, 한 개인의 사상과 감정의 자유를 존중하는 문학적 장치라고 할 수 있다. 운치를 추구하는 문인들이 교양이나 품위를 유지하기보다 격식에 구애받지 않는 행동을 통해서 가식 없는 진실함을 보여주고자 했다. 치정의 글쓰기는 과거 급제에 대한 압박감, 몰개성의 사회문화적 분위기 속에서 진보적 지식인이 살아가는 방식이기도 했다. 획일화된 질서에서 벗어나 개인의 사상과 감정을 자유롭게 드러내는 서사의 방식은 융통적인 사상을 거부했던 청초 사회의 경직된 문화에서 살아남기 위한 포송령의 선택이었을 것이다.

다만, '진실한', '순수한' 감정과 자유로운 사상의 경계를 어디까지 인정할 수 있을까라는 숙제가 남겨진다. 치정의 이야기 중에는 상대방에 대해 잘 모르면서 처음 만나자마자 하루밤을 보내는 관계를 쉽게 찾을 수 있다. 「신십사낭辛十四娘」에서 풍생은 아름다운 아내를 얻게 된 것만으로 기뻐서 그녀가 사람이 아니라는 사실에 대해 전혀 개의치 않았다. 심지어 죽음을 뛰어넘은 '치정'의 대표작으로 손꼽히는 「향옥」에서도 향옥을 잊지 못하는 황생이 그리움을 달래기 위해 향옥의 의자매인 강설과 동침한다. 「화피畵皮」에서 왕생은 길에서 마주친 낯선 소녀를 자신의 집에 기거하게 만들고 부인 몰래 사통을 한다. 「교낭巧娘」에서의 부렴은 여우인 삼낭과 사통을 하고 동시에 귀신인 교낭과도 사통을 한다. 「연향蓮香」에서 상생은 한밤 중에 찾아온 낯선 기생과 동침하고, 이씨 성의 낯선 다른 여자와도 동침한다. 이사씨는 날마다 무절제하게 놀아나면 여우보다 사람이 더 해로운 것이라며 남녀의 무분별한 육체 관계에 대해 경고한다. 그렇다면 이러한 관계를 자유로운 사랑을 담아낸 치정으로 해석할 수 있는지 의문이 남는다. 명말 주정주의의 영향으로 개방적인 성 관념이 표면화될 수 있었겠지만, 황생과 강설, 상생과 낯선 여자가 동침하는 이야기들은 독자들을 다소 당혹스럽게 만든다. 거의 만남과 동시에 이루어지는, 혹은 누군가에 대한 그리움을 해소하기 위해 다른 사람과 나누는 사랑의 관계는 치정이 아닌 방종에 가까워 보이기 때문이다.

남녀의 자유분방하고 개방적인 관계들을 통해서 포송령은 가식적인 인간 관계를 비판한다. 과감한 사랑과 치정의 묘사는 전통적인 예법에 대한 저항을 보여준다. 개방적인 성 관념에 대한 묘사가 상당히 많은 것은 역설적이게도, 현실에서는 허식과 예법에 구속되어 순수한 사랑을 이루기 어려웠음을 반증한다. 「청봉」에서 엄한 큰아버지 때문에 청봉과 경거병의 사랑은 순조롭지 못했고, 「홍옥紅玉」에서 아버지의 반대 때문에 풍상여와 홍옥의 사랑이 무산되는 과정 역시 이것을 증명한다. 두 이야기에서 남녀 관계를 반대하는 이유는 모두 사회의 예법과 질서에 어긋나기 때문이다. 표리부동한 관료계급의 가식적인 행위보다 진실한 감정에 충실하려 했던 기대는 자유분방한, 심지어 방종적인 남녀 관계로 포착될 수 있었다.

가식 없는 감정을 따라 자유롭게 살아가고픈 인생에 대한 집착, 현실에 대한 불만, 이상에 대한 열망은 비정상적인 관계에 대한 묘사로 이어졌다. 치정이라기보다 비뚤어진 성욕이나 일순간의 쾌락을 추구하는 방종적인 사건으로 기록된다. 독자의 입장에서 본다면 당황스러움을 넘어 병태적인 관계에 불편함을 느낄 수 있다. 그 중에는 당시 흥성했던 동성애를 반영하되 퇴폐적인 성 도착 증세에 관한 내용도 살필 수 있다.

「인요人妖」에서 호탕한 서생 마만보는 풍류를 이해하는 부인과 함께 사이좋게 살았다. 옆집에 새로 온 젊은 여성의 미모에 반해서 부인과 함께 상의하여 집으로 불러들여 즐기고자 했다. 젊은 여성을 불러들여 마만보가 겁탈하고자 하니 아름다운 용모의 그녀는 왕이희라는 남성이었다. 예쁜 외모의 왕이희는 다른 여성들에게 자연스럽게 접근해서 안심시킨 후 겁탈을 해왔던 것이었다. 마만보는 왕이희의 행동이 용서받지 못할 짓임을 알고 있었지만 그가 너무 아름다웠기에 성기를 자르고 치료해 준 후 자신을 섬기게 했다. 여성처럼 꾸민 남성이 다른 여성들을 겁탈한 것도 용서받지 못할 짓이지만 그런 남성의 신체를 훼손시켜 자신의 곁에서 시중들게 했다는 행위는 더욱 이해하기 어렵다. 이사씨는 만약 그 오묘한 이치를 깨달을 수 있다면 같은 방법으로 천하를 다스려도 좋을 것이라며 한탄했다. 「남첩男妾」에서는 예쁘장한 사내아이를 여장시켜 매매한 노파의 이야기를 기록했는데 이사씨는 쓸데없는 사기극을 벌였다며 무식하다고 조롱한다. 두 이야기는 모두 당시 만연했던 사회적 풍기에 빗대어 남성 간의 사랑을 왜곡된 성적 집착으로 들춰낸다. 이사씨의 심중에서 남색에 관한 평가는 「황구낭黃九郎」에서 찾을 수 있다. 사내가 사내를 사랑하는 것은 견딜 수 없는 추악한 일이라며 남색이 들어서는 길을 차단시켜야 한다고 강하게 비판한다. 남녀의 성관계는 음양의 소통이라고 믿었던 포송령에게 남색은 진실한 사랑이나 자유로운 개성의 표현이 아니라 자연 법칙을 거스른 허식과 가식의 행위였다. 또, 자신의 친아들을 몰라보고 아들 부부와 함께 셋이서 동침을 했던 「위공자韋公子」를 통해서 천륜을 파괴하는 퇴폐적인 행위를 고발한다. 위공자는 사랑했던 소주의 관기 심위낭이 자신의 친딸임을 알게 된 후 부끄러운 마음에 그녀를 독살한다. 위공자는 자신의 친자식들과 사랑을 나눈 수치스러운 행동을 반성하기는커녕 파렴치한 행동이 발각될까봐 친딸을 살해하는 무자비한 짓까지 저지른다. '풍류공자'라는 이름으로 방탕한 행동을 포장한 인생 참극을 폭로하며 매음과 퇴폐, 향락을 일삼았던 당시 가식적인 지식인들에 대한 강도 높은 질책과 비판을 보여준다.

융통성 없는 당시 사회문화와 타협할 수 없었던 포송령은 자유로운 개성을 추구하는 순수한 사랑과 개방적인 남녀 관계를 묘사함으로써 현실에 대한 고뇌와 울분을 담아내고자 했다. 현실사회의 모순에 대한 분노, 불확실한 미래에 대한 불안은 세속적 질서에 구애받고 싶지 않은 자유로운 사상과 연대해서 표출되었다. 치정과 방종 '사이'의 글쓰기를 통해 겉으로 우아해 보이는 문인들의 숨겨진 욕망을 가감 없이 드러낸다. 자신의 힘으로 해결할 수 없었던 사회의 부조리가 복합적으로 뒤엉켜 퇴폐적인 성적 관계로 드러나기도 했다. 치정과 방종 '사이'의 경계를 담아내면서 현실에서 극복할 수 없는 무례하고 어그러진 관계를 가식 없이 폭로하고 있다.

6. 이상과 현실 '사이'

주제의식을 드러내는 방면에 있어서 '사이'의 글쓰기는 충돌되고 모순되는 듯 모호한 의미를 내포하는 것처럼 보일 수 있다. 그러나 표면적인 의미를 한 겹 거두고 이면의 함축미를 곱씹는다면 '사이' 공간에서 펼쳐지는 포송령의 삶의 더께를 탐색할 수 있다.

『요재지이』의 많은 이야기들은 저자 포송령의 실제적 체험을 토대로 창작되었다. 『요재지이』의 등장인물 중 남성 주인공의 신분은 대다수가 가난한 서생이다. 마치 평생 동안 과거 급제를 꿈꾸었던 유학자이자 지방의 훈장으로 살아갔던 포송령을 대변하는 듯하다. 「연지」에서 살필 수 있듯이, 포송령은 은사 시윤장을 존경하며 그의 가르침을 가슴에 품고 살아갔다. 그는 자신의 이상과 현실의 괴리를 자각했지만 실제적인 모순을 해결할 만한 여건이 되지 않았기에 타고난 문학적 재주를 한 권의 책에 담아 '고분지서'로 창작해 내었다. 동물과 식물, 저승과 귀신, 신선, 요괴, 정령 등의 소재를 가져와 현실과 초현실의 '사이' 경계에서 주제의식을 독창적으로 형상화시켰다.

먼저, 기대와 절망 '사이'에서는 모순으로 가득찬 지식인 사회에 대한 고뇌와 개선되기를 바라는 기대를 담았다. 이상적인 관료에 대한 기대는 백성들을 아끼는 현관에 대한 묘사로 이어진다. 「절옥折獄」에서 치천의 현령을 지냈던 비위지, 「연지」에서의 시우산, 「우중승」에서의 우중승처럼 백성들의 억울함을 풀어주고 통치자를 바르게 보좌하는 현관이 되어 자신의 포부를 펼치고자 기대한다. 그러나 현실은 백성들의 고혈을 짜내는 탐관오리들의 횡포가 이어짐을 목도할 수밖에 없었다. 고관들의 탐욕 때문에 백성들의 삶이 어떻게 파괴되는지 구체적으로 보여준다. 「촉직」에서는 귀뚜라미를 잡지 못했을 때의 절망감, 잡았을 때의 기쁨, 아들이 귀뚜라미를 죽였을 때의 분노, 아들을 잃은 부모의 슬픔과 상실감이 순차적으로 생생하게 전달되는 듯하다. 침통함과 처절함을 느끼는 주인공 성명의 감정선을 타고 현실의 고통에 몸부림치는 백성들을 눈 앞에서 목도하는 듯 하다. 결국 위정자들의 책임의식을 강조하면서 팔고문 학습이 융통성 없는 우매한 인재를 양성하고 뇌물을 바치는 자들만이 선발되는 과거장에서의 비리를 신랄하게 폭로한다. 「사문랑」에서 문장을 불태워 실력을 가늠하는 장님을 등장시켜 인재선발 제도의 불합리성을 지적하지만 현실적 모순을 해결할 수 없는 절망의 상태에서 비판과 분노를 보여주고 있다.

둘째, 보수와 진보 '사이'에서 현실과 이상을 타협한 유상의 존재를 긍정적으로 수용하고 있다. 이것은 아버지 포반이 학문에 대한 뜻을 접고 상업에 종사했으며, 포송령 자신이 계속 과거에 낙방하여 삼십여 년간 가정교사로서 생활해 나갔던 경험과 무관하지 않다. 학업의 지속과 생계 해결을 병립할 수 없었던 당시 문인들은 일생을 좌우하는 중요한 선택의 기로에 놓일 수밖에 없었다. 그는 상인에 대해 '부자는 어질지 않다'는 전통적이고 부정적인 입장보다 진보적이고 긍정적인 인식을 수용했다. 「방문숙」에서의 등성덕, 「뇌조」에서의 악운학처럼, 상업적으로 성공한 인재들을 앞세우면서 유생보다 상인의 길을 선택한 것이 현명했다고 강조한다. 자신 스스로의 체험에 비추어 문인과 상인 사이의 절대적인 우열 관계를 타파하고 상인의 위상을 긍정적으로 재검토할 수 있었다. 그러나 「유부인」의 염생과 「백추련」의 모섬궁처럼, 상인의 길을 걸으면서도 여전히 독서인들을 사귀며 서책을 가까이했던 유학자로서의 기본적인 본분과 태도를 부각시킨다. 학업과 생업의 경계에서 현실 자각에 따른 진보적인 경제관념을 보여준다.

셋째, 치정과 방종 '사이'에서 자유로운 사상과 개성을 담아냈다. 순수한 사랑을 수식 없이 담아내고자 했던 이야기들은 전통 예법에 얽매여 진실한 감정을 배반하며 살아가는 사람들과 그러한 세태에 대한 비판을 담았다. 「향옥」에서 모란에 대한 황생의 사랑은 자신의 죽음마저 행복의 시작으로 받아들일 정도였기에 이사씨는 감정이 지극한 사람에게는 귀신이나 신도 감응한다고 평가했다. 「석청허」에서 형운비는 자신의 수명이 줄어들지언정 결국엔 돌과 사람이 언제까지나 함께 있게 된 상황이 만족스럽다. 꽃으로 환생하는 황생, 돌을 위해 죽음까지 불사하겠다던 형운비의 생각은 어리석다고 평가받을 수 있겠지만 자신의 순수한 감정에 충실했기에 더 없는 기쁨으로 묘사된다. 사람이 정절을 지키지 못하는 것은 그의 사랑이 진실되지 않아서일 것이라며 순수하고 지극한 감정을 강조하며 예교에 얽매인 사람들의 가식적인 행동을 비판한다. 사회적 규범과 질서를 배우지 않았지만 해맑게 웃는 영녕이 있으면 주변의 모든 일이

화해롭게 해결된다. 그녀의 존재는 엄격한 사상적 통념과 이데올로기의 속박에서 벗어남을 상징한다. 영녕의 웃음은 성공과 실패 등 일체의 외부 세계의 사건이나 변화에 동요되지 않는 순수한 자연미를 의미하며 도가에서 추구하는 이상적인 경계를 뜻한다.[11] 오히려 솔직하고 가식 없는 감정은 풍류나 호방을 넘어서 방종과 퇴폐적인 모습으로 포착되기도 했다. 비정상적인 쾌락을 묘사하면서 가식적인 예교 속에 감춰진 표리부동한 관료들의 언행을 폭로하고 인위적인 세상에 대한 우울함을 드러낸다. 포송령은 현실 세상에서 실현되지 못한 자신의 이상을 오히려 병태적이고 음울한 관계로 표현해 낸다. 평생 동안 인고와 절제를 앞세운 유학자의 본분에 충실하게 살아왔지만 예교에서 벗어나 순수하고 자유로운 감정을 꿈꾸었다.

'사이'의 글쓰기는 포송령의 창작의도를 충실히 반영하며 『요재지이』의 주제의식을 풍성하게 음미하도록 이끌어 준다. 포송령은 비현실적인 소재를 가져와 현실 사회 속 갈등 문제를 '사이'의 글쓰기로 반영했다. 지괴의 소재를 이끌어 전기의 특징을 녹여 낸 서사 속에서 야심찬 세상을 꿈꾸었다. 보편과 안정, 진보와 변화의 사상감정을 '고분지서' 속 '사이' 공간의 의미로 창출해 냈다. 본래, '고분'이란 용어는 『한비자』에 나오는 편명이다. '고분'이란 고독과 분개를 지칭하는 말로 당시 엄중한 정치현실 속에서 법술지사들의 세상에 대한 분노와 질책, 현실에 대한 불만을 펼쳐낸 것이다. 원대한 통찰력을 갖춘 법술지사들이 세상에 쓰이지 못하고 있음을 안타까워 했던 한비자처럼, 훌륭한 학식을 갖추고 있는데도 과

11　馬瑞芳, 『談狐說鬼第一書』, 中華書局, 2006, p.71; 馬瑞芳, 『馬瑞芳趣話聊齋愛情』, 上海文藝出版社, 2010, p.99.

거에 낙방하기만 했던 포송령 자신의 처지를 항변하는 용어이기도 하다. 「고분」편이 법술지사와 권신 '사이'에 존재할 수밖에 없는 간극을 담아내고 있는 것은[12] 이상과 현실의 '사이'에서 쓰러지고 일어서기를 반복했던 포송령의 삶을 명징하게 대변하고 있다.

---

12 한비자, 김원중 역, 『한비자』, 휴머니스트, 2019, 170쪽.

제6장
『요재지이』의 생태적 세계관과 인간과 이물의 '관계'

1. 『요재지이』와 생태문학

동해 바닷가의 어떤 조개는 배가 고플 때마다 해안까지 밀려와 조개 껍질을 활짝 벌린다. 그 안에 살고 있는 작은 게가 기어 나오는데 붉은색 실이 게와 조개 사이를 연결시켜주고 있다. 게는 껍질로부터 몇 자나 떨어질 수 있었고 먹을 것을 사냥해서 충분히 포식한 이후에 다시 조개로 돌아가는데 그러면 비로소 껍질이 닫혔다. 어떤 사람이 몰래 붉은색 실을 끊었더니 조개와 게가 모두 한꺼번에 죽어버렸다. 이 또한 일반적인 이치에서 이해할 수 없는 기이한 일이다.

청대 문언 단편소설집 『요재지이』에 실려 있는 「합蛤」의 짧막한 기록은 21세기 현대인에게 시사하는 바가 적지 않다. 조개와 게는 하나의 공간을 공유하며 살아갔다. 어느 날 인간이 두 생명체의 일상에 개입하면서 조개와 게의 공생 관계는 깨졌고 자연의 조화는 파괴되었다.

인간은 자신을 둘러싼 환경 및 타자와 관계를 맺으며 살아간다. 인간과 주위의 생명체는 공동체의 규율과 원칙이 작동하는 사회의 매커니즘

속에서 생활하고 영향을 주고받기 때문이다. 인간의 행동은 주변 존재와의 관계망 안에서 가치와 의미를 부여받는다.

인간의 호기심은 과학과 문명의 발달을 가속화시키며 우리의 삶을 편리하게 만들었지만 한편으론 환경을 오염시키고 생물의 서식처를 훼손시키는 등 자연 파괴의 문제를 야기시켰다. 오늘날 생태계의 불균형 문제를 초래한 주요 원인 중 하나는 생명가치를 사라지게 한 근대화 과정에서 기인했다고 볼 수 있다. 근대 학문형성의 동력이었던 이성주의와 과학주의 사고관은 동양 고유의 생명관을 비이성적, 비과학적 문맹의 소산으로 폄하시켰다. 생명의 가치는 경제성, 생산성, 효율성의 기준에서 재평가되었고, 물아일체를 중시했던 동아시아 고유의 전일적 생명관은 설득력을 잃고 중심에서 밀려났다. 인간은 과학 기술을 급속도로 발전시키며 무분별하게 자연을 개발했고, 그 결과 인류의 문명은 눈부시게 성장했지만 동시에 대기 오염, 수질 오염, 지구 온난화 현상, 산업 폐기물의 범람, 이상 생물체의 출현 등 인류 사회를 심각하게 위협하는 생태학적 불균형 문제를 발생시켰다. 인간의 경쟁적인 탐욕에 의해 자연은 대상화되고 도구화되었으며, 기술 문명의 발달과 함께 지구상의 생명체들이 서로 충돌하면서 생태계의 불균형이 가속화되었다. 오늘날 직면하고 있는 생태문명적 위기와 폐단이 산업화와 근대화의 과정에서 연원했음을 밝히고, 인간중심적 근대문화를 비판하며 공생공영의 사유방식과 인간과 자연의 상호관계에 관한 규범적 패러다임을 제시하려는 인문학적 연구가 시급하다.

이러한 문제의식에 주목하여 중국 고유의 생태적 상상력과 생명의식이 담겨진 『요재지이』에서 생명의 그물로 연결된 개체들의 공진화 과정을 성찰해 보고, 고전에서 현대로 변통될 수 있는 생태적 세계관과 의미를 탐색할 필요가 있다.

　김용민이 설명했듯이, 생태학이라는 개념은 1866년 독일의 동물학자 에른스트 헤켈에 의해 처음 사용되었으며 그리스어의 '집' 또는 '살기 위한 공간'을 의미하는 'Oikos'라는 단어와 '연구'라는 의미의 'Logos'를 결합시켜 만든 자연의 제 관계를 다루는 학문이다. 자연은 여러 구성원들이 모여서 하나의 일정한 체계를 이루는 공동체이기에 그 구성원 간의 상호 연관관계를 연구하는 학문이 생태학이라는 것이다. 모든 생물체들이 자연이라는 하나의 커다란 집에 모여 살고 있는 존재이며 상호 영향을 주고받는다는 생각은 바로 오늘날 이야기하는 생태인식의 출발점이 된다.[1] 일찍이 김욱동은 인간중심주의를 지양하고 생물평등주의를 앞세웠던 1970년대 노르웨이 철학자 아르네 네스가 주장한 심층생태학의 이론을 적용하여 환경과 문학의 관계, 녹색문학과 생태비평, 생태 페미니즘 등에 관해 연구하면서 생태학의 기본정신을 받아들이고 그 정신을 문학으로 형상화한다는 '문학생태학'에 주목했다.[2]

　AI의 대중화가 목전에 있고 '인간'에 대한 새로운 인문학적 이해가 시도되는 현시점에서, 인간은 타자와 어떻게 생명의 균형을 이루어 왔고 어떻게 상보적인 관계로 나갈 수 있는지 살펴봐야 한다. 중국 고전문학에서 인간과 비인간은 어떻게 이해되고 관계 맺었는지에 대해 재고하는 것은 동양 고유의 세계관에서 인간과 타자의 상호 유기체적 관계를 이해하는 데 토대가 된다. 현재 중국학계에서도 생태문제와 탈인간중심주의에 관한 의제에 주목하고 있는데, 대표적으로 증번인曾繁仁, 마서방馬瑞芳, 양곤梁

1　김용민, 『문학생태학』, 연세대학교 대학출판문화원, 2018, 14~15쪽.
2　김욱동, 『문학생태학을 위하여』, 민음사, 1998, 23~41쪽.

坤 등은 이러한 문제의식을 문학과 문화의 영역으로 확대해야 한다는 필요성을 강조하고 있다.

중국 생태미학 연구의 주요한 토대를 구축한 증번인은 생태철학과 생태미학이 연계된 『주역』의 전통적인 '생생미학生生美學'의 관념을 중심으로 중국 특유의 전통적인 미학 원리를 연구해서 새로운 '생태인문주의'를 적극적으로 제창한다. 산업사회의 산물인 인간중심주의에 대해 통렬히 비판하며 인간과 자연의 화해를 통한 공생공존의 실천은 '생태공동체'를 통해 완성될 수 있다고 주장한다. 더욱이 그는 동물과 식물의 형상을 구체적으로 묘사해 낸 일종의 중국식 생태미학을 실현한 작품으로 『요재지이』를 손꼽았고, 중국소설 중 전통적인 '생생미학'이 예술적으로 잘 승화된 작품이라고 강조했다. 인간과 자연이 공생하는 뛰어난 자연주의 작품인 동시에 생태미학과 자연주의 문학 발전에 큰 영향을 미쳤다고 주목했다.[3] 『요재지이』의 생태적 의의에 주목한 학자로는 마서방을 들 수 있는데 중국에서 가장 성공한 녹색 환경보호 소설이자 최고의 생태문학 작품이라고 평가한 바 있으며 현대적 의의를 중심으로 연구 성과를 발표해 왔다.[4] 또 양곤은 생태문제는 본질적으로 종합성과 실천성의 특징을 겸비하고 있는 과제로 학과의 영역을 초월한 탈경계문화적인 성격을 지닌다고 지적한다. 인간과 동식물 등의 타자와의 관계를 고려해서 최종적으로는 인간중심주의에 대해 철저히 반성하고 생태위기에 대한 인간의 책임을

3　曾繁仁, 「『聊齋誌異』的"美生"論自然寫作」, 『文史哲』, 2020, pp.5~14; 曾繁仁, 「我國自然生態美學的發展及其重要意義」, 『文學評論』, 2020, pp.26~33; 曾繁仁·程相占, 「中國生態美學的最新進展及其與生生美學的關係」, 『鄱陽湖學刊』, 2020, pp.6~10.

4　馬瑞芳, 『談狐說鬼第一書』, 中華書局, 2006; 馬瑞芳, 『馬瑞芳話聊齋』, 作家出版社, 2007; 馬瑞芳, 『馬瑞芳趣話聊齋愛情』, 上海文藝出版社, 2010.

통감하여 생태문명건설을 추동해야 한다고 강조한다.[5] 이제 중국 고전소설 분야에서도 의례적인 연구 주제에서 벗어나 생태문제와 연계된 연구 주제를 개발하고 오늘날의 시의성을 찾아 환기시킬 필요성이 충분하다.

제5장에서 논의했던 것처럼, 『요재지이』는 지괴와 전기의 계통을 잇는 청대의 대표적인 문언 단편소설집으로 현실비판성이 풍부하다. 지금까지의 연구는 대체로 관료 사회의 부패, 과거제도의 비판, 여성 인물, 서사의 예술성, 상징적 의의 등 사회현실적 문제들을 환상적인 서사 수법으로 풀어낸 작품이라는 방면에서 주목받아 왔다. 그러나 제6장에서는 오늘날 생태비평적인 문제 의식을 결합한 관점에서 『요재지이』에 투영된 생태적 세계관의 유형을 분류하고 생명의식의 특징을 살펴 볼 것이다.

『요재지이』의 이야기들은 오늘날의 과학적 지식과 세계관에 비추어 볼 때 낯설고 이질적인 내용을 많이 담고 있다. 인간은 동물, 식물, 곤충, 조류, 심지어 무생물인 돌과 감응하며 다양한 이물들과 관계를 맺고 교류한다. 여기서 이물異物이라는 용어는 인간 이외의 개체를 지칭하며 동식물 및 무생물을 포함하는 자연물을 말한다. 『요재지이』는 호랑이, 사자 등의 맹수뿐 아니라 들개, 쥐, 소, 개구리, 토끼, 악어, 벌, 귀뚜라미, 조개에 이르기까지 일상 생활에서 마주할 수 있는 크고 작은 다양한 생명체들에 관해 기록하고 있다. 인간과 이물이 관계 맺는 방식에 따른 함축적 의미를 분석해 보고, 포송령이 추구했던 생태적 상상력은 어떤 모습으로 재현되었는지 살펴보고자 한다. 인간과 자연의 이원적이고 대립적인 생명의식을 지양하고 생태적 관계 회복을 위한 성찰이 될 수 있다.

---

5   梁坤, 「跨學科視野下的生態文學與生態思想－第六届海峽兩岸生態文學研討會綜述」, 『鄱陽湖學刊』, 2017.

2. 호혜적 관계와 상호의존의 공생의식

『요재지이』는 인간과 이물의 호혜적 관계를 다루는 이야기가 많다. 호혜적 관계는 인간과 이물이 교감을 통해 선행과 보응, 상호 협동하는 관계를 포괄한다. 그 중에는 인간이 이물에게 도움을 주고, 이물이 인간에게 보답하는 내용이 큰 비중을 차지한다. 먼저 선행과 보응으로 이루어진 관계를 살펴본다.

「서호주西湖主」에서는 진필교라는 서생이 죽을 위기에 놓여있는 동정호의 악어를 구해준 보답으로 생명을 건지고 부귀를 향유하다가 신선이 되었다는 이야기가 기록되어 있다. 진필교는 자신의 상관이 사냥한 악어가 죽게 되었을 때 측은지심이 생겨 약을 발라서 놓아준 적이 있었다. 차후 진필교가 동정호를 건너다가 폭풍을 만나 우연히 도착한 곳에서 아름다운 공주에게 첫 눈에 반했다. 진필교는 신분상 감히 넘볼 수도 없는 공주의 물건을 더럽힌 죄 때문에 왕비의 노여움을 사서 죽을 위기에 처했으나, 알고 보니 왕비는 일전에 진필교가 살려준 악어로서 양자강 임금의 딸이자 동정호 임금의 부인이었다. 왕비는 생명의 은인인 진필교에게 공주와의 결혼을 허락했고 진필교는 평생을 풍족하게 살다가 신선이 되어 삶을 마감했다. 측은지심이 귀신을 감동시켰다는 이사씨의 언급처럼, 인간이 선행을 베풀고 이물이 보응하는 호혜로운 관계는 상호 교감 속에서 가능했다. 「화고자花姑子」에서는 노루의 딸 화고자가 오 년 전 자신의 아버지를 놓아준 은혜에 보답하기 위해 방생을 즐겼던 안유여의 생명을 살려냈다. 안유여는 사냥꾼에게 포획된 짐승을 아주 비싼 값을 치르더라도 돈을 아끼지 않고 사들였다가 놓아주곤 했다. 안유여는 화고자를 사랑했으나 그녀의 부모에게 정식 청혼을 하지 않은 상태였기에 사랑하다가 발각되어 슬그머니 도망 나온 후 그녀를 다시 찾아갔다가 화고자로 변신한 뱀에게 죽임을 당한다. 오 년 전 안유여 덕분에 살아날 수 있었던 화고자의 아버지와 그녀는 힘을 합쳐 결국 안유여를 살려내서 은혜를 갚는다. 글의 말미에 이사씨는 자신의 생명을 살려준 인간에게 보응하는 이물의 이야기를 통해서 동물만도 못한 인간들의 행실을 비판한다. 「의견義犬」에서도 어려움에 처한 개를 구해주자 인간에게 보답하는 이야기를 기록했다. 가씨는 한 백정이 개를 결박짓는 광경을 보고 시세보다 비싸게 사들인 뒤 돌봐주었다. 가씨가 도적 뱃사공을 만나서 재물을 빼앗기고 강물에 던져졌는데, 개가 강물에 뛰어들어 가씨가 묶인 이불을 필사적으로 끌어올려서 살려 주고 강도들을 찾아 내서 재물도 다시 찾게 해 준다. 포송령은 이사씨의 목소리를 빌어서 의리있는 개를 칭찬한다. 양심없는 인간들에 대해 신랄히 비판하며 인간과 이물의 선행과 보응의 관계를 강조했다. 또 인간과 여우의 교류 이야기인 「하화삼낭지荷花三娘子」는 종상약이 사랑한 아름다운 여인에 관해 기록했다. 그녀는 여우였고 종상약에게 위해를 끼치는 존재였지만, 종상약은 그녀를 측은히 여겨 목숨을 구해준다. 그러자 그녀는 목숨을 구해준 은혜에 대한 보답으로 종상약에게 아름다운 여성을 배필로 맞게 해 주고 백 살까지 장수하게 해 주었다.

호혜적 관계는 인간과 동물뿐 아니라 인간과 식물 사이에서도 살펴진다. 「귤수橘樹」에는 자신을 살뜰히 보살펴 준 주인을 위해 무성한 열매를 맺었던 감귤나무 이야기가 적혀 있다. 유공이 홍화현의 현령을 지낼 때 한 도사가 찾아와 가늘고 볼품없는 감귤나무를 헌상했고 유공의 어린 딸은 감귤나무를 정성껏 보살폈다. 유공이 임기를 마치고 떠나게 되자 유공의 딸은 나무를 껴안고 목놓아 울다가 섬돌 밑에 잘 옮겨 심은 후에야 이사갔다. 딸이 결혼한 후 남편이 홍화현의 현령으로 부임하자 기쁜 마음으로 감귤나무를 다시 찾는다. 이전에 한 번도 열매를 맺지 않았던 감귤나무는 그녀가 머물던 삼 년 동안 풍성하게 열매를 맺었고, 다시 떠나게 되자 나무가 마르며 꽃을 피우지 않았다는 이야기이다. 이사씨는 나무가 열매를 맺은 것은 아가씨의 사랑에 감격해서 였고 꽃을 피우지 않은 이유는 이별을 슬퍼했던 까닭이라며 감귤나무에 빗대어 인간과 이물의 교감을 강조했다. 인간은 악어, 노루, 개, 여우, 감귤 나무 등 다양한 존재와 관계를 맺게 되는데, 이물은 자신의 생명을 구해준 은혜에 대한 보답으로 배우자를 구해주거나 생명을 살려주거나 열매를 풍성히 맺는다. 인간과 이물은 교감을 통해 선행과 보응이라는 인과적인 호혜 관계를 유지하고 있다.

이상과 같이 인간이 위기에 빠진 이물에게 선행을 베풀고 훗날 이물이 보응하는 인과론적인 구조의 이야기가 다수를 차지하지만, 특별히 인간과 이물이 동시적으로 상부상조하면서 공생하는 이야기에 주목할 수 있다. 「상象」에서는 광동지역에 사는 한 사냥꾼이 산에서 코끼리의 코에 말려 어디론가 가게 되었다. 처음에는 꼼짝없이 죽었다고만 생각하고 두려웠다. 그러나 코끼리가 나무 아래 엎드려 고개를 들고 위를 쳐다보다가 다시 숙이는 행동을 하자 그 심중을 헤아려 나무 위로 올라갔다. 처음엔 코끼리의 의도가 무엇인지 몰랐으나 잠시 후 사자가 나타나서 살찐 코끼리 한 마리를 잡아먹으려 했다. 코끼리 무리들은 땅바닥에 무릎을 꿇은 채 부들부들 떨면서 도망치지 못하고 나무 위를 쳐다볼 뿐이었다. 마치 자신들을 잡아먹는 사자를 처치해 주길 바라는 듯 하여 사냥꾼은 화살로 사자를 죽였다. 코끼리들이 춤을 출 듯한 자세로 허공을 올려다 보았고 사냥꾼이 나무에서 내려오자 코끼리 무리가 인도한 장소에 가서 많은 상아를 얻어 집으로 돌아오게 된다. 「사인蛇人」에서도 인간과 뱀이 서로 공생하는 관계를 보여준다. 뱀 재주를 부려 먹고 사는 땅꾼은 이청과 소청이라는 뱀 두 마리를 극진히 사랑으로 보살폈고 뱀도 땅꾼을 위해 묘기를 부리며 돈을 벌게 해 주었다. 나중에 뱀 한 마리의 몸집이 너무 커지자 자연으로 돌려보내게 된다. 뱀은 땅꾼과 헤어지는 것을 못내 아쉬워하며 다시 돌아오거나 남은 뱀 한 마리와 끈끈한 우정을 보여주는 행동을 했다. 이사씨는 십 년을 깊이 사귄 친구요 몇 대에 걸쳐 은혜를 입은 주인이라도 일단 이해 관계가 상충되면 동물만도 못한 인간 사회의 부패와 추악함을 은유적으로 비판했다. 인간과 뱀이 서로 상부상조하며 호혜롭게 지냈다는 이야기는 상당히 흥미롭다. 「조성호趙城虎」에서도 인간을 죽인 호랑이가 그에 대한 죗값으로 희생자의 어머니를 돌보는 이야기가 그려져 있다. 이야기의 주제는 인간을 잡아먹은 호랑이가 아니라 잘못한 행위에 대한 사죄의 의미로 희생자의 모친을 봉양하며 인간과 이물이 공생하는 과정에 주목할 수 있다. 호랑이는 관가에 끌려갔는데 자신의 죽음으로 사죄하기보다 희생자의 모친을 공양하려는 의지를 밝힌다. 호랑이는 희생자의 모친에게 사슴을 잡아 주거나 돈이나 비단을 물고 와서 울타리에 던져 넣기도 했다. 모친은 아들이 봉양할 때보다 훨씬 편안히 지내게 되어 호랑이에게 감격했다. 호랑이는 처마 밑에 와서 잠을 자며 종일토록 가지 않을 때도 있었는데 사람과 짐승이 서로를 편안하게 여겨 의심하거나 경계하지 않았다. 모친은 호랑이를 통해 생계를 유지하고 외롭지 않을 수 있었으며, 호랑이는 자신의 생명을 바치지 않고 함께 살아갈 수 있었다.

동시적으로 상부상조하며 공생하는 인간과 이물의 이야기는 상호 의

존성을 강조한다. 인간중심주의가 팽배하면서 이물은 인간을 위해 존재하는 주변화된 대상으로 간주되었지만 일찍이 『열자』에서 다음과 같은 기록을 살펴볼 수 있다. "금수의 마음이라고 해서 어찌 사람과 다르겠는가? 형체와 소리가 달라서 가까이 다가가는 도를 알지 못했을 뿐이다. (…중략…) 태고 시절에는 사람과 함께 살면서 사람과 더불어 다녔다." 사람이 금수의 마음을 지녔어도 사람의 형체로 생겨났기에 대접받았고, 금수가 사람의 마음을 지녔어도 금수의 형체로 생겨났기에 멀리했다. 일반 사람들은 형체가 같으면 가까이하고 형체가 다르면 멀리하여 두려워한다. 그리하여 마주하는 상대가 이물임을 알고는 형체와 소리가 다르기에 구별 짓고 대립했으니 인간과 이물의 호혜로운 관계는 매우 낯설고 생소하게 여겨졌다. 그러나 생긴 모습이나 외형이 같지 않더라도 지혜와 감정은 같을 수 있기에 인간과 이물은 상호 의존하며 호혜로운 공생 관계로 나갈 수 있다.

상부상조의 이야기 중에는 국화 남매의 정령과 인간의 공생을 그린 「황영」이 대표적이다. 유연청은 「황영」이야 말로 『요재지이』 중에서 중국전통문화 속 인간과 만물의 일체된 생태의식을 가장 생동적으로 보여주는 작품이라고 평가했다.[6] 마자재는 대대로 국화를 좋아했던 사람으로 어느 날 진귀한 국화의 모종 두 가지를 얻어서 돌아오는 길에 국화 재배법에 대해 견해가 탁월한 도생과 그의 누나 황영을 만나 집으로 데려오게 된다. 마땅히 갈 곳이 없었던 남매는 마자재가 빌려준 작은 초가에 살면서 국화밭을 가꾸었다. 마자재의 살림살이는 너무 가난했기에 남매의

---

6 劉衍青, 「『聊齋志異』生態表達的價值和現實意義」, 『寧夏社會科學』, 2009, pp.127~130.

끼니를 해결해 주기도 어려웠다. 그러나 남매는 국화를 잘 가꿔서 아름답고 오묘한 품종으로 키워 내었고 많은 사람들이 꽃을 사러 드나들면서 마자재와 그들의 살림살이는 넉넉해졌다. 도생은 남방의 진귀한 화초를 싣고 와서 잘 길러내 판 돈으로 저택을 새로 짓게 되었고 갈수록 부유해지게 된다. 마자재의 아내가 병들어 죽자 황영과 결혼하여 함께 살게 되면서 마자재는 더 부유하게 되었다. 마자재는 풍류를 중시하고 안빈낙도를 꿈꾸는 선비였기에 국화를 팔아 생계를 잇는 남매를 처음엔 비난하기도 했지만 도생과 황영 남매는 청빈의 지조 대신 경제적인 부를 축적하여 마자재의 살림살이를 도우며 서로 의지해서 살아갔다는 내용이다.

『장자』「마제馬蹄」에 보면, "지극한 덕이 이루어진 세상에서는 금수와 더불어 함께 거하고 만물과 무리를 이루어 함께 나아간다"고 했다. 최고의 덕이 이루어진 세상에서 인간과 만물이 평화롭게 어우러지며 서로 의존하여 공존한다. 죽을 위기에 처한 코끼리를 구해주고 인간에게 필요한 상아를 얻었다는 「상」, 서로 돌봐주고 의지하며 살았던 「사인」, 생계에 필요한 먹잇감을 가져다 주며 인간과 호랑이가 서로를 편히 여겼던 「조성호」, 뛰어난 국화 재배 기술을 통해 서로에게 필요한 것을 나누고 살아갔던 「황영」은 모두 호혜적인 공생과 상호 의존을 통해서 인간과 이물이 서로의 생명을 북돋울 수 있었음을 보여준다. 모든 생명체는 상호 의존의 그물망 속에서 존재의 가치를 획득하며 살아갈 수 있다.

3. 대립적 관계와 이상세계의 추구

　인간과 이물이 조화를 이루지 못하고 서로 분리되고 대립적이며 상대의 생명을 빼앗거나 위해를 가하는 유형들이 있다. 인간과 이물의 대립 이유는 인간이 자신의 이익을 위해서 자연을 무분별하게 포획하거나 훼손하는 것이 대부분이다. 인간은 출세하기 위해서 혹은 금전을 얻기 위해서 혹은 기타의 이유로 함부로 타자의 생명을 경시하거나 빼앗고, 이물은 인간의 잔악한 행위에 대해 복수하거나 응징한다.

　「합이鴿異」에서 비둘기 애호가인 장유량은 비둘기 전문서적인 『합경』에 근거하여 각종 비둘기의 품종을 찾아다녔고 비둘기를 기르는 것에 대해 큰 자부심을 가지고 있었다. 어느 날 흰 옷 입은 낯선 사람이 찾아와 장유량의 비둘기를 보더니 자신의 비둘기도 구경시켜 준다. 특이한 날갯짓, 춤추는 듯한 비둘기들의 비행, 음 높이 박자까지 맞춘 노래 소리 등을 직접 목격한 장유량은 낯선 젊은이에게 비둘기를 나눠 달라고 애걸하고 두 마리를 얻게 된다. 얼마 후 장유량은 세도가에게 잘 보이고 싶어서 흰 비둘기 두 마리를 보내게 되는데 세도가는 비둘기를 삶아 먹어 버렸다. 흰 옷 입은 젊은이가 장공자의 꿈에 나타나서 힐책하고 그가 기르는 흰 비둘기를 데리고 떠나 버렸다는 내용이다. 흰 옷을 입었던 비둘기의 신은 세속의 권력에 영합하려는 장공자의 위선과 비둘기를 잡아먹은 세도가의 용렬함에 화가 나서 흰 비둘기들을 모두 거둬가 버린다. 희귀한 비둘기를 잡아먹고도 맛이 대단치 않았다고 말하는 무지한 세도가의 언행을 통해서 생명을 경시하는 인간의 잔인함에 대해 풍자한다. 출세하려는 세속적인 욕망이 무고한 자연의 생명을 빼앗는 결과를 초래했다. 비둘기의 신은 인간에게 호의를 베풀었지만 결국 인간들의 욕망은 비둘기를 죽게 만들었고, 그에 대한 보복으로 흰 비둘기들을 데리고 떠나면서 협력과 동조의 관계는 파괴된다. 이사씨는 "어떤 물건도 결국은 그것을 아끼는 사람의 수중에 떨어지게 된다"면서 인간과 이물의 관계에서 상호 소통과 조화의 중요성을 강조한다. 인간의 탐욕 때문에 인간과 이물의 조화는 깨지고 대립과 갈등의 관계로 치닫는 결말을 경고하고 있다.

「갈객蝎客」에서는 남방의 한 전갈 상인의 이야기가 그려져 있다. 그는 매년 마을에 와서 전갈을 대량으로 구입해 갔기 때문에 마을 사람들은 전갈을 잡아 팔려고 혈안이 되어 있었고 어느 해도 다시 나타나 여관에 투숙했다. 갑자기 죽음의 공포가 몰려와 여관 주인에게 숨을 곳을 의탁했다. 한참을 지나 누런 머리칼에 이목구비가 흉악하게 생긴 사람이 들어오더니 전갈 상인을 찾았다. 여관주인은 그가 이미 떠났다고 말했으나 흉악한 사람이 사라진 후 전갈 상인을 숨겨 주었던 곳에 가보니 이미 죽어 있었다는 내용이다. 전갈을 너무 많이 잡아 죽여서 전갈 귀신의 노여움을 사 죽임을 당할 판이니 구해 달라는 상인의 말은 타인의 생명을 해친 결과가 결국 자신의 죽음으로 되돌아옴을 경고한다. 「저파룡猪婆龍」에서는 저파룡을 팔아온 상인들의 배가 전복되어 죽임을 당했다는 이야기가 쓰여 있고, 「녹함초鹿銜草」에서는 죽은 사람도 살려낼 수 있다는 풀을 얻기 위해 사슴의 입에서 녹함초를 빼앗는 내용이 기록되어 있다.

『열자』에 보면, "천지만물은 우리와 함께 더불어 살아간다. 만물에는 종류에 있어서 귀천이 없는데도 대소와 지력에 따라서 서로 제압하며 돌아가면서 잡아먹는다. 서로를 위하여 살아가지 않으면서 사람은 먹을 만한 것을 다 잡아먹으니 어찌 하늘이 본래부터 사람을 위해서 그것을 준비했겠는가? 모기는 사람의 피부를 물어뜯고 호랑이나 이리는 사람을 고기로 여겨 먹는다. 하늘이 본래부터 모기를 위하여 사람을 살게 하였고 호랑이나 이리를 위하여 사람 고기를 준비해 둔 것이겠는가?"라고 기록되어 있다. 세상 만물은 서로를 위해서 갖추어진 존재인데 인간은 위력으로 타자를 제압하여 자신의 이익만을 우선시한다. 인간이 인위적인 질서로 이물을 제어하기 이전에 동물은 자신의 수명껏 살 수 있었는데 인간의 개입 이후로 자연은 훼손되기 시작했다. 인간 중심적인 질서와 인위적인 지식으로 자연의 질서를 통제하는 것은 결국 인간의 생명을 삭감시키는 결과를 초래한다.

「구산왕九山王」은 특별한 이유 없이 여우 가족들을 몰살시킨 인간에 관해 이야기한다. 한 노인이 조주에 사는 이생을 찾아와 비싼 값을 내고 뒷마당에 세를 들어 살게 된다. 며칠 후 노인이 이생을 식사에 초대했는데 이생은 노인의 많은 식솔과 화려한 살림살이를 보고 그들이 여우임을 눈치 챘다. 이생은 계획적으로 화약과 유황을 사들여 아무 원한 관계가 없는 여우들을 잔인하게 죽여 버린다. 외출에서 돌아온 노인이 이생을 질책하고 사라졌지만 한동안 아무 일도 없었다. 이생은 자신이 황제가 된다는 사주를 믿고 허황된 말에 현혹되어 스스로 구산왕으로 옹립하고 권력을 손에 쥘 날을 손꼽았다. 매번 이생을 돕던 점장이 노인이 갑자기 사라지고 이생은 순무에게 포로가 되었다. 이생의 처자식이 모두 도륙당한 이후에야 점장이 노인이 예전의 여우 노인이었음을 깨닫게 된다. 이사씨는 이생이 여우족에게 가한 잔인한 행실을 보면 그의 심중에 벌써 도적의 뿌리가 감추어져 있었고 여우는 그 싹을 키워서 복수를 이끌어 낼 수 있었다고 말한다. 호의를 베풀었으나 자신의 가족을 몰살시킨 이생에게 똑같은 방법으로 응징한 것은 공생 관계를 파괴한 인간의 잔악함에 대한 경고이다. 특별한 이유 없이, 다른 생명들을 처참히 몰살시킨 인간의 말로가 얼마나 위험한 상황을 초래하는지 보여준다. 그 밖에 「금협禽俠」에서는 새끼에게 먹이를 주려고 물고기를 물고 날아가던 황새를 활로 쏘아 맞춘 병졸의 이야기가 쓰여 있다. 날아가는 황새를 쏴서 죽이려 했던 병졸은 수년 후 결국 자신의 화살에 죽게 된다. 타자의 생명을 빼앗는 행위는 결과적으로 자신의 죽음으로 돌아온다. 상대의 악행에 대한 보복 행위는 역설적이게도 조화로움을 갈망하는 이상적인 염원이 우회적으로 투영되었다.

이처럼 대립적 관계에서는 인간이 자신의 만족이나 금전적 이익을 취하기 위해서 이물의 생명을 빼앗거나 위협을 가한 유형이 대부분이다. 육체적으로 고통과 위해를 가하는 것 이외에 심리적으로 상처를 주거나 상호 신뢰를 파괴하는 경우도 있다. 그 중 상대방을 의심하여 상호 공생 관계를 파괴하는 유형도 살필 수 있다. 「갈건葛巾」에서는 인간의 의심이 결국 사랑하는 부인과 자식을 잃게 만드는 상황을 보여준다. 모란꽃을 광적으로 좋아하는 상생은 꽃밭에서 너무 아름다워 선녀라고 착각한 갈건을 알게 되어 사랑에 빠졌고 둘은 사람들의 눈을 피해서 도망갔다. 갈건의 사촌동생 옥판을 상생의 아우와 결혼시켰고 두 쌍의 남녀는 각자 아들을 낳아 행복하게 살았다. 상생은 조주에 위씨 성을 가진 세도가가 없고 딸을 잃고도 전혀 찾지 않는 처갓집에 대해 의심을 품게 되어 직접 가서 위씨 집안을 수소문해 본다. 갈건이 꽃의 요정이 아닐까 의심하면서 집에 돌아오니 갈건과 옥판은 신뢰를 저버린 상생을 나무라며 사라져 버렸고 이후 상생이 후회했다는 내용이다. 이사씨는 갈건을 '사람의 뜻을 깨우치는 말하는 꽃'이라고 비유하며 한 사람을 가슴에 품고 마음을 기울인다면 귀신도 감응시킬 수 있는데 한사코 갈건의 근본을 캐내려 했던 상생의 우둔함을 탓한다. 상생의 사랑에 감동한 갈건이 재물도 내어주고 정성을 다했지만 상생은 끝내 그녀를 믿지 못해서 사랑도 자식도 모두 잃었다. 인간의 의심은 상호 공생 관계를 파괴시켰다.

대립적 관계에서 양자의 조화로운 관계를 파괴하는 주체자는 인간이다. 타자의 생명을 앗아가거나 상대방을 믿지 못한 주체들은 인간이며 그들의 행동은 인간중심주의의 전형을 보여준다. 세속적 명예와 권력을 얻기 위해서 비둘기를 바치고, 재물을 얻기 위해서 전갈을 잡아 팔며, 특별한 이유없이 여우를 잔인하게 죽이고, 신뢰를 저버린 의심 때문에 사랑하는 자들을 떠나 보낸다. 인간이 자신의 욕심을 채우기 위해 이물의 생명을 빼앗거나 피해주는 행동에 대한 댓가는 결국 인간 자신의 목숨이 위험해 지는 결과를 초래한다. 『장자』「열어구」에 "저것을 빼앗아 여기에 주다니 어찌 편견이 아니겠느냐! 불평등한 것으로 평등하게 하려는 것은 결코 평등이 아니다"고 했다. 또 『장자』「제물론」에도 "상대가 없으면 나도 없고, 내가 없으면 취할 것도 없다"고 했다. 이것을 위해 저것을 빼앗고 내 이익을 위해 타자의 희생을 강요하는 것은 서로의 생명을 파괴하는 공멸의 단초이다. 일방적으로 착취하는 인간중심적인 행동은 자연의 질서를 파괴하며 상생의 가능성을 단절시킨다.

대립적 관계 이면에는 인간과 이물의 조화로운 이상세계에 대한 염원이 상징적으로 담겨 있다. 이것은 역설적으로 자연보호 사상을 강조하고 상호 공생하고픈 이상 세계에 대한 갈망을 내포한다. 동양에서는 오래 전부터 자연을 유기체적인 생명의 창조와 완성의 과정으로 파악하며 그 안에서 생명의 가치와 그들 상호간의 조화를 이루어 내는 질서의 원칙을 발견하려 노력해 왔다.[7] 인간이 타자와 호혜적으로 공존하며 자연을 보호하는 노력을 해야 하는 이유는 생명체의 모든 '관계적' 행위는 정태적이거나 기계적인 것이 아니라 동태적이며 유기적으로 연결되어 있기 때문이다.

4. 호환적 관계와 생명의 평등의식

호환적 관계라 함은 인간과 이물의 관계가 상호 역동적인 영향을 주고받고 생명이 호환 가능한 상태를 의미한다. 단절적이고 고착화된 각자의 경계를 와해시켜 생명 가치의 평등함을 지향한다. 앞서 호혜적 관계의 유형에서는 인간과 이물이 상호 의존하지만 상대를 위해서 자신의 생명을 단축하거나 치명적인 피해를 입지 않을 정도에서 협동의 관계가 이루어진다. 그러나 호환적 관계에서는 자신의 목숨만큼 타자의 생명을 존중하는 존재 가치의 평등함에 주목한다. 따라서 인간은 이물을 위해 자신의 생명을 기꺼이 내어줄 수 있고 이물로 변신하기도 하며 사후에 이물로 환생하는 것이 가능하다. 인간이 자연을 도구화하고 처치하는 것이 아니라 오히려 이물이 인간을 선택하는 주체자로서, 인간은 이물의 선택을 수용하는 피동자로서 전개되기도 한다. 인간중심주의에서 벗어나 주동적인 위치에서 행동하는 이물과 피동적인 위치에서 받아들이는 인간의 이야기, 인간과 이물의 상호 변신 이야기가 흥미롭게 전개된다.

---

7   김기주, 「동양 자연관의 비교철학적 연구-동서자연관의 거시적 비교와 전망」, 『동양철학』 제16집, 2002, 105쪽.

그러한 점에서 동물도 식물도 아닌 돌과 인간의 관계를 그려낸 「석청허」는 특별한 의미를 지닌다. 무생물인 돌이 자신을 돌봐 줄 인간을 스스로 선택하는 내용이 기록되어 있다. 형운비는 수석을 굉장히 좋아하는 사람이었고 강가에서 우연히 아름다운 수석을 얻게 되었다. 수석은 구멍에서 스스로 구름을 뭉게뭉게 뿜어내는 신기한 능력을 지녔기에 더욱 애지중지했다. 본래의 주인인 신선이 나타나 돌의 내력과 특징을 설명해 주었는데 형운비는 자신의 수명이 삭감되더라도 돌과 함께 지내기를 바랐다. 그 과정에서 돌이 스스로 자신의 주인을 선택하는 능력이 있다는 것을 알게 된다. 돌을 탐낸 관리 상서에 의해 무고한 옥살이를 하게 되고 돌을 잃게 된 슬픔 때문에 자살도 시도했지만 결국 돌과 함께 무덤에 묻혀서 영원히 함께 한다는 이야기이다. 처음 어떤 세력가가 돌을 훔쳐갔을 때 현상금까지 걸었으나 찾지 못했는데 형운비가 강가에 가서 울었더니 쉽게 찾을 수 있었다는 것은 돌이 스스로 자신의 모습을 드러냈기 때문이다. 돌이 상서의 집으로 간 뒤에는 안개를 내뿜는 신기한 능력을 더 이상 보여주지 않은 것도 돌이 자신과 교감할 인간을 스스로 선택하기 때문이다. 형운비가 돌을 빼앗겼을 때 자살까지 하려 하자 꿈 속에서 자신이 석청허라고 밝힌 대장부가 너무 슬퍼하지 말라고 당부하면서 내년에 다시 만날 것을 약속한다. 꿈 속 계시처럼 약속한 날 돌을 다시 얻게 되고 자신의 죽음을 감지한 형운비는 돌과 함께 묻어달라는 유언까지 남긴다. 형운비는 돌과 함께 할 수만 있다면 자신의 수명이 삼 년이나 깎이는 것도 주저하지 않고 단호히 그렇게 되기를 원한다고 대답한다. 이사씨의 말처럼 한갓 돌을 위해 자살하려 했다니 정말 어리석기 그지없다. 그러나 결국 "돌과 사람이 언제까지나 함께 있게 되었으니 누가 돌에 감정이 없다고 말할 수 있느냐?"라는 이사씨의 반문처럼 인간은 돌과 감성적으로 연계되어 생명을 함께 나누는 관계가 된다. 포송령은 선비라면 자기를 알아주는 사람을 위해서 죽는다는 기록을 별도로 남겨서 무생물인 돌과 인간이 진실하게 교감할 수 있다는 상상력을 펼쳐냈다.

인간이 무생물인 돌을 위해 죽을 수 있다는 내용에 근거해 보면, 포송령의 생태적 세계관 속에서 인간과 이물은 상호 변신도 가능했다. 『요재지이』에는 이물이 인간으로 변신하는 이야기가 많이 등장하며, 반대로 인간이 동식물 등 다양한 이물로 변신하는 이야기도 있다. 전자의 유형은 여타의 작품에서도 종종 살펴지기 때문에 후자의 이야기가 훨씬 우리의 주목을 이끈다. 그러한 점에서 「향옥」은 모란꽃의 정령과 사랑하는 인간의 이야기를 그려냈는데, 모란꽃이 인간으로 변신하기도 하고 인간이 모란꽃으로 환생하기도 한다. 황생이란 사람이 하청궁에서 글을 읽으며 지내다가 각각 흰 옷과 붉은 옷을 입은 여성을 알게 되고, 흰 옷을 입었던 향옥과 사랑하는 사이가 된다. 얼마 후 향옥은 처참한 모습으로 황생에게 찾아와 흐느끼며 곧 헤어짐을 예고했다. 이튿날 하청궁의 백모란 한 그루가 파헤쳐져 옮겨간 일이 있었고 이로써 황생은 그녀가 백모란의 정령임을 알게 되었다. 이후 황생은 붉은 옷의 여성인 강설을 만나게 되어 향옥을 추모했고 황생의 지극한 사랑에 감동받은 꽃의 신이 향옥을 환생시켜 준다. 황생은 환생한 향옥과 다시 사랑하며 자신이 나중에 영혼을 둘 수만 있다면 향옥인 백모란 왼쪽에서 살아갈 것이라고 입버릇처럼 말했다. 황생이 하청궁을 지키는 도사에게 유언하길, 백모란 옆에 붉은 모란이 자라나면 자신이니 잘 돌봐 달라고 부탁을 했고 그가 죽자 과연 붉은 모란이 자라났다. 도사가 죽고 난 후 붉은 모란을 베어내자 백모란도 결국 말라 죽었다는 이야기이다.

포송령은 「회천의서會天意序」에서, 자신의 주관적인 내심 세계가 우주 생성의 근본 문제와 만물의 질서를 바라보는 출발점임을 밝히고 있다. 마음으로 천지와 우주를 관찰하게 되는데 자연 질서에 따른 변화는 우주만물의 생성과 존속의 대역정임을 밝히고 있다. 인간이 무생물인 돌과 함께하기 위해서 자신의 생명을 삭감하고 죽음까지 기꺼이 감수할 수 있으며, 사후 꽃으로 환생하는 것을 기쁘게 생각할 수 있었던 근거는 모두 여기에서 기인한다. 이사씨는 감정이 지극한 사람에게는 귀신이나 신도 감응한다며 꽃은 귀신이 되어서도 사람을 따랐고 사람은 혼백을 꽃에다 두었다면서 한 사람이 죽자 다른 둘도 스스로 목숨을 버렸다고 기록했다. 인간의 진실한 감정이 드러난 문장을 높게 평가했던 포송령은 돌의 정령과 인간의 교감, 인간과 모란의 상호 환생을 통해서 '만물유정'의 세계관을 평등한 생명의식으로 담아냈다.

여기서 인간이 비인간으로 변신하거나, 비인간이 인간으로 변신하는 것의 연원과 갈래를 논의하기보다 상호 변신의 가능성이 열려있다는 점에 주목할 필요가 있다. 인간이 호랑이, 여우, 벌, 꽃, 새, 곤충으로 변할 수 있고 비인간이 인간으로 변신한다는 상상의 기저에는 만물의 생명적 가치가 평등하며 자연의 생명력은 연속적으로 이어져 있다는 논리가 내재한다. 생명의 평등의식과 연속성은 고대부터 내려오는 천인합일, 물아일체의 전통 속에서 외형적 모습에 구애되지 않음을 보여주고 있다. 「소추」에 보면, "예절이란 것은 사람의 감정에 의거하여 만들어진 것입니다. 우리의 정이 두텁다면 서로 다른 종족이라 하더라도 그게 무슨 상관이겠습니까?"라고 하여 인간과 이물의 단절된 경계를 초월하려는 생명 가치의 평등함을 강조하고 있다. 생명은 존재 가치의 근원적인 원천이다. 인간의 존재 자체가 궁극적인 가치를 지니듯이 다른 모든 살아있는 존재들 역시 동일한 가치를 지닌다고 볼 수 있다.

포송령이 흠모했던 간보의『수신기』「오기변화五氣變化」를 보면, "썩은 풀 속에서 반딧불이가 생기고, 썩은 갈대에서 귀뚜라미가 생기며, 쌀은 쌀바 구미를 만들고, 보리는 나비를 만들어 낸다. 날개가 생겨나고 눈동자가 만들어지면 마음과 지혜가 갖추어지게 되는 것이다. 이는 스스로도 알지 못한 채 변화해서 지식이 생겨나는 것이니 기가 그렇게 바꾸어 준 것"이라고 기록되어 있다. 학이 변하여 노루가 되고, 귀뚜라미가 변하여 두꺼비가 되는 것들은 모두 자신들의 본래 혈기를 잃지 않은 채 그 형상과 성질이 변한 것으로 이러한 사례는 너무 많기에 일일이 거론할 수 없음을 밝히고 있다. 우주 자연의 변화는 상례적이고 자연스러운 것이다. 만물의 생명의식은 서로 연결되어 있기에 인간이 이물로 변하고 이물이 인간으로 변화하는 상상이 가능하다. 만물의 생사와 변화의 원리를 자연스러운 질서라고 수용할 수 있는 사유의 근저에는 생명 가치의 평등함이 내재되어 있기 때문이다. 모든 만물은 기의 집산 과정의 결과물로 이해하는 원기론이 내재되어 있기에 오래된 사물은 그 속에 정령이 깃들어 살고 있으며 이 때문에 사람으로 변할 수 있다고 믿어졌다. 이것은『장자』에서 '물화'의 개념으로 설명할 수 있는데, '물화'는 타자와 내가 일체가 된 예술적 경계를 말한다. 생명의 관점에서 보자면 인간과 비인간은 모두 동등한 가치를 지닌다. 우주 만물의 근원이 동일한 뿌리에서 연원했기에 외형적 변화를 거치더라도 본질적인 생명의 가치는 차등적이지 않다는 것이다.『장자』「제물론」에 보면 "저것은 이것에서 생겨나고 이것은 또한 저것에서 비롯된다"는 구절이 있다. 생명이란 순환적이고 연속적이며 무한한 변화에 대처할 수 있다. "천지와 내가 아울러 살아가니 만물과 나는 하나가 되어" 이것과 저것, 자아와 타자가 서로에게 의지할 뿐 아니라 상호 연결되어 있어 생명의 호환이 가능하다. 일찍이 『열자』에도 "혈기를 지닌 것들은 마음과 지혜가 다르거나 먼 것이 아니다"면서 인간과 이물의 관계를 대립적이거나 단절된 경계로 보지 않았던 것과 같은 이치이다.

「교나嬌娜」에서는 공자의 후손 공생과 여우 낭자의 우정을 묘사하고 있다. 황보 공자 가족은 절에 얹혀살면서 겨우 연명하는 신세였던 공생을 스승으로 대접하며 극진히 모셨다. 공생은 자신의 종기를 치료했던 황보 공자의 친척 누이 교나를 흠모했다. 결혼으로 성사되지 못했지만 황보 공자 가문이 여우임을 알고도 대신 벼락을 맞는 등 온몸으로 재난에 맞서 싸워 자신의 목숨을 내어주며 교나와 여우 일가족의 생명을 구해준다. 교나는 다시 공생의 생명을 소생시킨 후 한 가족처럼 사이좋게 지낸다. 이 사씨는 남녀 간의 욕정이 배제된 채 마음만을 주고받는 사귐이지만 종을 초월한 인간과 여우의 우정을 강조했다. 인간은 자신을 알아주는 이물인 여우 가족을 위해 기꺼이 목숨을 내놓을 수 있다. 인간과 비인간이 존재적 경계를 초월하여 서로의 생명을 북돋는 관계를 그려냈다. 「청봉」에서는 호탕한 성격의 경거병이 황폐해진 저택에서 호의군 식구들을 만나고 그의 조카 청봉을 마음에 둔다. 경거병은 여우인 청봉을 위기에서 구해내 행복하게 살았고 자신의 정실 부인이 낳은 아들이 자라자 여우인 효아를 스승으로 모시게 했다. 경거병은 사랑하는 상대가 이물이어도 전혀 개의치 않았을 뿐 아니라 오히려 여우를 인간의 스승으로 모셨다는 점에서 이물에 대한 폄하나 배척을 찾을 수 없다. 여우가 인간의 스승이 되었다는 기록은 상당히 파격적이며 포송령의 인간과 이물의 공존적 생태의식이 잘 드러나는 부분이다.

인간과 이물 사이에서 태어난 융합적인 생명체의 이야기에 주목할 수 있다. 인간과 여우 사이에서 태어난 딸이기에 반은 인간이고 반은 이물인 영녕은 인간과 이물의 단절된 경계를 해체시킨다. 「영녕」에서 왕자복은 정월 대보름에 소풍을 나갔다가 아름다운 영녕을 보고 한 눈에 반해 버린다. 그녀를 다시 찾을 수 없어 상사병이 났지만 산 속에서 이종사촌벌인 그녀와 재회하고는 자신의 집으로 데려와 혼인을 했다. 배운 게 없어서 늘 철없이 웃기만 했던 그녀는 알고 보니 인간과 여우 사이에서 태어난 존재였고, 자신의 여우 어머니 시신을 거두어 아버지와 합장시키기를 소원하는 효심 가득한 소녀였다. 왕생이 그녀를 도와서 여우 어머니의 시신을 찾아 소원을 풀어 주었고 왕자복과 영녕은 아들까지 낳고 잘 살게 된다. 왕자복은 여우의 딸인 영녕과 결혼해서 살면서 그녀의 어머니가 여우이고 그녀를 키워준 존재가 귀신임을 알았으나 두려워하거나 차별하지 않았다. 영녕은 인간 사회의 교육과 예법을 배우지 못했지만 천진하게 웃으며 주위 환경을 항상 화해의 분위기로 이끄는 존재였다. 여우 어머니를 둔 영녕은 인간적 질서에 익숙하지 않았지만 그녀의 순수함은 자신이 생활했던 아름다운 원시적인 자연환경을 연상시키기에 충분했다. 첩첩한 녹음, 인적이 없는 곳 등 그녀가 자라왔던 환경에 대한 묘사는 영녕이 태고적 자연미와 조화로움을 그대로 간직한 존재임을 상징한다. 인간과 이물 사이에서 탄생한 영녕이 원시적인 자연질서가 보존된 이상적인 공간에서 자랐으며, 인간인 왕자복과 결혼하는 것은 인간과 자연이 함께 어우러져 화해할 수 있는 가능성을 암시한다.

일찍이 『장자』 「추수」에 "도의 입장에서 보면 사물에 귀천은 없소. 그러나 사물의 입장에서 보면 스스로를 귀하다 하고 상대방을 천하다 하오"라고 했다. 천지 자연의 질서에서 보면 인간과 이물은 존재적으로 평등하다. 사물은 생겨나서 변화하기 마련이고 한 개체의 뜻에 구속하는 것은 우주 자연의 도와 상충된다. 장자는 대자연의 무궁한 변화 속에서 생겨난 인간의 생명은 기가 모인 것으로, 인간의 생명 역시 다른 만물들과 구별됨 없이 서로 동등하게 존재한다는 상관적 사유의 철학을 강조한다.[8] 그러기에 인간은 이물을 위해 자신의 생명을 나눠주고 동물 혹은 식물로 변화할 수 있다. 인간과 이물의 생명의 가치는 평등하며 서로의 경계를 차등적으로 단절시켜 폄하할 수 없다. 포송령의 물아일체의 세계관은 생명이 연속적이고 호환적이라는 상상 속에서 가능할 수 있었다.

5. 생명의 가치와 생태학적 성찰

『요재지이』를 애독했던 청대의 대시인 왕사정이 지적했듯이 포송령의 붓 끝에서 제멋대로 풀어낸 듯한 이야기는 귀신이 시를 노래하는 듯, 기이하고 환상적인 수법으로 인간과 이물의 유기체적 생태관과 자연주의 세계관을 담아냈다. 마서방이 중국에서 가장 성공한 녹색 환경보호 소설이라고 평가한 바대로, 『요재지이』는 인간과 대자연의 각종 생물이 소통하는 최고의 생태문학 작품이며 중국 전통의 생태의식을 예술적으로 승

---

8 송영배, 「동양의 상관적 사유와 유기체적 생명의 이해」, 동국대 생태환경연구센터 편, 『생명의 이해-생명의 위기와 길 찾기』, 동국대 출판부, 2011, 25쪽.

화시킨 작품이다.

『요재지이』는 인간과 이물의 관계를 통해서 인간의 근본적인 본성에 대해 이야기한다. 인간과 이물의 이야기들은 호혜적이던 대립적이던 호환적 관계이던 모두 인간중심적인 시야에서 완전히 벗어나지 못한다. 앞서 세 유형이 서로 독립적이지 않고 일정 부분 중복적인 성격을 지니는 것도 우리의 사고는 근본적으로 인간중심주의에서 출발하기 때문이다. 「홍鴻」에는 수컷 기러기가 사냥꾼에게 잡힌 암컷 기러기를 구하기 위해 황금을 토해 놓고 암컷 기러기를 구해 간다는 이야기가 적혀 있다. 이 이야기에서 우리는 암컷 기러기의 목숨을 구하는 수컷 기러기의 극진한 사랑에 주목할 수 있지만 황금을 받고서야 암컷 기러기를 놓아주는 인간의 탐욕적인 행동 역시 간과할 수 없다. 인간과 기러기의 상호 협동 뒤에는 기러기의 생명을 금전적 가치로 환산시키는 인간의 잔인함도 엿볼 수 있기 때문이다. 그러나 『요재지이』의 인간과 이물의 관계를 전체적으로 성찰하다 보면, 포송령은 인간사회 너머 우주자연의 조화와 화해를 실현하고자 했었음을 살필 수 있다. 굴원의 충정을, 장주의 초월을, 사마천의 비분을, 한창려의 기탁함을 빌어서 창작한 '귀호사' 속에서 정치사회의 흑암과 과거제도의 부패를 폭로하려는 의도 이면에 자연과 조화된 이상세계에 대한 갈망을 깊게 투영시키고 있음을 알 수 있다.

포송령은 '아영녕我嬰寧'이라는 표현을 사용해서 「영녕」에 대한 남다른 애착을 드러냈다. 사실, '영녕'이라는 명칭은 일찍이 『장자』「대종사」에 나온다. '영녕'이란 "(도는) 맞아들이지 않는 것이 없고 파괴하지 않는 것이 없으며 이루지 않는 것이 없다. 이를 두고 영녕이라 한다"고 하여 만물의 변화 속에서도 안정된 경지를 일컫는다. '영'은 생사 변화가 있는 외계의 현상을 말하고 '녕'은 외계의 변화에 동요되지 않는 마음의 상태를 이른다. 변화를 거부하지 않고 순종하여 생사를 초월하기 때문에 생사를 지배할 수 있다는 도가에서 추구하는 이상적인 경계이다.[9] 포송령은 영녕을 통해 낭만적 필법을 가미하여 인간과 이물의 혼성적 존재를 탄생시켰고 그녀를 인간 세상으로 환원시켜 인간과 조화를 이루는 생태적 존재로 그려냈다. 이사씨의 언급에서 포송령의 여성관을 피력했다고 볼 수 있는데, 바보 같은 웃음 속에 진면목을 감춘 '나의 영녕'을 통해서 인간과 자연의 조화를 강조하고 물아일체의 예술적 경계를 구체화시켜 보여준다. "생명체 간의 형이상학적인 차이가 없는 이상, 주체의 궁극적 본질은 인간, 동물, 식물이 아니라 그보다 더 포괄적인 존재 개념인 '생명'에서 찾을 수밖에 없고, 가치 판단의 근원적 근거는 인간의 가치이거나 우주 및 존재의 가치일 수 없고 오로지 생명의 가치에 두어야 한다"[10]는 주장에 귀를 기울일 필요가 있다. 생태미학 연구란 생명 자체에 대한 열정과 생명발전의 사상적 측면에 대한 이해 없이 인간과 세계의 관계를 파악할 수 없다.

---

9 馬瑞芳, 『馬瑞芳趣話聊齋愛情』, 上海文藝出版社, 2010, p.99.
10 박이문 인문학 전집 특별판, 앞의 책, 481쪽.

제7장
『요재지이』 변신 서사의 양상과 특징

1. 변신 서사와 '관계'의 문제

인간은 기본적으로 현실의 자신과 다른 무언가가 되고 싶은 원초적인 욕망을 지니고 있다. 우리의 영혼은 육체적 조건에 갇혀 자유로운 의지를 발산하는 데에 방해를 받았기 때문이다. 현실세계에서의 갈등과 억압에서 벗어나고자 신체를 해방시켜 자유롭고자 했다.

변신이란 용어 그대로 신체의 변형을 말한다. 획일화되고 규격화된 현대 사회에서 인간은 소외를 전면적으로 거부하는 몸짓으로 '다른 자기가 되고 싶다'는 강력한 변신 욕구를 가지고 있다.[1] 육체인 몸은 영혼이 깃드는 곳일 뿐 아니라 생명을 담아내는 그릇이다. 따라서 변신은 신체뿐 아니라 정신과 유기적으로 연결되어 있으며 하나이자 서로 다른 두 개체의 특징을 동시적으로 담아내고 있다.

인간은 초월적 존재를 꿈꾸는 신비로움과 규범화된 질서를 파괴하는

---

1   이상일, 『변신이야기』, 밀알, 1994, 16쪽.

두려움 속에서 신체의 변화를 꿈꾸는 흥미로운 이야기를 만들어 냈다. 신체의 변화를 담아낸 이야기는 또 다른 삶으로 나아가는 과정 혹은 잠재된 욕망의 실현 가능성을 미로 찾기처럼 제시한다. 변신은 현실 너머의 세계를 향한 호기심을 신체의 변화로 표현하면서 미지의 세계를 탐색하고 새로운 삶을 경험하게 해준다. 경이로운 신체 변형 여정을 통해서 새로운 세상을 만나면서 자아와 타자의 관계를 다시 정립할 수 있게 해 준다. 그러한 의미에서 변신은 '본질적인 나'와 '변신한 나'가 결핍되고 불완전한 세상과 직면하여 소통하고 화해하려는 문학적 장치라고 할 수 있다.

변신 이야기 속에서 인간의 신체는 자유롭다. 인간이 동식물로 변하고, 동식물이 인간으로 변하는 것이 가능하다. 인간의 신체와 영혼을 이분법적으로 보지 않았던 중국 고대 서사에 보면 인간이 호랑이나 곰으로 변신하여 자신이 처한 현실적인 불만을 해결하고, 하늘을 나는 새가 되어 간절한 꿈을 실현하고자 했다. 더 강한 몸으로 변신하여 현실에서 결핍된 것을 채우고 완전한 존재가 되고자 했다. 자신의 몸을 파편화시켜 새로운 생명을 잉태하기도 했고, 신성한 영역을 침범한 대가로 저주받아 징치되기도 했다.

변신 이야기 속에는 현실 사회의 모순을 해결할 수 있는 설렘과 일상적인 지식에서 벗어나는 불안함이 동시에 내재되어 있다. 현실의 부조리를 해결하려는 적극성과 기존 질서를 고수하려는 소극성이 함께 어우러진다. 변신 서사가 가지고 있는 매력적인 양가성 덕분에 현실을 비판하는 기재로 활용되기도 했고, 역사 속으로 환원시킨 상상력을 정치적으로 해석하기도 했다. 그만큼 변신 서사는 다양하게 수용되고 향유되어 왔다.

인간이 꽃이나 앵무새로 변신하고, 여우와 물고기가 인간으로 변신한다. 변신한 존재들은 서로 다른 종족과 새로운 영역에 개입하여 사건을 전개시킨다. 이곳과 저곳의 경계를 넘나들며 보편적인 상식을 해체해서 인간과 세계의 관계를 재정립한다. 변신은 몸의 변화라는 표면적인 의미를 넘어서 새로운 세계로의 진입을 가능하게 만든다. 그러한 이유로 변신 서사는 인간이 타자를 바라보는 시선과, 타자 속에 수용되는 인간에 대한 이해가 동시적으로 요구된다. 변신 서사의 본질에 대한 탐구는 인간과 세계의 관계를 어떻게 인식하고 맥락화 하느냐에 달려 있다. 변신이라는 매혹적인 모티프가 신비함과 두려움의 경계에서 재현되는 방식은 어떠한지 상징적 의미는 무엇인지 인간과 세계의 관계 속에서 해석해 나가는 것이 중요하다.

『요재지이』는 생태적 상상력과 치밀한 구성력을 바탕으로 여우, 호랑이, 노루, 악어, 벌, 신선, 귀신 등이 변신하는 이야기를 생동적으로 담아냈다. 『요재지이』 변신 서사의 구체적인 양상과 특징을 분석하면서, 인간이 이물이 되고 이물이 인간이 되는 가변적인 세계 속에서 인간과 세계의 관계가 어떻게 구성되었는지 살펴볼 수 있다.

2. 변신 서사의 기원과 전개

변신 서사는 중국 고대인들의 상상력을 표현하는 데 중요한 역할을 해왔다. 변신 모티프는 신화에서부터 언급할 수 있으며 한대와 위진남북조 시대를 거치면서 지괴 속으로 이어졌고, 당대에는 작가의 의도성이 두드러진 전기에서 재현되었다. 변신 서사는 지괴와 전기의 계통을 이은 신선

류, 신괴류, 신마류, 이류연애류 등 다양한 모티프와 연결되면서 인간과
비인간의 영역을 넘나들며 무한한 상상력을 자극했다.

먼저, 중국 신화의 보고라 할 수 있는『산해경』에서 살필 수 있다. 태
양과 경주했던 과보夸父의 죽음은 단지 신의 영역에 도전한 어리석은 거
인의 죽음으로 끝나지 않았다. 과보의 죽음 이후에 분신과도 같았던 지팡
이가 복숭아 숲을 이루는 것은 신체의 변형과 생명력의 관계를 상징적으
로 보여준다. 과보는 황하와 위수의 물을 다 마셔도 갈증과 탈수 때문에
결국 죽음을 맞이한다. 과보의 죽음은 복숭아 숲으로 변신한 자신의 지팡
이를 통해서 새로운 세상으로의 진입을 꿈꾸게 해 주었다. 몸은 죽음에
이르렀으나 자신의 영혼은 태양을 피할 수 있는 그늘진 숲과 수분 많은
과실로 변신하여 다음 세상을 기약한다. 또 정위精衛라는 새는 매일 망망
대해에 나뭇가지와 돌을 물어 와 바다를 메운다. 바다에 빠져 죽은 소녀
는 하늘을 자유롭게 나는 새가 되어 자신을 죽음으로 내몬 바다를 메꾸
려고 한다. 작은 새 한 마리가 물어 나르는 나뭇가지로 바다를 메울 수
없다. 그러나 언젠가 넓은 바다를 메우리라는 의지를 가진 채 끊임없이
반복하고 있는 것이다. 황제에게 대적했던 형천形天 역시 목은 잘렸지만
가슴을 눈으로 삼고, 배꼽을 입으로 삼아서 불굴의 정신으로 황제에게 저
항한다. 신체의 일부는 사라지고 변화했지만 영혼은 사라지지 않는다는
고대 영혼불멸설을 잘 보여주고 있다. 정재서는『산해경』의 치우蚩尤, 형
천, 여왜女媧, 곤의 변신은 죽음의 극복을 위한 의지로서의 변형이라고 규
정하고, 죽음이 완결되지 않은 정서에 휩싸여 있을 때 생기론적 세계에서
또 다른 삶의 동력이 된다고 분석했다.[2] 김선자는 고대에 동물은 숭배의
대상이자 사냥의 대상이었으며, 동물에 대한 양가적 감정과 인간의 영혼

은 불멸한다는 관점이 합쳐져 인간이 동물로 변하는 이야기들이 등장했다고 지적했다. 동물과 인간을 하나의 관계성의 맥락에서 파악하는 시각이 존재했기에 인간은 동물로 변하고, 동물은 인간으로 변할 수 있었다.[3]

『장자』에는 '화化'라는 표현이 총 70회나 등장한다.[4] 첫 머리에 나오는 '붕정만리鵬程萬里' 이야기는 장주가 추구하는 인생론의 최고 단계라 할 수 있는 「소요유」의 주지에 관해 잘 대변해 준다. 곤이라는 물고기가 변신하여 붕 새가 되고 붕이 대풍을 따라 남쪽 바다로 힘차게 날아오르는 모습이 그려진다. 「제물론」에서는 장주가 나비가 된 꿈을 꾼 후 장주와 나비 사이 피상적인 구별은 있어도 절대적인 경계가 없음을 토로한 호접지몽을 떠올릴 수 있다. 나비가 꿈에서 인간 장주가 된 것인지, 인간 장주가 꿈에서 나비가 된 것인지 의문을 제기하며 반드시 구별이 있을 테지만 변화해 가는 과정, 이것을 '물화'인 우주 자연의 법칙으로 설명한다. 만물의 변화는 형태의 차이가 있을 뿐 근원적인 생명력에는 변함이 없음을 보여준다. 장자의 '물화' 관념이 상상력이 풍부한 낭만주의 문학에 크게 영향을 미쳤던 점은 주지의 사실이다. 「대종사」에는 사람의 몸이 변해가는 과정과 그에 대한 인식이 기록되어 있다. "내 왼팔이 점점 바뀌어서 닭이 된다면, 난 그것이 새벽을 알리기를 바라겠네. 내 오른팔이 점점 바뀌어서 활이 된다면 난 그것으로 구워 먹을 새를 찾겠네. 내 꽁무니가 점점 바뀌어서 수레바퀴가 되고 정신이 말로 바뀐다면 난 그것을 타겠네. 어찌 다른 마차가 필요하겠는가? 대체 이 세상에 태어난다는 것은 그런

---

2 정재서, 「『산해경』에서의 삶과 죽음－변형의 동력과 도교의 발생」, 『중국어문학지』 제10집, 2001, 41~43쪽.
3 김선자, 「중국변형신화전설연구」, 연세대 박사논문, 2000, 107쪽.
4 김경희, 「『莊子』의 變과 化의 철학」, 이화여대 박사논문, 2005, 102쪽.

때를 만났음이며, 삶을 잃는다는 것은 죽음의 도리에 따르는 것이지. 태어난 때에 편안히 머물고 자연의 도리에 순응하면 슬픔이나 즐거움이 끼어들 수 없다네." 자여가 죽기 직전 자신의 병문안을 온 자사에게 자신의 육신도 변화하는 자연의 도리에 따라 맡김으로써 오히려 생명을 이어 나갈 수 있다고 설명하는 내용이다. 『장자』에 의하면 형체의 변화는 우주 만물의 자연스러운 생명의 법칙일 뿐이다.

　지괴의 대표작 『수신기』에 보면 사람이 호랑이로 변하거나, 작은 새우가 쥐로 변하거나, 돼지가 사람을 낳는 등 기이한 이야기가 가득 기록되어 있다. 그 중 인간이 자라로 변하는 이야기 「송모화별宋母化鼈」을 살펴볼 수 있다. 위나라 송사종의 어머니가 여름에 목욕을 하다가 큰 자라로 변했다. 자라로 변한 후에도 당초 은비녀를 꽂고 있던 형상 그대로였다. 고대인들은 사람이 입었던 의복이나 신체의 일부만 남았다 하더라도 그것과 사람 사이에 공감적인 주술 관계가 지속된다고 믿었기 때문이다. 오늘날의 시각에서 보면 불합리하기 짝이 없다. 인간이 어떻게 자라로 변하고 어떻게 호랑이로 변하겠는가? 엄연히 다른 종에 속하고 다른 종의 생명체인데도 변신 서사 속에서는 신체가 뒤바뀌며 서로의 영혼이 교차된다. 간보는 아버지와 형의 죽음을 통해 경험했던 충격적인 기이한 사건들이 모두 거짓이 아니고 실재한다는 확신을 가졌고, "고금의 신기하고 영이로운 인간과 사물의 변화"를 모아 『수신기』를 찬집했다. 「논요괴論妖怪」에 보면, "요괴라고 하는 것은 대개 정기가 물체에 의지해 만들어진 것이다. 그 정기는 중심을 혼란시키고 표면적으로는 변화를 일으킨다. 형태, 정신, 원기, 본질은 안과 겉의 상호 작용"이라며, 정상적인 질서에서 벗어나 있는 요괴는 천지만물의 원기가 변한 것임을 밝히고 있다. 또 "만물의 생사와 그 변화라고 하는 것은 신의 뜻을 통한 것이 아니라면 비록 자신에게서 변화를 구한다 해도 어찌 어디서부터 오는지 알 수 있겠는가? 그러므로 썩은 풀이 반딧불이가 되는 것은 썩음에서 말미암은 것이고 보리가 나비가 되는 것은 습한 것에서 말미암았기 때문이다. 이처럼 만물의 변화는 모두가 그 원인이 있는 것"이라며 오기변화의 당위성을 기록하고 있다. 만물은 원기와 정신, 형체가 모두 하나이면서 또한 서로 작동하며 변화하고 있다는 것이다. 변신 모티프는 외적 관계가 아니라 내적 연관에 의해 현상들의 인접 관계를 찾아서 그것의 질서로부터 얻은 지혜를 자신의 내부로 전위시키고자 했던 노력이라고 할 수 있다.[5]

위진남북조를 기점으로 인간이 비인간류로 변신하는 이야기는 큰 폭으로 줄어든다. 반면에 비인간이 인간으로 변신하는 이야기는 현저하게 많아지는데, 인간의 동식물로의 변형은 저급한 것이라는 인간중심주의적인 생각에서 기인했다.[6]

지괴 속의 변신 모티프는 당대에 이르러 귀족 사회와 정치 문화에 기반을 둔 전기 속으로 이어지게 된다. 『손각孫恪』에서 원숭이가 사람으로 변하고, 『보강총백원전補江總白猿傳』에서는 인간과 흰 원숭이 사이에서 아이가 태어나며, 인간과 비인간의 이류교감을 다루는 상상력 풍부한 작품들이 창작되었다. 인간으로 변신한 여우와 사랑을 그려낸 『임씨전任氏傳』 편미에는 "이물의 감정에도 사람과 같은 것이 있구나"라면서 인간으로 변신한 여우의 행실과 덕성을 높이 평가했다. 저자인 심기제沈旣濟는 남편인 인간을 위해 죽음도 불사한 여우의 성정을 칭찬하면서 미색만을 추구

---

5 김지선, 「동아시아 서사에서의 변신모티프 연구」, 『중국어문논총』 제25집, 2003, 168쪽.
6 김선자, 앞의 글, 45쪽.

했던 인간의 부도덕성을 폭로한다. 인간과 비인간의 교감을 아름답게 묘사하면서 입신출세만을 인생의 목표로 삼았던 당시 지식층 및 부도덕한 탐관오리에 대해 비판한다. 봉건적인 억압에서 벗어나고픈 자유연애의 갈망에 대해서 상상력 가득한 필치로 풀어냈다.

  명대 독서계를 풍미한 낭만적 괴담집의 대표작으로『전등신화剪燈新話』를 꼽을 수 있다. 원, 명 교체기의 사회 동란에 불우한 생애를 보낸 작가의 삶이 인간으로 변신한 귀신과 연애를 하는 등의 이야기로 기록되었다. 저자 구우瞿佑는 오랜 귀양살이 탓에 그가 지은 대부분의 책은 산일되고 말년에 손수 교정한『전등신화』에서 죽은 사람과 연애하는, 괴이하지만 낭만적인 이야기를 그려냈다.「전등신화서」에서 살펴볼 수 있는 것처럼, 세상을 가르치는 데 도움이 될 수는 없지만 선을 권장하고 악을 징벌하며 가난한 자를 슬퍼하고 억눌린 자를 애도하는 데 도움이 된다고 밝혔다. 혼란한 사회현실에 대한 비판과 저항의식, 암울한 현실을 초월하려는 작가의 이상주의 사상이 인간과 비인간의 관계로 포착된다. 산 자와 죽은 자의 사랑을 다룬「모란등기牡丹燈記」에 보면, 인간과 비인간의 교감은 인간에게 큰 피해를 주는 부정한 행위임을 강조하고 있다. '사람은 순수한 양기가 가득한 존재이고 귀신은 음계의 사악하고 더러운 존재'라며 사악하고 더러운 귀신과 동거하면서도 잘못을 깨닫지 못하고 있다는 지적은 인간과 비인간의 경계는 넘나들 수 없는 단절된 공감임을 강조한다. 귀신을 만나는 사람들마다 곧바로 중병에 걸려 열이 나거나 온몸을 덜덜 떨면서 발작을 일으켰다는 기록을 통해 서로 다른 종의 소통이 금기시되었음을 알 수 있다.「모란등기」는 음계와 양계가 서로 달라 온갖 괴이함이 있으니 이들이 만나면 인간이나 사물에 모두 해롭다는 철관도인의 판결로 끝을 맺는다. 구우가 교훈과 감동을 주고자 했던 『전등신화』에서 「모란등기」의 인간과 비인간의 세계는 결국 소통할 수 없는 단절된 경계로 매듭지어 진다. 작가는 비현실적인 존재와 교감을 통해 현실의 부조리함을 폭로하지만, 인간과 이물의 경계를 명확히 구분하려 했던 당시의 보편적인 인식을 확인할 수 있다.

『요재지이』에 기록된 변신 이야기는 『전등신화』 및 기타 문언 서사의 성격과 다른 독특한 특징을 지닌다. 저자 포송령은 훌륭한 학문과 재주를 지녔지만 과거 시험에서 거듭 실패하여 남의 집 가정교사를 전전하며 평생을 가난 속에서 보냈다. 그는 풍부한 상상력을 바탕으로 근 오백 편에 달하는 '고분지서'를 창작했는데, 동식물이 인간으로 변신하고 인간이 동식물로 변신하는 것뿐 아니라 심지어 인간이 무생물인 돌과 영원한 생명을 함께 하려는 이야기도 기록했다. 『요재지이』의 변신 서사, 이류연애의 이야기는 인간계와 비인간계가 단절되어 비극적인 결말로 마무리 되었던 이전의 서사와 달리, 인간과 식물이 사랑을 하고 인간과 동물이 상부상조하며 경제적 부귀를 함께 누릴 수 있다. 위진남북조 이후 비인간이 인간으로 변신하는 이야기가 주류를 이뤘던 것에 비해, 『요재지이』에는 인간이 비인간으로 변신하는 이야기도 다수 창작되었다. 호랑이, 국화, 귀뚜라미, 까마귀, 앵무새 등 인간의 이물로의 변신은 상당히 다채롭게 서사되어 있다. 간보의 재주를 흠모하고 귀신 이야기를 즐겼던 그의 창작 목적이 비록 권선징악과 인과응보라는 유교적 도덕주의 선양에 있었다고 해도 대각체와 고증학의 우세 속에서 허구 서사에 주목했던 안목을 확인할 수 있다. 포송령은 변신 서사를 통해서 당시 지식계층의 위선을 풍자하고 과거 제도의 폐단을 신랄하게 비판했다. 변신이라는 문학적 장치 속에서 세상의 모든 소외된 것들을 포용하며 불합리한 현실에 대한 성찰을 시도했다.

변신 서사는 고대 신화에서『요재지이』에 이르기까지 생명 연장의 꿈, 불굴의 의지, 타자와의 감응 및 교류, 이류 연애, 보은, 원한과 복수의 징치 등의 의지와 욕망을 담아서 인간과 주변의 삶을 다채롭게 담아내고 있다. 신체적 변신 이후 타자의 세계 속에 어떻게 개입하고 관계 맺는지에 초점을 두기 때문에 변신 이후 타자와 관계가 단절되거나 소외되는 이야기는 여기에서 제외하기로 한다. 또 이 책에서 '-되기'의 개념은 이진경의『노마디즘』에서 차용했다. 이진경은 이질적인 어떤 것과 만나 만들어지는 그 새로운 생성의 선에 대해, 즉 다른 것들과 만나 그들 자신이 다른 것이 되는 변이의 선에 대해서 '-되기'라는 용어를 개념화했다.[7] 인간과 이물이 양자 사이의 관계를 의도적이고 적극적으로 생성하고 창조해 나가는 행태에 주목하기 위하여 이 개념을 사용한다.

3. 이물의 인간-되기

위진남북조 시대 이후 인간이 이물로 변신하는 이야기는 급격히 줄어드는 반면에, 이물이 인간으로 변신하는 이야기가 상당히 늘어난다.『요재지이』중에는 이물이 인간으로 변신하는 이야기가 많이 기록되어 있다. 여우, 노루, 악어, 국화, 연꽃, 앵무새, 전갈 등 각종 동식물 및 심지어

---

7   이진경,『노마디즘』2, 휴머니스트, 2002, 24~25쪽.

무생물인 돌의 정령까지 인간의 모습으로 변신하여 인간 세상에 개입하며 이야기를 전개시키고 있다.

먼저, 「교나」에서는 인간과 여우의 진실한 우정이 그려져 있다. 마서방은 교나와 공생의 남녀 관계에 주목하여 『요재지이』에 기록된 여성 중 가장 현대적인 여성상의 면모를 지닌 인물로 교나를 손꼽았다.[8] 남녀 주인공은 진실한 우정 관계를 지속시키며 서로의 삶에 개입하여 생명을 살려주게 된다. 황보씨 가족은 가난한 서생 공설립을 저택에 머물게 하면서 아들의 스승으로 모신다. 어느 날 공생이 종기가 나서 병세가 심각해지자 황보씨의 가족인 교나가 입에서 구슬을 토해 내 공생의 병을 치료해 주게 된다. 공생은 아름다운 교나를 향해 상사병을 앓게 되지만 나이 어린 교나와 혼인할 수 없음을 알고 예를 갖추어 상대한다. 이후 황보 가족이 죽음의 위기에 처했을 때 공생이 목숨을 내걸고 교나와 그 가족들을 구해내고, 교나 역시 그들을 위해 죽었던 공생의 목숨을 다시 살려내며 한 가족처럼 살아갔다는 내용이다. 여기서 눈여겨 볼 점은 공생은 황보 공자네 가족이 사람이 아님을 이미 알았으면서도 꺼리지 않았고, 오히려 그들과 생사를 함께 하겠노라고 맹세한다는 점이다. 이사씨는 공생과 교나의 관계에 대해서 '좋은 벗을 얻어 수시로 흉금을 털어놓고 이야기를 나누며 술이라도 마실 수 있다면 그 의미는 가슴에 사무칠 것'이라며 진실한 우정을 칭송한다. 이물을 거리끼기는커녕 오히려 이물과의 관계를 자신의 목숨과 바꿀 수 있는 우정으로 승화시켰다.

「청봉」에서는 인간으로 변신한 여우가 인간과 사랑하며 서로의 세계

---

8   馬瑞芳, 『馬瑞芳話聊齋』, 作家出版社, 2007, p.58.

에 개입하는 이야기가 그려져 있다. 대범한 성격의 경거병은 밤마다 이상한 일이 벌어지는 저택에 머물면서 스스로 도산씨의 자손이라고 밝히는 호의군 가족을 알게 된다. 그의 조카딸 청봉을 마음에 두었으나 가정교육이 매우 엄했던 호의군 때문에 아쉬운 이별을 하게 된다. 청명절 날 경거병은 들판에서 사냥개에게 쫓기던 여우 한 마리를 구해 내서 집으로 데려와 보니 뜻밖에도 청봉이었다. 청봉과 행복하게 지내던 어느 날 청봉의 사촌인 효아가 찾아와 자신의 아버지를 구해달라고 부탁했고 경거병은 청봉을 키워준 호의군의 생명을 구해 주었다. 경거병과 호의군 가족은 마치 한 가족처럼 조화롭게 살았다는 내용이다. 주목할 부분은 청봉이 자신이 사람이 아니라고 미워하지 말아달라고 하자 경거병은 날마다 꿈속에서도 잊지 못했는데 어째서 미워할 수 있겠는가라고 대답하는 부분이다. 또 경거병은 호의군이 자신에게 모욕을 주었다고 기록하였는데 인간으로 변신한 여우를 상대로 두렵거나 기피하는 감정이 아니라 마치 같은 종족에게 받은 수모처럼 원한의 감정을 표출한 점도 특이하다. 나아가 효아를 경거병의 정실 부인이 낳은 아들의 스승으로 모셨는데 여우는 스승으로서의 위엄을 지키며 법도와 질서를 어그러뜨리지 않았다. 나와 함께 했던 상대가 여우였어도 전혀 개의치 않았을 뿐 아니라 여우를 위해서 자신의 생명을 내어놓고, 여우를 아들의 스승으로 초빙했다는 이야기에서 인간으로 변신한 이물은 퇴치되거나 징치되어야 할 존재가 아니다. 여우와 인간이 참된 우정을 나누고, 여우를 위해 인간이 생명을 바치는 이야기를 통해 포송령의 생태의식과 인생관을 엿볼 수 있다.

「화고자」에서는 노루가 인간으로 변신하여 은혜를 갚는 이야기가 그려져 있다. 평소 방생을 즐기던 안유여 덕분에 생명을 구하게 된 노루 가족이 자신들의 수행을 허물어서라도 안유여를 구했다는 내용이다. 화고자는 안유여가 오년 전 살려준 사향노루의 딸이었고 사향노루 부녀는 안유여를 살리기 위해 많은 생명을 죽여야 했기 때문에 백 년 동안 승천할 수 없게 된다. 결국 화고자와 그 아비 덕분에 안유여는 생명을 구하게 되고 화고자가 낳은 아들을 키우며 다시 장가들지 않고 살았다는 내용이다. 이사씨는 "노루는 한번 은혜를 입자 이를 가슴에 새기고 늙어 죽을 때까지도 갚으려는 마음을 버리지 않았으니 사람들 중에는 짐승에게 부끄러운 자가 분명코 없지 않을 것"이라며 동물만도 못한 인간의 부도덕한 행태를 강렬히 비판한다. 일찍이 루쉰도 『요재지이』에 대해 "꽃의 요정이나 여우 도깨비들이 모두 인정을 갖추고 있어 쉽게 친근해지니 그들이 이물이라는 것을 잊는다"고 평가한 바 있듯이, '정'과 '의'의 화신으로 변신한 노루와 인간이 감응하며 서로의 생명을 구하는 관계를 엿볼 수 있다. 포송령은 오랜 시간 향촌에서 생활하면서 각종 동식물과 가까이 마주할 기회가 많았고 그들의 생리 작용과 습성을 자연스럽게 포착해 낼 수 있었다. 설령 같은 종족이 아니더라도 은혜를 잊지 않고 상조하는 관계를 만물유정의 서사를 통해서 담아했다.

포송령은 어려서부터 『열자』, 『장자』 등의 서적을 "천고의 기이한 문장"이라고 극찬하면서 애독했고, 자연친화적인 우주관을 견지하고 있었다. 『열자』에는 "금수의 마음이라고 해서 어찌 사람과 다르겠는가? 형체와 소리가 달라서 가까이 다가가는 도를 알지 못할 뿐"이며 외모와 언어가 인간들과 다르지만 영혼과 마음은 다르지 않다고 밝히고 있다. 태고시대에는 동물도 사람들과 함께 살면서 더불어 나란히 다닐 수 있었다. 『장자』「추수」에는 모든 물건을 만물이라고 한다면, "인간은 그 중의 하나일 뿐이며 그를 만물에 비교해 보면 가느다란 터럭이 말의 몸에 붙어 있는 것"과 같다고 했다. 포송령은 평생을 유학자로 살아갔지만 노·장자의 생명 철학의 영향을 받았고 인간과 이물을 완전히 단절하는 이원론적 사유를 부정했다.

금수의 마음이 인간과 다르지 않아 측은지심이 결국 인간과 동물 모두를 살린 이야기로 「서호주西湖主」를 빼놓을 수 없다. 인간과 악어가 서로의 생명을 살려주는 이야기가 그려져 있다. 가난한 서생 진필교는 어느 날 동정호에서 폭풍을 만나 배가 난파되어 낯선 곳에 도착하게 된다. 서호의 공주님을 사모하게 되어 죽을 위기에 처했으나 왕비 덕분에 공주와 결혼까지 하며 풍요롭게 살게 된다. 진필교가 일전에 화살에 맞은 저파룡을 치료해 놓아준 적이 있었는데 그가 바로 동정호 임금의 왕비이자 양자강 임금의 딸이었던 것이다. 이사씨는 '측은지심이 귀신을 감동시켰다'고 했는데, 인간이 아닌 저파룡의 딸과 결혼하는 진필교는 이물을 두려워하기는커녕 오히려 상상도 못할 천행이라며 기뻐한다.

만물유정을 잘 보여주는 「황영」의 이야기는 특별하다. 국화의 정령이 인간 세상에서 조화롭게 살아가는 방식이 구체적으로 묘사되어 있다. 인간으로 변신한 도생과 그의 누나 황영의 손을 거치면 시들어버린 국화라 하더라도 다시 되살아나지 않는 꽃이 없었으며 남매는 열등한 국화 종자라 할지라도 아름답고 오묘한 품종으로 잘 가꿔냈다. 어느 날 마자재는 도생과 술을 마시게 되었는데 술에 취한 도생이 땅에 쓰러져 사람 키만한 국화로 변한 모습을 보게 된다. 또다시 술에 취해 국화로 변신한 도생은 결국 인간의 모습으로 돌아오지 못하고 화분에 옮겨져 술향기 내뿜는 국화가 된다. 이후 도생과 황영은 도생의 영혼이 깃든 국화를 마당에 심고 가꾸면서 그를 그리며 살아가게 된다. 술향기 나는 국화꽃으로 변신한 도생을 가리켜『요재지이』중 만물일체의 생태의식이 가장 생동적으로 재현된 것이라고 평가된다. 인간으로 변신한 신비한 국화의 정령은 전통적인 천인합일의 세계관과 만물평등의 관념을 내포하고 있다. 주목할 부분은 마자재가 도생과 황영이 국화의 정령임을 알게 되었을 때의 반응이다. '그 후로는 도생과 황영을 더욱 사랑하고 존경했다'는 점이다. 인간으로 변신한 이물이 정체가 발각된 후에 기피하고 두려워하는 것이 아니라 오히려 더욱 사랑하고 존경했다는 기록은 기존 이류감응 작품에서 보이는 징치되어야 할 존재로서의 이물이 아니다. 우리의 이성적인 지식과 보편적인 예상치를 벗어나 버린다. 국화의 정령은 청빈의 지조 대신 경제적인 부를 추구하며 인간 세상의 질서에 적극적으로 개입한다. 마자재는 안빈낙도와 풍류를 최고의 미덕으로 여기며 살아가는 가난한 서생이었으나, 도생 남매는 국화를 잘 다루는 기술을 응용하여 마자재의 삶에 개입해서 부유하게 만들어 준다. 마자재는 도생 남매가 인간이 아닌 이물임을 알고도 더욱 존경했고, 도생 남매는 경제적 능력이 부족한 마자재를 도와 풍유로운 삶을 살 수 있게 해 준다.

그 밖에「주우」에서는 여우인 줄 알면서도 '진정 나의 술벗'이라며 자상하게 배려해 주는 차생의 이야기가 적혀 있다. 첫 만남부터 술에 취해 잠든 여우의 모습을 보고도 오히려 방해될까 두려워 자신의 윗도리로 감싸준다. 여우는 자신에게 잘 해주며 '좋은 친구'가 되기를 희망하는 차생을 부유하게 만들어 주고 차생의 가족과 친혈육처럼 지낸다.「왕성王成」에서는 여우 할머니가 우연히 만난 인간이 자신의 친손자임을 알고 부유하게 만들어 주었다고 기록되어 있다. 여우 할머니가 손자인 왕성에게 자신이 할머니이자 호선임을 당당히 밝히며, 오히려 가난하고 게으른 인간들을 호되게 훈련시키는 모습이 특기할 만하다.

　유교 이데올로기가 완전히 뿌리 내린 위진남북조 이후 오래된 것의 정기가 변하여 인간의 모습으로 변신한 것들은 요괴 혹은 요물로 묘사되었다. 소외된 타자들은 인간 사회의 질서를 어지럽히는, 퇴치되야 마땅한 존재로 여겨지면서 이러한 이류교혼의 이야기는 대부분 비극적인 결말을 맞게 된다. 그러나 이전 문언 서사에서 보이는 이물에 대한 가치 폄하의 인식이 대폭 삭제되면서 인간으로 변신한 많은 이물들은 인간과 조화롭게 상생하는 모습으로 그려진다. 인간과 이물이 서로 감응하는 이야기들은 만물유정의 세계관을 재현시키고 있다. 자신의 정체가 발각되었을 때 사라지거나 응징되는 이물이라기보다 당당히 밝힐 수 있는 존재로서 등장한다. 인간은 이물의 도움을 받아서 생활해 나갈 수 있을 뿐 아니라 오히려 이물과 함께 지내고 싶어 한다. 이물을 도구화하고 처치하기보다 함께 어려움을 극복해 나가는 이야기를 통해 포송령의 자연친화적 인생관을 읽을 수 있다. 인간과 이물의 관계를 통해서 상호 호혜적인 세상을 상상했던 포송령의 생태 의식이 드리워져 있다. 이물임을 알고도 개의치 않고 서로 감응했던 변신 서사에서 인간이라는 존재 역시 우주자연의 일부라고 생각했던 포송령의 세계관을 살필 수 있다.

4. 인간의 이물-되기

인간의 이물 되기는 인간 세상에서 불가능했던 문제를 타자의 몸을 빌려 해결하려는 욕망이 담겨 있다. 변신한 몸으로서 새로운 삶에 개입하여 자신의 결핍된 부분을 보충하고 완성시키고자 하는 의지가 드러난다.

「촉직」은 귀뚜라미로 변신한 인간의 이야기이다. 성명은 간사한 지방 관리들에게 얕보여서 자신의 재산으로 다른 사람의 돈까지 물어 주며 힘겹게 살아간다. 교활하고 탐욕스런 관리 밑에서 죽지 않으려면 귀뚜라미를 상납해야 했기에 갖은 수단을 동원해서 귀뚜라미를 잡고자 했다. 겨우 한 마리를 잡아서 애지중지 보관했으나 아홉 살 난 성명의 아들이 실수로 귀뚜라미를 죽게 만들었고 아들은 부모의 질책이 두려워 겁에 질려 밖으로 뛰어나갔다. 아이는 우물에 빠져 죽었고 성명 부부는 비통함 속에서 아이의 시체를 찾았는데 다행히 숨이 붙어 있었다. 그때 갑자기 문 밖에서 귀뚜라미 한 마리가 나타나더니 성명의 옷깃 사이로 뛰어 들었다. 몸집이 작은 귀뚜라미였지만 싸울 때마다 이겼기 때문에 황제에게 바쳐졌고 성명의 집안은 고관대작 부럽지 않게 부유해졌다는 내용이다. 일 년 후에 성명의 아들이 소생하여 자신이 귀뚜라미로 변해서 싸움을 해왔다고 고백하게 된다.

「향고向杲」는 복수를 위해 호랑이로 변신한 인간의 이야기이다. 향고는 서형인 향성과 우애가 깊었다. 향성은 기녀인 파사를 사랑해서 가진 돈을 모두 털어 속량시켜 집으로 데려왔다. 평소 파사를 좋아했던 장 공자는 향성에게 원한을 품고는 사람들을 사주하여 무자비하게 몰매를 가해 향성을 죽게 만들었다. 향고는 억울해서 관가에 고발했지만 장 공자가 이미 뇌물을 썼기 때문에 소용없게 되자 스스로 복수하고자 마음을 먹었다. 장 공자를 죽이려고 날마다 매복하던 중 폭우를 맞고 갑자기 온 몸이 **뻣뻣**해지며 더 이상 감각을 느낄 수 없었다. 겨우 몸을 일으켜 사당으로 가서 도사가 준 두루마기를 걸치자 온 몸에 털이 나며 호랑이로 변신했다. 호랑이로 변신한 향고는 장 공자의 머리를 깨물어 삼켜 버렸는데 장공자의 경호원이 쏜 화살을 맞고 쓰러졌다. 순간 풀숲 사이에 누워있던 자신의 시체가 꿈에서 깬 듯 눈을 뜨게 되었고 한참 후에야 입을 움직일 수 있게 되면서 자신이 호랑이가 되어 겪었던 경험을 말할 수 있었다. 장 공자네 집안에서는 장 공자를 참혹하게 죽인 호랑이가 향고임을 알게 되었지만 어찌할 수 없었다.

「아보」는 순정남 손자초가 앵무새로 변신하여 사랑을 쟁취한 이야기이다. 시문을 잘한다고 명성이 자자한 손자초는 성격이 고지식하고 말이 어눌하여 '손바보'라고 불렸다. 손자초는 절세미인인 아보를 짝사랑했으나 주변의 놀림거리가 될 뿐이었다. 손자초는 어느 날 아보를 보더니 넋이 나가서 혼을 잃어버린 것처럼 침상에 드러누워 깨어나지 않았다. 삼일 후 숨이 끊어질 듯하다가 혼이 아보를 따라가게 되었다. 깨어난 후 앵무새로 변할 수 있다면 아보한테 날아갈 수 있을 것이라는 생각에 골몰하자 그의 몸은 벌써 앵무새로 변신하여 날아올랐다. 김선자는 이루지 못한 사랑의 주인공들이 동물로 변하는 경우는 새 혹은 나비로 변신하는 경우가 대부분이고, 새와 나비가 갖고 있는 기의는 상승과 초월, 자유로움을 표상한다고 분석했다.[9] 손자초의 신체는 **뻣뻣**하게 굳어 숨이 끊어진 지 사흘이

<hr>

9 김선자, 앞의 글, 198쪽.

나 지났으나 심장은 아직 식지 않았다. 앵무새로 변한 손자초는 아보에게 자신이 누구인지 밝히고 함께 지내다가 아보의 신발 한 짝을 사랑의 증표로 입에 물고 돌아왔다. 손자초의 집에서는 앵무새가 비단신을 물고 날아오더니 별안간 떨어져 죽는 것을 보고 해괴하게 여기던 찰나, 손자초의 정신이 돌아왔다. 손자초는 자신이 앵무새로 변했을 때의 징표를 보여주며 결국 아보와 혼례를 올리고 살게 된다. 여기에서 '이혼離魂'은 중국고대소설에서 주로 여성의 전유물처럼 묘사되어 왔는데 남성인 손자초의 혼이 분리되었다는 점에서 주목할 수 있다. 사랑을 얻기 위한 손자초가 손가락을 절단하고, 혼을 분리하고, 변신한다는 단계별 과정을 거치며 신분상의 차이를 극복하고 사랑을 쟁취해 나가는 과정이 전통적 모티프를 최고의 예술적인 경지로 끌어올려 서사했다는 평가를 받는다.[10]

　인간의 동물되기는 인간이 동물과 충돌, 갈등하면서 새로운 관계를 구성하는 것이지, 단지 외모나 행동만 따라 하는 것이 아니다. 그런 의미에서 "동물을 대변하거나 동물 대신 말하는 게 아니라 동물을 통해 스스로 변하는 것이며 현재와 다른 삶 속으로 들어가는 것"[11]이다. 귀뚜라미, 호랑이, 앵무새 등의 변신한 동물을 통해서 현재의 내가 속해 있는 세상과 다른, 불완전한 능력의 나와는 다른 새로운 삶을 시도하는 노력의 과정이라고 할 수 있다.

　영혼과 육체가 분리되었다는 이야기는 『요재지이』 이전에도 기록되어 있다. 「요재자지」에서 밝혔듯이, 포송령은 굴원의 영감과 이하의 환상성을 흠모하며 가슴에서 우러나는 진실한 감정을 녹여낸 글을 높게 평가했

10　馬瑞芳, 『馬瑞芳趣話聊齋愛情』, 上海文藝出版社, 2010, pp.236~240.
11　이진경, 앞의 책, 59·92쪽.

다. 포송령은 "간보의 재주에는 미치지 못하지만 그와 마찬가지로 신기한 이야기의 수집을 좋아했고", "다만 여우의 겨드랑이 가죽을 모아 갖옷을 짓듯 한 글자 한 구절씩 모아 감히 『유명록』의 속편을 짓고자" 했다. 『요재지이』 창작의 동기가 되었던 『유명록』에는 일찍이 인간의 영혼이 신체와 분리되었다가 다시 합쳐진 방아 이야기가 실려 있다. 석씨 딸의 혼령이 육체와 분리되어 자신이 흠모하던 방아를 찾아갔다는 내용이다. 또 당 전기 『이혼기』에서도 혼령과 육체가 분리되는 이야기가 전해진다. 천낭은 사랑하는 왕주와 헤어지기 싫어서 맨발로 쫓아가 도망가 살면서 두 명의 아들까지 낳아 기르게 된다. 어느 날 친정집에 돌아가 용서를 구하려는 순간에 지금껏 왕주와 살았던 여성은 천낭의 영혼이었으며 천낭의 육신은 왕주가 떠난 순간부터 방에 누워 움직이지 못했음이 밝혀진다. 천낭의 혼은 육체와 분리되었으나 그녀의 혼령은 자신의 신체적 형상에 그대로 기탁해서 살아갔던 것이다.

앞서 예시한 『요재지이』의 세 이야기는 모두 혼이 분리되거나 육체적으로 거의 유사 죽음의 단계에 이른 인간이 다른 동물의 몸에 의탁했다는 특징이 있다. 『유명록』과 『이혼기』 등 위진남북조 이후 문언 서사에서 신체와 분리된 인간의 영혼이 같은 인간의 육신으로 재현되었다면, 『요재지이』에서는 동물이나 식물의 몸에 투영된 것을 발견할 수 있다. 인간의 영혼이 귀뚜라미로, 호랑이로, 앵무새의 몸으로 들어갈 수 있으며 동식물의 몸을 빌려 현실에서 결핍된 것들을 충족시킨다. 자신의 능력으로 해결할 수 없는 현실적인 문제와 갈등을 이물의 신체를 빌어 해결한다. 인간이 동물로 변하는 기이하고 비현실적인 이야기 속에서 인간 세계의 현실적인 세태와 부조리를 노골적으로 폭로한다.

동물로 변신했을 때 개입하고 관여했던 사건들이 모두 인간 세상에서 전개되면서 인간으로 회귀한 이후의 삶에도 자연스레 영향을 미친다. 오랫동안 과거를 준비했지만 수재에도 합격하지 못했던 성명은 아들이 싸움을 잘하는 귀뚜라미로 변신했던 덕분에 생원이 되었을 뿐 아니라 대궐 같은 집을 소유하게 된다. 형의 무고한 죽음을 고소했지만 사건 심리조차 이뤄지지 않아 억울했던 향고는 호랑이로 변신해서 직접 원수를 처단했으나 처벌받지 않았다. 시문을 잘 지었지만 성격이 고지식하고 말이 어눌하여 바보로 놀림 받았던 손자초는 앵무새로 변신했기에 절세미인인 부잣집 딸과 결혼한 후 진사에 급제해서 살게 되었다. 작품 속 등장인물들은 변신했던 자가 누구인지 알지만, 그가 이물로 변신했을 때의 행동이 예법이나 도리에 맞는지 혹은 위법은 아니었는지 추궁하거나 책임을 묻지 않는다. 이물-되기의 이야기는 이류로 변신했던 변신 주체와 지인의 시선에서 설명하고 부연한다.

여기에서 이물로 변신했던 인간은 결국 인간의 모습으로 다시 회귀한다는 공통점에 주목할 수 있다. 외형적인 모습이 변했다 할지라도 그 생각이나 행동은 원래 존재의 정신적인 속성을 그대로 유지하고 있기 때문에[12] 결핍된 부분이 채워진 인간은 자신의 영역으로 복귀한다. 고대인들은 영혼불멸설을 믿었기에 영혼이 없어지지 않는 한 동물이나 식물의 몸에 깃들어 영원할 것으로 여겼다. 변신의 목적은 현실세계의 결핍된 몸이 갖지 못했던 능력을 획득하는 데 있기 때문에 동물로 변신한 인간의 영혼이나 정신은 여전히 인간으로 기능하고 존재한다. 신체만 바뀔 뿐 인간

---

12 김미란 「한국변신설화 연구―몇 가지 기본 사유를 중심으로」, 『고전문학연구』 4집, 1988, 56쪽.

중심적인 사고는 이어지면서 새로운 몸을 얻어 결핍을 채운 변신의 주체는 원래의 몸으로 회귀할 수 있다. 불합리한 사회적 모순과 갈등을 폭로하고, 무소불위의 권력을 뛰어 넘어 복수하고, 자유연애를 성취한 주체들은 간절한 욕망이 실현됨과 동시에 현실세계의 몸으로 되돌아온다.

변신은 인간이 자연계, 초월계와 같은 타 세계를 인간 존재의 확장 공간으로 이해하였음을 나타내 주며, 동물계가 인간계로 편입된 것이 아니라 인간계가 동물계로 그 존재를 확장시키는, 매우 역설적인 서사의 전개를 통해 표명하고 있는 것이기도 하다.[13] 인간의 이물-되기는 신체에 갇힌 인간의 영혼을 탈영토화된 무한한 공간으로 이끌어 주면서 삶의 영역을 확장시켜 준다. 육체에 갇혔던 영혼이 일찍이 경험하지 못했던 세계를 경험한다는 맥락에서 이해한다면, 변신 서사는 현실세계의 토대 위에서 기반하기에 지극히 현실적인 의미를 지닌다고 할 수 있다. "현실적 동물이 아니며 현실적 동물이 등장하지도 않는 '되기로서의 동물'이 있을 수 있으며 그래서 동물-되기는 동물이 현실적이지 않은 경우에도 충분히 현실"[14]인 것이다. 이물-되기를 통해서 인간과 이물의 감응을 촉발하는 무언가를 생산하고 서로를 구성하며 영역을 확장해 나간다. 동물이 된다는 것은 동물을 대변하거나 대신 행동하는 것이 아니라 스스로 변하여 그 삶 속으로 들어가는 것이다. 새로운 영토에 개입하여 새로운 삶 속에서 감응하며 살아갈 수 있다. 따라서 인간은 귀뚜라미로 변신을 해서, 호랑이로 변신을 해서, 앵무새로 변신을 해서 일찍이 경험하지 못했던 세계

---

13 최원오, 「'원형 개념'으로서의 변신에 내재되어 있는 세 가지 특성과 변신 미학」, 『구비문학연구』 제29집, 2009, 274·276쪽.
14 이진경, 앞의 책, 89쪽.

를 찾아 내적 결핍을 충족시키며 새로운 관계를 구성해 나간다. 이물-되기는 동식물의 신체를 내 안으로 끌어들여 장악하려는 것이 아니라 인간과 자연이 새로운 관계를 재정립하려는 과정이라고 할 수 있다.

5. 상호-되기 혹은 혼종화

한 이야기 속에 인간이 이물로 변신하고, 이물이 인간으로 변신하는 두 가지 유형이 모두 살펴지는 것에 주목할 수 있다. 인간의 이물-되기와 이물의 인간-되기가 동시에 이루어지는 양가성을 지닌다고 할 수 있다. 앞의 두 유형이 인간 대 이물이라는 상대적 관념을 내포한다면 상호-되기는 양방향으로 변신이라는 역동적인 호환성을 보여준다.

「죽청竹靑」에서는 인간이 까마귀로 변하고, 까마귀는 인간으로 변해서 사랑을 나누는 이야기가 기록되어 있다. 과거에 떨어진 어객은 굶주림에 지쳐 오왕묘 안에 들어가 쉬면서 기도드리게 된다. 문득 사당 안의 사람이 준 검은 옷을 걸쳤더니 즉시 까마귀로 변해 날아갈 수 있었다. 죽청이라 부르는 암놈과 짝이 되어 지냈는데 만주군 군대의 총을 맞고 죽게 되자, 문득 꿈에서 깨어난 듯 오왕묘 안에 누워 있는 자신을 발견한다. 되살아난 이후 오왕묘를 지날 때면 참배하면서 죽청을 찾았다. 어느 날 밤 스무 살 남짓한 예쁜 여자가 새처럼 책상에 뚝 떨어지더니 자신이 죽청이라고 밝혔다. 한수의 여신이 된 죽청과 어객은 두 달간 함께 한양에서 살았는데, 문득 고향 생각이 간절해 진 어객이 검은 옷을 선물 받아 집으로 돌아왔다. 어객은 죽청이 보고 싶은 때에 검은 옷을 걸쳤는데 마치 새처럼 겨드랑이에 날개가 돋아나 날아갈 수 있었고 옷을 벗으면 몸에 난 깃털이 벗겨지면서 다시 인간으로 돌아오곤 했다. 어객과 죽청은 자식들까지 낳고 행복하게 살았다. 어객은 까마귀로 변신해서 죽청을 만나고, 죽청은 사람으로 변신해서 어객을 만난다. 어객은 까마귀로 변신해서 이계의 세상에서 불편 없이 생활하고, 죽청은 인간으로 변신해서 어객과 그 가족의 삶에 개입하여 관계를 맺는다. 흥미로운 점은 어객과 죽청 사이에서 태어난 존재에 대해 서사한 부분이다. 첫 아들은 마치 거대한 알과도 같은 형상이었는데 껍질을 벗기니 사내 아이였다고 했다. 어객은 '사람으로 태어나는가 아니면 알로 태어나는가?'라고 농담까지 한다. 이물과의 사랑에 두려움이 없었을 뿐 아니라 태어난 자식이 인간의 형상이 아니어도 기쁘게 받아들인다는 점이다. 어객의 본 부인도 죽청이 낳은 아들을 마치 친자식처럼 사랑하면서 기피하지 않는다. 죽청 또한 인간의 의지대로 끌려가는 피동적인 이물이 아니다. 자신의 의사를 분명히 전달하며 오히려 인간인 어객이 그녀의 의지대로 따라야 할 만큼 적극적으로 삶을 주도한다.

앞서 소개했던 「향옥」은 모란꽃의 정령이 인간으로 변신하여 사랑을 하고, 인간은 꽃으로 환생하여 영원히 함께 하려는 이야기이다. 황생은 백모란의 정령인 향옥과 담쟁이 덩굴의 정령인 강설이 인간이 아닌 이물이었음을 알고도 놀라거나 두려워하지 않고 이전과 같이 정을 돈독히 하였다. 여기에서 황생은 상대가 꽃의 요정임을 알고 난 이후에도 '정인情人'이라는 표현을 사용했다는 점에 주목할 수 있다. 자신이 자상하게 향옥을 보살피지 못했음을 자책하면서 "나의 운명이 기박하여 사랑하는 사람을 해치고 말았다"고 탄식한다. 꽃의 생명을 인간과 차등적으로 인식하지 않고 있다. 황생은 향옥이 꽃의 요정임을 알게 된 후에도 곡화시까지 지으며 추모하고 슬퍼한다. 이사씨가 논평했듯이, 정이 지극하면 귀신도 통할 수 있다며 죽음과 환생의 과정을 거친 남녀의 지고지순한 사랑을 아름답게 묘사했다.

황생은 이미 생명과 형체가 없어져 버린 향옥을 소생시키기 위해 노력한다. 매일 백렴 가루와 유황을 섞은 물을 뿌려주며 정성을 다하자 향옥은 모란 꽃술 안에서 다시 미인으로 태어날 수 있었다. 황생은 평소에 자신의 영혼을 모란꽃 왼편에 두기를 입버릇처럼 맹세하다가 죽기 직전 아들들에게 "지금은 내가 태어나는 때이지 죽는 날이 아니다"며 슬퍼하지 말라고 당부한다. 정원을 관리하는 도사에게 백모란 옆에 이파리 다섯 장 달린 모란이 자라나면 분명 자신이니 잘 돌봐달라는 유언을 남긴다. 이듬해 그의 유언은 현실이 되었다. 모란꽃은 인간으로 변신해서 황생과 사랑을 하고, 황생은 결국 자신이 사랑했던 모란꽃으로 환생한다. 이물과 인간의 상호 변신은 서로의 세계로 넘나들며 삶의 경계를 무한히 확장시켜 나간다. 환상은 현실이 되고, 현실은 환상으로 재현되고 있는 것이다. 이사씨는 "감정이 지극한 사람에게는 귀신이나 신도 감응한다. 꽃은 귀신이 되어서도 사람을 따랐고 사람은 또 혼백을 꽃에다 두었으니 이 어찌 깊은 사랑의 표현이 아닌가"라며 인간과 이물의 상호-되기를 천인합일과 만물유정의 세계관으로 포착해 낸다.

「죽청」과 「향옥」의 이야기는 모두 인간과 이물이 근원적으로 서로 호환될 수 있는 생명체임을 증명한다. 일찍이 『장자』 「제물론」에 보면 상대가 없으면 내가 없고, 내가 없으면 취할 것도 없다며, 저것은 이것에서 생겨나고 이것은 또한 저것에서 비롯된다고 했다. 자아와 타자는 서로를 의지하고 서로를 존재하게 해주는 필연 조건이다. 상대가 없으면 나도 없고, 내가 없으면 상대도 생존할 수 없다. 『장자』「우언」에도, "천지의 만물은 모두가 종류가 있고 형체가 달라 서로 이어나간다. 처음과 끝이 순환하는 것과 같아서 그 순서를 알 수 없다"라며 만물은 이것에서 저것으로 서로를 대체해 간다고 했다. 우주 만물의 근원이 동일한 뿌리에서 연원했기에 인간이 까마귀로 변신이 가능하고, 동시에 까마귀가 인간으로 변신 가능하다. 모란꽃이 인간으로 변신 가능하고, 인간도 모란꽃으로 환생 가능하다. 『장자』「마제」에 보이듯, "지극한 덕이 이루어진 세상에서는 금수와 더불어 함께 살고, 만물과 무리를 이루어 함께 나아갈 수 있다". 인간 또한 무구한 자연사의 과정 중 가장 원초적인 생명체에서 진화된 결과이기에 인간과 이물은 서로를 필요 충분 조건으로 공생하며 나아갈 수 있다.

인간과 동물은 서로를 촉발, 변용하면서 새로운 관계를 구성해 나간다. 인간과 이물은 서로의 외형적 겉모습만 흉내 내거나 모방하는 것이 아니라 서로의 관계가 이어지면서 생명이 호환될 수 있는 변신이 가능하다. 인간이 동물이 되고 동물이 인간이 되는 변신 서사는 인간-이물이라는 이항적 선분을 깨고 새로운 구성체를 재정립할 수 있다.

여기서 순수한 인간도, 순수한 이물도 아닌 '사이' 존재에 관한 이야기로 「영녕」을 떠올릴 수 있다. 주인공 영녕은 육체적 모습이 변신하는 동태 변신을 하지 않는다. 다만, 인간과 여우의 딸이라는 혼종적 존재의 행동이 전체 이야기를 이끌어 간다. 왕자복은 정월 대보름날 절세 미녀인 영녕이 매화 가지를 꺾어 든 모습을 보고 상사병으로 앓아눕는다. 사촌이 왕생을 대신하여 그녀를 수소문하지만 찾을 수 없자 왕자복이 직접 그녀를 찾아 나서고 적막한 산골 깊은 곳에서 그녀의 식구들과 마주하게 된다. 왕자복은 자신이 영녕의 사촌별이 되는 친척임을 알게 되고 그녀를 집으로 데리고 돌아와 혼례를 치르게 된다. 산골 깊은 곳에서 교육 받지 못하고 자란 영녕은 때와 장소를 가리지 못하고 잘 웃는 것이 흠이었지만 가정의 화목을 이끌면서 생활하게 된다. 어찌된 일인지 바보같이 웃기만 하는 그녀가 나타나면 집안에서는 걱정거리나 우환이 없어졌고, 매 맞을 일이 생겨도 처벌을 면할 수 있었다. 영녕은 스스로 인간과 여우의 딸임을 밝히고 여우 어머니와 인간 아버지의 합장을 성사시킨 후 아들까지 낳고 행복하게 살아간다.

당 전기 『보강총백원전』에 보면, 신령스러운 흰 원숭이에게 납치당했던 미인이 아이를 낳게 된다. 구양흘의 부인이 낳은 아들은 재주는 비범했으나 원숭이를 닮았다. 인간과 이물 사이에서 태어난 생명체는 인간 사회의 질서를 흔드는 비정상적인 존재라는 인식이 뚜렷했기에 작가가 인간과 이물의 혼종적 존재에 빗대어 당시 문인의 외모를 풍자했던 의도를 읽을 수 있다. 그러나 만주족 치하에서 포송령은 복고주의 고증학이 일세를 풍미하던 청대에 유교 경전만을 내세우는 고지식한 지식인이 아니었다. 작품의 생명력은 가슴에서 우러나오는 진심에서 시작된다는 동심설의 영향을 다분히 받았고, 오랜 시간 향촌에서 머물면서 자연 친화적으로 생활하며 만물유정, 천인합일의 세계관을 견지했던 문인이었다. 시골 벽촌에서 자라면서 도덕 규범을 전혀 배우지 못했던 영녕이 결혼해서 가정을 행복하게 이끌었다는 이야기의 중심은 열네 살에 수재에 합격한 왕자복이 아니다. 소위 성공한 명문가의 자재가 아니라 학문도 예의범절도 전혀 모르는 시골 처녀인 영녕이 이야기의 전반을 이끌어 간다. 이런 점에서 포송령의 서사 방식이 독창적이라 할 수 있다. 기존 변신 서사에서 등장하는 혼란을 야기시키는 혼종적 존재, 무시되고 거부당하던 혼종적 존재를 서사의 중심에 위치시켰다.

'영녕'이라는 명칭은 앞 장에서 설명한 것처럼『장자』「대종사」에 나오며 만물의 변화 속에서도 편안한 경지를 일컫는다. 변화를 거부하지 않고 순종하여 생사를 초월하기 때문에 오히려 생명으로 나갈 수 있다는 이상적인 경계이다. 데리다는 두 항이 섞이는 사례를 통해 이항적 구별 자체를 비판하고 이것도 아니고 저것도 아닌, 혹은 이것인 동시에 저것인 경우의 존재를 '사이'라고 정의한다.[15] 이러한 맥락에서 '사이'적 존재인 영녕은 인간 세상과 이물 세상의 단절된 경계를 해체해서 조화로운 생태적 세계관을 대변한다.

포송령은 영녕과 그녀를 둘러싼 환경이 마치 오염된 인간적 질서보다 더 숭고한 자연의 세계처럼 대비시켰다. 영녕의 천진함과 순수함을 오염되지 않은 깊은 산골에서 자라 시종 웃기만 하는 소녀로 표현해 냈다. 왕자복이 그녀를 마을로 데려오기 이전까지 그녀가 할 수 있는 것은 잘 웃는 것과 꽃을 좋아하는 것뿐이다. 인적이 닿지 않은 깊은 산골에서 인간 사회의 예법과 질서와 무관하게 살아온 영녕은 존재 자체가 자연을 상징하듯 묘사되었다. 왕생이 처음 그녀를 찾으러 길을 나섰을 때 첩첩이 솟은 산봉우리, 가파른 오솔길, 가득한 꽃과 나무, 산새들이 지저귀는 숲속 풍경은 몸과 마음이 모두가 상쾌해질 정도로 깨끗하고 아름답게 구체화된다. 모호한 '사이' 존재를 통해서 오히려 더욱 선명한 자연친화적인 생

---

15 위의 책, 97쪽.

태 의식을 포착해 내고 있다. 이웃집 아들이 음탕한 마음을 품고 죽으면서 영녕이 다시 웃지 않게 되는 사건은 그녀가 인간 사회의 질서 속으로 서서히 편입되는 과정을 암시한다. 인간도 이물도 아닌 모호한 '사이' 존재의 변화를 통해서 인간 사회의 규범과 질서를 강렬히 비판한다.

'나의 영녕이여'라는 애정 어린 표현을 통해서 포송령의 이상형을 짐작할 수 있다. 영녕은 인간계도 이물계도 속하지 못한 불완전한 존재가 아니라 인간 세상으로, 또 이계의 공간으로 확장할 수 있는 '사이' 존재의 실재적 가능성을 보여준다. 이러한 맥락에서 상호-되기와 혼종화는 인간과 이물의 대립된 경계를 해체하고 이항성을 파편화시켜 경험할 수 있는 삶의 영토를 무한히 확장시켜 줄 수 있다.

6. 문학적 유희와 치유의 서사

『요재지이』의 변신 서사는 삶의 주변에서 마주할 수 있는 동식물과의 연대를 담았다. 고대 신화에서 살펴지는 신성함을 보여주기보다 인간계와 이계의 자연스런 소통을 통해 현실에서 결핍된 것들을 채워준다. 『요재지이』는 중국 고전문학 중 인간과 이류의 관계를 예술적으로 승화시키며 인간과 이물의 변신 서사 속에 불합리한 사회적 문제와 부당한 현실을 상징적으로 투영시켰다.

변신 서사에 등장하는 주인공들은 포송령처럼 뛰어난 재주를 지녔으나 급제하지 못했거나 불우한 형편에서 살아가는 사람들이 대부분이다. 그들은 변신 서사 속에서 사랑을 나누기도 하고 부귀영화를 누리기도 하며 사회적 신분을 보장받기도 한다. 또 이물은 인간을 돕기도 하고 원수를 갚기도 하며 후손의 살림을 돌봐주기도 한다. 결핍된 존재들은 변신 서사 안에서 초월적인 능력을 발휘하며 부조리한 세상과 화해를 시도한다. 신체를 변화시키는 두려움과 신비함 사이에서 줄타기 하면서 내 안의 상실된 것들은 채워 나간다.

『요재지이』에 묘사된 변신의 주체들은 피동적이거나 타의적이 아니라 주체적이고 자의적인 특성을 지닌다. 기존 문언 서사에 보이는, 이물의 정체가 탄로 난 이후 쫓기거나 죽임을 당했던 경우와 다르다. 본모습이 발각되었기 때문에 떠나야 한다거나 일정 기간 안에 임무를 완성해야 하는 시간적 제약에서 훨씬 자유롭다. 또 스스로 자신의 정체를 밝힐 정도로 당당하고 주체적이다. 정체가 탄로나는 것에 대해 두려워하기보다 인간 세계에 적극 개입하여 사건을 주도적으로 전개시켜 나간다. 자신이 인간이 아님을 거리낌 없이 밝히는 여우, 노루, 악어 등의 이물들과 그런 이물들을 사랑하고 존경하는 인간들의 이야기가 그려진다.

변신했을 때의 행동이나 사건은 주로 인간 세계의 영역에서 귀결된다. 이물이 인간으로 변신해서 인간 세계에 개입할 때도 그러하며, 인간이 이물로 변신해서 행동할 때도 그러하다. 이물로 변신했을 때의 행동은 다시 본래의 모습으로 회귀한 인간 세상에서의 삶에 그대로 영향을 미친다. 향고가 호랑이였을 때, 성명의 아들이 귀뚜라미였을 때, 손자초가 앵무새였을 때 일어난 사건들은 모두 인간 세상에서 매듭지어진다.

변신 서사를 꿈꾸고 기록해서 향유하는 존재는 인간이다. 인간은 신체의 변형을 기록하고 영혼의 이입과 이탈에 주목하여 변신 주체의 사고와 행동을 평가한다. 변신의 가능성을 재단하고 변신한 존재를 상상하고 변신한 존재의 정체성을 판단한다. 변신 서사를 창작하고 향유하는 일련의 과정은 인간적 사유 방식에서 이루어지고 있는 것이다. 여기서 우리는 권력 있는 자, 힘 있는 자가 없는 자에 대한 관용이 개입되어 있다는 것에 주목할 수 있다. 결국 인간과 이물이 동등하다고 보는 관점은 사물의 본성을 인간의 시야에서 접근하여 투시하는 것이다. 인간이 기록하고 향유하는 한 완전한 평등이나 독립적인 위상을 평가할 수 없다. 다시 말해서 변신이란 신체의 변화이지 영혼이나 정신까지 완벽히 탈바꿈해서 이전의 정체성과 단절되는 것이 아니다. 인간으로 변신한 이물이 자신의 신분이 발각되었을 때 미워하지 말아 달라는 당부도 인간적 사고에서 기반한다. 이물의 존재를 꺼려하고 부정하게 인식했던 것은 인간중심적 세계관에서 출발한 사고였기 때문이다. 인간으로 변신한 이물이 본래의 세계로 돌아가고, 이물로 변신했던 인간이 꿈이나 유사 죽음을 경험하면서 다시 인간으로 회귀한다. 본연의 모습으로 회귀한다는 것은 결국 이류 사이에 넘어설 수 없는 절대 간극이 경계지워져 있다는 것을 암시한다. 우리의 상상력도 인간중심주의적 세계관에서 완전히 자유롭지 못하기 때문이다.

그럼에도 불구하고 이물이 인간으로 변신하고, 인간이 이물로 변신하는 이야기가 끊임없이 향유되는 것은 가변적 세계의 유희 속에서 치유의 힘을 얻기 때문이다. 가변적 세계 속에서 불완전한 자아의 결핍은 채워지고 세상과 화해를 시도한다. 인간과 자연은 분절된 경계를 가로질러 서로의 '사이' 공간에서 새로운 경험을 통해 상처를 회복시켜 나간다.

본연의 정체성을 상실하는 것이 아니라 타자와 조화로운 관계 속에서 또다른 삶을 구상하고 재정립할 수 있다. 이물이 인간으로 변신해서 생명을 구해주고 경제적 도움을 준다. 인간이 이물로 변신해서 진실한 사랑을 나누며 새로운 삶을 시도한다. 서로가 서로를 닮아 변신하여 영원한 삶을 기약할 수 있다. 인간과 이물이 조화롭게 살아가는 이야기를 통해서 인간과 자연이 연대하는 경험을 가능케 해 준다. 인간과 이물의 경계가 단절된 것이 아니라 서로의 삶을 확장시켜 상생의 가능성을 꿈꾸게 해 준다. 이러한 점에서 변신 서사는 인간과 그 주변의 삶을 풍성하게 이끌어주며 결핍된 것을 위로하는 서사라고 할 수 있다. 부조리한 현실을 극복하고 새로운 삶으로 발돋움하게 해 주는 문학적 유희의 방식이다.

변신 서사는 인간과 자연이 서로 개입하고 연대되어 있다는 원초적 사유에서 기반한다. 인간과 우주의 원리를 새롭게 인식하는 비일상적인 경험 속에서 인간의 가장 근원적인 욕망을 일깨워 준다. 신체의 변화라는 현상학적 표상에 집착하기보다 인간과 세계와의 관계 맺음을 통해 그것이 추구하는 본질적 의미를 파악하는 게 중요하다.

나와 다른 존재를 소외시키지 않으려는 노력이 바로 변신 서사를 창작하는 동력이 된다. 상상하고 향유하는 유희 속에서 현실적 부재를 치유하는 상생의 힘을 얻을 수 있다.

제8장

『수신기』·『요재지이』 변신 서사와 '관계'의 생태학

1. 『수신기』와 『요재지이』

『요재지이』의 변신 서사는 오늘날의 과학적 지식으로 설명할 수 없는 미제의 영역을 고대인의 상상과 욕망으로 풀어낸다. 제7장이 『요재지이』의 가변적인 세계 속에서 인간과 세계의 관계가 어떻게 구성되고 재현되었는지 살펴보았다면 제8장은 『요재지이』의 변신 서사를 『수신기』와 비교적인 각도에서 살펴볼 것이다. 『수신기』와 함께 논의하려는 것은 포송령 스스로 간보의 재주에 견주어보려 했던 창작의도의 겹층을 면밀히 분석하고 저자의 세계관을 심도있게 이해하고자 함이다. 나아가 『요재지이』 변신 서사의 미학적 특징을 비교적인 각도에서 객관적으로 연구하는 토대가 되기 때문이다. 서로 다른 시기에 반영된 고대 중국인들의 생태적 세계관을 심도있게 확인하고 탐색할 수 있다.

동진시기 간보가 지은 『수신기』는 서명 그대로 '신괴한 것을 찾는 기록'이다. 『수신기』는 위진남북조 문학사 중에서 지괴의 백미로 불리운다. 역사적 인물뿐 아니라 신, 신선, 귀신, 정령, 요괴, 동물, 식물 등을 소재로 역사적 사건, 신선세계, 민속, 명계, 혼백, 환생, 변화, 길흉화복, 인과응보, 이류교합 등 신이한 사건을 정형화되지 않은 필체로 다양하게 담아냈다. 간보는 직접 경험하고 전해들은 신령스럽고 괴이한 사건들을 허황된 것으로 치부하지 않고 현실세계에서 일어날 수 있는 진실한 사건이라고 생각했다. 이에 대해 전해지는 유명한 일화가 있다.

『진서晉書』「간보전」에 보면, 간보의 어머니는 간보의 부친인 간영이 죽자 평소 그가 총애하던 시녀를 함께 부친의 무덤에 가두었다. 시간이 흘러 간보의 모친이 돌아가셨다. 간보는 모친과 부친의 묘를 합장하려고 무덤을 열었더니 부친이 생전에 총애했던 여종이 무덤 속에서 살아있음을 보고 깜짝 놀랐다. 집으로 데려와 간호해 주었더니 여종이 말하기를 부친이 살아있을 때와 마찬가지로 음식을 나누어주고 사랑해 주었기에 평소와 다름이 없었다고 했다. 또한 간보의 형이 잠시 죽었다가 살아났는데 깨어난 형이 죽음 너머의 세계를 마치 꿈 속과 같았다고 하면서 생생하게 이야기해 주는 것을 들었다. 간보는 일련의 사건들을 통해 큰 충격을 받았고 이로써 허망한 이야기가 거짓된 것이 아니라고 믿게 된다. 그리하여 간보 스스로 "신도神道가 허무맹랑한 것이 아님을 밝혀보겠다"는 의도를 가지고 편찬했다. '신을 찾는 기록'에서 이인과 '귀', '신'에 관한 진실성을 담고자 했다. 인간과 동식물의 관계에서 변신, 변화의 이야기뿐 아니라 초자연적인 기이한 현상이나 능력까지 총체적으로 정리하여 편찬했다.

『수신기』와 『요재지이』의 변신서사를 통해서 인간과 이물은 어떻게 관계를 맺고 어떻게 지속 및 확장시켜 나가는지에 대해 살펴볼 것이다. 관계는 두 가지 이상의 사물이나 현상을 연관 짓는 것뿐 아니라 어떤 면에서 존재와 마찬가지이고 이미 그 자체로 하나의 현상일 수 있다. 왜냐

하면 우리가 상상할 수 있는 그 모든 것이나 언어로 표현될 수 있는 대상이나 현상은 이미 관계의 표현이기 때문이다. 관계가 없다면 사물이나 현상 그 자체가 존재할 수 없다.[1]

인간과 이물의 관계를 읽고 해석한다는 것은 작품과 그 주변 상황을 이해하고 고대인들의 세계 인식에 대한 세계관을 근본에서 철저히 살피려는 노력의 과정이다. 본 장에서 '관계'의 생태학이라는 용어는 생태학이 생명과 주변 환경, 다른 생명과의 관계를 연구하는 학문이라는 근본적인 개념에 근거하여 인간과 기타 생명이 상호 영향을 주고받는 유기체적인 관계로 얽혀있는 존재임을 강조하기 위한 표현으로 사용했다.

'관계'의 문제에 천착하여 고대의 텍스트를 생태적 상상력의 관점에서 접근하려는 시도는 인간에 대한 새로운 개념과 이해를 요구받는 인류세의 시대에 우리 안에 깃들어 있는 정체성과 이를 둘러싼 근원적인 것에 대한 연구와 다르지 않다. 변신을 꿈꾸고 변신을 상상했던 고대인들의 사고관이 가시화되어 나타난 변신 서사를 통해서 인간과 이물 사이의 관계를 둘러싼 생태인식을 통시적으로 비교하면서 탐색할 수 있다.

2. 변신의 주체와 경계

변신 서사에서 변신을 수행하는 주체가 다른 종으로의 변신을 시도하는 것은 낯설지 않다. 변신의 주체는 인간이기도 하고 동식물이기도 하

---

1   황봉구, 앞의 책, 248~249쪽.

다. 인간이 동식물로 변신하거나 혹은 동식물이 인간으로 변신할 때 타자의 영역으로 넘나드는 경계 해체의 문제가 함께 수반된다.

먼저, 『수신기』에는 동식물이 인간으로 변신하는 이야기들이 많이 기록되어 있다. 개, 호랑이, 여우, 사슴, 돼지, 수달, 악어, 쥐며느리 등이 인간으로 변신하여 인간 사회의 질서에 개입한다. 그 중 동물이나 식물이 인간으로 변신한 이야기는 권18, 권19에 집중적으로 기록되어 있다. 변신한 여우를 알아맞힌 동중서, 인간으로 변신한 천년 묵은 여우를 죽인 장화, 두 아들이 아버지를 살인하게 만든 늙은 살쾡이, 여우와 부부가 되었던 왕영효, 인간으로 변신해서 강연하는 박식한 늙은 여우 호박사 등 인간으로 변신한 여우 이야기를 쉽게 찾을 수 있다. 그 밖에 여자로 변신한 새, 인간으로 변신한 사슴, 인간으로 변신한 돼지, 남의 부인을 겁탈하려던 개, 인간을 유혹하는 푸른 수달, 노인으로 변신해서 송사를 벌인 뱀, 여자로 변신한 악어, 인간으로 변신한 흰 악어와 거북이 등 다양한 이물이 변신하여 인간과 새로운 사건을 전개시키는 내용들이 가득하다. 이물들은 인간의 모습으로 변신하여 주로 인적이 뜸한 저녁 때 나타나 인간에게 대화를 시도하거나 호기심을 유발하게 하면서 인간과 관계를 맺기 시작한다. 아들이 아버지를 죽이게 만든 늙은 살쾡이 이야기처럼, 변신한 이물들은 인간에게 다가가 새로운 사건을 일으키고 마찰과 갈등을 야기한다.

반대로, 인간이 이물로 변신한 이야기들도 있다. 인간이 자라로 변신했던 유사한 이야기들이 기록되어 있는데 그중 「송모화별」의 내용은 다음과 같다. 위나라 청하 땅의 송사종의 어머니가 목욕을 하다가 큰 자라로 변신했는데 평상시처럼 머리에 그대로 은비녀가 남아 있었다. 사람들이 지키지 않는 사이에 기회를 틈타 물 밖으로 나갔는데 문득 돌아와서 집안을 돌아다니곤 했다. 사람들이 송사종에게 응당 상례를 치르고 상복을 입어야 한다고 했으나 송사종은 어머니의 모습은 비록 변했지만 아직 살아있다고 여겼으므로 끝내 상을 치르지 않았다. 이어진 이야기에서도 한나라 황씨 집안의 어머니가 목욕을 하다가 큰 자라로 변신했고, 오나라 선건의 어머니가 나이 여든 살에 큰 자라로 변했다고 쓰여 있다. 또 양자강과 한수 사이에 살면서 호랑이로 변신할 수 있었던 추인들 이야기도 기록되어 있다.

"대저 만물의 변화에는 일정한 형태가 없고 사람이 다른 것으로 변하는 데에도 정해진 형체가 없다. 큰 것이 작은 것이 되기도 하고 혹은 작은 것이 큰 게 되기도 하니 진실로 우열이 없다. 만물의 변화는 일률적인 도이다"권3는 기록처럼, 인간이 동식물로 변신하고 동식물이 인간으로 변신하는 것은 간보에게 허무맹랑한 거짓이 아니었다. 변신은 기가 바뀌어 만물의 형체가 변화되는 것이기에 정상적인 규율에 따른 질서이다. 권12에서 만물은 오기가 변화해서 만들어진 것임을 구체적으로 부연설명하고 있다. 천 년 묵은 꿩은 바다에 들어가 조개가 되고 천 년 묵은 거북과 큰 자라는 사람과 말을 할 수 있고 천 년 묵은 여우는 일어서서 미녀가 될 수 있다. 두루미가 노루가 되고 귀뚜라미가 두꺼비가 되는 것은 형체와 성질만 변한 것으로 변화에 적응하여 움직이는 '상규에 따른 것'이기에 변신은 언제든 어디서든 가능했다. 하늘에는 다섯 가지의 기가 있고 다섯 가지의 기가 변화하여 만물이 만들어진 것이며, 조화로운 기가 서로 교류했기 때문에 중국에 성인이 많았다는 것이다. 만물은 정신과 형체가 하나이면서 또한 서로 작동하며 변화하고 있는 것으로 신체의 변화는 일상적인 규율이었으니 인간과 인간 이외의 물이 서로 관계를 맺고 교류하는 것은 기이하고 특별한 것이 아니었다. 고대 중국인들의 세계관에서 동물에 대한 숭배와 사냥이라는 이중적 감정과, 인간의 영혼은 불멸한다는 관점이 합쳐져 인간이 동물로 변하는 이야기들이 등장했다. 동물과 인간을 하나의 관계성의 맥락에서 파악하는 시각이 존재했기에 인간은 동물로 변하고 동물은 인간으로 변할 수 있었다. 물론『수신기』의 변신 이야기는 신화적 사유에서 등장하는 자연에 대한 경외심이나 신성함과 거리가 있지만, 인간과 이물의 영역은 따로 존재하면서 각각은 서로 연결되어 있다고 믿었던 위진남북조 시대 고대인들의 사유를 잘 반영해 주고 있다. 변신 주체가 타자의 영역에 스며들어 대화를 하고 새로운 사건 속에 개입하여 관계를 맺는 것은 기이한 일이 아닌 자연스런 일상의 단면이었다. 이러한 점에 근거한다면, 인간이 이물로 변신하거나 이물이 인간으로 변신하는 것 이외에 인간과 이물의 혼성적 존재에 관한 이야기가 많이 기록된 것은 놀라운 일이 아니었다.

『수신기』에는 남자와 여자가 한 몸이 되어 변신하거나 남자가 여자가 되고 여자가 남자가 되거나, 사람이 용을 낳거나, 말이 사람을 낳거나, 세 발 달린 아이가 탄생하거나, 발이 여덟 개 달린 송아지가 탄생하거나, 머리가 둘인 망아지가 태어나거나, 동물이 인간의 말을 하는 이야기들이 가득하다. 혼성적 생명체에 관한 많은 이야기들은 기의 변화에 따라 신체는 변형 가능하다는 가변론적 세계관에 대한 굳건한 신념을 재현한다. 간보는 혼성적 존재에 관해 놀랍거나 당황하기보다 있는 그대로의 사실을 그려내듯 평담한 필치로 서사하고 있다.

권14 반호의 이야기는 인간과 동물의 탈경계적 특징을 잘 드러내 보여준다. 융오족을 물리친 반호는 본래 벌레에서 변신한 개였다. 반호에게 시집 간 임금의 막내딸은 육남 육녀의 자녀를 낳았는데, 인간과 개가 결혼해서 낳은 자식들은 천명에 의해서 '보통 사람들과 다른 기를 받은' 존재들이었다. 누에가 된 여자 이야기에서도 말과 인간의 혼종적 생명체가 그려져 있다. 말은 아버지를 모셔오면 시집가겠다고 약속한 여성과 그녀의 아버지에게 배신을 당한다. 말은 가죽이 벗겨진 채 모욕을 당하자 결혼을 약속했던 여성을 둘둘 말아서 사라진다. 며칠이 지난 후 여인과 말 가죽이 모두 누에로 변신해 실을 토해내고 있었고 나무를 둘러쳐 실을 뽑아 고치가 되었는데 그 고치의 실들은 아주 두껍고 커서 보통 고치와는 달랐다. 인간과 동물의 연애 혹은 결합은 자연의 위력을 극복의 대상이 아닌 친화의 대상으로 인식하고 있었으며 그들의 경계는 단절적이라기보다 해체와 융합이 가능한 영역으로 열려 있었다. 신체의 변화를 통해 만물은 언제나 한 곳에 있지 않고 변화할 수 있고 변화해야만 한다는 진리를 설파하고 있다. 인간과 동식물의 경계가 사라지고 언제든 서로 초월하고 횡단할 수 있다는 믿음을 보여준다.[2] 『수신기』의 원서가 본래 감응, 신화, 변화, 요괴 등으로 분류되었고 권1부터 신선술사와 법술의 '변화'에 주목했던 점을 상기해 본다면, 고대의 사유 속에서 신체의 변화는 허무맹랑한 사건이 아니라 시간과 공간을 초월하여 실현될 수 있는 자연스런 현상이었다.

'스스로 그러함'이라는 '자연'에 내재된 가변론적 세계관의 토대 위에서 변신 주체와 타자는 자연스럽게 관계를 맺으며 새로운 사건을 전개시

---

2   간보, 임대근·서윤정·안영은 역, 『搜神記』, 동아일보사, 2016, 66~67쪽.

킨다. '물'과 '물'은 연대되어 있고 서로 변신할 수 있다는 가변론적 세계 관은『요재지이』의 서사에도 계속 이어졌다. 변신을 통해 다른 '나'가 되어 타자와 관계를 맺는 것은 일상적으로 경험하는 세상 이외에 또 다른 세계가 존재하고 그 세계로의 개입이 언제든 가능하다는 믿음을 실현시킨다.

『요재지이』에서 동식물인 이물이 인간으로 변신하는 이야기는 상당히 많고, 변신 서사의 대부분은 이 유형에 속한다고 할 수 있다. 변신 주체는 자신과 다른 존재의 경계를 넘나들면서 타자와 교류하기 시작한다. 먼저 여우에 관한 이야기가 많이 기록되어 있는데 「홍옥」은 인간과 여우의 사랑을 다룬 내용이다. 풍상여는 인간으로 변신한 여우인 홍옥과 사랑을 나누다가 아버지의 반대로 헤어지게 된다. 홍옥은 풍상여가 살인자로 모함을 받고 고초를 치루는 동안 이미 죽은 줄로만 알았던 상여의 아들을 보살펴 주었다. 여우인 홍옥은 인간으로 변신하여 인간 세계의 질서에 개입하면서 풍상여의 집안일을 도와주고 풍씨 집안과 관계를 맺는다. 결국 부지런히 일해서 집안 살림을 일으키고 풍상여를 거인으로 만들면서 풍씨 가문을 바로 세운다. 이사씨도 여우의 의협심을 칭찬하며 의리를 등진 비정한 인간들을 비판한다. 「마개보馬介甫」는 인간으로 변신한 여우가 양씨 형제의 집안일에 개입하면서 가문의 안정을 되찾게 해주는 내용을 담고 있다. 생원 양만석은 그의 처 윤씨가 너무 포악하고 사나워서 한평생 부인을 무서워하며 살아간 공처가였다. 처 윤씨가 환갑이 넘은 자신의 아버지를 학대해도 만석과 동생인 만종 형제는 말 한마디 못하고 억눌려서 살아갔는데, 의형제를 맺은 마개보가 수년에 걸쳐 양씨 집안의 사건에 간섭하면서 포악한 윤씨 부인을 혼내준다. 마개보는 학대받던 만석의 아버지와 조카 희아를 구출하여 보살펴 주었고 이들이 만석과 재회하게 해서 양씨 집안의 평안을 가져다준다. 마개보가 인간의 모습으로 변신하여 양씨 집안의 대소사에 깊이 관여하면서 인간과 이물의 단절적 경계는 자연스럽게 해체된다. 「교낭」에는 변신한 여우와 귀신이 인간의 부인으로 살아간 이야기가 기록되어 있다. 광동에 살던 부렴은 편지를 전해달라는 아름다운 여성의 부탁을 받고 길을 떠나 교낭과 삼랑을 만나 사랑하게 된다. 귀신과 여우가 한 남자와 사랑했다는 봉건적 사상의 한계성을 내포하고 있으나 '비록 귀신과 여우라지만 정은 사람과 똑같다'는 부렴의 언급처럼 인간과 이물의 경계는 단절적이지 않고 감정과 욕망이 상호 넘나드는 가능성을 보여준다. 인간과 이물은 서로 만나서 대화하고 소통하면서 새로운 관계를 맺고 사건을 전개시킨다. 홍옥, 마개보, 삼랑 등 인간으로 변신한 동물들은 인간 세상의 질서에 개입하여 갈등을 유발하고 해결하면서 새로운 삶을 개척한다. 변신은 본래의 정체에서 벗어나서 또 다른 나로 하여금 타자의 삶에 개입하여 그들과 새로운 관계를 형성하고 교류해 나갈 수 있는 문학적 메타포로 기능한다.

또 인간이 이물로 변신하는 유형으로 앞서 소개한 「촉직」, 「향고」, 「아보」 등의 이야기를 들 수 있다. 「촉직」에서 성명의 아들은 망해가는 집안을 일으키는 유일한 길이 귀뚜라미의 상납이라는 것과 어린 자신의 능력으로는 가정의 어려움을 해결할 수 없다는 것을 인식하고 있었다. 그러기에 자신의 신체는 의사 죽음의 단계에 이르렀지만 영혼은 귀뚜라미의 몸을 빌려 가족의 어려움을 해결하고자 한다. 「향고」는 권력자들의 농간으로 억울하게 맞아 죽은 서형의 복수를 갚기 위해 호랑이로 변신한 이야기이다. 향고는 관가에 고소장을 내도 억울한 사건이 무마되자 자신이 직접 원수를 갚기 위해 길에 매복해서 장 공자를 기다린다. 갑자기 폭우가 몰아치고 매서운 날씨에 몸이 뻣뻣해지더니 두루마기를 걸치자 온 몸에 털이 뒤덮인 호랑이로 변신하게 된다. 마침내 장 공자를 죽여 복수를 한 후 풀숲 사이에 누워 있다가 꿈에서 깨어난 듯 집으로 돌아온다. 며칠 후에야 겨우 말을 할 수 있게 되어 자신이 호랑이로 변했었다고 진술한다. 「아보」는 사랑하는 여인을 위해 앵무새로 변신하여 사랑을 획득한 손자초의 이야기이다. 어리숙한 손자초는 주위 사람들의 놀림에도 오로지 아보에 대한 순수한 치정을 보여주는데 앵무새로 변신하여 사랑을 쟁취한다.

의사 죽음의 순간에 영혼이 귀뚜라미에 깃들어 자신의 가족을 위해 싸웠던 성명의 아들, 서형의 복수를 위한 강인한 집념으로 호랑이로 변신했던 향고는 이물의 몸을 빌려 현실적 제약을 초월한 능력을 발휘한다. 날아갈 수 있을 방법에 골몰하자 자신도 모르는 사이에 앵무새로 변신해서 아보를 감동시켜 결혼까지 할 수 있었던 손자초는 바뀐 몸을 통해 현실에서 부족했던 것을 채우게 된다. 실제 세계에서 결핍된 것을 보완하려는 인간의 욕망은 육체의 변신을 통해 경계를 넘나드는 존재로 묘사되었다. 고통이나 결핍에서 벗어나려는 간절함은 초월적 능력을 발휘할 수 있는 신체적 변신을 추동하며 인간과 이물은 새로운 환경과 조건 속에서 교류하게 된다. 인간과 귀뚜라미의, 인간과 호랑이의, 인간과 앵무새의 단절된 경계는 와해되고 서로 다른 세계에 존재했던 개체들이 새로운 삶 속으로 들어가서 교류하는 것이 가능하다. 변신은 변신하기 전의 '나'와 변신한 이후의 '나'가 새로운 관계 속에서 삶을 공유하며 세상과 소통하는 것을 가능하게 만든다.

혼성적 존재로서 『수신기』에서 반호라는 개에게 시집 간 여성과 그의 자식들, 말과 한 몸이 되어 누에고치가 된 여성이 있었다면, 『요재지이』에서는 인간과 동물 사이에서 태어난 영녕이 있다. 「영녕」에서 왕자복은 정월 대보름날 마주친 아름다운 여성 영녕을 짝사랑하게 된다. 인간과 여우 사이에서 태어난 영녕은 예법을 전혀 모르고 꽃을 좋아하며 천진하게 웃기만 했으나 주변의 모든 일들이 화해롭게 해결되도록 만드는 신비한 매력을 지니고 있었다. 영녕은 왕자복과 부부가 된 이후 차츰 인간 사회의 질서에 동화해 나가며, 어머니와 아버지의 시신을 합장시켜 드렸다. 왕자복의 어머니는 처음에 영녕이 귀신일지도 모른다는 의심을 떨쳐버릴 수 없었기에 햇빛 아래 나가게 한 다음 유심히 살펴본다. 이 대목은 이물이 인간과 함께 할 수 없다는 두려움과 인간과 이물의 경계를 구분하려는 단절 의식을 가감 없이 보여준다. "그녀의 그림자는 다른 사람들과 조금도 다르지 않았다"는 기록을 통해 이질적인 것에 대한 배타적인 불안감은 해소되면서 인간과 이물의 경계, 현실과 초현실의 단절된 경계는 해체된다. 인간이 이물로 변신하고 이물이 인간으로 변신하는 것이 가능하다는 가변적인 세계관과, 인간 이외 이질적인 것과의 공존에 대한 두려움을 동시에 유희적으로 대비시키면서 인간의 상상력을 자극한다. 변신은 일상에서 벗어나려는 일탈을 가능하게 해주고 현실의 갈등에 맞서는 저항 의식을 드러내도록 이끈다. 변신 주체는 서로 다른 두 경계를 넘나들면서 타자와 관계 맺으며 세상과 갈등을 조율하고자 한다. 본래의 나와 변신한 나, 세상 속에 얽혀있는 수많은 사건과의 유기적인 관계 속에서 인간과 이물은 교류할 수 있고 융화할 수 있다는 가능성을 보여주고 있다.

'물'과 '물' 사이를 오갈 수 있다는 만물 사이의 연대감은 신체의 변형을 통해서 인간과 이물이 관계를 맺고 소통하는 새로운 삶을 경험하게 해

준다. 인간이 이물로 변신하여 결핍된 능력을 초월적으로 발휘하는 과정도 그러하고, 이물이 인간으로 변신해서 교감하는 것도 그러하다. 변신은 타자의 경계를 넘나들면서 과거의 '나'와 현재의 '내'가 연대된 삶을 공유하게 해 준다. 『요재지이』에서 변신의 주체는 새로운 관계 형성을 위해 사건 내부로 진입하고 경계를 해체하는 데 보다 적극적이고 주도적인 역할을 하고 있다. 이것은 『요재지이』의 변신이 징벌적인 변신이 아닌 자발적인 변신이라는 점에서 경계 해체를 향한 변신 주체의 의지와 연관된다.

3. 변신의 과정과 반복

변신 주체는 타자의 경계를 넘나들며 신체를 바꾸어 새로운 세계의 질서에 관여한다. 중국 고유의 세계관에서 변화는 내부에서 스스로 촉발되기에 외부적 환경이나 강압적 징벌에 의한 것이 아니다. 『수신기』와 『요재지이』에서의 변신 역시 그러하다고 할 수 있다. 두 작품에서 변신의 과정을 살펴본다면, 완전 변신과 부분 변신으로 나눌 수 있다. 이 책에서 완전 변신은 생물학적으로 완전히 다른 종의 몸으로 변신하는 유형을 말하며, 인간이 이물로 변신하거나 혹은 이물이 인간으로 변신하는 것을 가리킨다. 부분 변신은 서로 다른 종이 섞여서 탄생한 새로운 혼종체로의 변신 유형을 말하는데, 인간과 이물의 특성을 동시에 지니는 경우에 해당된다고 할 수 있다. 완전 변신 중에는 변신하는 횟수에 따라 다시 일회성 변신과 다회성 변신으로 나눌 수 있다. 단발성으로 그치는 일회성 변신인지 수차례 반복하는 다회성 변신인지 면밀히 살펴보면 변신의 과정과 반복은 관계를 지속하기 위한 변신 주체의 의지와 실천의 문제가 함께 연계되어져 있다는 것을 확인할 수 있다.

먼저 『수신기』 중 일회성 변신 서사의 유형은 앞 장에서 예시했던 목욕을 하다가 자라로 변신했다는 송사종의 모친과 오나라 손견의 모친 이야기 등이 해당된다. 그 밖에 여자로 변신한 돼지가 왕씨 선비와 하룻밤을 같이 보냈다는 이야기, 동침했던 아름다운 여성이 악어였다는 이야기, 사람으로 변신한 쥐며느리들이 목격된 이야기 등도 일회성 변신 서사에 해당된다. 그중 권20에 보면 이물이 인간으로 변신해서 예언을 통해 도움을 주거나 복수하기 위해 저주를 내리는 이야기를 살필 수 있다. 양자강의 강물이 갑자기 불어나 큰 물고기가 죽었는데 온 마을 사람들이 그 물고기를 먹었으나 한 할머니만 먹지 않았다. 어떤 노인이 나타나 자신의 아들을 먹지 않은 할머니에게 보답한다며 마을이 무너지는 시기를 알려주는 예언을 해 준다. 결국 용의 아들이 인간으로 변신해 나타나서 물고기를 먹지 않았던 할머니를 산으로 데려가서 구해주었다는 내용이다. 이 이야기는 물고기가 인간으로 변신해서 새로운 사건을 전개시킨 것은 아니지만 자신의 의사를 표시하고 타자와 소통하려는 이물의 노력을 엿볼 수 있게 해 준다. 그런 의미에서 자신을 키워준 할머니를 위해 복수를 예언하는 뱀 이야기도 같은 맥락으로 해석될 수 있다.

『수신기』에서 다회성 변신에 대한 구체적인 묘사는 많지 않다. 이것은 『수신기』 각 편의 분량이 길지 않음과 관련되어 있겠으나 짤막하게 함축된 서사 속에서 수차례 변신의 과정이 있었음을 간단히 밝히거나 혹은 유추할 수 있는 이야기들이 있다. 권19에 송사 사건을 벌인 이야기가 간단히 기록되어 있는데 두 노인은 산의 소유권을 두고 수년간 다투어 왔다. 새로 부임한 관료가 오랫동안 판결이 나지 않았던 송사 사건을 해결하는 과정에서 두 노인의 정체가 뱀이었음을 밝혀내게 된다. 여기서 두 마리 뱀은 수년 간 변신을 반복해 왔었다고 유추할 수 있다. 또 인간으로 변신해서 서생들에게 글을 가르쳤던 여우, 인간으로 변신해서 사람들을 죽여 왔던 사슴, 두 아들로 하여금 아버지를 죽게 만든 변신한 늙은 살쾡이, 인간의 부인을 겁탈한 변신한 개, 여자로 변신해서 정초를 유혹한 푸른 수달, 왕영효를 유혹한 변신 여우, 몇 년간 찾아와 술과 음식을 먹고 취했던 개, 신처럼 행세하며 인간에게 제사를 받아왔던 흰 악어와 거북이 이야기 등에서도 최소 두 차례 이상 반복적으로 변신해 왔던 것으로 추정할 수 있다. 이러한 유형 중에는 안양성의 정자에 인간의 모습으로 수차례 변신하여 출몰했던 돼지와 수탉, 전갈 이야기처럼 사람에게 해를 끼치는 내용뿐 아니라 개미 왕 이야기같이 인간에게 보응하려는 내용도 살필 수 있다. 부양현의 동소지라는 사람이 전당강을 건너다가 물에 빠진 개미를 구해주었는데 검은 옷을 입은 자가 나타나 감사함을 표시하고 차후 동소지가 어려움에 처하자 다시 나타나 구해주게 된다. 인간으로 변신한 개미 왕은 꿈이라는 매개를 통해서 등장했으나 인간과 의사를 소통하고 자신의 뜻을 밝혀 서로의 관계를 지속하려는 이물의 의지를 살필 수 있다.

　『수신기』는 변신을 통해 인간과 이물의 교류가 어떻게 전개되는지 그 현상학적 사건을 객관화시켜 전달해 내는 데 주목하고 있다. "변화에 맞추어 움직이는 것은 일상적인 순리에 따르는 것"권12이기에 수차례 변신해서 타자와 관계를 지속하려는 강력한 의지나 노력이 분명하게 드러나지 않는다. 『수신기』에서 변신은 우주질서에 따른 자연스러운 변화의 일부이자 자아의 내부에서 스스로 촉발된 것이기에 변신 주체의 강렬한 의도와 연결 짓기에 무리가 있다. 그러한 점에 비추어 본다면 『요재지이』 변신 서사의 과정은 타자와 관계를 지속하려는 변신 주체의 적극적인 의지와 노력이 구체적으로 실현되고 있는 것을 확인할 수 있다.

　『요재지이』에서 변신 주체는 대부분 반복적으로 수차례 변신을 시도한다. 먼저 인간이 이물로 변신했던 이야기들을 살펴보면, 「아보」에서처럼 손자초는 아보의 사랑을 얻기 위해서 종종 앵무새로 변신해 그녀에게 날아간다. 그녀에게 다가가고 싶은 바람은 손자초를 앵무새로 변신하게 만들고, 그녀와 결혼하고 싶은 욕망은 수차례 변신을 시도하도록 이끈다. 아보의 사랑을 얻기 위한 손자초의 의지가 강하게 드리워질수록 변신은 지속적이고 반복적으로 실현된다. 「죽청」에서 한수의 여신인 죽청과 함께 하고픈 어객은 그녀가 보고 싶을 때마다 검은 옷을 꺼내 입고 까마귀로 변신해서 날아간다. 죽청의 동료 까마귀들이 어객의 정성을 죽청에게 전달해 주었고, 어객과 어울리고 싶었던 죽청도 어객을 만나서 가정을 이루게 된다. 어객은 헤어진 죽청이 못 견디게 그리워지면 남몰래 검은 옷을 꺼내 입고 까마귀로 변신해서 그녀에게 날아갔는데 만나고 싶은 바람이 강렬할수록 주동적이고 적극적인 변신을 시도한다. 타자의 세계로 들어가려는 의지와 노력은 반복적인 변신으로 구체화되며, 변신의 횟수나 지속 여부는 변신 주체의 감정이나 결핍의 강도에 비례한다. 타자와 교류하려는 간절한 바람은 빈번한 변신을 추동하게 만들고 변신 주체와 세계의 관계가 유지되고 확장되는 토대가 된다.

　『요재지이』 변신 서사의 대부분을 차지하는 이물이 인간으로 변신하는 유형 중에 의도적이고 반복적인 변신의 과정을 구체적으로 담아낸 이야기들이 많다. 그중 「화고자」에서는 은인인 안유여를 살려내려고 노력하는 화고자와 그 부친의 이야기를 살필 수 있다. 마서방은 미모와 덕성을 모두 갖춘 이류와 인간의 교류 및 교감을 하나의 완성된 교향곡처럼 예술적으로 형상화시킨 작품으로 「화고자」를 꼽았다. 평소 방생을 즐기던 안유여가 화고자와 헤어져 상사병에 걸려 혼수상태에 빠지자 그녀가 찾아와 태양혈을 짚어가며 병을 치료해 준다. 화고자를 찾아 나선 안유여가 뱀에 홀려 죽게 되자 화고자는 안유여의 장례식에 찾아와 처절히 통곡하며 다시 살릴 방법을 모색하게 된다. 일주일 간 시체를 입관하지 못하게 하고 푸른 풀을 달여 먹여서 안유여의 생명을 또다시 구하게 된다. 사향 노루였던 화고자와 그녀의 부친은 오년 전 화산에서 자신들을 풀어주었던 안유여를 위해서 닦아온 수행을 망가뜨리고 백 년 동안 승천할 수 없다 해도 은혜에 보답하고자 한다. 안유여의 마비된 몸을 구하기 위해 수백 마리의 뱀을 죽여서 그 피를 탄 술을 복용하게 하여 완전히 낫게 해준다. 화고자는 안유여와 관계를 지속하고 그의 생명을 구하기 위해 수차례 인간으로 변신해서 적극적으로 그를 돕게 된다. 이사씨는 노루가 한 번 은혜를 입자 가슴에 새기고 갚으려는 마음을 버리지 않았다며 화고자의 총명함과 진실한 사랑을 칭찬하면서 동물보다 못한 인간을 질책한다.

「연향」의 이야기는 독특하다고 할 수 있다. 한 남성이 여우와 귀신과 동시에 사랑을 나누다가 여우와 귀신이 각각 환혼하고 환생해서 셋이서 행복하게 살아간다는 이야기이다. 기주 사람인 상생은 번갈아 자신의 방에 찾아온 연향과 이씨 아가씨와 사랑을 하게 된다. 상생이 죽을 위기에 처하면서 두 여인의 신분이 각각 여우와 귀신임이 밝혀지게 된다. 상생의 목숨을 위태롭게 만들었던 귀신 이씨 아가씨가 잘못을 뉘우치면서 결국 여우와 귀신이 서로 도와가며 상생을 살리게 된다. 여우인 연향은 상생의 생명을 살리기 위해 수차례 인간으로 변신하여 의술로 상생의 음독을 제거하면서 간호한다. 처음 병세가 심각했을 때는 가루약을 복용시켜 열흘 정도 요양했었지만 두 번째 위독해졌을 때는 석 달 동안이나 모은 약재와 기술로 상생을 구하게 된다. 상생이 죽을 고비마다 인간으로 변신한 연향이 찾아와서 생명을 구해주고자 노력하며 급기야 귀신과 협력하여 상생을 살리는 점에서 인간에게 주로 해를 입히는 『수신기』에서의 변신 여우들과 대조를 이룬다. 결국 귀신과 여우가 인간의 몸으로 환생해서 다 함께 살아갈 수 있었다. 이사씨는 "죽은 사람은 삶을 구하고 산 사람은 또 죽음을 구하니 세상에서 얻기 어려운 것은 사람의 몸이 아닐까?"라면서 사람의 육신을 가지고 부끄럽게 살면 그의 삶은 여우만 못하다고 탄식한다. 계속 변신해서 찾아와 상생의 생명을 구해주려 했던 여우 연향은 상생과의 관계를 유지하기 위한 노력과 의지를 적극적으로 보여준다. 연향은 상생에게 여우와 사람이 무엇이 다른지 질문하며 날마다 무절제하게 놀아나면 '사람이 오히려 여우보다 해롭다'고 설명해 준다. 연향의 자문자답은 인간과 이물의 단절된 경계를 와해시킴과 동시에 방탕한 인간이 금수보다 못함을 날카롭게 지적하면서 인간중심주의 세계관을 해체시킨다. 화고자는 안유여와의 관계를, 연향은 상생과의 관계를 지속하고 상대의 생명을 살리기 위해 주동적이고 반복적으로 변신하여 사건을 전개시킨다.

「백추련」은 인간으로 변신한 백상어와 모섬궁의 사랑을 다루었다. 상인 아버지를 따라서 장사를 배우게 된 모섬궁은 호숫가에서 자신의 시 읽는 모습에 반한 백추련을 알게 되고 서로 사랑하게 된다. 모섬궁의 아버지는 처음엔 결혼을 반대했으나 결국 모씨 가족에 이윤을 남겨주는 백추련을 며느리로 받아들이게 된다. 둘이 결혼하기까지 백상어인 백추련은 여러 차례 인간으로 변신하여 모섬궁과 함께 지내며 사랑을 키워가게 된다. 백추련이 모섬궁의 부인으로 살아가면서 호수 물을 먹지 못해 죽게 되었을 때 남편에게 자신의 시체가 썩지 않는 방법을 알려주었고, 모섬궁이 그대로 실천해서 백추련을 소생시킬 수 있었다. 백추련이 죽지 않고 인간으로 완벽히 변신하기 위해서는 하루에 세 번 두보의 시를 읊어주어야 했고 고향의 호수 물에 그녀의 몸을 잠기게 해야 했다. 남편인 모섬궁은 그녀의 주문대로 성실히 이행했고 결국 그녀는 소생하여 남편과 함께 살아갈 수 있었다. 상대와 관계를 지속하고 교류하려는 변신의 의지는 역경을 마주할수록 더욱 강렬해진다.

또 인간과 동물뿐 아니라 인간과 식물 사이에서도 관계를 지속하기 위한 변신 주체의 노력과 의지를 엿볼 수 있다. 「향옥」에서는 하청궁의 화단에서 백모란 한 그루가 파헤쳐진 후 향옥이 죽게 되자 그제야 황생은 그녀가 백모란의 정령이었음을 알게 된다. 황생은 그녀를 위해 곡화시를 짓고 날마다 추모하며 눈물을 흘리고, 그녀를 살려내기 위해 노력했다. 매일 백렴 가루와 유황 섞은 물을 뿌려주는 지극한 정성이 신을 감동시켜 향옥은 되살아나 황생과 행복하게 살아갈 수 있었다. 황생과 함께 하고 싶었던 향옥은 인간으로 지속적인 변신을 시도했고, 향옥과 함께 하고 싶었던 황생은 모란으로 환생하려는 의지를 분명히 보여준다.

모섬궁을 흠모했던 백추련은 반복적으로 변신하여 모섬궁과 관계를 지속 및 발전시켜 부부가 될 수 있었고, 황생과 교제하고 싶었던 향옥 역시 반복적으로 변신하여 황생 곁에 머물며 사랑을 나눌 수 있었다.

변신 주체와 타자는 상호 신뢰를 바탕으로 일정한 시련을 통과한 이후에 더 굳건한 유기적 관계로 연대되어진다. 결핍된 것을 채우고 갈등을 해소하기 위해서 변신 주체는 강한 의지와 노력을 바탕으로 적극적이고 지속적으로 변신을 시도한다. 아보의 사랑을 얻기 위한 손자초의 치정, 죽청과 함께하고픈 어객의 바람은 반복적인 변신을 이끌어낸다. 생명의 은인인 안유여를 살리고픈 화고자는 계속해서 변신하여 안유여를 돕게 되고, 죽을 위기에 처한 상생을 구하고픈 연향은 상생이 죽을 고비마다 찾아와 의술로 치료해 준다. 인간이 앵무새로 변신해서 사랑의 결실을 맺을 수 있고, 사향노루와 여우가 인간으로 변신해서 관계를 지속시키며 상대의 생명을 구할 수 있다.

나아가 불완전한 자아가 세상과 화해하기 위해서는 변신 주체의 의지뿐 아니라 타자와 상호 협동의 과정이 수반된다. 백추련의 시체가 썩지 않게 하기 위해서 모섬궁은 두보의 시를 하루에 세 번 읊고 호수 물에 그녀의 몸을 담가 주었고, 향옥을 다시 살려내기 위해서 황생은 날마다 추모하며 정성을 다해 백렴 가루에 유황 섞인 물을 뿌려주었다. 시체를 염하지 말고 묻지 말라는 금기 사항을 끝까지 지켜내고 시련을 통과할 수 있어야 완전한 생명을 부여받고 주체와 타자의 관계는 회복된다. 백상어가 살아나고 모란꽃이 살아나려면 모섬궁과 황생의 지극한 정성과 노력이 뒷받침되어야 했다.

이물의 생명을 유지하기 위해서 인간의 협조가 필수적이고, 인간의 생명을 유지하기 위해서 이물의 협조가 필수적이다. 소통하고 관계를 지속하려는 서로의 노력을 통해 인간과 이물의 이분법적 세계는 해체되고 온전한 생명으로 새롭게 살아갈 수 있다. 변신 과정에서 통과해야 하는 시련이나 제약은 자아와 타자가 협조하고 연대하는 관계를 유지하고 확장하기 위한 조건이 된다. 유한한 개체는 타자의 도움을 받아서 결핍된 것을 채울 수 있다. 인간에게 다가오려는 이물의 노력과 이물과 소통하려는 인간의 의지는 주동적이고 반복적인 변신의 과정에서 재현된다. 이러한 점에 비추어 본다면, 『요재지이』에서 반복적인 변신은 단순히 오래된 것의 기가 변해서 만들어진 신체의 변화가 아니다. 인간과 이물이 소통하고 관계를 지속하기 위한 노력과 의지가 실천적으로 개입된 과정이라고 할 수 있다.

4. 변신의 수용과 이해

변신에 대한 이해는 변신한 존재의 본연의 정체를 어떻게 인식하고 수용할 것인가의 문제와 직결되어 있다. 변신 주체는 본래의 정체가 밝혀졌을 때 징치되어 쫓겨나거나 혹은 자연스럽게 수용된다. 변신을 어떻게 이해하는 지에 관해서는 변신한 존재의 정체가 타의적으로 발각되는 상황과 자의적으로 고백하는 상황을 살펴보면서 확인할 수 있다.

먼저 『수신기』에 보면 가변적 세계관을 자연스럽게 수용했던 인식과 변신한 동식물을 타자화하여 배척했던 인식이 동시에 드러나 있다. 먼저 기의 변화에 따라 만물의 형체가 바뀌는 것을 긍정하는 태도는 고대의 전통적인 기화우주관에 대한 인식에서 출발했다. "대저 만물의 변화에는 일정한 형태가 없고 사람이 다른 것으로 변하는 데에도 정해진 형체가 없다. 큰 것이 작은 것이 되기도 하고 혹은 작은 것이 큰 게 되기도 하니 진실로 우열이 없다. 만물의 변화는 일률적인 도이다"권3라는 기록에서 알 수 있듯이 만물의 변화는 순리적인 것으로 수용되었다. 모두 원기의 변화가 서로 감응함으로써 이루어지기 때문에 "이러한 물은 자연스러운 것이지 귀신이라 여기며 괴이하게 생각할 것이 아니다"권12. 신기할 것도 이상할 것도 없고 볼 기회가 없었던 것뿐이라며 만물의 변화와 신체의 변신은 '좋고 나쁨의 구분이 본래 없는' 일상적인 자연 법칙이라고 이해했다. "자연을 잘 이해하는 사람은 반드시 인간에 바탕을 두고, 인간을 잘 이해하는 사람은 반드시 자연에 근본을 둔다"권6며 사계절이 번갈아 운행하고 추위와 더위가 바뀌는 것처럼 대자연이 순환하는 과정은 자연의 정상적인 법칙이라고 인식했다. 천지자연의 변화가 멈추면 추위와 더위가 뒤얽히듯이 자연의 법칙이 어그러지는 것이었기에 만물의 변화를 자연스럽고 당연한 것으로 수용했다.

그러나 인간으로 변신한 이물들이 자신의 정체를 숨기고 있다가 어쩔 수 없는 상황에서 발각되는 경우에 양자의 관계는 어그러지고 부정적인 결말로 이어졌다. 이들은 대체로 인간을 속이고 행동하다가 타인에 의해 발각되는 순간 도망가거나 죽임을 당한다. 형양현 사람 장복이 배를 타고 집으로 돌아가다 아름다운 여인을 만나서 함께 동침을 하게 된다. 새벽에 살펴보니 큰 악어가 장복의 팔을 베고 잠을 자고 있었고, 마침내 동침하던 여자의 정체가 악어였음을 확인하게 된다. 장복이 악어를 잡으려 하자 급히 물속으로 도망쳤다는 이야기는 변신 주체의 신분이 타의적으로 노출되었을 때 그들을 바라보는 사회적 인식이 어떠했는지 충분히 짐작 가능케 해준다. "여우는 먼 옛날의 음부이다. 그 이름이 아자이니 변해서 여우가 되었다"권18에서 살필 수 있는 것처럼, 인간으로 변신한 동식물은 음란하거나 인간에게 해를 미치는 존재로 폄하되었다. "변화에 따라 움직이는 것은 일상적인 규칙을 따르는 것인데 만약 방향이 잘못되면 요괴와 재앙이 된다"[권12]고 믿었다. 오기가 변해서 만물이 형성될 때 기가 어지러워져 만들어진 존재는 자연의 질서를 어그러뜨리는 것으로 생각했고 그들을 요물이라는 이름으로 배척하고 타자화시켰다. 동식물의 경계를 넘어 인간 세계로 침범한 요물은 불손하고 비정상적이기에 징치되거나 제거되어야 할 대상이었다. 천년 묵은 여우를 죽인 장화의 이야기를 보면, 장화는 재주가 많고 언변이 교묘한 서생을 귀신이거나 여우일 것으로 의심한다. 의심하고 추적하는 장화와 끝까지 정체를 속이다 발각되어 죽임을 당하는 여우의 이야기는 정상적인 범위를 넘어선 여우의 박식함이 인간 사회의 질서를 위협할 수 있는 부정한 것으로 간주되었음을 설명해 준다. 인간으로 변신한 늙은 여우는 변장술에 능하여 못하는 일이 없었지만 법도가 있는 장화를 농락하기는 어려웠다는 기록으로 변신 여우의 퇴치를 정당화시킨다. 결국 사악한 변신 요괴는 슬기롭고 학문이 높은 인간에 의해 제압되고 비극적인 죽임을 당한다. 여러 해가 되어 변화할 줄 알았던 여우는 인간 사회의 질서에 혼란을 미칠 만큼 지나치게 박식했기 때문에 정당한 존재로 인정받지 못하고 위해한 존재로 간주된다. 오래된 것의 정기가 변하여 변신한 현상을 괴변이라 여기며 나라가 망하거나 어지러워질 징조로 수용했다.

"요괴라고 하는 것은 대개 정기가 물에 의거해서 만들어진 것으로, 기가 중심에서 혼란스러워지면 물은 겉에서 변화하는데 형태, 정신, 원기, 본질은 표리의 작용"[권6]이라고 보았다. 오랫동안 뿌리 내려온 가변적 세계관을 수용하면서도 동시에 이물이 인간으로 변신한다는 것에 대해 인간이 액을 만난 것에 해당할 만큼 불경스럽게 인식했던 인간중심적인 사고가 반영되었다. 인간이 만물 중에 으뜸이라는 인간중심주의 사상에서 자유로울 수 없었던 당대인들에게 기가 어그러져 변신한 요괴는 인간사회의 질서를 파괴하는 불경스런 존재였다. 기가 혼탁해져서 변신한 이물은 불완전한 몸에 빙의한 요괴가 되어 인간 사회의 질서와 법도를 해치기 때문에 징치되거나 죽임을 당하는 게 마땅했던 것이다. 변신 요괴들은 인간 사회의 질서 속에서 정당한 존재로 인정받지 못하고 타자화되고 배척당했다. 전반적으로 『수신기』의 변신 서사는 전통적인 기화우주론에 근거하여 사물의 자유로운 변화를 긍정했기에 인간과 이물의 존재 가치를 차등적으로 수용하지 않았지만, 그와 동시에 기가 어그러져 발생한 변신 요괴에 대해서는 차별하고 배척하는 인간중심주의의 사유방식을 그대로 전가시키고 있었다.

반면에, 『요재지이』에서는 타의적으로 자신의 신분이 발각되는 이야기보다 스스로 정체를 밝히는 이야기가 대부분이라는 점에 주목할 수 있다. 가령은 『요재지이』가 기존 이물 고사와 다른 특징으로 자신의 정체를 감추었던 이전 서사와 달리 스스로 신분을 밝히고, 인간에게 위해를 가했던 기존 고사와 달리 오히려 존경하고 흠모하는 대상이 된다는 점을 지적한 바 있다.[3] 변신한 존재의 정체성을 확인하는 방법은 자신의 정체를 소극적으로 밝히는 유형과 적극적으로 밝히는 유형으로 나눌 수 있다.

먼저, 소극적으로 공개하는 유형에서는 스스로 신분을 밝히기는 하나 미워하지 말아달라는 부탁을 하는 등 부정적인 인식에 대한 두려움이 녹

---

3   柯玲, 「論『聊齋誌異』的自然主題」, 『聊齋誌異研究』, 2003, p.15.

아있다. 「청봉」에서 청봉과 경거병은 사랑했으나 엄격한 청봉의 숙부 때문에 헤어지게 되었다. 경거병은 어느 날 사냥개에 쫓기는 여우 두 마리를 구해주게 되었고. 경거병은 여우를 애처롭게 여겨서 침상에 올려놓았는데 그 여우가 바로 자신이 사랑했던 청봉임을 알게 된다. 청봉이 사람이 아니라고 해서 미워하지 말아달라고 하자 경거병은 날마다 그리워하여 꿈속에서도 잊지 못했다며 이렇게 만난 것이 진기한 보배를 얻은 것과 같은데 어째서 미움이란 말을 입에 올릴 수 있겠는가라며 기뻐한다. 「소추」에서 유신은 순구와 소추 남매를 알게 되어 친형제처럼 지냈는데 어느 날 순구가 죽게 된다. 순구는 동생 소추에게 자신의 관 뚜껑을 덮고 아무도 열어보게 하지 말라는 유언을 남겼다. 유신이 호기심에 관을 열었더니 매미가 허물 벗듯 의복만 남겨져 있고 그 밑에 두어蠹魚 한 마리가 죽어 있었다. 소추는 유신에게 소문이 나면 이곳에 오래 머물 수 없기 때문에 이야기하지 않았다고 설명한다. 유신은 우리의 정이 두텁다면 설사 같은 족속이 아니어도 무슨 상관이 있겠는가라면서 오히려 위로하고 안심시킨다. 여기에서 소추는 자신이 인간이 아님을 부끄러워하거나 의도적으로 감추려 한 게 아니다. 유신도 생각지 못한 사건에 당황했을 뿐 두려워하거나 배척하지 않는다. 「화고자」에서 화고자가 안유여의 생명을 구해주면서 스스로 사향노루임을 밝힐 때도 오래 전부터 이야기하고 싶었지만 놀랄까 봐 주저했다고 말한다. 정체를 밝히는 것을 주저한 이유는 인간을 배려하는 마음에서 비롯되었다. 화고자의 정체를 알게 된 안유여는 놀라거나 두려워하지 않고 오히려 그녀의 설명을 경청하게 된다. 「아두鴉頭」에서는 기생이 된 여우 아두와 왕문의 사랑을 기록했다. 서로 사랑한 아두와 왕문은 야반도주를 하게 되었고 아두는 자신의 신통력에 감탄

한 왕문에게 사람이 아니라 여우임을 밝힌다. 사실대로 이야기하면 무서울 거라는 아두의 말을 듣고도 왕문은 두렵거나 의아한 마음이 전혀 들지 않았다. 오히려 아름다운 부인을 마주 대하니 꿈만 같다며 자신이 아두에게 버림받지 않을까 걱정한다. 이물을 무서워하거나 배척하는 것이 아니라 오히려 인간이 이물에게 버림받을까봐 두려워하는 태도를 확인할 수 있다.

처음에 자신이 여우였음을 숨겼던 청봉과 아두, 두어였음을 숨겼던 순구와 소추 남매, 사향노루인 것을 숨겼던 화고자는 인간중심적인 사회 질서 속에서 상대를 배려하여 정체를 밝히지 않았을 뿐 인간에게 위해를 가하기 위해 고의로 감춘 것이 아니다. 나아가 변신 주체의 정체를 알고 나서 오히려 자신이 버림받을까봐 두려워하며 여우인 아두 옆에 머물고 싶어 하는 자는 인간인 왕문이다. 이물의 정체를 알고 난 후 그들을 징치하거나 배척하지 않았던 이야기들을 살펴보면, 『요재지이』에서 인간과 이물의 관계는 상하 수직적이거나 혹은 위계적인 관계가 아니었다.

적극적으로 공개하는 유형에서는 자신의 정체를 당당히 밝힌다. 이러한 유형에서 등장한 이물들은 인간보다 더욱 주도적으로 사건을 전개시키며 양자의 관계를 확장시켜 나간다. 「왕성」은 여우 할머니가 게으른 인간 손자 부부를 훈련시켜서 잘 살게 만드는 이야기이다. 금비녀 하나를 우연히 발견한 왕성이 한 노파를 만나게 된다. 노파는 자신이 왕성의 할머니이자 호선이라며 자신의 정체가 이물임을 처음부터 당당히 밝힌다. 그녀가 자신의 할머니였음을 알게 된 왕성도 조부에게 여우 처가 있었다는 말을 들은 적이 있기 때문에 노파의 말을 믿을 수 있었으며 조금의 의심도 없이 할머니의 뜻을 따르고 수용한다. 인간으로 변신한 여우의 정체에 대해 두려움이나 불안감이 없다. 이윤을 남기는 방법을 가르쳐주는 여우 할머니의 분부에 따라 집안 살림이 나아지면서 더욱 신뢰하게 되고 오히려 떠나겠다는 할머니를 눈물로 막아서며 만류한다. 「하화삼낭자」에서 인간으로 변신한 여우와 종상약이 사랑을 나누게 되고 그녀가 죽을 위기에 처하자 옛 정을 생각하며 살려준다. 여우는 은혜를 갚기 위해 찾아오는데 종상약은 그녀가 호녀임을 알았어도 너무나 기쁘고 감사한 마음으로 맞이한다. 그녀는 연꽃이 인간으로 변신한 하씨 아가씨를 종상약의 배필로 찾아주게 된다. 하씨 아가씨는 종상약을 떼어내기 위해 자신은 여우가 변신한 요물이라고 으름장을 놓으며 위협해도 종상약은 더 적극적으로 그녀에게 구애한다. 결국 그들은 부부가 되었고 몇 년 후 그녀가 떠나려 하자 오히려 눈물을 흘리며 매달리는 것은 여우가 아닌 인간 종상약이다. 『요재지이』에서 이물이 자신의 정체를 밝히는 과정이 소극적이던 적극적이던 양자의 관계가 지속되고 확장하는 데에 큰 차이는 없다. 다만 적극적이고 자발적인 신분 노출은 이물의 존재 가치를 부정하지 않았던 포송령의 생태적 인식을 명확히 보여주고 있다.

나아가 『요재지이』에서 이물의 존재 자체를 긍정적으로 수용할 뿐 아니라 심지어 자신을 알아주는 지음이라고 인식하며 더욱 존중하고 아꼈다는 이야기에 주목할 수 있다. 자아와 타자의 교류는 인간과 이물의 이상적인 상생 관계로 확장된다. 「주우」에 보면 인간으로 변신한 여우와 차생은 술을 마시면서 친구가 된다. 차생은 상대의 정체가 인간으로 변신한 여우인 것을 처음부터 알고 있었지만 차별하거나 배척하지 않는다. 여우 또한 차생의 아내를 형수라고 부르고 그의 아들을 친자식처럼 예뻐하면서 차생의 집안을 부유하게 만들어 준다. 오히려 '진정한 나의 술벗'이라며 지음으로 받아들이고 여우가 꺼리지만 않는다면 인간인 차생은 그와 자주 왕래하면서 친구로 지내기를 바란다. 상대가 여우일지라도 자신의 마음을 알아주는 이가 바로 진정한 벗이라며 이질적인 존재를 적대시하지 않고 오히려 적극적으로 긍정한다. 서로를 의지하려는 점에서 인간과 이물의 단절적 경계는 와해될 뿐 아니라 오히려 상부상조하는 이상적인 관계로 나아가게 된다.

이물임을 알았어도 꺼리지 않았던 공생과 황보 공자네 가족 이야기 「교나」도 그러하다. 남녀의 교류를 보편적인 이류연애의 애정 서사로 국한시키지 않고, 지기의 입장에서 믿고 지탱해 주는 상생적인 우정의 관계로 창조해 나간 것을 목도할 수 있다. 「교나」에서 황보 공자 집안에 재앙이 내리려 하자 스스로 여우임을 밝혔어도 오히려 공생은 그들과 생사를 함께 하겠다고 맹세하면서 자신의 목숨을 희생하여 상대를 지킨다. 황보 씨 가족이 사람이 아님을 알면서도 두려워하거나 배척하기는커녕 자발적으로 생사를 함께 하겠다고 결심한다. 이물인 여우 가족을 지키다가 자신의 목숨이 위태로운 상황까지 이르게 되지만, 모든 갈등이 해결된 뒤 함께 공생의 고향으로 가서 '마치 한 가족처럼 사이좋게 지내는' 관계가 된다. 이사씨도 남녀 간의 욕정이 배제된 채 마음을 주고받는 사귐에 대해 '좋은 벗'이라며 인간과 여우의 교제에 빗대어 가슴에 사무칠 만한 의미를 지닌다고 칭송했다. 이질적인 존재에 대한 불안이나 불신은 사라지고 인간과 이물의 교제를 오히려 안정적이고 이상적인 우정의 관계로 확장시켜 나가게 된다.

인간과 동물뿐 아니라 인간과 식물의 관계에서도 이물의 정체를 알고 난 후 배척한 것이 아니라 오히려 더욱 아끼고 존경했다는 이야기에 주목할 수 있다. 「황영」에서 국화의 정령인 도생 남매와 함께 도움을 주고 받으며 살아갔던 마자재를 떠올릴 수 있다. 도생이 술에 취해 쓰러져 국화로 변하자 그제야 두 남매가 국화의 정령임을 알게 되는데 마자재의 반응에 주목할 필요가 있다. '그 후로 도생과 황영을 더욱 사랑하고 존경했다'는 마자재의 태도는 변신 서사에 대한 새로운 이해를 보여준다. 변신한 존재의 정체를 확인한 후 배척하기는커녕 '더욱' 사랑하고 존경하는 관계로 승화시킨다. 인간과 이물의 관계가 이상적인 공생 관계로 확대되고 있음을 목도할 수 있다. 「향옥」에서 황생은 죽었다가 다시 살아난 향옥과 지내며 나중에 자신의 영혼을 둘 수만 있다면 백모란 옆에서 살아가겠다고 입버릇처럼 말했는데 사후에 실제로 백모란으로 환생하게 된다. 여기에서 황생은 사랑하는 상대가 인간이 아닌 이물임을 알고 난 이후에도 백모란의 존재를 경멸하거나 그녀와 교제를 두려워하지 않는다. 자신의 명운이 기박하여 사랑하는 사람을 해치고 말았다며 '정인'이라는 표현을 사용하면서 인간과 동등한 존재로 인정하는 이상적인 관계로 확장시킨다. 오히려 자신이 죽은 이후에 혼백을 꽃에 두고자 바랐으며 죽기 직전 아들들에게 지금은 내가 '새로 태어나는 날'이라며 말한다. 자신의 죽음마저 새로운 생명이 탄생하고 확장된 관계로 나갈 수 있다는 기대로 승화시킨다. 『요재지이』 변신 서사는 '물'과 '물' 사이를 자유롭게 횡단하는 연대감을 생태적 상상력으로 구체화하면서 인간과 이물이 서로 상생할 수 있는 이상적인 관계로 확장해 나간다.

5. 인간과 자연, '관계'의 생태학

고대 중국인의 세계관 속에서 '물'과 '물'은 연대되어 있고 그 사이를 가로지르는 변신은 언제나 어디서나 가능했다. 서로 관계 맺고 소통하려는 욕망이 변신을 가능하게 만들었고 변신 서사는 고대인들의 바람과 염원 속에서 구체화되었다.

원기와 음양오행, 가변적 세계에 대한 고대인들의 뿌리 깊은 믿음 속에서『수신기』의 변신 서사가 기록되었고, 그것을 계승한『요재지이』변신 서사는 현실에서 결핍된 존재가 다른 이의 몸을 빌려 세상과 소통하고 화해하려는 과정과 실천 의식을 보여준다.『요재지이』의 변신 서사는 서로 다른 경계에 속한 개체를 하나로 이어주고 그 사이를 가로질러 새로운 관계를 형성하고 확장해 나간다. 인간과 이물의 유기적인 관계는 생태적 상상력을 통해서 역동적인 다양한 방식으로 재현되었다.

먼저,『수신기』에는 기의 변화에 따른 변신의 과정과 그에 대한 인식을 함축적으로 담아내고 있다. 인간과 이물의 관계에서 변신의 방향성이 한쪽으로 쏠리거나 고착화되기보다 오래된 것은 변화한다는 우주 자연의 질서와 순리를 있는 그대로 서사한다. 그러기에 인간이 동식물로 변신하고 동식물이 인간으로 변신하며, 양자의 혼성적 특징을 지닌 존재의 이야기가 다양하게 그려진다. 가변적 세계관 속에서 변신을 자연스럽고 정상적인 것으로 수용하는 고대인들의 사고는 유연하고 개방적이었다. 흥미로운 것은 가변적 세계관에 대한 원초적 믿음과 동시에 인간과 동식물의 존재를 구분 짓고 분리하려는 단절 의식이 함께 드러난다는 점이다. 기가 어그러져 인간으로 변신한 이물의 존재를 배척하고 응징하며 인간과 동식물의 경계를 구분 지으려는 기록은 인간중심주의 사고관이 뿌리 내려졌던 당시의 철학적 사유와 무관하지 않다. 인간이 자연 우위에 있다는 이분화된 인식을 애써 강조하는 것은 역설적이게도 인간과 이물이 끊임없이 간섭하고 넘나들 수 있다는 원초적 욕망의 가능성을 부정하지 않는 것이다.

『요재지이』 변신 서사에서 인간과 이물의 관계는 적극적이고 의도적인 방식으로 재현되고 있다. 인간이 동식물로 변신하고, 동식물이 인간으로 변신해서 서로의 삶에 개입하며 역동적인 관계를 형성한다. 변신 주체는 세계와의 긴장과 대치 속에서 새롭게 관계를 맺고 그것을 지속하고 확장시키려 노력한다. 일상에서 벗어난 일탈을 즐기고 불합리에 저항하면서 새로운 삶을 경험한다. 여기서 변신은 타의적인 징벌이나 강제가 아니라 자의적인 선택에 의해 진행되는데, 현실에서의 결핍과 고통이 배가될수록 타자의 몸으로 변신하려는 의지와 노력은 가속화된다. 『요재지이』의 변신 서사는 물아교류를 위한 적극적인 노력과 의지를 강조한다. 인간과 이물의 경계는 해체되고 인간중심주의의 위계질서는 파괴되며 인간과 이물은 동등한 존재로서 소통하고 교류할 수 있다. 동물이나 식물도 인간과 다름없는 감정과 욕망을 가진 존재임을 문학적 상상력으로 구체화한다. 불완전한 자아는 수차례 지속적인 변신의 과정을 거치면서 타자의 영역을 넘나들며 다른 세상을 경험한다. 인간과 이물은 긴장 속에서 현실적 갈등을 해결하면서 상생의 관계로 나아가게 된다. 인간이 동식물로 변신하고 동식물이 인간으로 변신한다는 설정은 인간성 안에 내재된 동식물성과 동식물성 안에 내재된 인간성을 확인하면서 인간과 동식물이 생명적 동질성을 가지고 있음을 보여준다.[4]

포송령이 그려낸 변신 서사는 더 이상 신이함을 증명하거나 경이로움을 보여주는 것이 아니라 인간과 이물이 끊임없이 서로의 세계에 개입하고 타협하면서 상생의 가능성을 고민하는 과정을 보여준다. 이질적인 것과 연대된 그물망 안에서 개체의 불완전함은 해소되며 상생적인 관계로 창조해 나간다. 실타래처럼 얽힌 관계 속에서 주체와 타자의 감정과 욕망은 끊임없이 연계되어 유동하고 있음을 구체화시킨다. 자아와 세계는 관계를 형성하고 지속하면서 이상적인 삶을 창조해 나갈 수 있는 가능성을 보여준다. 변신은 인간이 인간계 이외의 이질적인 세계와 의사소통할 수 있는 가능성을 가장 구체적이고 실재적으로 재현해 내는 문학적 장치라고 할 수 있다.

상징과 원형성이 가득한 변신 서사를 고정되고 정형화된 해석의 틀 속에서 명쾌한 의미를 제시하려는 것 자체가 무모한 도전일 수 있다. 또 변신 서사의 몇 가지 특징에 대한 범박한 논의가 소위 '관계의 생태학'이라는 광범위한 주제를 감싸 안기에 무리가 있을 수 있다. 더욱이 변신 서사를 읽고 해석하는 주체가 인간이기에 관계의 문제를 온전히 객관적인 시선으로 판단할 수 없다. 그럼에도 불구하고 한때 이성적 사고와 과학적 통계만으로 삶과 주변의 관계를 저울질했던 오만을 반성하고 자연을 회복시켜야 할 책임이 인간에게 있기에 우리는 생태적 상상력의 관점에서 인간과 이물의 관계를 재고해 봐야 할 것이다. 생태적 위기는 특정 지역이나 특정 사람들에게만 일어나는 것이 아니고 이제 우리 모두의 일상생활에서 위협이 되고 있다. 인간과 자연이 서로 얽혀있는 관계를 이해하면

4　허원기, 「인간-동물 관계담의 생태적 양상과 의미」, 『동화와 번역』 23, 2012, 265쪽.

서 가치관과 생활 태도를 상생적인 방향으로 전향시키려는 노력이 필요하다. 우리의 배려와 관용이 인간중심적인 사고에서 완전히 자유로울 수 없지만 인식을 개선하고 실천할 수 있는 주체도 인간이기 때문이다.

고대의 변신 서사 속 생태적 상상력은 인간의 우월 의식과 오만함을 버리고 더불어 살아가는 겸손함을 가르쳐 준다. 『요재지이』변신 서사는 단순히 몸의 변화라는 형체만의 문제가 아니라 인간계와 자연계 사이 '관계'의 문제를 담아내고 있다. 서로 다른 이질적인 것 사이의 연대성을 발견하고 상호 의존적 양상을 포착하려는 생태학적 인식의 문제는 기본적으로 '관계'적 상황 위에서 거론할 수 있을 것이다.

제3부

영화서사,
에코페미니즘과 생명공동체

제9장

영화 〈착요기〉: 문화적 다양성과 생명존중의 서사

1. 영화 〈착요기〉와 에코페미니즘

2015년 7월 16일 중국에서 개봉된 허성의許誠毅 감독의 영화 〈착요기捉妖記〉는 중국 영화사상 높은 흥행실적을 올리며 많은 관객들의 사랑을 받았다. 중국의 신화서 『산해경』에서 『요재지이』에 이르는 전통 서사의 소재와 내용을 토대로 하여 계승과 창신의 각도에서 중국 영상예술의 수준을 한층 끌어올렸다는 평가를 받는다. 상상적 존재인 요괴를 주요 모티프로 삼아서 인간과 요괴 세계의 갈등과 화해의 이야기를 환상적으로 그려냈다.

영녕촌의 마을 이장인 송천음宋天蔭은 남자임에도 불구하고 우여곡절 끝에 어린 요괴왕을 임신해서 출산하게 되고, 요괴 사냥꾼인 곽소람霍小嵐과 함께 어린 요괴왕을 지켜주면서 타자에 대한 사랑과 진정한 가족애를 깨닫게 된다는 내용이다. 소위 '기환열奇幻熱'이라고 부를 만큼 중국 판타지 영화에 대한 대중의 관심과 열기가 고조되면서 〈착요기〉는 오래된 전통 서사의 상상력이 현대 과학기술과 만나 화려하게 꽃피운 작품이라는 찬사를 받는다.

〈착요기〉는 제목 그대로 '요괴를 잡는 기록'이다. 인간은 요괴를 잡아 노예처럼 부리기도 하고 죽여서 요리해 먹기도 한다. 요괴는 필사적으로 도망가며 인간과 투쟁한다. 인간과 요괴는 서로 대립하고 갈등하기도 하지만 평화롭게 살아갈 수 있는 세상을 꿈꾸기도 한다. 여기서 우리는 인간과 요괴 세계의 대립과 화합을 다루는 〈착요기〉에 나타난 생태의식이 에코페미니즘적 서사와 상당히 닮아 있음에 주목할 수 있다. 에코페미니즘은 모든 형태의 인간 억압들 사이에 존재하는 연관성들을 보여주고자 노력할 뿐 아니라 또한 비인간 세계인 자연을 지배하려는 인간들의 시도에 초점을 맞추고 있기 때문이다.[1] 과학 기술의 발달로 자연 환경의 오염화가 가속화되는 현시점에서 인간과 자연, 남성과 여성의 화해와 평등을 다루는 주제들을 새롭게 해석할 필요가 있다.

에코페미니즘은 생태주의와 페미니즘을 결합한 용어로 1974년 프랑수아즈 도본느Françoise d'Eauvonne에 의해 처음 문제로 제기되었으며 자연 파괴와 환경오염의 원인이 남성 중심적인 사회제도에 있다고 보는 사상이다. 지금까지 남성중심 · 서구중심 · 이성중심의 가치와 삶의 방식이 세상을 지배하면서 황폐화시켰다고 주장하며, 자연생태계와 인간을 하나로 보고 생명의 가치, 평등한 삶의 가치를 실현하고자 한다. 다양한 생태이론을 비교 분석하여 현재의 사회 정치제도에서 다방면적으로 저항하고 변화를 실천하려는 사상으로 여성을 포함하여 타자로 분류된 모든 존재들의 해방이론에 모델이 되고 있다.[2]

---

1   이소영 외편역, 『자연, 여성, 환경 – 에코페미니즘의 이론과 실제』, 한신문화사, 2000, 1쪽.
2   송명희 편저, 『페미니즘 비평』, 한국문화사, 2012, 17~18쪽.

에코페미니즘에서는 지구상의 생명체를 위협하는 파괴적 경향의 원인으로 자본주의 가부장제 세계체제를 들고 있는데 이런 자본주의 가부장제의 편협한 시각에서 벗어나 불균형적인 현실에 저항하여 극복하고자 한다. 갈수록 더욱 불평등하게 분배되는 경제적 이익을 위해 점점 더 많은 자원을 광적으로 약탈하며 자연을 유린하는 세계 구조의 내재적 불평등의 문제를 여러 방식으로 다루고자 하는 것이 에코페미니즘의 목표라고 할 수 있다.[3] 생태윤리학에 주목하는 워렌Karen J. Warren은 지배 논리, 가치 체계, 또는 지배적 태도와의 관계를 반영하는 비인간 자연에 대한 사고방식 또는 행동 양식을 거부하고, 인간중심적 왜곡뿐 아니라 남성 중심적 왜곡들로부터 자유로울 수 있는 에코페미니즘적 윤리학만이 지구를 살릴 수 있다고 본다.[4] 여성 억압의 가부장적 논리는 인간이 비인간을 지배하고 억압하는 논리, 자연을 파괴하고 환경오염을 초래한 자본주의의 억압논리와 동일하게 작동한다. 에코페미니즘의 논리는 여성적 원리의 회복을 통해 차등적인 것에 대한 비판을 시도하고 인식의 개선과 사회의 변화를 이끌 수 있다. 생태인식에 대한 전 지구적 관심이 높아지고 있는 현시점에서 대지 위 다양한 생명체들의 존재가치가 불평등하게 인식되는 원인을 살펴보고 실천적인 변화와 태도를 촉구할 수 있다.

에코페미니즘은 여성과 자연이 타자로서 억압과 차별의 대상이 되어 왔다는 공통점을 가지고 있다. 제9장에서는 여성과 자연에 대한 폭력적 상태를 폭로하고 조화와 균형을 회복하기 위한 노력의 일환으로써 여성에 대한 남성의 지배, 자연에 대한 인간 지배의 상호연관성에 주목한다.

---

3 마리아 미스·반다나 시바, 손덕수·이난아 역, 『에코페미니즘』, 창비, 2020, 49쪽.
4 이소영 외편역, 앞의 책, 35~36쪽.

여성과 자연의 상호 연관성과 친밀성을 강조하는 에코페미니즘의 관점에 따라 영화 〈착요기〉에서 살필 수 있는 몇 가지 중요한 문제의식과 의미에 대해서 논의할 것이다.

2. 인간과 자연, 자본과 식민의 대결

영화 〈착요기〉는 제목에서 유추할 수 있듯이 인간과 요괴의 대립과 갈등을 '쫓는 인간'과 '쫓기는 요괴'의 관계로 보여준다. 〈착요기〉의 전체 서사구조와 내용을 간략히 소개하면 인간과 비인간인 요괴가 우연히 가족으로 결성되면서 공생의 의미와 가치를 깨달아가는 과정을 담은 작품이라고 할 수 있다. 〈착요기〉의 서두는 이렇게 시작한다.

아주 오래 전에 인간과 만물이 공존했다. 그 중에는 요괴도 포함되어 있었는데 인간이 천하를 독점하기 위해서 요괴와 전쟁을 하였고 전쟁에 패배한 요괴는 깊은 산 속으로 들어가 감히 세상 밖으로 나오지 못했다.

애초에 모든 생명체들이 공존했는데 '인간이 천하를 독점하기 위해서' 다른 생명체들을 쫓아냈다. 요괴를 잡는 인간과 도망가는 요괴들의 대립 구조는 애당초 인간과 요괴의 공존은 불가능하다는 전제에서 시작한다. 불가능할 수밖에 없는 이유는 바로 인간이 생명체들의 공존을 파괴하고 천하를 독점하고자 했기 때문이다. 이 작품의 기본적인 갈등 구조가 쫓는 인간과 쫓기는 요괴라는 점에서 얼핏 식상해 보일 수 있지만 선과 악의 대립, 영웅의 등장과 악인 응징, 갈등 해결과 정의의 승리 등의 단순한 양자 구도가 아니라는 점에서 흥미롭다. 인간과 요괴의 대결 구도는 인간중심주의를 내세우는 이분법적 갈등 상황에 대한 비판을 넘어서 생명을 상품화하는 자본주의와 식민주의의 폭력성까지 담아내고 있기 때문이다.

먼저, 인간이 요괴를 사냥하는 것에 관해서는 인간만이 우월하다는 인간중심주의, 종족주의의 가치관을 살필 수 있다. 인간의 폭력과 잔인함으로부터 끊임없이 도망가야 하는 요괴는 자유로운 주체가 아니다. 인간에 의해 다루어지고 처치되어져야 할 대상이다. 전쟁에서 패한 요괴는 인간에게 피해를 입히지 않아도 인간의 추적으로부터 계속해서 도망가야 한다. 요괴는 잡히면 인간에게 노예처럼 부림을 당하게 된다. 또 주인인 인간의 마음을 거스르게 되면 요괴 시장에서 '음식'으로 팔려가야 한다. 권력의 중심에서 밀려난 요괴는 인간의 결정과 지시에 따라 행동하며 스스로의 의사결정권이 없다. 권력과 힘을 상실한 요괴는 인간의 명령에 절대적으로 복종하며 인간에 의해 도구화되는 존재로 그려진다. 인간과 요괴는 인간우월주의에 입각한 계급의식에 따라 상하 관계, 주종 관계의 가치로 평가된다. 인간 이외 비인간의 생명을 차등하게 인식하는 논리는 여자 주인공 곽소람의 언급에서도 확인할 수 있다.

이 세상에서 제일 교활한 존재가 바로 요괴야. 인간의 탈을 쓰고 인간 행세를 하면서 인간의 말을 해!

남자 주인공 송천음은 여자 주인공 곽소람을 처음 만나게 되면서 요괴의 존재를 알게 된다. 그녀는 요괴를 잡아서 돈을 받고 팔아 생계를 유지하는 천사도의 무사이다. 그녀는 송천음에게 요괴에 대해서 '인간의 탈을 쓰고 인간 행세를 하며 인간의 말을 하는 교활한 존재'라고 설명해 준다. 곽소람은 '요괴는 교활한 존재'라며 수차례 단정적으로 부언하고 있다. 그녀의 입을 통해 반복적으로 강조하는 것은 인간이 만물 중에서 최고의 위치를 차지하며 인간 이외의 존재는 차등한 것으로 인식하는 인간중심주의적 태도에 다름 아니다. 인간이 우선이고 그것을 모방한 '가짜 인간'에게는 마땅히 합당한 제재와 응징을 가하여 인간의 우월성을 보여주고자 한다. 전쟁에서 패배한 요괴는 '천하 독점권'을 쥔 인간 앞에서 차등적이고 종속적이며 가치 불평등적인 존재로 살아가는 것이 마땅하다는 것이다.

반복적인 그녀의 대사를 통해서 요괴는 당연히 인간이 제압하고 처치해야 할 대상으로 특징지워진다. '천성이 고약'하고 '교활하다'는 평가를 내세워 인간이 계도하고 응징하는 행위의 당위성을 강조하고 있다. 이것은 지구상의 모든 생명체 중에 인간이 가장 우월하다는 인간우월주의 사상이 확고하게 전제되어 있음을 보여준다. 생태계의 그물망에서 인간이 가장 우월한 종족이기에 인간이 아닌 종은 인간에게 지배받는 것이 이성적이고 합리적이라는 논리이다.

생태학적 인식으로의 전환에서 가장 극복하기 어려운 과제는 바로 '인간 우선'이라는 가정일 것이다. '인간 우선'이란 생각은 양립 불가능한 선택지들 사이에서 이루어지는 어쩔 수 없는 선택인 경우보다는, 인간 혹은 인간 아닌 동물들을 위해 아무것도 하지 않음을 변명하기 위해 사용된 경우가 많다는 점을 떠올릴 수 있다.[5] 동물권리 담론을 부각시킨 피터 싱어Peter Singer가 지적했듯이, 지구상에서 자기가 하고 싶은 대로 할 수 있다고 생각하는 인간의 거만함이 가장 극단적인 인종주의 이론들, 힘이 곧 정의라고 생각하는 원칙을 대변하고 있다.[6] 인간이라는 종족만이 우월하다고 믿는 인간중심주의 입장에서 보면 인간의 탈을 쓰고 인간 행세를 하며 인간의 말을 하는 요괴는 혐오스럽기 짝이 없는 동물이다. 감히 인간 가죽을 뒤집어쓰고 인간만이 누릴 수 있는 언어 사용 능력까지 모방하여 인간인 척 하며 살아가는 요괴는 '폭력적이고 통제 불가능한' 동물이기 때문에 인간에 의해 포획되거나 죽임을 당하는 것은 이성적 판단에 근거하여 당연하다. 인간의 추적으로부터 도망가야만 하는 수동적인 요괴들은 인간과 요괴의 관계를 인간과 자연의 대립, 자연에 대한 착취, 자연에 대한 인간의 지배자 모형을 그대로 전이시킨다. 비인간적 동물인 요괴는 생태계의 포식자인 인간이 삶을 유지하기 위해 마음대로 처치할 수 있는 도구화된 자연으로 인식되고 있다. 자연을 열등한 존재로 보고 부정하고 훼손하려는 인식에서 가장 일반적인 양상 중 하나는 그것들을 주변화하여 소외시키고 지배하고자 한다.

다음으로, 인간에게 쫓기는 요괴는 상품으로서의 가치로 평가되는 것에 주목할 수 있다. 〈착요기〉에서 곽소람과 같이 요괴를 잡으려는 사람들은 요괴를 필요로 하는 자들에게 돈을 받고 팔아서 살아간다. 그들이 요괴를 잡는 이유는 오로지 '돈을 벌기 위해서'이다. 요괴 사냥꾼은 요괴를 팔아 생활을 유지하게 되고, 요괴를 사는 자들은 노예로 부리거나 그들 역시도 팔아서 이윤을 챙기고자 한다. 즉 요괴를 잡는 사람, 요괴를 사는 사람들은 모두 경제성의 원리 하에 요괴를 상품으로 취급한다. 요괴는

5 피터 싱어, 김성한 역, 『동물해방』, 연암서가, 2020, 373쪽.
6 캐럴 제이 애덤스, 류현 역, 『육식의 성 정치』, 이매진, 2020, 85쪽.

하나의 생명체로 존중받지 못하고 자신을 둘러싼 존재들의 욕망에 의해서 금전으로 환산되고 거래되는 경제 상품이다.

요괴를 잡는 사람인 천사도 무사 곽소람과 나강羅鋼의 입장에서 요괴는 그들의 생계를 유지시켜 주는 유일한 경제적 원천이다. 희귀하거나 수요가 높은 요괴일수록 상품 가치가 높기 때문에 천사도 무사끼리도 서로 경쟁하며 잡으려 한다. 마치 자본주의 경제 논리에 따라 자연을 무자비하게 훼손하고 대지의 생명을 인간 마음대로 상품화하는 것과 같다. 교활한 동물이라는 허울을 내세워 다른 생명체의 생존을 위협하고 지배하려는 자본주의의 폭력성을 고스란히 담아내고 있다. 생명을 상품화하는 자본주의의 폭력성은 요괴를 무분별하게 사고팔며 죽이는 행위에 대해 옹호하고 합리화한다. 마치 제한된 세상에서 무제한 성장이라는 개념에 기초한 경제개혁이 취약계층의 자원을 강탈할 때와 같다. 이것은 지구에 대한 강간, 자족적인 지역경제에 대한 강간, 여성에 대한 강간 등 강간의 문화를 낳는다.[7] 요괴 포획은 요괴로 상징되는 자연에 대한 훼손이자 강간이다. 전쟁에서 패배한 집단, 힘과 권력의 중심에서 밀려난 계층에 대한 강탈과 착취는 문명과 개발을 앞세운 근대 자본주의의 폭력에 다름 아니다.

요괴를 필요로 하는 사람들의 입장에서도 요괴는 그저 상품일 뿐이다. 생명을 사고팔고 죽이는 것에 대해 금전이라는 '합당한' 대가를 지불했다고 생각하기 때문이다. 노예로 부리거나 불로장생을 위해서 요리로 만들어질 요괴를 필요로 한다. 사회적인 영향력을 발휘할 수 있는 고객들은 값비싼 돈을 지불하고 등선루의 백세연에 참석하여 약자를 착취하는 현

---

7   마리아 미스·반다나 시바, 손덕수·이난아 역, 앞의 책, 16쪽.

장에 동참한다. 등선루에 모여 연회를 베풀거나 즐기는 자들은 인간이 요괴를 죽여서 잡아먹는 것에 대해 거리낌이 없다. 요괴는 이윤을 창출할 수 있는 상품이기 때문이다.

요괴를 잡는 사람과 필요로 하는 사람을 이어주는 중재자는 상인이다. 돈을 벌고자 하는 사람과 자신의 욕망을 채우고자 하는 사람의 탐욕이 교차하는 지점에 상인 갈천호葛天戶가 존재한다. 갈사장은 비싼 돈을 내는 사람들에게 요괴 요리를 제공하는 식당을 운영하고 있다. 등선루에서 소위 경제력 있는 소수의 사람들에게 비싼 요괴 요리를 대접하고 돈을 버는 경제 착취의 최상층에 존재한다. 요괴를 잡는 사람들은 등선루에 요괴를 팔아 돈을 벌고, 요괴를 필요로 하는 사람들은 돈을 내고 등선루에서 특권 의식을 누린다. 갈사장은 생명을 상품으로 가공하여 이익을 취하려는 최상위 포식자이며 자본주의의 폭력성을 가장 구체적으로 대변해 주는 인물이다. 갈사장이 운영하는 등선루의 고급식당은 거대 자본주의식 착취의 논리가 작동하며 타자에 대한 억압이 정당화되고 있다. 비밀 암호를 풀어야만 출입할 수 있는 등선루에서 자본주의 경제 원리에 입각한 생명 파괴의 행위가 상품 판매라는 이름으로 거리낌 없이 자행되고 있다.

갈사장의 경제적 착취와 폭력의 대상은 비단 요괴에만 한정되지 않는다. 요괴를 잡고자 하는 사냥꾼, 요괴를 사고자 하는 상인, 요괴 음식을 즐기고자 하는 사람들 모두에 이르기까지 자본주의의 식민화가 되어 간다. 곽소람과 나강은 위험을 감수하면서 요괴와 목숨을 건 싸움을 지속하고, 전당포의 사장이자 요괴 장수인 낙빙은 취미 생활을 위해 요괴를 노예처럼 부리고자 하며, 불노장생을 꿈꾸는 백세연의 고객들은 요괴를 생식하는 잔인한 행동마저 거리낌이 없다. 각자의 입장에서 생태학적 가치관을 저버린 행동은 근대 자본주의의 경제적 논리만을 앞세워 주위의 관계마저 불평등하게 잠식해 버린다. "나에게 돈은 중요하지 않아"라고 외치며 어린 요괴를 팔지 않으려는 송천음의 항변이 요괴를 팔려는 곽소람을 설득시키지 못했던 이유는 바로 이윤 창출의 폭력성이 주변의 관계마저 식민화해버렸기 때문이다.

더욱이 작품의 말미에서 요괴를 쫓는 인간들을 통제하는 결정권자인 갈사장이 인간의 탈을 쓴 요괴였다는 점이 밝혀지면서 충격적인 반전을 보여준다. 금전적 이득을 취해온 인간 갈사장이 최종 가해자인 줄 알았는데 알고 보니 인간의 탈을 쓴 요괴였다는 것이다. 경제적 착취를 지속해온 갈사장이 요괴를 억압했던 이면에는 또 다른 겹층의 서사 구조가 덧씌워 있다. 최고의 권력을 차지하고 세상을 지배하기 위해서 인간 세상에 숨어 있는 옛 요괴왕의 잔당과 어린 요괴왕을 찾아 처치하고자 한 것이다. 반대 세력을 색출하고 절대 권력을 갖고자 인간인 척 행세하며 같은 동족들을 지배하고 통치하고자 했다. 경제적 이윤을 얻기 위해 타자를 착취한 것뿐 아니라 절대 권력과 통제력을 독점하기 위해 위장해 왔다.

이러한 맥락에서 살펴본다면, 〈착요기〉의 서사 구조 속에는 인간과 요괴라는 이분법적 구도 속에서 인간만이 우월하다는 인간중심주의뿐 아니라 타자를 지배하려는 자본주의적 착취의 논리가 겹쳐 있다. 인간 대 요괴, 인간 대 자연이라는 대립 구도를 넘어서, 자본과 식민, 개발과 착취의 논리가 고스란히 녹아 있다. 뺏으려는 자와 지키려는 자가 대립하고 내것을 지키기 위해 다른 종의 위력을 빌려 동족에게조차 잔혹한 폭력을 행사한다. 동족 내부의 갈등을 해결하고 세상을 통제할 권력과 힘을 차지하기 위해서 무자비하게 학살한다. 이중의 구조 뒤에는 자본주의와 식민주의의 위계적인 계급 논리와 폭력성이 투영되어 있다. 인간에게 있어 요괴들은 사냥감이자 돈으로 환산되는 상품이고 식민화된 존재이다. 인간과 요괴의 대립은 인간과 비인간의 위계질서를 재현하고 있을 뿐 아니라 자본과 식민, 문명과 야만의 구조에 담긴 폭력성을 담아내고 있다.

3. 아버지의 여성화, 어머니의 남성화

남녀 주인공들의 성 역할에 관해서 주목할 필요가 있다. 전근대에 뿌리내려진 전통적 세계관에서 가사 및 육아가 여성의 역할이었다면, 사냥 및 경제 활동은 남성의 역할로 관습화되어 왔다. 〈착요기〉에서 여성의 남성화, 남성의 여성화가 재현되고 있는데 이것은 타자에 대한 돌봄과 책임의식을 자각하는 과정에서 구체적으로 드러나고 있다.

먼저 작품의 전체적인 서사를 이끌어가는 남자 주인공 송천음을 살펴볼 수 있다. 송천음은 어렸을 때 자신을 떠나간 아버지의 당부대로 영녕촌이라는 마을을 지키는 이장이다. 마을 사람들은 이장을 존경하기는커녕 그에게 바느질과 요리를 강제하듯 재촉하며 놀리고 조롱하기도 한다. 송천음은 요괴 사냥꾼인 천사당 무사 곽소람을 만나게 되면서 요괴의 존재와 영녕촌 주민들이 요괴였다는 사실을 알게 되어 충격을 받는다. 또 쫓기던 임신한 요괴 왕비가 자신의 아기를 송천음의 입에 넣게 되면서 본의 아니게 어린 요괴왕을 임신하게 된다. 어린 요괴왕을 임신하고 출산하고 일정 기간 양육을 책임지면서 남성인 송천음이 어머니의 역할을 하게 된다. 한 때는 곽소람의 고집에 이끌려 어린 요괴왕을 팔아 돈으로 보상받기도 했으나 결국 다시 구출해 내고 어린 요괴왕에게 '호피胡巴'라는 이름을 지어 주며 하나의 인격적인 개체로 인정하게 된다. 그는 영녕촌의 주민들과 어린 요괴왕 호파를 인간들이 괴롭히지 못하는 안전한 곳으로 돌려보낸다. 그 과정에서 진정한 가족애를 느끼게 되면서 자신을 버렸다고 생각했던 아버지에 대한 부정적인 기억을 새롭게 재해석한다. 비정함 뒤에 감춰진 부성애의 진실을 깨닫고 아버지를 찾아 떠나는 여행을 결심한다.

임신과 출산이 여성의 생물학적 특징이라는 점에 근거해서 전통적으로 어린 아이의 양육 및 집 안의 가사 노동은 여성의 몫으로 인식되어 왔다. 린다 맥도웰Linda McDowell은 젠더 구분의 사회적 구성에서 공간적 구분이 핵심적인 역할을 해왔다고 지적한다. 남성적인 특징이 공적, 바깥, 직장, 일, 생산, 독립, 권력으로 설명된다면, 여성적 특징은 사적, 안, 가정, 여가, 소비, 의존, 권력의 부재로 상징된다.[8] 그러나 〈착요기〉는 집안 내의 살림살이를 총괄하며 부드럽고 정적인 활동을 담당하는 일이 여성의 몫이라는 전통적인 성 고착관념을 비틀어 버린다. 송천음은 스스로 자신이 가장 하고 싶은 일은 바느질과 요리라고 자랑스럽게 소개한다. 어린 요괴왕 호파를 임신하여 출산하고 양육해서 돌보는 이는 바로 남자 주인공 송천음이다.

이 작품에서 돌봄의 적극적인 주체자는 남성이다. 어린 요괴왕을 임신한 요괴 왕비는 자신의 죽음을 감지한 후 자신의 아이를 지켜줄 존재로서 송천음을 선택하고 출산과 양육의 책임을 그에게 전가한다. 송천음은 자의적인 결정은 아니었지만 돌봄의 적극적인 주체자가 된다. 모성성이

8 　린다 맥도웰, 여성과공간연구회 역, 『젠더, 정체성, 장소－페미니스트 지리학의 이해』, 한울아카데미, 2010, 39~40쪽.

송천읍에게 이전되면서 그는 아기를 임신하고 출산해서 양육을 담당하게 된다. 전통적으로 여성의 영역으로 인식되어온 활동을 송천읍에게 부여하고 있다. 가부장적인 남성적 권위나 위계질서를 정당화하고 그것을 무의식적으로 수용했던 작품과 달리 육아나 가사를 포함한 돌봄의 실천적 주체를 여성에만 한정하지 않는 것이 〈착요기〉가 다른 작품과 구별되는 점이라고 할 수 있다. 김미영은 '돌봄'의 주체를 여성으로만 한정하지 않고 남성에게까지 열어 놓은 점이 기존의 페미니즘과 구별되는 에코페미니즘의 특징이라고 지적한다.[9]

어린 요괴왕을 임신한 송천읍은 자신의 배 속에서 아기를 품어주다가 우여곡절 끝에 입으로 출산하게 된다. 열이 나는 아픈 아기 요괴왕의 체온을 낮추기 위해 간호하고, 배고파서 힘없는 아기를 위해 우유를 먹이며 돌본다. 배변의 습관을 가르치며 사회 구성원으로서 적응시키기는 훈련도 시킨다. 한 때는 돈을 받고 아기 요괴를 팔았지만 곧 아기 요괴 호파를 그리워하는 심정의 변화를 체감하며 자신의 잘못을 깨닫는다. 송천읍은 어린 요괴왕 호파와 곽소람의 곁에서 타자의 상처를 보듬으며 돌봄의 적극적인 주체자가 된다. 타자 지향의 돌봄의 행위 속에서 오히려 자신 스스로에 대한 정체성을 하나씩 자각하게 된다.

가정에서 가사 노동과 양육은 여성의 전유물이었다. 남편을 위해 요리하고 청소하고 미래의 노동력이 될 아이들을 낳고 키우는 여성의 노력은 금전적 보상을 받지 못하는 일이었다. 자본주의 체재에서 여성의 가사 노동력은 보수 없이 소비되고 착취되었으며 심지어 당연하고 불가피한 것

---

9   김미영, 「신경숙의 장편소설에 나타난 에코페미니즘적 글쓰기와 다문화시대의 윤리」, 『동아시아문화연구』 제53집, 2013, 250쪽.

으로 수용되었다.[10] 전통적으로 남성이 생계를 책임지는 집 밖의 '중요한' 일을 해온 것처럼, 여성에게는 육아와 가사라는 집 안의 일이 '당연하듯' 강요되어 왔고, 이러한 노동의 가치는 평가 절하되어 왔다. 생물학적 여성의 몸에서 임신과 출산은 당연한 것이었기에 여성의 육아와 가사 역시도 일상적인 것, 나아가 중요치 않은 '하찮은' 것으로 수용되었다. 여성에게 있어 너무나 당연했던 임신과 출산은 여성 스스로의 능동적인 삶의 양상과 사회적 선택의 기회를 박탈해 버렸고 수동적이고 복종적인 여성으로 살아가는 환경을 조성시켰다. 생물학적 여성의 몸에서만 경험할 수 있는 생명체의 임신, 탄생을 남성인 송천음의 몸으로 전도시키면서 전통적으로 여성의 몫으로 간주되어 온 육아와 가사, 가정 교육을 남성의 영역으로 확장시킨다. 타자를 돌보는 그의 행위는 비단 어린 요괴왕 호파에게만 국한되지 않는다. 송천음은 자신을 떠난 아버지와 정신이 온전치 못한 할머니가 부탁한 영녕촌의 마을 주민들을 돌보고자 하고, 삶의 가치관이 달라 매번 대립하는 여자 주인공 곽소람의 상처도 감싸 안으며, 요괴지만 유일한 친구인 소무를 위해 죽음의 위협을 무릅쓰고 지키고자 한다.

여성화된 송천음은 집 밖의 일과 집 안의 일로 대립되는 관습화된 남녀 성별 역할의 관념을 해체한다. 육아나 가사가 여성의 영역만이 아님을 재현하면서 가부장적 위계질서를 전복시키며 남녀 성별 고정 역할에 대한 편견을 재고하게 만든다. 소위 '남성' 혹은 '여성'의 영역으로 인식되어 온 성적 차별에서 해방되어 실천적인 평등을 보여주고 있다. 남녀의 생물학적 영역에 고착되어 온 성적 기대치에서 벗어나 사회적, 문화적인 영

---

10 린다 맥도웰, 여성과공간연구회 역, 앞의 책, 136~137 · 147~148쪽.

향으로 형성된 개체의 다원적인 특성을 자연스럽게 수용한다. 요괴를 임신하고 출산해서 양육하는 모성을 체화한 인간 남성이 인간과 요괴의 관계를 화해시키는 중재자이자 인간과 자연의 친밀한 상생 관계를 이끌어주는 주체가 된다. 그러한 의미에서 여성화된 송천음은 자연의 생명력을 북돋고 창조하는 실천자이다. 어머니가 된 송천음의 돌봄과 양육의 실천을 통해 남성과 여성이 신체적이고 유전적인 성적 역할을 뛰어넘어 불평등하고 차별적인 현실을 극복하는 과정을 보여준다. 생물학적 남성이 요괴의 어머니가 되면서 인간과 요괴, 인간과 비인간, 인간과 자연이 어우러진 혼종적 가족이 결성되고 새로운 정체성이 형성되어 가는 것을 확인할 수 있다. 제도화된 가부장적인 낡은 질서에서 벗어나 인간과 세계에 대한 확장된 이해를 시도한다.

다음으로 여자 주인공 곽소람을 살펴볼 수 있다. 그녀의 직업은 요괴를 잡는 천사도의 무사이다. 목걸이에 걸려 있는 동전의 숫자와 무술 실력은 비례하는데 그녀는 두 냥짜리 무사이다. 무술 실력이 높지 않지만 남성에 의지하지 않고 스스로 요괴를 잡아 팔아서 자신의 생계를 책임지고 생활한다. 사냥, 무예, 기술 등 소위 남성의 영역으로 인정되어온 거칠고 역동적인 일을 마다하지 않는다. 오히려 그녀의 관심과 행동은 여성의 영역이라 인정되어 온 양육, 돌봄, 가사 등의 노동과는 거리가 멀다. 부모의 울타리 없이 스스로 삶을 개척하면서 남성의 영역인 집 밖의 경제 활동, 즉 요괴 사냥을 통해서 자신을 지키고 살아간다. 요괴를 잡기 위해 넉 냥짜리 천사도 무사 나강과 경쟁하면서 살아가는 그녀의 삶은 늘 투쟁적이다. 온 몸은 상처투성이지만 육체적인 고단함에 흔들림 없는 강한 생활력을 보여준다. 언제나처럼 요괴를 쫓던 그녀가 어린 요괴왕을 잡아 팔고자 송천음에게 접근한다. 그녀의 목적은 소위 몸값이 높은 어린 요괴왕을 팔아서 금전적 이득을 취하는 것이다. 임신한 송천음을 돌봐줬던 것도, 애초에 어린 요괴왕 호파를 보호하며 지켜줬던 것도 모두 요괴를 팔아 넘겨서 돈을 받기 위함이었다. 요괴 장수에게 호파를 팔고 난 이후 자신도 호파를 그리워하고 있다는 감정을 깨닫고 다시 구출하기 위해 갈사장에 맞서 싸운다. 처음엔 타자를 돌보고 배려하는 행동이 서툴렀지만 송천음과 호파와 함께 하면서 그녀의 감정 곡선은 서서히 변화를 보여준다. 그녀는 호파의 부친 역할을 담당하면서 인간과 요괴가 혼종적으로 구성된 가족애의 감정을 차츰 알아가게 된다. 무술 실력이 높은 무사들과 싸워 승리할 확률은 희박했지만 송천음과 호파의 생명과 안전을 위해서 집 바깥의 일을 거침없이 자처하며 가족을 지키고자 저항한다.

　　남성인 송천음이 생명을 잉태해서 출산하는 집 안의 일을 담당했다면, 그녀는 집 바깥의 일, 가족의 생계와 안전을 책임지는 아버지의 역할을 담당했다. 그녀는 어머니 역할을 하는 송천음과 어린 아기 호파를 위해서 아버지로서의 책임을 지고자 한다. 스스로 가장의 역할을 하며 송천음과 호파를 목숨 걸고 지키려 한다. 가장은 줄곧 남성의 영역이었기에 여성이 자의적으로 가장의 역할을 선택하는 경우는 드물었다. 그러나 그녀는 학습된 '만들어지는 성'의 역할을 거부하고 능동적으로 아버지의 영역에서 활동한다. 남녀의 고착화된 성 역할을 전도시키며 창조적이고 개척적인 삶을 살아간다. 그녀의 정체성은 남성의 환상적 편견이나 관습화된 강요가 아니라 자신이 처한 위치를 이해하고 경험을 재현하는 사회적 환경과 과정 속에서 재정립된 것임을 보여준다. 남성이 여성보다 우월한 것으로 구조화되어 '열등한' 여성보다 더 큰 권위를 가진 것으로 표상되어 왔던 가부장적 위계질서를 해체한다. 여성화한 송천음, 남성화한 곽소람의 전도된 성적 역할은 관습적으로 만들어진 것이 아니라 사회와 문화적 환경에서 새롭게 창조되어 가는 행동 양식임을 보여준다.

남녀 주인공들은 관습화된 성 역할에 고착화되어 일찍이 경험하지 못했던 특별한 행위, 남녀 성 역할의 전도를 통해서 스스로 깨닫지 못했던 타자에 대한 배려와 가족애를 알아간다. 즉 남성이 가사와 육아를 담당하는 어머니의 역할을 하고, 여성이 사냥과 경제 활동을 하는 아버지의 역할을 하는 과정에서 생물학적 유전자가 사회적 성 역할을 강요하거나 고착화할 수 없음을 재현한다. 전통적인 남녀의 성 역할을 타파하여 새롭게 규정된 가족 질서가 평화로운 사회를 위협하지 않음을 보여준다. 송천음의 할머니가 손자와 손자며느리를 착각해서 상대를 바꿔 대우하는 것도 제도적으로 고정된 남녀의 역할을 해체하려는 시도로 해석될 수 있다. 타자에 대한 돌봄과 배려는 종족우월주의에서 벗어난 다문화적인 가족의 연대를 가능케 하고, 가족 구성원과 역할은 관습화된 사회적인 질서나 힘으로 강제할 수 없음을 보여주고 있다.

더욱이 이 작품의 특이점은 성 역할의 전도가 이루어 졌으나 쌍방 중 어느 쪽도 결함이나 상처로 남겨지지 않는다는 것이다. 타자를 돌보고 책임지려는 행동은 결국 자기 내면의 결핍을 채워주는 것으로 보상받고 있다. 인간과 인간, 인간과 요괴는 서로가 서로를 돌보며 각자의 어두운 공간을 채워주고 서로의 성장을 이끈다. 송천음이 호파와 곽소람, 영녕촌의 주민들을 돌보는 것이 그러하고, 곽소람이 호파와 송천음의 곁에서 지켜주는 것이 그러하다. 영녕촌의 주민들이 서로의 목숨을 지켜주고자 하고, 요괴인 죽고 부부가 자신을 공격했던 천사도 무사 나강을 살려주는 것도 그러하다. 송천음, 호파, 곽소람, 영녕촌의 주민들은 서로를 성장시키는 동력이 되며 내 안에 숨겨진 정체성을 확인해 나가는 과정을 보여준다. 내면의 치유와 보상이 쌍방향으로 이루어지는 것은 결국 우리 각각의 개체는 태생적으로 서로를 필요로 하고 있기 때문이다.

남성이 바깥 일을 담당하고 여성이 집 안 일을 책임져야 한다는, 여성의 보호자는 아버지 혹은 남편이어야 한다는 전근대적인 발상을 전복시키면서 새로운 위치에서 자신의 정체성을 재편성하여 성장하는 것을 보여준다. 이것은 에코페미니즘이 남성과 인간 문명을 타도의 대상으로 간주하지 않으며 오히려 남성과 여성, 인간 문명과 자연은 처음부터 하나였다고 보고 공존과 균형을 통해 모든 생명체의 통합을 강조하는 것과 같은 맥락에서 해석될 수 있다.[11]

4. 채식 교육과 생명 존중

〈착요기〉에서 주목해야 할 부분 중 하나는 육식을 포기하고 채식을 교육하는 내용이다. 요괴는 육식을 하는 존재이며 본성이 포악하고 사나운 것으로 묘사된다. 송천음과 곽소람이 지키고자 했던 어린 요괴왕 호파도 선천적으로 동물의 피를 먹거나 육식을 한다. 그러나 송천음은 호파에게 과일 열매를 먹게 하면서 육식이 아닌 채식의 방법을 가르치며 교육시킨다. 요괴를 잡아서 '음식'으로 만들어 육식을 하는 사람들, 천성을 거슬러

---

11 송명희 편저, 앞의 책, 20쪽.

육식을 거부하는 요괴들, 요괴에게 채식을 가르치는 사람들의 이야기를 통해 생명 존중과 공동체 의식을 투영시킨다.

먼저 육식을 제공하거나 즐기는 집단에 대해 살펴볼 수 있다. 송천음과 곽소람은 어린 요괴왕 호파를 팔기 위해 순천부에 찾아간다. 순천부는 동물을 사고파는 시장이 활성화되어 있다. 철창에 가두어져 무기력한 동물들, 고기가 되어 매달려 있는 동물들의 거리를 지나면 요괴 요리를 사고파는 등선루에 도착할 수 있다. '천하제일 요괴도살장'이란 명패가 버젓이 달려있는 등선루에서 요괴는 값비싼 '요리'로 둔갑하여 자신의 탐욕을 채우려는 자들에게 제공된다.

우리는 요괴를 고기로 만들어내는 등선루의 주방에 주목할 수 있다. 자신의 요리 실력에 도취되어 있는 대주방장과 그를 위시한 보조 요리사들의 행동은 우스꽝스럽게 그려져 있다. 그러나 이 어설픈 주방의 인물들은 곧 '고기'가 되기 위해 죽게 될 어린 남자 요괴와 어린 여자 요괴의 천진난만함까지 난도질하며 비웃는다. 대주방장은 죽기 직전까지 인간의 탈을 벗지 않으려는 어린 요괴 아이들에게 어떻게 죽여서 요리로 만들지 친절히 설명해 준다. 타자의 생명을 잔인하게 빼앗는 것에 대한 망설임이 없다. 살생하여 음식으로 만드는 것에 대한 일말의 자책이나 연민을 찾을 수 없다. 도축이라는 이름으로 살생이 정당화되며 어리고 나약한 생명에게 잔혹한 폭력을 행사하고 강한 자가 약한 자를 강제하는 게 합리화되는 장소는 등선루의 주방이다. 어린 요괴들이 무참히 살해당하는 곳은 주방, 즉 '친밀하고 평범한' 장소, '일상의 삶이 공유되는' 부엌에서 이루어진다. 살아있는 생명을 굽거나 튀겨서 '고기'로 요리하는 행위는 바로 일상생활을 유지하기 위해 인간에게 필수적인 공간인 주방에서 이루어진다. 이곳에서 두려움과 무서운 감정을 느끼는 요괴들을 무참히 살생하고 심지어 산채로 잡아먹는 끔찍한 만행이 시작된다. 그 목적은 오로지 인간의 몸보신과 장생불사를 위한 것으로 타자의 생명을 빼앗는 잔인한 그곳은 역설적이게도 인간의 생명을 유지하고 활기차게 해 주는 음식을 만드는 장소이다. 인간이 매일 섭취해야 할 영양소가 담겨진 음식을 만들어 내는 친근한 공간에서 살생이 자행되고 있다.

등선루의 식당을 찾아 육식을 즐기는 사람들은 요괴 '고기'를 통해서 몸을 보신하거나 불로장생을 얻을 수 있다고 믿는다. 등선루의 백세연에 참석하기 위해서 남편과 멀리서 찾아온 귀부인은 남편의 기를 보충하고 임신에 도움이 되려고 등선루의 음식을 찾는다. 희귀한 요괴일수록 더 비싸고 더 큰 효력을 발휘할 것으로 믿는 인간의 이기적인 탐욕이 구체화되는 곳이다. 등선루의 식당을 운영하는 갈사장은 살아있는 생명체를 죽여서 '고기'로 만들어 비싼 값에 제공하고 있다. 장생불사를 꿈꾸는 인간을 위해서 타자를 희생시키는 공간은 살생의 현장을 화려함으로 치장된 유토피아로 둔갑시킨다. '고기'의 재료가 되는 요괴에게는 살해당하는 죽음의 공간이지만, 요괴를 '고기'로 포장하여 즐기는 인간들에게는 욕망을 충족시켜 줄 희망의 공간이다. 육식에 대한 수요가 있고 수요에 따라 육식이 공급되는 곳, 자신의 욕망을 채우기 위해 살아있는 생명을 살해하는 곳에서는 일말의 동정심도 찾을 수 없다. 그런 의미에서 '신선이 되어 하늘로 오른다'는 등선루는 생명을 고기로 포장하는 살생과 도살의 권력이 정당화되고 있다.

어린 남녀 요괴를 죽여서 음식으로 제공하고자 하고 어린 요괴왕 호파를 특별 보양음식으로 소개하며 생식을 부추기는 장면에서 우리는 식민

권력의 중심부에서 가장 먼 곳에 놓여 있는 여성과 어린이를 떠올릴 수 있다. 생명체를 사고파는 순천부의 동물 시장에서 등선루에 이르기까지 동물을 도축하는 폭력의 근저에는 가부장적 사회에서 남성의 지배 권력에 의한 여성 억압의 논리가 투영되어 있다. 고기는 권력 있는 자가 먹었고 육식은 사내다움, 남성성의 상징이었다. 고기는 남성의 음식이고 육식은 남성적 행동이었으며 개인과 사회의 사나이다움을 재는 척도였다. 가부장제 문화에서 여성은 채소나 과일을 섭취했으며 영양이 풍부한 육식은 남성의 몫이었다. 고기를 섭취하는 과정에서도 성의 위계 관계가 생겨났고 성차별은 계급 차별로 이어지면서 성의 위계를 강제해 왔다.[12]

등선루에서 육식을 즐기고 제공하는 사람들은 철저한 위계질서에 의해서 자신들의 지배 권력을 향유한다. 심지어 이러한 위계적인 폭력성은 등선루의 주방에서도 확인된다. 자신의 요리 솜씨에 도취되어 있는 대주방장과 그녀의 권위 의식에 부합하기 위해 경쟁하듯 아부하는 주방의 보조 인력들도 철저한 계급의식에 따라 행동하고 있다. 오만한 특권 의식으로 가득 차 있는 대주방장에게 곧 죽게 될 어린 요괴 아이들은 그저 고기 덩어리일 뿐이며 자신의 특권을 강화시켜줄 하위 계급일 뿐이다.

식생활에서 고기의 비중이 커질수록 남성의 지배력도 커졌고 여성들은 남성을 위해 고기 요리를 준비하면서 자신은 굶주리며 억압되고 차별받아 왔다. 육식을 통해 드러나는 성 차별은 가부장제에 기초한 계급 차별의 폭력성을 보여준다. 등선루는 가부장적 권력 관계의 폭력성을 그대로 투영시키고 있다.

---

12 캐럴 제이 애덤스, 류현 역, 앞의 책, 78쪽.

반면에, 영녕촌의 마을 사람들은 육식을 거부하는 집단이다. 이들은 인간의 탈을 쓴 요괴지만 영녕촌에 숨어살면서 인간 사회에 피해를 주지 않는다. 영녕촌의 주민들은 "우리는 위법을 행하지 않고 사람을 해치지 않아요. 우리는 채소만 먹지요. 인간과 요괴가 공존할 수 있다고요"라고 말하면서 자신들은 타자에게 폭력을 행사하지 않는다고 자신 있게 밝힌다. 다른 생명체를 죽이거나 위해를 가하지 않고 육식을 하지 않는다. 채소만 먹는다는 고백은 태생적으로 즐겨먹던 고기를 포기해서 공격적인 성격을 억제하여 인간과 요괴가 함께 살아가려는 의지의 표현이다. 영녕촌의 주민들은 평화로운 공동체 마을을 형성하여 인간과 싸우지 않고 살아가는 존재들이다.

육식의 거부는 남성적 지배의식에 대한 거부와 은폐된 폭력에 대한 저항을 상징한다. 육식이 남성의 특권이었듯이 육식을 거부하는 자들은 사내답지 못한, 덜 진화한, 중심에서 밀려난 존재임을 의미했다. 요괴들은 본래 육식하던 존재들이다. 그러나 영녕촌의 주민들, 즉 평화롭게 살고자 하는 요괴들은 생명을 죽여 고기로 섭취하는 육식을 거부한다. 육식은 살아있는 동물의 생명을 끊어 '고기'로 가공하여 공급하는 것이다. 육식을 거부하고 채식을 하는 것은 생명 존중의 대지 윤리를 지키는 것과 관련된다. 가축이나 동물에 기반을 둔 경제와 남성 권력 사이에 상관이 있듯이, 농작물 경작에 토대를 둔 경제와 여성 권력 사이의 상관성을 살필 수 있다. 농작물 경작에 토대를 둔 경제에서는 남녀가 좀 더 평등하게 식량을 배분하며 여성은 어느 정도 자율성을 보장받고 합당한 경제적이고 사회적인 지위를 위임받을 수 있었다.[13] 영녕촌의 주민들은 다 같이 일하고 공동의 작업이 끝난 후 다 같이 밥을 먹는다. 육식을 하는 것 대신 농작물을 공동으로 경작하고 과일이나 채소를 식량 자원으로 활용한다. 자의적으로 육식을 거부하고 채소를 먹으며 남성적 권위 의식에 저항한다. 그러한 의미에서 영녕촌이라는 공동체 사회에서 자신의 목소리를 높여 서로 아웅다웅 다투는 두 아주머니의 관계나, 늘상 놀림 당하는 이장 송천음과 마을 주민들의 관계가 위계적이거나 위협적으로 해석되지 않는다.

나아가 송천음은 요괴에게 채식에 대해 가르치고 교육한다. 어린 요괴왕을 지키고자 하던 충신 요괴 죽고의 부인이 송천음을 처음 보고 인육 냄새가 난다고 좋아했던 것처럼 요괴는 본래 육식을 한다. 호파도 어리긴 하지만 말의 피를 먹고 동물성 고기를 섭취하는 요괴이다. 송천음은 그런 호파에게 대지 위 생명이 서로 공존할 수 있는 삶의 방법을 가르친다.

태어난 지 얼마 안 된 어린 호파에게 젖을 먹이려고 하자 호파는 송천음의 가슴을 물어뜯는다. 곽소람은 요괴의 천성은 고칠 수 없다고 비난하지만 송천음은 인내심을 가지고 어린 호파에게 채식에 대해 교육한다.

앞으로 다시는 피를 빨아 먹으면 안 돼! 잘 기억해. (…중략…) 이제부터는 채식만 하는 거야. 그러면 얼마나 좋은데. 저기 봐. 말들이 얼마나 불쌍하니. 우린 저 말들을 해치면 안 돼.

송천음은 살아 있는 말의 피를 빨아 먹은 호파에게 음식이 된 동물의 고통을 알려주고 채식을 가르쳐준다. 그는 동물의 고통이나 감정이 사람과 다를 바 없다고 인식한다. 그래서 어린 호파를 요괴 장수한테 팔아넘

---

13 위의 책, 93~94쪽.

기려는 곽소람에게 요괴 판매를 포기시키기 위해서 "사람한테만 감정이 있다는 근거 있어?"라며 설득하고자 한다. 곽소람은 사람과 요괴는 공존할 수 없다며 호파를 팔아버리지만, 요괴 장수에게 팔려 철창 속에 가두어진 호파는 괴롭게 울부짖는다. 어린 요괴 호파가 송천음과 곽소람이 떠난 후 혼자 남겨졌다는 두려움과 공포 속에서 고통스러워하는 감정을 확인할 수 있다.

피터 싱어는 동물을 인간과 평등하게 대해야 하는 근거로 그들이 고통을 느낄 수 있는 능력이 있기 때문이라고 지적했다. 고통이란 의식 상태를 지칭하는 것으로 '정신적인 사건'이다. 다른 이들의 고통을 추정할 수 있는 것은 거의 외적인 몸짓에서 나타나는데 이러한 몸짓은 우리와 가까운 포유류와 조류 종에서 분명히 살펴볼 수 있다는 것이다. 이러한 동물들은 우리와 유사한 신경계를 가지고 있기 때문에 인간과 비슷한 신경학적 반응을 일으키고 있으며 포유류와 조류에서도 충동이나 정서, 느낌의 발달을 확인할 수 있다는 것이다.[14]

송천음은 호파가 피를 빨아 먹어서 고통스러워하는 말들을 보며 불쌍하다는 감정을 가르친다. 다른 동물이 생명을 박탈당하지 않을 권리를 알려주며 타자를 해치치 않기 위해서 과일 열매를 먹는 방법을 가르친다. 문명과 진화로 상징되어온 남성의 음식 '고기'를 거부하고 여성성을 상징하는 채식을 교육한다. 다른 생명체에 대한 존중과 배려 속에서 여성적 원리가 회복된 채식을 교육하며 다 같이 상생하는 공동체의 삶을 가르친다.

영녕촌 사람들이 채식만 하는 것도 송천음 부친의 교육을 통해서 이루

---

14 피터 싱어, 김성한 역, 『동물해방』, 연암서가, 2020, 42~43쪽.

어졌음을 충분히 짐작할 수 있다. 송씨 부자가 2대에 걸친 노력의 결과로
서 본래 육식하던 요괴가 교육을 통해서 채식을 실천하고 있음을 알 수
있다. 꾸준한 교육과 훈련을 통해서 채식을 하는 존재로 변화된 모습은
인간과 더불어 평화롭게 살아갈 수 있는 가능성을 확인시켜 준다.

육식은 동물의 생명을 고깃덩어리로 추상화하면서 '음식'이라는 미화
된 용어로 살생을 정당화한다. 살아있는 동물을 죽여 고기로 만드는 일이
언제나 그릇된 것은 아니겠지만 선택할 기회가 있다면 타 생명체의 고통
을 줄이고 환경오염을 양산하는 육식을 줄이는 방향으로의 개선이 필요
할 것이다. 생명에 대한 존중과 평등사상은 유기체들이 공생할 수 있는
생태적 인식의 토대가 된다. 고통이나 쾌락의 감정을 느끼는 동물 살생을
지양하고 채식을 실천하는 것이 인간 자신과 지구 대지가 상생할 수 있
는 길이라는 에코페미니즘의 토대적 사상과 맥을 같이 하고 있다.

5. 에코토피아Ecotopia와 지속 가능한 실천

〈착요기〉의 마지막 부분은 어린 요괴왕과 영녕촌의 마을 사람들이 새
로운 장소로 찾아 떠나는 과정을 보여준다. 송천음은 사랑하는 호파의 생
명을 지켜주기 위해 그를 안전한 곳으로 보내고자 한다.

영녕촌 주민들과 사람이 없는 곳으로 떠나. 영녕촌을 새로 지어. 그곳만이
네가 안전해.

송천음의 대사는 자연에 대한 인간의 폭력성이 그치지 않을 것임을 암시해 준다. 호파는 송천음의 안타까운 마음을 모른 채 천진난만한 얼굴로 계속해서 장난치지만 송천음은 "인간은 아직 널 받아들일 수 없어"라며 다가오는 호파를 매몰차게 내쫓는다. 어린 호파는 울면서 요괴 무리와 함께 숲속으로 떠난다.

호파가 떠나는 길에는 인적이 없는 울창한 숲과 푸른 들판이 펼쳐진다. 숲은 생태환경의 원형이자 대지의 생명이 자라나는 곳이다. 숲속 어딘가에 있을 또 다른 영녕촌은 온갖 역경을 이겨내고 돌아온 자들의 상처를 회복하는 생명의 땅이다. 인간의 폭력이나 억압에서 해방될 수 있으며 잃어버린 자연성, 순수함을 되찾는 고향과 같은 공간이다. 계급이나 권력에 의해 차별받지 않는 공간이며, 무분별한 기술 개발과 착취에서 벗어나 대지의 생명력을 온전히 회복할 수 있는 공간이다. 호파와 요괴 무리들은 생태공동체 세상을 찾기 위한 희망의 땅으로 여행을 떠난다. 창조적이고 생산적인 '여성 원리'가 회복된 곳에서 인간과 요괴가, 인간과 자연이 더불어 살아갈 수 있는 희망을 찾는다.

1975년 어니스크 칼렌버그는 미국식 자본주의 사회를 대체하는 가상의 대안사회에 대한 소설 『에코토피아』를 발표했다. 그곳 사람들은 "인류의 행복은 지구상의 다른 생물들을 얼마나 많이 지배하느냐가 아니라 그들과 얼마나 균형을 이루며 조화롭게 살아가느냐에 달려있다"[15]고 믿는다. 호파와 영녕촌의 주민들이 떠나는 길은 인간의 폭력과 지배에서 벗어나 자연과 조화를 이루는 에코토피아를 찾아가는 여행과 같다. 인간의

---

15 김용민, 『문학생태학』, 연세대 대학출판문화원, 2018, 196쪽.

구속이나 통제에서 벗어나 자유롭고 안전한 공간이며, 생명을 북돋울 수 있는 신성한 곳, 고향과 같은 안식처이다. 그 곳에서 모두가 조화로울 수 있는 미래 지향적인 생태 사회를 꿈꾼다.

〈착요기〉는 소중한 것을 잃어버린 경험을 통해 공생의 의미와 진정한 자아를 찾아가는 과정을 담아낸 작품이다. 내 안에 상실된 것들을 깨닫고 결핍된 것들을 채워가면서 자신의 정체성을 재구성하는 과정을 보여준다. 인간과 요괴의 갈등과 화해의 과정을 통해서 우리 안에 내재한 폭력과 억압의 잔재에 대해 고민과 반성을 시도하게 해 준다.

남성과 여성, 인간과 자연이라는 실체를 효율성의 입장에서 재단하고 평가하기보다 생명을 가진 유기체들의 관계를 조화롭게 풀어가려는 실천적 노력이 필요하다. 그러나 사회적 제약 속에서 굳건해진 전통과 관습의 형식들에 대해 저항할 때 단일한 논리의 목소리는 자칫 오류에 빠지기 쉽다. 각 개체의 상대적인 의미와 다양성의 가치를 놓치기 쉽다는 것이 그 중 하나일 것이다. 지난 폭력에 대한 고민과 반성의 과정에서 사회 발전을 위한 효율적인 개발을 멈춰야 한다거나 남녀의 성 역할을 교환해야 한다거나 육식을 포기하고 채식을 해야 한다는 당위성의 문제와 직결되는 것은 바람직하지 않다. 다양한 선택과 권리가 무시된 또 다른 억압과 강제를 양산하기 때문이다. 여성과 자연의 입장만을 내세운 무조건적인 권리를 강조하는 것 역시 지양해야 할 태도이다. 불균형, 불평등적 인식에 대한 비판적인 검토와 고민은 어느 한 쪽의 권리나 책임만 주장하는 것이 아니라 객관성과 다양성을 존중하는 자세로 마주해야 한다.

당연하듯 인습되어온 사회적 관습과 불균형적 억압에 저항하여 여성이 역사적 과정 속에서 경험해 온 특수성을 이해하는 것에서 출발해야 할 것이다. 사회가 강제한 근대적인 성적 지배와 불평등의 유산이 지속되어온 현실을 직시하고 억압된 것들에 대한 관심이 확장될 필요가 있다. 타자로 밀어낸 여성적 경험의 다양성을 인정하면서 상호주의에 입각한 평등과 화해의 방법을 배워야 한다. 여성과 자연에 대한 파괴적이고 종속적인 관계를 청산하고 평등하고 조화로운 사회로 나가는 토대가 될 수 있다.

이것은 단지 남녀 성별에 국한된 문제만이 아니라 인간과 인간 주변을 위시한 모든 생명체들 사이의 관계의 문제이다. "우리는 지구상에 존재하는 모든 것의 다양성과 상호연관성이 생명의 기반일 뿐 아니라 행복의 원천이라는 것을 보여주고자 한다. 에코페미니즘은 생물적, 문화적 다양성과 상호연관성에 관한 것"[16]이기 때문이다. 차별이 아닌 차이의 특성을 인정하고, 서로가 서로의 위에 있지 않고 호혜적으로 지탱해 주고 있다는 생태적 관계에 대한 인식의 전환이 필요하다. 그리고 이러한 인식의 전환은 지속 가능할 수 있는 실천적 행동으로 이어져야 할 것이다. 오랜 시간 무기력하게 체념되어온, 상하 이원론적 문화에 남겨진 폭력의 잔재를 떨치고 인간과 자연이, 남성과 여성이, 인간과 인간이 조화로울 수 있는 생태적 노력이 지속되어야 한다. 남성과 여성, 인간과 자연, 문명과 식민, 개발과 착취에 대한 상호 연계적 관계에 대한 고찰은 결국 우리 자신을 성찰하는 휴머니즘 연구의 일부이다.

---

16 마리아 미스·반다나 시바, 손덕수·이난아 역, 앞의 책, 42쪽.

제10장
영화 〈미인어〉 : 여성과 자연, 지구환경의 서사

1. 영화 〈미인어〉와 지구환경 문제

'인류세Anthropocene'라는 말은 지구의 역사에서 인류가 지구 환경에 큰 영향을 미친 시기를 구분한 명칭으로 홀로세Holocene를 잇는 지질 시대를 일컫는다. 2000년 파울 크루첸Paul Crutzen이 동료와 함께 처음 제안했으며 지구온난화와 생태계의 변형 등 인간에 의해 지구의 환경이 변화하기 시작했음을 설명한다. 학계에서 처음 언급된 이후 이제는 지구 환경문제의 위급함을 상징하는 용어가 되었다.

인류세는 단지 인간뿐 아니라 모든 생명체가 위험에 처했고 지구 시스템 자체가 인간종의 과도한 개발과 이용, 착취로 인해 심각한 위기로 나가고 있음을 설명하고 있다.[1] 인류세라는 용어가 이미 낯설지 않은 시점에서 생태계의 교란에서 기인한 코로나19 팬데믹의 혼란까지 더해져 우리는 몇 년 동안 위축된 생활 환경 속에 머물러 있다. 지구 시스템의 변

---

1   김종갑, 「21세기 인류세의 도래가 우리에게 의미하는 것」, 몸문화연구소, 『인류세와 에코바디-지구는 어떻게 내 몸이 되는가?』, 필로소픽, 2019, 14쪽.

화가 초래한 생태불균형, 환경오염, 생물 종의 다양성 감소, 기후변화 등의 위험이 시간이 지날수록 더욱 심각해질 것으로 예상되기에 우리는 지구환경 문제에 대해 진지하게 고민하지 않을 수 없다. 인류 문명과 지구 생태계 사이의 불균형과 부조화로 인류의 삶 전반이 위태로워질 것이라는 예측에 의심의 여지가 없다.

이러한 상황에서 2016년 개봉된 〈미인어美人魚〉라는 영화를 다시 떠올려 볼 수 있다. 〈미인어〉는 '인어'라는 반인반수의 고전적 소재를 차용해서 풍부한 상상력을 가미해 인간과 비인간의 로맨틱한 사랑을 아름답게 그려낸 영화이다. 인간과 해양 생물체의 사랑을 현실적으로 담아내기 위해 특수한 영상 기법을 가미하고 주성치周星馳 감독 특유의 독특한 화법과 개성 있는 연출로 크게 흥행했다. 〈미인어〉는 과장된 연기와 어색한 CG가 삽입된 코미디 상업 영화지만 우리들에게 상당히 시의적인 메시지를 던지고 있다. 생태환경을 위협하는 인류 문명에 대한 반성과 지구의 미래에 대한 성찰을 분명하게 담아내고 있기 때문이다. 현대인들의 신자본주의적 욕망과 타자에 대한 소외의식을 지구환경 문제에 투영시켰다는 점에서 포스트코로나 시대를 준비하는 우리들에게 전달하는 메시지가 절대 가볍지 않다. 인간과 인어의 사랑이라는 고전적 로맨스 안에 담겨진 환경오염과 생태계의 위기에 관한 경고는 미래지향적일 뿐 아니라 코로나 팬데믹으로 인류 전체가 난관에 봉착한 현 시점에서 반드시 되짚어봐야 할 필요성이 있다.

제10장에서는 전 지구적 생태위기와 인간 삶의 관계에 대한 문제의식에 기반하여 영화 〈미인어〉를 에코페미니즘의 각도에서 접근하여 분석할 것이다. 영화 〈미인어〉가 제기하는 지구환경과 생태에 관한 문제의식은

바로 에코페미니즘에서 추구하는 차별과 억압에 저항하는 입장과 맥을 같이하고 있다. 앞 장에서 다룬 바 있듯이, 생태학과 페미니즘을 결합시킨 에코페미니즘은 여성, 자연, 환경, 생태를 연결시키고자 하며 인간중심주의의 지배와 맹목적인 자본주의식 착취에 저항하는 운동이다. 개발은 본질적으로 여성과 자연에 대한 남성의 지배에서 시작되었고, 수동적 대상이 되어버린 이들은 생명의 창조자와 양육자의 위상이 아닌 '자원'으로 환원되어 왔다.[2] 에코페미니즘은 지구상에 존재하는 것들의 다양성과 상호연관성이 생명의 기반이라고 여기는데 이윤을 얻기 위해 억압과 착취, 지배와 통제를 하는 권력과 자본의 체제에 도전한다. 생명 영역에서 이 지배의 형태는 가부장적 자본주의 사회의 남녀관계로 해석한다.[3]

본 장의 논의는 〈미인어〉를 매개로 하여 소위 에코페미니즘에 대한 찬반 논란을 가열시키려는 작업이 아니라 일상적으로 진행되어온 여성에 대한 억압과 폭력, 자연 착취와 지배에 관한 우리의 현주소를 돌아보고 미래지향적인 인식의 개선에 주목하고자 함이다. 〈미인어〉에 에코페미니즘의 쟁점들이 어떻게 재현되었는지 구체적으로 살펴보고 생명의 가치와 문명 전환의 방향성에 대해 진지하게 고민할 기회를 제공할 수 있다. 에코페미니즘의 주요 의제인 여성과 자연에 대한 지배와 억압에 관해 살펴볼 것이다.

〈미인어〉는 최첨단 과학기술 발달의 시대인 21세기에 돈 많은 젊은 부호와 인어가 우여곡절을 겪은 후 진정한 사랑을 하게 되면서 지구 환경을 지켜나간다는 영화이다. 남자 주인공 유헌劉軒은 자수성가한 사업가로

---

2 이소영 외편역, 앞의 책, 2000, 197쪽.
3 마리아 미스·반다나 시바, 손덕수·이난아 역, 앞의 책, 42쪽.

서 청정지역인 청라만을 시세보다 비싼 가격에 사들인 후 간척사업이라는 명목으로 수익성 높은 사업 프로젝트를 추진하려고 한다. 청라만 일대의 해양 생명체들은 거대 기업들의 사업 때문에 생명의 위협을 받게 된다. 인어족은 자신들의 삶의 터전을 빼앗고 공격하는 인간들에게 복수하기 위해서 산산珊珊을 내세워 미인계를 이용해 유헌을 죽이고자 계획한다. 유헌에게 접근했던 산산은 처음에는 복수하고자 했으나 점차 그의 고독과 공허함을 이해하게 되면서 오히려 유헌의 생명을 살리게 된다. 결국 유헌은 거대 기업들의 사업 프로젝트가 해양 생명체와 환경을 파괴하는 행위임을 깨달은 후 자신의 전 재산을 사회에 환원하면서 자연 생태계를 보존하고자 한다.

이 영화에서 여자 주인공 산산은 서사를 이끌어가는 중심축이라고 할 수 있다. 복수하기 위한 산산의 어리숙한 행동이 황당한 사건을 초래하지만 남자주인공 유헌의 가치관을 서서히 변화시키면서 지구 환경에 대한 생각을 바꿔놓는다. 유헌을 유혹하고 사랑하게 되는 과정에서 가부장적 지배 논리와 자본주의의 폭력성이 산산의 몸에 어떻게 잠식되어 재현되는지 살펴볼 수 있다.

2. 유혹하는 몸, 식민화된 몸

먼저 산산의 몸은 남성을 유혹하는 몸으로 형상화된다. 산산은 꼬리지느러미의 일부를 변형하고 인간의 걸음걸이를 흉내내면서 우연을 가장하여 바람둥이 유헌에게 접근한다. 인어족들은 산산의 성적 관능미를 앞세위 복수를 계획한다. 그녀의 외모에 대해서 평가하면서 "눈도 작고 코는 크고 이빨도 날카롭고 가슴도 납작하다"며 아쉬워한다. 타인의 평가를 그대로 수용할 수밖에 없는 산산의 몸은 수동적인 몸, 대상화된 몸이 된다.

아름다운 여성이 되기 위한 조건은 까다롭다. 인어족들의 평가에 견주어 본다면 매력적인 여성은 '눈이 크고 코는 작고 이빨은 날카롭지 않아야 하고 가슴은 커야' 유혹하기에 흡족한 조건이 된다. 여성은 자신의 몸에 대한 스스로의 결정권을 상실하고 관습화된 사회적 미의 기준에 맞춰 평가되고 있다.

한편 거대 부동산 회사의 CEO 약란若蘭은 유헌의 사업 프로젝트에 자금을 투자한다. 산산에게 질투를 느끼는 그녀는 얼굴도 예쁘고 몸매도 날씬하다. 돈 많고 아름다운 자신을 쫓아다니는 남자들이 파리까지 줄을 설 정도라고 호언하며 자신의 외모에 대해 자부심과 긍지가 넘쳐난다. 산산이 남성을 유혹하기 위해 도달하고자 하는 몸, 약란이 의기양양하게 자신감을 가지고 있는 몸은 스스로의 주체 의식이 재현된 몸이라고 볼 수 없다. 아름다움에 대한 평가의 근거가 바람둥이 유헌의 마음에 드느냐 혹은 남성들의 호감을 받느냐의 여부에 달린 것이기 때문이다. 외모에 대한 인습적인 평가는 가부장제 사회에서 요구되는 기준에서 시작된다. 성적 매력의 조건이 남성적 시선에 맞춰 정형화되어 왔고 여성 몸을 재단하는 일률적인 평가가 우리 사회에서 그대로 묵인되어 왔다. 그런 의미에서 산산의 유혹하는 몸은 주체의식이 상실된 몸, 강요된 몸이라고 할 수 있다.

여성의 몸에 대한 미적 기준은 성적 상품화 전략과 맞물려 소비주의로 전락했다. 유헌이 주최한 파티에 초대받은 여성들은 한결같이 날씬한 몸에 화려한 모습으로 치장하고 있다. 호화로운 파티에서 남성들의 호감을 받는 여성들은 천편일률적인 아름다움으로 정형화되어 있다. 남성을 유혹하기 위해서 화려하게 치장하고 날씬한 몸을 유지해야 한다. 남성들에게 주목받을수록 유혹을 성공할 가능성이 커지며 여성 몸의 가치 효용성도 높아진다.

유헌을 유혹하기 위해서 지느러미를 세워 인간의 걸음걸이를 흉내내는 동안 정작 자신의 몸은 고통스럽다. 헤엄치며 살아가는 인어가 물에서 벗어나 인간의 행동을 모방한다. 다리가 없는 인어가 인간처럼 치장하고 꼬리를 세워 걸어다니며 남성의 관심을 받고자 과장된 행동을 한다. 어울리지 않는 화장과 어색한 행동이 눈에 띄지만 유혹하려는 목표를 달성하기 위해서 주변의 따가운 시선에도 아랑곳 하지 않는다. 산산의 몸은 강제된 관능미를 내세워 목표 달성을 위한 도구적인 필요에 의해 가치를 지닐 뿐이다.

아름다운 몸은 여성들에게 마치 필수적인 조건처럼 규정되어 왔다. 아름답지 않은 외모는 여성스러움이 부족한 것으로 인식되는 사회적인 억압 속에서 다른 사람에게 어떻게 보이는지가 중요한 문제가 되었다. 여성 몸에 대한 평가는 남성의 시선에 맞춘 가부장적 세계의 관념에서 비롯되었기 때문이다. 가부장제의 억압은 남성보다 여성을 몸과 보다 더 밀접하게 연결함으로써 여성의 사회적이고 경제적인 역할을 생물학적인 관점에 국한해서 그런 억압 자체를 정당화한다.[4] 남성적 시선에 따른 평가의 기준에 맞추고자 여성은 스스로 외모에 집착하고 자신의 의지를 감금시키며 타인에게 인정받는 몸을 만들고자 노력한다. 정형화된 아름다운 몸을

4 엘리자베스 그로스, 임옥희·채세진 역, 『몸 페미니즘을 향해-무한히 변화하는 몸』, 꿈꾼문고, 2019, 54쪽.

만들기 위해 고통을 참고 스스로 학대하면서 누군가의 욕망의 대상이 되고자 했다. 타인의 시선에 맞추어 자신의 삶을 왜곡시켜온 과정을 상기해본다면 여성의 몸이 육체적, 정신적으로 얼마나 착취되고 통제되어 왔는지 알 수 있다. 이것은 지배 논리에 길들여진 여성이 고통과 학대의 현장에 스스로 참여하게 만드는 이중으로 중첩된 폭력이다. 여성의 몸에 대한 평가는 남성 중심적 지배 논리 속에서 성적인 소비 만족도를 높이기 위한 불평등한 관계에서 기인했다. 산산의 몸을 통해 가부장적 지배가 일상적으로 어떻게 여성들의 몸에 스며들어 그들의 삶을 통제해 왔는지 현실적인 단면을 확인할 수 있다.

또한 산산의 몸은 '전체'의 목표를 위해 '개인'에게 주어진 임무를 당연하듯 수행하며 따르고 있다. 낮에는 동족의 복수만을 생각하며 유헌에게 다가가 인간인척 유혹하고, 밤에는 폐선박으로 돌아와 암살 계획의 일과를 보고한 후 평범한 다른 인어들처럼 생활한다. 산산은 소위 비밀스런 이중 신분으로 생활한다. 인어들이 유헌을 죽이자는 구호를 다함께 외치는 동안에도 정작 자신의 삶과 가치관에 대해서 성찰하지 않는다. 목표가 달성된 이후의 삶을 어떻게 살아갈지 구체적인 생각이나 계획이 없다. 인어족의 복수를 위해 떠밀려 행동하면서 자아의 정체성과 주체의식은 드러나지 않는다. 그녀의 이중생활은 스스로의 결정에 따른 행동이 아니기 때문이다.

암살 요원으로 수행하는 '바깥'에서의 몸은 주체적 선택에 따른 것이라기보다 학습되고 길들여진 몸이다. 산산은 유혹하는 행동이 동족을 위해 자신이 할 수 있고 해야만 하는 일, 즉 얼마나 비장하고 무거운 소명인지 애써 책임의 무게를 짊어지고 감내하고자 노력한다. 실제로 유헌과 자주 연락하며 가까워지자 자신은 연기자도 아니고 암살요원도 아니라며 복수하려는 계획을 더 이상 수행하지 못하겠다고 소리친다. 안타깝게도 그녀의 처절한 외침은 동족들의 침묵 속에 그대로 묻혀버린다. 내 앞의 현실을 직시하며 그제서야 자신의 내면을 들여다보지만 그녀에겐 선택권이 남아 있는 것 같지 않다.

　내면의 유폐된 자의식과 동족을 위한 책임감이 충돌할 때마다 인어족을 이끌고 있는 문어는 복수의 의지를 부추긴다. 문어로 표상되는 남성의 목소리는 산산의 다음 행동을 지시하고 명령한다. 문어는 개인의 의지보다 동족을 위해서 따라야만 하는 가부장제 아버지의 목소리로 '호명'한다. 아버지의 호명 뒤에는 동족의 목표 완성을 위해 자신의 삶을 포기하는 수동적인 여성 주체만 남겨진다. 호명이 이루어지는 그 순간에 이미 주체는 외재적 권력이나 이데올로기를 내면화한 상태이므로 자유롭지 못하다. 주체적인 선택처럼 보이게 만드는 아버지의 목소리에는 딸에 대한 지배와 착취가 내재되어 있다. 여성에 대한 지배 논리가 가족에서 시작되고 있다는 가부장제의 위계질서가 그대로 전이되어 중첩된다. 여성은 자연처럼 이용하고 지배할 수 있는 대상, 위계 질서의 하부 구조에 위치하고 있음을 투영시킨다.

　사회적 통제가 직접 영향을 미치는 장소인 몸은 역사와 문화적 관습 속에서 자동적으로 학습되고 변형된다. 몸은 일상적인 규칙이나 습관에 의해서 '몸이 되는' 과정을 거쳐 문화적으로 구성되기 때문이다.[5] 산산은 가족과 동족을 위해 자신의 역할과 위치를 강요받아 왔다. 오랫동안 지속

5　케티 콘보이·나디아 메디나·사라 스텐베리 편, 고경하 외편역, 『여성의 몸, 어떻게 읽을 것인가? - 성의 상품화 그리고 저항의 가능성』, 한울, 2006, 118쪽.

되어온 사회의 관습적 질서와 지배 논리 하에서 주체적 의지를 감금당한 체 산산의 몸은 도구로 환원되어 존재했다. 남성의 선호도에 맞춘 아름다운 여성의 몸, 아버지의 호명에 따라야 하는 여성의 몸은 가부장적 이데올로기 속에서 남편과 가정을 위해 종속되고 통제되어 왔다. 여성의 주체적 행동 결정권을 박탈시켜 왔던 가부장제의 폭력은 성적으로 소비되는 유혹하는 몸, 남성의 목소리에 따라야 하는 몸을 통해서 재현되고 있다.

여성의 몸을 둘러싼 남성 욕망의 서사는 만들어진 아름다움과 강제된 길들임으로 드러난다. 유혹하는 몸을 통해 성의 상품화를 추동하며 여성의 몸이 어떻게 소비되고 통제되어 왔는지 보여준다. 가치 위계적인 질서 속에서 아버지를 따라야 하는 몸을 통해 관습화된 억압과 착취를 보여준다. 당연하듯 일상화된 폭력은 여성의 주체 의지를 감금시키고 주변화된 여성의 위상을 세습시켜 왔다. 여성의 몸은 가부장제와 소비주의가 힘을 갖는 사회에서 문화적으로 구성되어 삶을 변형시켜 왔다. 산산의 몸을 통해 자유와 권리를 박탈당한 여성의 삶이 얼마나 제한적이고 폐쇄적이었는지 지난 역사의 궤적을 투영시켜 보여준다.

인어의 복수극은 표면적으로는 삶의 터전을 **빼**앗은 인간 문명에 대한 저항으로 보이지만 그 의미의 틈새에서 여성에 대한 억압과 착취의 잔인함을 폭로하고 있다. 산산의 유혹하는 몸은 가부장제 사회 속에서 여성의 관능미를 아름다움으로 포장한 성적 소비가 일상화되어 왔음을 보여준다. 남성의 환상 속에서 만들어진 여성성은 여성의 몸에 잠입해 통제하면서 주체적 의지를 박탈시킨다. 자기 몸에 대한 스스로의 결정권이 상실된 채 지배와 착취의 도구가 되어 반복적으로 타자화되어 왔다. 남성적 시선에 강제된 몸, 사회의 관습에 학습화된 몸은 남성을 유혹하고 따르는 식민화된 몸으로 재현되어 있다. 그녀의 몸이 지속적으로 고통받고 억압받아 왔다는 점에서, 또 그러한 폭력이 지금도 여전히 영향력을 행사하고 있다는 점에서 여성의 몸에 대한 논의는 개인의 문제가 아니라 가족과 사회 전체의 문제로 확장되어야 할 것이다.

3. 돌봄의 몸, 사랑의 몸

산산은 낮에는 유헌을 유혹하고 저녁에는 물고기밥과 소염제 한 통을 사들고 청라만 산꼭대기에 있는 집으로 돌아온다. 그녀가 집에 돌아오자마자 하는 일은 다친 인어족 어린이들을 돌보는 것이다. 아픈 인어들에게 약을 주고 상처를 치료하며 위로한다.

어린이들의 아픔을 돌보고 약자를 배려하는 산산의 몸은 재생의 힘을 지니고 있다. 낮에는 집 밖에서 유헌을 유혹하고 저녁에는 집 안에서 병자와 어린아이의 상처를 돌본다. 산산의 몸은 동족의 상처를 치료하고 어린아이를 돌보는 어머니의 역할을 수행한다. 모성성은 우리 어머니들의 삶을 선택의 여지없이 헌신과 희생으로 내몰았던 가부장제의 신화이자 강요된 성적 특징이라는 의미에서 여성을 억압하는 기제로 해석되기도 한다. 그러나 약자들을 돌보고 보살피는 산산의 몸이 상호 의존을 통해 모든 생명체의 통합을 강조한다는 점에서 여성적 원리를 회복시키고 있다. 또 남성의 시선에 대상화된, 강제된 여성성이 아니라 자신의 존재 가치와 정체성을 주체적으로 찾아가는 과정으로의 몸이라고 할 수 있다.

산산의 돌봄의 몸은 남성 중심적 헤게모니에 저항할 수 있는 대안적인 문화의 잠재력을 지니고 있다. 가부장적 사회에서 많은 여성들이 출산과 양육, 가사 업무를 통해 체득한 문화적 지식과 감성적 태도들을 생물학적 성차가 담아내는 위험 요소로 규정하며 비판의 대상이 되기도 했지만 이상화가 지적했듯이, "에코페미니즘의 문제의식은 전통적으로 '여성적인 것'으로 간주되어 온 성질, 다시 말해 '협동적', '양육하는', '뒷받침하는', '감성적인', '비폭력적' 등과 같은 성질이나 속성을 긍정하는 데서 출발하기" 때문이다.[6]

출산이나 양육, 돌봄은 여성 몸의 생물학적 특징과 '자연스럽게' 관련된다. 여성의 몸이 자연성과 아주 밀접하게 연관되기 때문에 여성의 몸은 여성주의 이론을 정립하는 데 있어서 어려운 문제로 다루어졌다.[7] 여기에서 우리는 산산의 돌봄의 몸이 비폭력적이고 감성적인 여성적 원리를 자연스럽게 재현하는 것 이외에 강요된 의지에서 벗어나 스스로 행동하는 몸이라는 점에 주목할 수 있다. 남성의 통제에서 벗어나 주체적으로 돌봄을 실천한다. 그녀의 돌봄과 위로는 아버지의 호명에 의한 강요가 아니라 자의적인 의지와 선택을 통해 드러나고 있다. 타자의 상처를 치유하고 돌봄을 실천하면서 상호 의존적인 관계를 확장시킨다. 자유가 통제된 낮의 몸에서 벗어나 자기 몸에 대한 결정권을 스스로의 방식으로 보여주고 있다.

산산이 돌보는 대상은 비단 동족의 어린아이들뿐 아니라 죽이려 했던 상대인 유헌에게로 확장된다. 산산은 유헌과 점점 가까워지면서 그의 상

---

6 이상화, 「여성과 환경에 대한 여성주의 지식생산에 있어 서구 에코페미니즘의 적용가능성」, 『한국여성철학』 제16권, 2011, 119~120쪽. 에코페미니즘 이론에서 본질주의 논쟁에 관해서는 이상화의 논문을 참조할 것.
7 에코페미니즘에서 여성과 자연의 관계, 자연으로서의 여성에 관해서 린다 맥도웰의 앞의 책, 91~96쪽 참조할 것.

처와 고독을 엿보게 된다. 그녀는 유헌에게 복수하려는 계획을 짜서 접근했지만 자본주의의 공허함 속에 홀로 남겨진 재벌 남성의 상처에 공감하고 위로하기 시작한다. 산산은 복수의 대상이 아닌 외로운 한 인간의 내면의 결핍을 채워주면서 고독과 슬픔을 함께 나누고자 한다. 동시에 자본주의의 힘과 권력을 무분별하게 행사해 온 유헌의 오만함을 깨닫게 해주고 황금만능주의 사상에 오염된 비뚤어진 가치관을 바로잡아 준다.

타자를 보살피고 이해하는 과정에서 공감과 대화는 여성적 원리를 회복하는 생태적 서사 장치가 된다. 산산과 유헌의 서로 다른 세계관은 시장에서 파는 닭 요리를 먹으면서 첨예하게 대립된다. 세상의 모든 풍파를 견뎌내고 자수성가한 유헌은 오로지 돈만이 자신의 삶을 지켜줄 것이라고 믿고, 유헌에게 복수하러 온 산산은 오염되지 않은 자연 환경이 지구 생명체들의 삶을 지켜줄 것이라고 믿는다. 그러나 산산은 무력이나 폭력으로 유헌의 '다른' 생각을 지배하거나 억압하려 하지 않는다. 이 세상에 돈보다 중요한 것이 없다는 유헌의 언급에 "만약 지구에 깨끗한 물 한 방울, 깨끗한 공기 한 움큼이 없다면 돈을 많이 벌어봤자 죽음과 같다"며 설득하기 시작한다. 그가 좋아하는 노래를 부르고 그의 상처를 보듬으려는 산산의 노력은 자본의 힘만을 의지하던 유헌의 가치관을 변화시키는 변곡점이 된다. 소통하는 과정에서 배척과 강요가 아니라 이해와 공감의 능력을 발휘하여 자아와 타자가 상호의존적으로 상생하는 생태적 관계로 이끌어 낸다.

약자를 돌보고 소외된 자들을 배려하는 행위는 생명 재생산과 밀접한 연관성이 있다. 출산과 양육, 가사 노동과 같은 비생산적인 가치들로 폄하되어 왔던 타자화된 것들의 의미를 부활시킴으로써 권력과 힘의 재분

배를 통해 생명의 균형과 조화를 이룩할 수 있다. 돌보고 배려하는 산산의 몸은 지배 이데올로기의 권력에 의해 밀려난 타자의 가치를 회복시킨다. 상처를 돌보고 타자를 배려하는 몸은 폭력과 억압의 남성 중심적 패러다임에 대항하여 상호 의존과 존중의 가치를 확대시킨다. 억압과 지배에서 벗어나 자연의 원리를 구체화시키는 점에서 생태적 감수성이 체현된다. 에코페미니즘에서는 보살핌과 배려의 가치들이 회복되어 확장되기를 추구하며, 여성들의 경험에서 나오는 보살핌의 윤리를 통해 여성과 자연 지배라는 이중적인 억압 구조를 극복하고자 한다.[8]

산산의 몸을 통해 보살핌과 배려의 가치가 확대되면서 소외된 자들의 결핍을 채워주지만 오히려 통제되어 왔던 자아는 탈주하기 시작한다. 나아가 산산이 유헌에게 복수와는 '다른' 감정을 느끼게 되면서 내면의 자아는 혼돈에 빠진다. 종족의 복수를 위해 자아의식을 유폐시킨 유혹하는 몸과 자신의 감정에 솔직하려는 몸은 산산의 내면세계에서 분열하고 갈등하게 된다. 유헌이 폐선박에 잡혀오게 되었을 때 그를 죽이려는 인어족들의 공격을 온몸으로 막아내면서 구해주게 된다. 복수의 최전선에서 유헌을 죽이고자 했던 산산이었으나 아버지의 목소리를 거부하고 스스로의 선택을 통해 한 생명을 지켜내게 된다. 반복된 호명에 대한 응답이 언제나 같을 수 없듯이 반복된 복종에는 재의미화와 변화의 가능성을 내포한다.[9] 상처를 치료하며 약자를 돌보는 밤의 몸과, 유혹하기 위해 자신의 내면의지를 소외시키는 낮의 몸이 서로의 원인과 결과가 되어 산산을 에

---

8   진은경·안상원, 「영화 〈옥자〉에 나타난 생태학과 에코페미니즘」, 『문학과 환경』 제17권 3호, 2018, 201쪽.

9   조현준, 『주디스 버틀러, 젠더 트러블』, 커뮤니케이션북스, 2016, 46~47쪽.

위싸고 갈등하게 만든다. 권력에 의해 식민화된 낮의 몸은 상처를 치유하고 생명을 재생산하는 밤의 몸과 하나로 이어져 있기 때문이다. 죽으려는 의지와 살리려는 의지가 대립하면서 다층적인 자아가 표면화된다. 강요된 의지와 자의적인 의지, 이중적 주체가 충돌하면서 자아분열적인 모습을 보여준다. 중첩된 자아는 뫼비우스의 띠처럼 동시에 공존하며 혼란을 증폭시킨다.

주체의 자아 분열적 현상은 복수의 계획이 최종적으로 실현되는 순간에 최고조로 폭발하게 된다. 산산은 양자의 갈림 길에서 동족의 복수보다 내면의 부름에 응답한다. 산산의 갈등은 스스로 무엇을 원하는지 자신의 감정에 대해 솔직해지려는 과정이다. 자신에게 솔직해지는 것은 타인을 배제하거나 돌봄을 포기하는 것이 아니라 자신이 맺고 있는 관계를 더 정직하고 굳건하게 만들려는 노력이다. 죽음을 각오한 결정은 역설적으로 자신의 진정한 내면 주체, 강요받지 않는 주체 의지를 이끌어내면서 억압된 이데올로기의 폭력에 저항한다. 강요된 의지와 자의적인 의지가 충돌하면서 감금된 의지가 해방된다. 갈등의 순간은 오히려 억눌려온 주체 의식을 해방시키며 자기 내면의 정체성을 찾아가는 과정이 된다.[10]

유헌을 보호하려는 산산의 행위는 문어와 동족들에게 배신으로 규정되지만 인어족의 정신적 지주인 인어 노파에 의해서 사랑의 감정으로 명명된다. "사랑하는 사람을 위해 어떤 희생도 두려워하지 않는 것이 인어의 본성"이라며 "사랑은 모든 규칙과 경계를 초월하는 것"으로 포용하고 인내하며 영원히 멈추지 않는 것이라고 규정한다. 동족에 의해 배신으로

---

10 孫薰, 「國産奇幻類電影開始促進人性反思－以〈捉妖記〉和〈美人魚〉爲例」, 『人民論壇』, 2016, p.134.

타자화된 그녀의 행동은 오히려 사회적 호명을 거부하고 억눌렸던 내면의 자의식을 구체화시키는 전환점이 된다. 사랑의 힘으로 복수의 대상을 포용하려는 결정은 이중 신분에서 스스로 탈주하며 억압된 몸을 해방시킨다. 산산의 행동은 주체 의지를 회복시키며 여성적 원리를 확장하는 힘이 된다.

타자의 생명을 살리는 사랑은 자연이 인간에게 베푸는 넉넉한 풍요로움과 같다. 남성의 통제 하에 효과적인 지배 기술일 수 있다는 이유로 급진적 페미니즘에서 거부하는 모성성이나 희생성은 오히려 인간과 인간이, 인간과 자연이 상호 의존적인 균형을 가능하게 해주는 생명 재생산의 추동력이 된다. 상호 연대된 관계 속에서 타자를 위한 사랑과 희생은 투쟁과 갈등을 해소하고 결핍된 것을 채워주는 여성적 원리를 체현시킨다. 돌봄이나 사랑이 여성을 노예로 만든다는 급진적 페미니즘의 주장과 대립하려는 것이 아니라 자기 몸에 대한 결정권을 스스로 회복한다는 점에서 정체성을 찾아가는 과정이 된다. 스스로의 본성에 따라 타자와 연대의식을 정립시키고, "상호 의존적이고 비폭력적인 여성들의 공존 윤리를 재건설하자는 것이 에코페미니스트들의 주장"[11]이다. 스스로의 선택에 따라 자신의 삶을 결정하고 책임진다는 점에서 식민화된 몸에서 해방된다.

그러나 영화의 결말은 가부장적 지배와 착취의 구조에서 완전히 자유롭지 않다. 카메라에는 취재하러 온 젊은 해양 연구자에게 인어의 존재를 부정하는 유헌과 부부가 되어 살고 있는 산산의 모습이 비쳐진다. 유헌을 위해 가사 노동을 하며 즐겁게 생활하는 산산을 통해 얼핏 행복한 결말

---

11 김미현, 『여성문학을 넘어서』, 민음사, 2002, 283쪽.

을 보여 주는 듯 하다. 영화는 구성의 논리보다 대중적 감동을 앞세웠지만 산산의 서사라는 관점에서 봤을 때 산산을 억압했던 가부장적 통제와 강요의 잔재가 남아 있다. 복수가 사랑으로 승화되는, 로맨틱하지만 비현실적인 전개에서 매끄럽지 못함을 지적하려는 것이 아니라 산산이 견뎌온 고통과 부당함의 근본적인 원인이 해소되지 않기 때문이다. 나아가 여성을 지배해 왔던 사회적 책임과 이에 대한 문제의식이 제기되지 않는다. 타자를 돌보고 사랑하는 산산의 몸이 비폭력과 화합의 여성적 원리를 체현하고 있음을 보여주었으나 한 여성에게 오롯이 전가된 구조적인 폭력과 강제가 여전히 부유하고 있다. 근본적인 남성중심의 문화에 도전하고 투쟁하여 인식 전환의 계기를 마련하기까지 쉽지 않은 여정이겠으나 이에 대한 생산적인 비판의식이 결핍된 채 마무리되는 감이 없지 않다. 양육과 돌봄, 이해와 사랑의 몸은 여성의 경험적 지식이 체현된 것이기도 하지만 가부장제 사회 속에서 마치 여성의 의무처럼 당연하듯 수용되어 온 부당한 인식이 여전히 남겨져 있다.

여성이 자신의 몸의 주체가 될 수 있고 여성적 원리의 회복에 생산적인 평가가 이루어질 수 있도록 사회 전체의 노력이 필요할 것이다.

4. 간척사업과 에코에티카Eco-ethica

청라만 일대는 돌고래 서식지이자 어류보호 구역이기에 대기업들은 투자하기를 꺼려하지만 유헌은 간척사업 허가증을 취득하면서 청라만을 개발하고자 한다. 부동산 회사의 CEO 약란과 손을 잡고 초호화 리조트를 건설할 계획이다. 겉으로 보기엔 친환경 테마파크 건설이지만 실제로는 청정 지역 청라만을 수익성 공간으로 탈바꿈시키려고 한다.

유헌이 획득한 간척사업증은 바다와 맞닿은 해안을 땅으로 개간하여 농업용지나 공업용지로 사용할 수 있는 자연개발 허가증이다. 농작물을 경작하거나 상품을 제조할 수 있는 가용 공간으로 변용하여 생산성을 높일 수 있다. 간척사업증은 바다를 상품화하여 수익을 낼 수 있게 변경하는 일종의 지배와 착취의 권리증이라고 할 수 있다. 해양 생태계 보존을 위한 환경 단체의 반대를 예상할 수 있지만 생명체가 살지 않는다면 청정지역 청라만 일대를 개발하려는 사업이 순조롭게 진행될 수 있다. 목표를 달성하기 위해서 해양생물을 내쫓아 간척 사업 추진을 위한 장애물을 제거해야 한다. 마치 문명 건설이라는 명목으로 원주민을 내쫓고 자연 자원을 식민화했던 근대 자본주의의 폭력처럼 말이다.

간척 사업을 위해 우선적으로 착수한 일은 청라만 일대에 살고 있는 돌고래가 더 이상 다시 돌아오지 못하게 내쫓는 일이다. 그러기 위해 초음파를 이용한 신기술 제품을 바닷속에 설치하여 해양 생물을 감시하고 통제한다. 성나라는 기술 장치가 작동되면 돌고래 서식지인 청라만에 더 이상 돌고래가 살 수 없다. 성나는 해양 생명체들이 고통에 몸부림치다가 죽음에 이르게 할 만큼 강력한 성능을 지닌 최첨단 제품이다. 음파로 해양 생물을 통제할 수 있는 신기술은 청라만 일대에 살고 있는 돌고래를 내쫓는 데 아주 효과적이다. 따라서 성나의 작동은 류센과 약란이 이끄는 거대 기업들의 시세 차익을 크게 실현시켜 줄 것이다.

최첨단 과학기술의 발달은 인간의 삶을 효율적이고 편리하게 이끌었지만 자연을 무분별하게 훼손하고 착취해 왔다. 성나는 해양 환경을 수익성 높은 소비재로 만들어주는 최첨단 과학기술의 산물이지만 해양 생명체들에게는 삶의 터전을 약탈하고 생명을 위협하는 치명적인 무기에 다름 아니다. 최첨단의 기술 제품이라기보다 살생의 도구이고 신자본주의적 폭력성을 담아내는 장치이다. 성나의 작동으로 많은 해양 생명체들이 죽음에 이르겠지만 그 댓가로 인간은 엄청난 부를 축적할 수 있다. 자연은 지속적으로 훼손되고 약탈당하겠지만 덕분에 인간의 욕망은 실현될 수 있다. 신자본주의의 폭력성은 탈근대의 시공간 속에서도 개발과 건설, 발전의 이름으로 다양하게 작동하고 있음을 보여준다.

약란은 공식적으로 유헌의 간척사업에 투자하는 파트너지만 비공식적으로는 해양학자의 인어 연구 프로젝트에 후원을 하고 있다. 세계적인 해양 생물학자인 조지가 인어의 실재를 믿고 연구하려는 프로젝트에 연구비를 지원해 왔다. 인어는 새로운 생물 종이다. 만약 실제로 인어를 포획해서 인어 종의 DNA를 연구할 수 있다면 생명과학의 발전을 한 단계 더 높이 이끌어줄 것이다. 나아가 그것은 첨단의 기술발전으로 이어질 것이고, 동시에 큰 돈을 벌 수 있는 사업의 기회가 될 것이다. 약란이 연구를 지원하는 목적은 생명의 신비를 밝히려는 학술적 호기심이나 과학기술 발전에 이바지하려는 사명감이 아닌 돈을 벌기 위함이다. 그녀는 오로지 경제적 수익 창출에만 관심을 쏟는다. 약란이 지원하는 연구의 성과는 금전에 식민화된 인간의 욕망을 채워 줄 기술을 발전시킬 것이며, 그러한 혁신적인 신기술은 자연을 더 효과적으로 소비하고 지배하면서 인간의 우월성을 유지시켜줄 것이다.

마침내 그녀는 버려진 폐선박에 살고 있는 인어들을 찾아낸 후 흥분한 조지와 함께 직접 포획에 나선다. 떼돈 벌었다고 외치며 인어를 잔인하게 포획하는 행동은 자원을 무력으로 약탈하며 식민화했던 근대 자본주의 폭력에 중첩된다. 인간은 자연을 상품화하여 금전적 이익을 창출하기 위한 폭력을 서슴지 않는다. 기술과 문명을 내세운 방문자는 생존을 위해 저항하는 원주민을 내쫓고 살생하며 자연을 무력화시킨다. 개발이라는 이름으로 무분별한 훼손을 정당화하고 자원을 착취해왔던 근대의 폭력성이 21세기 현시점에서도 최첨단 과학 발전이라는 명목으로 여전히 답습되고 있음을 보여준다.

자연에 대한 개발과 착취를 지속시키는 근본적인 원인은 금전적 이익과 연관되기 때문이다. 이러한 관점에서 청정 지역인 청라만은 상품화된 환경이 되며 인간의 욕망을 충족시키기 위한 소비재가 된다. 자연을 상품화해서 소비하는 인간들에게 자연은 더 이상 생명을 지닌 유기체가 아니다.

영화 말미에 유헌은 자신의 전 재산을 환경단체에 기부한다. 자연을 개발하고 이용해서 얻을 수 있는 모든 수익 창출의 기회를 포기한다. 어려운 환경을 딛고 자수성가해서 대기업의 총수가 된 유헌이 눈앞에 있는 경제적 이익을 포기하고 자연을 보호하려는 의지를 확고히 보여준다. 그는 산산의 말을 인용해서 "만약 지구에 깨끗한 물 한 방울, 깨끗한 공기 한 움큼이 없다면 돈을 많이 벌어봤자 죽음과 같다"고 강조한다. 유헌은 지금껏 누려왔던 거대 기업들의 자본주의적인 성장과 이윤이 개발과 발전이라는 이름으로 미화된 자연 착취와 생명 파괴였음을 고백한다. 자연과 여성의 생산성을 파괴하고 생명을 파편화시켜 생태적 원리를 훼손시키는 행위였음을 철저히 반성한다.

우리는 자연 자원을 개발하는 데에 있어 인간과 자연이 더불어 살며 공진화할 수 있는 현실적인 방법을 고민할 필요가 있다. 인간과 자연이 분리된 실체로 간주되던 과거에서 벗어나 지속적인 영향을 주고받는 유기적 관계임을 인식해야 할 것이다. 자연을 폭력과 착취의 대상으로 여겼던 편협한 사고에서 벗어나 미래를 위한 새로운 생태 시스템을 구축하여 지속가능한 네트워크를 기획하고 실천할 필요가 있다.

과학기술 없이 일상적인 삶을 영위할 수 없는 오늘날의 현실에서, 우리는 자연 환경을 어떻게 다루고 무엇을 실천해 나갈지에 대한 새로운 문제에 부딪치게 된다. 포스트코로나 시대를 준비하며 인간과 자연의 관계를 생각할 때 기술을 배제하고 발전을 생각할 수 없을 것이다. 기술발전은 자본주의 성장과 더불어 오늘날 우리 주변을 에워싼 거대한 환경의 일부가 되어왔다. 이제 환경은 원시적 자연만의 문제가 아니라 기술과 분리할 수 없는 문제가 되었다.

자연과 기술의 균형을 새롭고 실천적으로 적용시킬 수 있는 차원에서 에코에티카에 주목할 수 있다. 에코에티카는 일종의 인류의 생식권生息圈 전체에 걸친 윤리학이다. 과학기술을 환경으로 하는 현대 세계의 새로운 윤리이며 생명윤리, 정치윤리, 기술윤리, 환경윤리 등 전 방위적으로 인간 삶의 영역에서 작동할 수 있다.[12] 막연히 자연을 보호하자는 추상적인 견해가 아니라 과학기술 시대에 새롭게 직면한 인간과 자연의 관계에서 실천 가능하고 지속 가능한 생태 윤리학을 구축하려는 인간의 주체적인 행위에 초점이 맞춰져 있다. 오랜 시간 자연을 지배하고 착취해 왔던 인간의 지난 삶을 되돌아보고 타자와 더불어 살아갈 수 있는 방법을 현대화된 환경에서 실제로 적용 가능한지 성찰할 수 있다. 21세기의 자연보

---

12 이마미치 도모노부, 정명환 역, 『에코에티카-기술사회의 새로운 윤리학』, 기파랑, 2013, 23~25쪽.

호, 환경 보호는 과학기술의 개발과 발전을 배제하라는 의미가 아니라 양자가 같이 공존하며 상생할 수 있는 길을 모색하는 방향이어야 한다. 자연을 자원으로 이용하려는 생각과 보호하자는 입장을 양립시키기는 쉽지 않지만 양자 사이의 절충점을 모색하는 것이 불가능한 것만은 아닐 것이다. 자연을 개발한다는 생각이 무조건 해로운 것은 아니지만 보호와 개발이 생태계의 균형을 잃지 않는 범위에서 조화를 이루어야 할 것이다.

5. 생명 윤리와 생명공동체

영화의 서두에 등장하는 세계희귀생물 박물관이라는 어수룩한 공간을 떠올릴 수 있다. 희귀생물 박물관 원장은 해양 생물 전시를 가장하여 입장권을 팔아 생계를 이어간다. 엉터리 박물관을 운영하는 원장은 개를 묶어 전시하며 호랑이라고 속일 정도로 정작 해양 생물에는 관심이 없다. 심지어 스스로 인어 분장을 하고 진짜 인어라고 우기며 사람들을 속여 번 돈으로 살아가는 인물이다. 입장권 판매에만 관심 있는 박물관 원장도, 전시된 해양 생물을 구경하러 온 관람객도 모두 생명을 금전으로 환산해서 소비하는 주체들이다. 전시하여 돈을 벌기 위해서, 관람하고 소비하기 위해서 생명체를 사냥해야 한다. 여기서 생명체는 생명이 존중되는 개체가 아니라 이익을 창출하는 상품으로의 가치를 지닌다.

생명에 대한 소비는 비단 박물관 원장이나 관람객에게 국한되지 않는다. 성나라는 신기술 제품을 개발해서 해양 생명체를 내쫓고 청라만 일대를 개발하려 했던 거대 기업들도 비윤리적인 생명 소비에 적극적으로 동참하고 있다. 또 기업가와 투자자들 앞에서 해양 생명체에 미치는 성나의 영향력을 시뮬레이션하는 친절한 해설자도 마찬가지다. 어항에 담긴 물고기가 괴로워하며 고통을 받다 죽는데도 감정의 미동조차 없다. 양심의 가책은커녕 미소 지으며 흔쾌히 성나의 강력한 성능을 기념하는 촬영을 한다. 이것은 동물의 고통이나 감정, 생존권에 무감각한 인간중심주의의 폭력성을 고발하는 장면이자 타자의 생식권을 빼앗는 비윤리적인 행동이다. 제9장에서 다룬 바 있듯이, 피터싱어는 동물들이 인간과 유사한 신경학적 반응을 일으킨다고 강조한다. 동물들은 고통을 느낄 수 있으며 그들이 느끼는 고통이 인간이 느끼는 것보다 중요하지 않다는 생각은 어떤 경우에도 도덕적으로 정당화되지 않기에 이들에 대한 잔혹한 살생을 멈춰야 한다고 주장한다.

살아있는 생명체에 대한 비윤리적인 행동은 약란의 언행에서 여실히 확인된다. 약란은 거대 기업들이 추진하는 사업이 해양 생태계를 파괴하는 것은 아닌지 판단을 주저하는 유헌의 망설임을 비웃는다. 그녀는 당연하다는 듯 돈을 벌기 위함이라고 당당히 반론한다. 정도껏 해야 한다는 유헌의 반문에 '양심'을 조롱하며 오히려 크게 질책한다. 그녀는 동료 부하들에게 인어는 무기 사용이 가능하고 성격이 포악하며 방대한 살상능력을 가지고 있기에 발견 즉시 사살하라는 명령을 내린다. 인어를 잔인하게 사냥하여 피로 얼룩진 바다를 보면서도 인어의 고통이나 생명 약탈에 대한 죄의식이 없다. 그녀에게 인어는 돈을 벌 수 있는 수익성 높은 상품일 뿐이다. 살아있는 생명체를 잔인하게 죽이는 것에 대한 도덕적 양심이나 윤리의 문제에 대해서는 관심이 없다.

약란의 양심 비웃기는 모든 생명체들이 상호 의존적으로 연대되어 있는 생명공동체임을 인지하지 못한 이유에서 비롯된다. 여기서 양심의 문제는 유헌과 약란이 개인적 관계에서 정립해야 할 성격이 아니다. 생명윤리의 문제는 인간의 삶과 지구 전체 구성원의 조화와 균형, 즉 생태계의 문제와 직결되어 있다.

무자비하게 인어를 사냥하는 약란의 잔인성 속에는 신자본주의의 폭력성이 투영되어 있다. 자연을 착취하고 소비해왔던 인간중심적인 세계관 속에서 인간은 하등 동물을 언제든 포획하거나 죽일 수 있다. 인간과 '다른' '열등한' 생명체들은 인간중심적인 위계질서 속에서 도구화되고 훼손된다. 약란이 인어의 특징에 대해서 '포악하다'는 용어로 설명하고 평가함으로서 타자를 살육하는 자신들의 폭력을 정당화하고 있다. 생명을 상품화하는 과정은 "유기적이고 상호 연관적이며 의존적인 체계의 통합을 파괴하여 착취, 불평등, 부정, 폭력을 조장한다".[13] 약란의 인어 살생 행위는 자연에 대한 폭력과 지배가 서로 얽혀 있는 관계들의 생명력까지 파괴한다는 사실을 이해하지 못한 이유에서 발생한다.

최첨단 기술을 개발하고 문명의 발전을 이끈 인류는 생명 중심의 평등사상을 체현할 의무가 있다. 잡혀온 유헌에게 지구 생태계에 무슨 짓을 했는지, 무슨 권리로 인어족의 가정과 자연을 파괴했는가 라며 부르짖던 문어의 외침은 자본주의 위계질서에 소외된 타자들의 생존을 위한 투쟁을 대변한다. 자연을 착취하고 지배해 온 인류를 향해 던지는 무거운 질책은 인어족의 정신적 지주인 노파의 입을 통해서 지구 생명의 근원에 대해 성찰하는 장면을 떠올리게 한다.

---

13 이소영 외편역, 앞의 책, 196쪽.

아주 먼 옛날 우리와 인간의 조상은 모두 유인원이었지. 하지만 지각 변동으로 일부 유인원이 바다로 내몰렸어. 바다 속에서 다리가 필요 없어졌으니 점차 지느러미로 진화해 갔지. 원래 인간과 인어는 평화롭게 공존했었는데. 그런데 이후 인간의 대형 선박들이 우리 인어를 발견할 때마다 미친 듯이 죽이기 시작했어. 그래서 우린 점점 인간과 멀어질 수밖에 없었지. 인간이 진화할수록 더욱 포악하게 변해갈 줄 누가 짐작이나 했겠어.

노파는 인간과 인어의 조상을 언급하며 불평등해진 관계의 역사적 상황을 설명한다. 오래 전에 인간과 인어의 조상이 같았다는 주장은 생명의 근원은 하나이자 평등하다는 믿음을 제시한다. 서로 평화롭게 공존했다는 회상 속에는 인간과 비인간이 조화를 이루어 살아갔던 균형 잡힌 세계에 대한 갈망과 기대가 묻어난다. 또 인간이 진화할수록 포악해졌다는 노파의 지적을 통해 미래사회에 대한 인간의 책임과 의무를 상기시킨다.

애초에 생명의 기원에 대한 논의는 과학이 아닌 철학과 종교의 관심에서 시작되었기에 여기에서 인간과 인어의 조상이 동일했는지 혹은 진화의 과정이 어떠했는지에 대한 생물학적 증명은 특별한 의미가 없다. 생명을 가진 개체들의 평등함과 연대된 그들의 관계성에 대해 어떻게 수용하고 해석해 내는지가 중요할 것이다. 에코페미니즘에서 남성과 여성, 인간문명과 자연은 애초에 하나였다고 강조하는 것을 연상할 수 있다. 약란이 인어를 '포악하다'고 소개하고 인어노파가 인간을 '포악하다'고 평가했던 분열적, 대립적 입장을 강조하는 것이 아니라 화합과 조화를 강조하며 균형을 이루고자 하는 것이 에코페미니즘의 기본적인 실천 방향이기 때문이다.

지구가 하나의 생명공동체로 연결되어 있음은 여주인공 산산의 이동 공간을 통해서도 상징화되어 있다. 여주인공 산산은 저녁이 되면 청라만 산꼭대기의 외딴 집으로 귀가한다. 인적이 드문 산꼭대기의 집은 바다로 연결된 통로이다. 산꼭대기 집을 통해 경사진 곳을 미끄러지듯 따라가면 청라만에 버려진 폐선박으로 이어진다. 선박 안에는 성나를 피해 숨어 있는 생명체들이 살고 있다. 산산과 같은 인어들과 해양 생명체들의 터전이다. 인간들이 살아가는 도시와 인어들이 살고 있는 바다는 따로 분리되어 존재하는 것이 아니라 청라만 산꼭대기를 매개로 해서 하나로 이어져 있다. 산산이 낮에 활동하는 화려한 대도시, 복잡한 시장, 사람들과 만나는 장소들은 저녁에 생활하는 바다와 유기적으로 연결된 공간이다. 낮의 대지와 밤의 바다는 생명의 순환계처럼 연결되어 있으며 낮과 밤, 대지와 바다, 도시와 자연 환경이 서로 의존하여 존재하고 있다. 산산의 이동 공간을 통해서도 지구상의 생명체는 서로 연대된 공동체임을 확인할 수 있다. 이러한 의미에서 인간과 인어, 인간과 자연은 서로를 의지하며 살아가는 유기적인 공동체이다. 인간과 비인간은 파괴와 억압, 대립과 경쟁이 아니라 서로 의존하고 조화로운 균형 관계 속에서 온전한 삶을 영위할 수 있다.

생태중심의 환경 윤리를 강조해 온 레오폴드는 윤리의 확대를 주장한다. "땅의 윤리는 흙, 물, 식물, 동물, 집합적으로 땅을 포함하도록 공동체의 영역을 확대하는 것"[14]이라며 지구상의 생명체는 서로 연대되어 있음을 강조한다. 인간은 자연을 지배하고 착취하는 정복자가 아니라 생명 공

---

14 조제프 R. 데자르댕, 김명식·김완구 역, 『환경윤리』, 연암서가, 2017, 366쪽.

동체의 구성원이다. 인간이 자연물을 사용하고 의지할 수 있지만 생명의 순환이 그러하듯 자연물은 다시 인간의 생존에 고스란히 영향을 미친다. 생명 에너지가 서로 넘나들고 있듯이 양자의 경계는 고정된 것이 아니다. 인간과 자연의 관계적 상황은 서로의 자극과 반응을 통해 끊임없이 생성되고 변화하며 나아간다. 인간과 자연은 서로 타자가 아닌 동반자의 관계를 형성하여 공진화하는 생명공동체 세계를 만들어 나갈 수 있다.

인간중심주의를 내세운 오만한 태도에서 벗어나 생명 중심의 평등을 실천할 윤리적인 의무가 인간에게 있다. 우리 자신의 건강한 삶을 위해서라도 살아있는 유기체인 지구의 생태계를 균형있게 보전시켜야 할 책임이 있다. 생명 윤리의 문제는 동식물과 인간의 관계의 문제를 넘어서 지구 환경 전체, 지구 생태계 전체에 대한 책임의 문제이다.[15]

6. 에코페미니즘의 귀환

〈미인어〉는 가부장제와 신자본주의 체재 아래에 억압받던 여성이 스스로의 정체성을 찾아가며 생명과 지구환경에 대한 인간의 책임의식을 재정립시키는 영화이다. 여성과 자연에 대한 지배와 착취, 폭력을 전시함으로써 우리 내면의 각성을 촉구한다.

동족의 원수를 갚기 위한 산산의 몸은 여성에게 자행되어온 가부장적 폭력을 관능적인 아름다움으로 미화시키지만 주체적인 돌봄과 사랑을 체

---

[15] 梁坤, 「跨學科視野下的生態文學與生態思想－第六届海峽兩岸生態文學硏討會綜述」, 『鄱陽湖學刊』, 2017, p.116.

화하면서 여성적 원리의 회복을 보여준다. 또 자연을 수익성 상품으로 취급하여 무분별하게 훼손하는 장면을 통해서 자본주의에 식민화된 인간의 폭력성을 고발한다. 영화의 서두부터 동물 살육, 환경오염에 대한 경고성 다큐멘터리를 삽입하여 자연에 대한 인간의 잔인함을 폭로한다. 인간과 인간의 관계에서, 인간과 자연의 관계에서 타자에 대한 억압과 지배는 결국 되돌아오는 부메랑과 같은 결과를 초래한다고 경고한다. 인간과 자연이 생명공동체로 연대되어 있으며 미래 세대에 대한 책임이 인간에게 있음을 상기시켜주고 있다.

남자 주인공 유헌이 자주 부르는 노래 중에 "무적은 얼마나 적막한가, 무적은 얼마나 공허한가. 홀로 정상에 서서 찬바람을 맞고 있는 나의 고독을 그 누가 알아줄까?"라는 구절이 있다. 어려서부터 어려움을 딛고 자수성가해 온 유헌에게 맞수가 되는 상대는 없는 듯 하다. 그러나 혼자만의 성공과 부의 축적이 얼마나 적막하고 고독한지 자신의 삶을 대변하는 듯한 노래 가사를 통해서 지구 생명체들의 '관계적' 가치관을 충분히 전달해주고 있다. 생명체는 혼자만의 성장이 아니라 서로가 상생하는 과정에서 지속 가능한 공진화의 발전을 꿈꿀 수 있다. 인간과 동식물 유기체, 공기, 물, 토양 등의 환경적 요소가 같이 어우러져 균형을 이룰 때 생태계의 조화가 지속될 수 있다. 어느 한 쪽이 다른 한 쪽을 빼앗거나 억압한다면 한 쪽의 승리가 아닌 전체의 실패로 이어져 결국 모두 자멸하는 결과로 이어질 것이다. 여성과 자연에 대한 지배와 억압의 문제는 우리 자신의 생존과 직결된 문제이다. 지구의 구성원이 평등하고 조화로운 영향 관계를 유지하는 과정 속에서 각자의 삶을 온전히 영위하고 상호 성장을 북돋을 수 있다.

오늘날 우리는 삶을 위협하는 강력한 환경오염의 위기에 봉착해 있다. 인간의 생명을 위협하는 전염병과 돌연변이가 출현하고 생태계 질서가 혼란스럽다. 급격한 지구 환경의 변화로 기후 변화가 시작되고 오존층이 파괴되는 등 우리의 삶을 위태롭게 하는 요소들이 눈앞에 펼쳐지고 있다. 또한 신자유주의 세계 경제 체제가 미래 사회를 지속적으로 이끌어 나갈 수 있을지 여러 방면에서 걱정과 우려를 낳고 있다. 우리가 이미 경험했던 화학적 물질뿐 아니라 아직 경험하지 못했기에 특정할 수 없는 다양한 위험 요소들이 다음 세대의 지구를 병들게 하고 생태계의 균형을 파괴한다는 경고를 수없이 직면하고 있다. 생태의 균형이 상실된 미래 사회에 대한 두려움과 공포가 머지않아 현실화된다는 시점에 서 있다.

우리는 미래 세대에 대한 단순한 위기감을 인식하는 것에서 그치는 것이 아니라 환경과 생명의 상호 관계성 속에서 미래지향적인 인식의 전환을 유도해야 할 것이다. 기술이 발달하고 자본이 권력을 갖는 현시점에서 물질적인 것을 넘어 관계지향적인 것으로 인식의 전환이 필요하고 지속 가능한 실천이 필요하다. 다만 그 과정에서 미래 세대에 대한 책임을 공유할 방법이나 분석의 틀이 단일화될 수 없고 획일화된 사유체계가 적용되어서도 안될 것이다. 억압과 지배의 정도와 방식은 사회의 변화에 따라 시간과 공간을 달리해서 다양하고도 지속적으로 작동하기 때문이다.

일상 속에서 이루어지고 있는 여성에 대한 억압과 자연에 대한 무분별한 폭력은 생태 파괴와 관련 있다. 인간에 대한 인간의 억압, 자연에 대한 인간의 지배에서 벗어나는 인식의 전환은 다양한 위계질서의 폭력에 저항하여 건강한 생태공동체를 영위할 토대가 된다. 에코페미니즘적 비판 의식은 미래 세대에 대한 우리의 책임 의식을 구체적으로 실현할 수 있는 다양한 방법 중 하나를 제시해 준다.

이러한 의미에서 에코페미니즘의 귀환을 언급할 수 있다. 여성과 자연, 인간과 지구의 관계를 재정립하면서 인간이 지구 환경 문제에 대해 보다 적극적으로 참여하여 건강한 관계를 구축해 나갈 수 있도록 준비해야 한다. 인간과 자연이 하나의 통일체를 이루어 공존하려는 모색과 실천, 이것이 에코페미니즘이 추구하는 이상적인 방향이다. 기술 문명의 발전과 지구 생태의 공존이 함께 나아가 공진화할 수 있는 현실적인 방법론에 대한 고민이 시급하다.

참고문헌

1. 원전류

干　寶, 『搜神記』, 北京燕山出版社, 2007.

_____ · 劉義慶, 『搜神記 · 世說新語』, 岳麓書社出版, 1989.

葛　洪, 『抱朴子』, 商務印書館, 1979.

_____, 趙玉玲 註譯, 『抱朴子 · 內篇』, 中州古籍出版社, 2016.

_____ 撰, 周國林 譯注, 『神仙傳全譯』, 貴州人民出版社, 1998.

高光 · 王小克 · 汪洋 主編, 『文白對照全譯太平廣記』(全5冊), 天津古籍出版社, 1994.

瞿　佑 外, 周楞伽 校注, 『剪燈新話 外二種』, 上海古籍出版社, 1981.

邱鶴亭 注譯, 『列仙傳注譯 · 神仙傳注譯』, 中國社會科學出版社, 2004.

魯　迅, 『中國小說史略』, 齊魯書社, 2002.

段玉裁 註, 『說文解字註』, 上海古籍出版社, 1988.

蕭天石 編, 『歷代眞仙史傳』, 自由出版社, 1970.

楊伯峻 撰, 『列子集釋』, 中華書局, 2016,

王　明 編, 『太平經合校』上下, 北京中華書局, 1960.

李　昉 外編, 『太平廣記』, 中華書局出版, 1990.

李學勤 主編, 『禮記正義』, 北京大學出版社, 1999.

張　潮 撰, 學謙 注譯, 『虞初新志』上中下, 團結出版社, 2020.

中國歷代名著全譯叢書, 『韓非子全譯』上下, 貴州人民出版社, 1992.

陳鼓應, 『老子註譯及評價』, 中華書局, 2012.

_____, 『莊子今註今譯』上下, 中華書局, 2012.

焦　循 撰, 『孟子正義』上下, 中華書局, 1987.

蒲松齡, 『聊齋誌異』, 上海古籍出版社, 1998.

_____, 路大荒 整理, 『蒲松齡集』上下, 上海古籍出版社, 1986,

_____, 朱其鎧 主編, 『全本新注聊齋誌異』上中下, 人民文學出版社, 1989.

馮國超 譯注, 『山海經』, 商務印書館, 2016.

馮夢龍, 『警世通言』, 上海古籍出版社, 1992.

_____ 編著, 陳熙中 校注, 『三言』, 中華書局, 2018.

『老子道德經』, 上海商務印書館, 1979.

『太平廣記』全5冊, 文史哲出版社, 1981.

간 보, 임대근·서윤정·안영은 역, 『수신기』, 동아일보사, 2016.

_____ 撰, 林東錫 譯註, 『수신기』 1~3, 동서문화사, 2011.

葛 洪, 임동석 역주, 『신선전』, 동서문화사, 2013.

노 신, 조관희 역, 『중국소설사략』, 살림, 1998.

문진형, 김의정·정유선 역, 『장물지』 上下, 학고방, 2017.

列禦寇 撰, 林東錫 譯註, 『열자』, 동서문화사, 2009.

안동림 역주, 『장자』, 현암사, 2014.

오강남 해, 『장자』, 현암사, 2009.

劉 向, 김장환 역, 『열선전』, 예문서원, 1996.

이민숙·이주해·박계화·정민경 역, 『우초신지』 1~4, 소명출판, 2011.

李 昉 외편, 김장환 외역, 『太平廣記』 1~21, 학고방, 2000~2005.

이 지, 김혜경 역, 『분서』, 한길사, 2004.

정재서 역주, 『山海經』, 민음사, 1993.

포송령, 김혜경 역, 『요재지이』 1~6, 민음사, 2002.

Kaltenmark Max, *Le Lie-sien Tchouan*, Paris: Universite de Paris, 1953.

2. 연구서류

賈來生, 『道敎生育思想硏究』, 巴蜀書社, 2014.

葛榮晋 主編, 『道家文化與現代文明』, 中國人民大學出版社, 1997.

康韻梅, 『唐代小說承衍的敍事硏究』, 里仁書局, 2005.

經 綸, 『莊子生命哲學硏究』, 人民出版社, 2018.

卿希泰, 『中國道敎』, 上海知識出版社, 1994.

_____·唐大潮, 『道敎史』, 江蘇人民出版社, 2006.

溝口雄三, 『中國的思惟世界』, 北京三聯書店, 2014.

譚 佳, 『神話與古史』, 社會科學文獻出版社, 2016.

譚正璧, 『中國小說發達史』, 上海古籍出版社, 2012.

唐 瑛, 『古代小說中異類姻緣故事的文化闡釋』, 中國社會科學出版社, 2014.

董乃斌 主編, 『中國文學敍事傳統硏究』, 中華書局, 2012.

杜貴晨, 『齊魯文化與明淸小說』, 齊魯書社, 2008.

鄧嗣禹, 『太平廣記篇目及引書引得』, 燕京大學圖書館引得編纂處, 1934.

羅永麟,『中國仙話研究』, 上海文藝出版社, 1993.

路大荒,『蒲松齡年譜』, 齊魯書社出版發行, 1980.

劉劍梅,『莊子的現代命運』, 大山文化出版社, 2013.

劉達臨,『中國古代性文化』, 寧夏人民出版社, 1993.

劉笑敢,『老子古今 ─ 五種對勘與析評引論』上, 中國社會科學出版社, 2006.

劉紹信,『聊齋誌異敍事研究』, 中國社會科學出版社, 2012.

劉燕萍,『神話·仙話·鬼話』, 上海古籍出版社, 2012.

劉勇强,『中國古代小說史敍論』, 北京大學出版社, 2007.

_____·潘建國·李鵬飛,『古代小說研究十大問題』, 北京大學出版社, 2017.

李漢濱,『太平廣記的夢研究』, 高雄師範大博士論文, 2001.

馬瑞芳,『談狐說鬼第一書』, 中華書局, 2006.

_____,『馬瑞芳趣話聊齋愛情』, 上海文藝出版社, 2010.

_____,『馬瑞芳話聊齋』, 作家出版社, 2007.

馬振方,『中國早期小說考辨』, 北京大學出版社, 2014.

梅新林,『仙話 ─ 神人之間的魔幻世界』, 上海三聯書店, 1992.

牟鍾鑒·胡孚琛·王葆玹,『道敎通論』, 齊魯書社, 1991.

白才儒,『道敎生態思想的現代解讀』, 社會科學文獻出版社, 2007.

傅修延,『中國敍事學』, 北京大學出版社, 2016.

傅治平,『天人合一的生命張力 ─ 生態文明與人的發展』, 國家行政學院出版社, 2017.

北京大學哲學系中國哲學敎硏室,『中國哲學史』, 北京大學出版社, 2013.

四川大學宗敎硏究所 中華道統叢書 十六,『道敎神仙信仰研究』上下, 中華道統出版社, 2000.

謝淸果,『生命道敎指要』, 宗敎文化出版社, 2009.

石　麟,『中國古代小說文本史』, 中州古籍出版社, 2013.

石昌渝,『中國小說源流論』, 三聯書店, 1995.

蕭登福,『先秦兩漢冥界及神仙思想探原』, 文津出版社, 2001.

孫順霖·陳協琹 編著,『中國筆記小說縱覽』, 華東師範大學出版社, 2013.

顏慧琪,『六朝志怪小說異類姻緣故事研究』, 文津出版社, 1994.

葉慶炳 外,『中國古典小說研究資料彙編』(太平廣記研究資料), 天一出版社, 1991.

葉海煙,『莊子的生命哲學』, 東大圖書公司, 2015.

吳汝鈞,『老莊哲學的現實析論』, 文津出版, 1998.

吳志達,『中國文言小說史』, 齊魯書社, 1994.

王國良,『魏晉南北朝志怪小說研究』, 文史哲出版社, 1984.

汪樹東, 『天人合一與當代生態文學』, 廣東高等教育出版社, 2018.

王長順, 『生態學視野下的西漢文學』, 中國社會科學出版社, 2013.

袁行霈 主編, 『中國文學史』, 高等教育出版社, 1997.

李劍國, 『唐前志怪小說史』, 天津教育出版社, 2005.

李桂奎, 『小說與人生境界十講』, 清華大學出版社, 2014.

李鵬飛, 『唐代非寫實小說之類型研究』, 北京大學出版社, 2004.

張慶民, 『魏晉南北朝志怪小說通論』, 首都師範大學出版社, 2000.

張瑞芳, 『中國古代小說中的動物形象變遷研究』, 中國社會科學出版社, 2020.

張少康, 『中國文學理論批評史教程』, 北京大學出版社, 2012.

張　俊, 『清代小說史』, 浙江古籍出版社, 1997.

張鄉里, 『唐前博物類小說研究』, 上海古籍出版社, 2016.

張希清, 『中國科舉考試制度』, 新華出版社, 1993.

田先進, 『道法自然論』, 巴蜀書社, 2016.

程國賦, 『唐五代小說的文化闡釋』, 人民文學出版社, 2002.

鄭土有, 『中國仙話與仙人信仰研究』, 上海人民出版社, 2016.

齊裕焜 主編, 『中國古代小說演變史』, 人民文學出版社, 2015.

周先愼, 『古典小說的思想與藝術』, 北京大學出版社, 2011.

中國古典小說名著研究叢刊之五, 『聊齋誌異的藝術』, 木鐸出版社, 1983.

曾繁仁, 『生態美學導論』, 北京商務印書館, 2010.

_____, 『美育十五講』, 北京大學出版社, 2012.

陳慶坤, 『六朝自然山水觀的環境美學』, 文津出版, 2014.

陳文新, 『文言小說審美發展史』, 武漢大學出版社, 2007.

_____, 『傳統小說與小說傳統』, 武漢大學出版社, 2007.

_____, 『中國小說的譜系與文體形態』, 中國社會科學出版社, 2012.

陳引馳, 『無爲與逍遙-莊子六章』, 中華書局, 2016.

陳平原 主編, 『科舉與傳播』, 北京大學出版社, 2015.

詹　康, 『爭論中的莊子主體論』, 臺灣學生書局印行, 2014.

詹石窗, 『道教文化十五講』, 北京大學出版社, 2017.

馮友蘭, 『中國哲學史』, 臺灣商務印書館, 2016.

許地山, 詹石窗 講評, 『道教史』, 鳳凰出版社, 2010.

胡孚琛, 『魏晉神仙道教』, 人民出版社, 1989.

J.J. Clarke, 조현숙 역, 『서양, 도교를 만나다』, 예문서원, 2014.

_____, 장세룡 역, 『동양은 어떻게 서양을 계몽했는가』, 우물이 있는 집, 2004.

갈 홍, 이준영 해역, 『抱朴子』, 자유문고, 2014.

경상대 인문학연구소 편, 『인문학과 생태학』, 백의, 2001.

고미송, 『채식주의를 넘어서』, 푸른사상, 2011.

곡금량 편저, 김태만 외역, 『바다가 어떻게 문화가 되는가-21세기 중국의 해양문화 전략』,
　　　산지니, 2008.

공명수, 『생태학적 상상력과 사회적 선택』, 동인, 2010.

공윤경 외, 『생태와 대안의 로컬리티』, 부산대 출판부, 2017.

구승회, 『생태철학과 환경윤리』, 동국대 출판부, 2001.

그레이엄 앨런, 송은영 역, 『문제적 텍스트 롤랑/바르트』, 앨피, 2006.

그렉 개러드, 강규한 역, 『생태비평』, 서울대출판문화원, 2014.

김경미, 『플롯의 발견』, 이화여대출판문화원, 2022.

김명구, 『접속과 단절』, 학고방, 2016.

김미란, 『고대소설과 변신』, 정음문화사, 1984.

김미현, 『여성문학을 넘어서』, 민음사, 2002.

김선자, 『중국변형신화의 세계』, 범우사, 2001.

김애령, 『여성, 타자의 은유』, 그린비, 2012.

김용민, 『생태문학』, 책세상, 2003.

김용민, 『문학생태학』, 연세대 대학출판문화원, 2018.

김욱동, 『문학생태학을 위하여』, 민음사, 1998.

_____, 『생태학적 상상력』, 나무심는 사람, 2003.

_____, 『적색에서 녹색으로-김욱동 생태문학 비평집』, 황금알, 2011.

金 靜, 김효민 역, 『중국과거문화사』, 동아시아, 2003.

김종원, 『지구환경 위기와 생태적 기회』, 계명대 출판부, 2000.

김진희, 『한국 근대시의 과제와 문학사의 주체들』, 소명출판, 2015.

노먼 지라르도 외편, 김백희 역, 『도교와 생태학』, 한국학중앙연구원출판부, 2016.

도나 해러웨이, 황희선 역, 『해러웨이 선언문』, 책세상, 2019.

도린 매시, 정현주 역, 『공간, 장소, 젠더』, 서울대학교출판문화원, 2015.

도미니크 르스텔, 김승철 역, 『동물성-인간의 위상에 관하여』, 동문선, 2001.

동국대학교 생태환경연구센터 편, 『생명의 이해』, 동국대 출판부, 2011.

로버트J.C.영, 이경란·성정혜 역, 『식민욕망-이론, 문화, 인종의 혼종성』, 북코리아, 2013.

로즈마리 퍼트남 통, 이소영 역, 『페미니즘 사상-종합적 접근』, 한신문화사, 2000.

_____·티나 페르난디스 보츠, 김동진 역, 『페미니즘-교차하는 관점들』, 학이시습, 2019.

로지 잭슨, 서강여성문학연구회 역, 『환상성-전복의 문학』, 문학동네, 2002.

루샤오펑, 조미원·박계화·손수영 역, 『역사에서 허구로』, 길, 2001.

리우샤오간, 최진석 역, 『장자철학』, 소나무, 2015.

리타 펠스키, 김영찬·심진경 역, 『근대성의 젠더』, 자음과 모음, 2020.

린다 맥도웰, 여성과공간연구회 역, 『젠더, 정체성, 장소-페미니스트 지리학의 이해』, 한울아카데미, 2010.

마리아 미스·반다나 시바, 손덕수·이난아 역, 『에코페미니즘』, 창비, 2020.

머레이 북친, 문순홍 역, 『사회 생태론의 철학』, 솔, 1997.

몸문화연구소, 『인류세와 에코바디-지구는 어떻게 내 몸이 되는가?』, 필로소픽, 2019.

_____ 편, 『생태, 몸, 예술』, 쿠북, 2020.

문순홍 편저, 『생태학의 담론』, 솔, 1999.

미조구치 유조 외편, 김석근·김용천·박규태 역, 『중국사상문화사전』, 책과함께, 2011.

민관동, 『중국문학과 소설, 그리고 수용과 변용』, 학고방, 2021.

박성호, 『자연의 인간, 인간의 자연』, 후마니타스, 2012.

박이문 인문학전집 특별판, 『생태학적 세계관과 문명의 미래』, 미다스북스, 2017.

박재연, 『중국 고소설과 문헌학』, 역락, 2012.

박희채, 『장자의 생명적 사유』, 책과 나무, 2013.

박호성, 『자연의 인간, 인간의 자연』, 후마니타스, 2012.

베른트 하인리히, 김명남 역, 『생명에서 생명으로』, 궁리, 2015.

섭서헌, 노승현 역, 『노자와 신화』, 문학동네, 2003.

셸던 솔로몬·제프 그린버그·톰 피진스키, 이은경 역, 『슬픈 불멸주의자』, 흐름출판, 2016.

소의평, 박경남·정광훈·신정수·김수현·우수치 역, 『중국문학 속 상인세계』, 소명출판, 2017.

송명희 편저, 『페미니즘 비평』, 한국문화사, 2012.

스티븐 케이브, 박세연 역, 『불멸에 관하여』, 엘도라도, 2015.

신이와 이단의 문화사 팀, 『귀신·요괴·이물의 비교문화론』, 소명출판, 2014.

신정근·曾繁仁 외, 『儒道 사상과 생태미학』, 문사철, 2020.

안종수, 『동양의 자연관』, 한국학술정보, 2006.

안진태, 『신화학강의』, 열린책들, 2002.

알폰스 데킨, 오진탁 역, 『죽음을 어떻게 맞이할 것인가』, 궁리, 2002.

앤거스 그레이엄, 나성 역, 『도의 논쟁자들』, 새물결, 2015.

에코포럼편, 『생태적 상호의존성과 인간의 욕망』, 동국대 출판부, 2006.

엘리자베스 그로스, 임옥희·채세진 역, 『몸 페미니즘을 향해-무한히 변화하는 몸』, 꿈꾼문고, 2019.

옌리에산·주지엔구오, 홍승직 역, 『이탁오평전』, 돌베개, 2005.

오카모토 다카시 편, 강진아 역, 『중국경제사』, 경북대 출판부, 2016.

오태석, 『노장선역, 동아시아 근원사유』, 역락, 2017.

요셉 슈미트, 이종진 역, 『철학적 신학』, 서강대 출판부, 2006.

우민웅, 권호·김덕삼 역, 『도교문화개설』, 불이문화, 2003.

위안커, 김선자·이유진·홍윤희 역, 『중국신화사』上下, 웅진지식하우스, 2010.

이시찬, 『중국영화 이야기』, 신아사, 2021.

웬디 브라운, 이승철 역, 『관용-다문화제국의 새로운 통치전략』, 갈무리, 2002.

윌리엄 모리스, 박홍규 역, 『에코토피아 뉴스』, 필맥, 2008.

이마미치 도모노부, 정명환 역, 『에코에티카-기술사회의 새로운 윤리학』, 기파랑, 2013.

이매뉴얼 월러스틴, 유희석 역, 『지식의 불확실성』, 창비, 2007.

이상일, 『변신이야기』, 밀알, 1994.

이소영 외편역, 『자연, 여성, 환경-에코페미니즘의 이론과 실제』, 한신문화사, 2000.

이용주, 『도, 상상하는 힘』, 이학사, 2003.

_____, 『생명과 불사』, 이학사, 2020.

이지운·신하윤, 『글 쓰는 여자는 잊히지 않는다』, 이화여대출판문화원, 2019.

이진경, 『노마디즘』1·2, 휴머니스트, 2002.

_____, 『불온한 것들의 존재론』, 휴머니스트, 2011.

이찬웅, 『들뢰즈, 괴물의 사유』, 이학사, 2020.

이-푸 투안, 이옥진 역, 『토포필리아』, 에코리브르, 2011.

_____, 윤영호·김미선 역, 『공간과 장소』, 사이, 2021.

이현복 외, 『인간 본성에 관한 철학 이야기』, 아카넷, 2007.

이화인문과학원 편, 『문화 혼종과 탈경계 주체』, 북코리아, 2013.

이희원·이명호·윤조원 외, 『페미니즘 차이와 사이』, 문학동네, 2011.

임정택, 『상상, 한계를 거부하는 발칙한 도전』, 21세기북스, 2011.

잔스창, 안동준·런샤오리 뒤침, 『도교문화 15강』, 알마, 2012.

張國風, 이등연·정영호 편역, 『중국 고전소설사의 이해』, 전남대 출판부, 2013.

張立文 주편, 김교빈 외역, 『기의 철학』, 예문서원, 2012(재판).

장회익, 『온생명에 대하여』, 통나무, 2003.

全寅初, 『唐代小說硏究』, 연세대 대학출판문화원, 2000.

_____, 『중국소설연구논집』, 학고방, 2009.

전호근 역, 『장자 강의』, 동녘, 2015.

정선경, 『중국소설과 지식의 조우』, 소명출판, 2017.

정우진, 『양생-고대 중국의 양생론과 마음』, 소나무, 2020.

정재서, 『不死의 神話와 思想』, 民音社, 1994.

_____, 『동양적인 것의 슬픔』, 살림, 1997.

_____, 『도교와 문학 그리고 상상력』, 푸른숲, 2000.

_____, 『동양학의 길을 걷다』, 푸른사상, 2021.

제임스 레이첼즈, 김성한 역, 『동물에서 유래된 인간-다윈주의의 도덕적 함의』, 나남, 2009.

조르주 귀스도르프, 김점석 역, 『신화와 형이상학』, 문학동네, 2003.

조르주 바타이유, 『에로티즘의 역사』, 민음사, 1998.

조제프 R. 데자르댕, 김명식·김완구 역, 『환경윤리』, 연암서가, 2017.

조현준, 『주디스 버틀러, 젠더 트러블』, 커뮤니케이션북스, 2016.

酒井忠夫 외, 崔俊植 역, 『道敎란 무엇인가』, 民族史, 1990.

진   정, 김효민 역, 『중국과거문화사』, 동아시아, 2003.

최기숙, 『환상』, 연세대 출판부, 2007.

최덕경, 『중국고대 산림보호와 환경생태사 연구』, 도서출판 신서원, 2009.

최병규, 『중국고전문학 속의 情과 欲』, 한국문화사, 2014.

최용철, 『사대기서와 중국문화』, 고려대학교출판문화원, 2019.

최진석, 『노자의 목소리로 듣는 도덕경』, 소나무, 2015.

최진아, 『환상, 욕망, 이데올로기』, 문학과 지성사, 2008.

최형섭, 『개인의식의 성장과 중국소설』, 서울대출판문화원, 2014.

캐럴 길리건, 이경미 역, 『침묵에서 말하기로』, 심심, 2020.

캐럴 제이 애덤스, 류현 역, 『육식의 성 정치』, 이매진, 2020.

캐서린 흄, 한창엽 역, 『환상과 미메시스』, 푸른나무, 2000.

케티 콘보이·나디아 메디나·사라 스텐베리 편, 고경하 외편역, 『여성의 몸, 어떻게 읽을 것
    인가? 성의 상품화 그리고 저항의 가능성』, 한울, 2006.

크리스티나 폰 브라운, 엄양선·윤명숙 역, 『논리, 거짓말, 리비도, 히스테리』, 여이연, 2003.

클라이브 해밀턴, 정서진 역, 『인류세』, 이상북스, 2020.

테리 이글턴, 이강선 역, 『문화란 무엇인가』, 문예출판사, 2021.

토도로프, 이기우 역, 『환상문학서설』, 한국문화사, 1996.

토마 피케티, 유영 역, 『불평등 경제』, 마로니에 북스, 2014.

폴 리쾨르, 김웅권 역, 『타자로서 자기 자신』, 동문선, 2006.

_____, 양명수 역, 『해석의 갈등』, 아카넷, 2001.

풍우, 김갑수 역, 『동양의 자연과 인간 이해』, 논형, 2008.

프랑수아즈 다스튀르, 나길래 역, 『죽음－유한성에 관하여』, 동문선, 2003.

피에르 부르디외, 김현경 역, 『언어와 상징권력』, 나남, 2020.

피터 싱어, 김성한 역, 『동물해방』, 연암서가, 2020.

_____, 황경식·김성동 역, 『실천윤리학』, 연암서가, 2018.

하워드 리먼, 김이숙 역, 『나는 왜 채식주의자가 되었는가』, 문예출판사, 2004.

한국도가도교학회 편, 『포박자연구』, 문사철, 2016.

한윤정 편역, 『생태문명 선언』, 다른백년, 2020.

헬레나 노르베리 호지, 양희승 역, 『오래된 미래』, 중앙books, 2019.

홍석표, 『한중 문학의 대화』, 이화여대출판문화원, 2021.

황봉구, 『생명의 정신과 예술 2－생명에 관하여』, 서정시학, 2016.

Charles Edward Hammond, *T'ang Stories in the T'ai-P'ing Kuang-Chi*, Columbia University, 1987.

Clarke, J. J, *The Tao of the West : Western Transformations of Taoist Thought*, London: Routledge, 2000.

Mark Elvin, *The Retreat of the Elephants An Environmental History of China*, Yale University Press, 2006.

N.J.Girardot·James Miller·Liu XiaoGan, *Daoism and Ecology : Ways within a Cosmic Landscape*, Harvard University Press, 2001.

_____, *Myth and Meaning in Early Daoism: The Theme of Chaos(hundun)*, 1st Three Pines Press edition, 2008.

柯　玲, 「論『聊齋志異』的自然主題」, 『聊齋志異研究』, 2003年 第4期.

郭皓政, 「一部诗意的'歷史'－論『聊齋志異』的文本性質與歷史品格」, 『蒲松齡研究』, 2006年 第1期.

冀運鲁, 「『聊齋志異』敘事藝術之淵源探究」, 上海大学博士學位論文, 2010年.

段莉芬,「從『太平廣記』「神仙類」·「女仙類」看唐人仙道傳奇中的成仙理論與條件」,『古典文學』14, 1997年.

駱冬青,「論『聊齋志異』的詩性敍事」,『明清小說研究』, 2007年 第4期.

梁　坤,「跨學科視野下的生態文學與生態思想－第六屆海峽兩岸生態文學研討會綜述」,『鄱陽湖學刊』, 2017年.

劉　帆,「〈捉妖記〉－魔幻電影的在地化和女性目光的承迎」,『北京電影學院學報』, 2015年 第3期.

劉衍青,「試論嬰寧的生態美感－用生態美學解讀嬰寧」,『寧夏社會科學』, 2004年 第1期.

_____,「蒲松齡的人文生態觀」,『陰山學刊』第21卷, 2008年 12月.

_____,「『聊齋志異』生態表達的價值和現實義意」,『寧夏社會科學』, 2009年 第3期.

劉天振,「從唐人傳奇到『聊齋志異』看文言小說敍述者的變異」,『蒲松齡研究』, 1999年 第3期.

潘　樺·李　艷,「中國魔幻電影繁榮背後的隱憂－兼論"魔幻"二字的名實關係」,『現代電媒』, 2015年 第10期.

房春草,「'君看十萬言, 實與良史俱'－從『聊齋志異』看蒲松齡的史才」,『蒲松齡研究』, 2008年 第2期.

石　麟,「仙姑·妖精·賢婦·辣妹－螺女在古代小說中的變身及其文化意蘊」,『明清小說研究』, 2016年 第3期.

席　威,「電影〈捉妖記〉對中國傳統藝術的承袭與創新」,『電媒』2016年 4月.

石昌渝,「唐前小說非小說論」,『中國古代小說研究』第一輯, 人民文學出版社, 2005年 6月.

聶寶玉,「電影〈美人魚〉的生態美學和愛情價值體現」,『影評』, 2016年 第18期.

孫　燾,「國產奇幻類電影開始促進人性反思－以〈捉妖記〉和〈美人魚〉爲例」,『人民論壇報』, 2016年 7月.

孫麗華,「死而復生作爲一種小說情節模式」,『中國古代小說研究』第一輯, 人民文學出版社, 2005年 6月.

孫海平·楊永洁,「淺析「嬰寧」的敍事技巧」,『蒲松齡研究』, 2005年 第2期.

沈傳河,「『聊齋志異』生態展現之闡釋」,『山東理工大學學報』第23卷, 2007年.

樂蘅軍,「中國原始變形試探」,『中國古典小說散論』, 大安出版社, 2004年.

楊穎蕊·江明,「讚賞與痛斥－國產奇幻電影海報評價兩極化現象探析」,『大衆文藝』, 2020年.

楊和英,「異化, 泯滅與復歸－〈美人魚〉的人性闡釋」,『影評』, 2016年 第12期.

_____,「從徵服, 報復走向和諧－〈美人魚〉的生態哲學解讀」,『電影評價』, 2016年 第6期.

溫阜敏·饒　堅,「中國生態文學概說」,『韶關學院學報』, 2004年.

王　丹·吳曉梅,「生態批評視域下的電影〈美人魚〉」,『傑作評論』2016年.

王先霈,「中國古代文學中的"綠色"觀念」,『文學評論』, 1999年 第6期.

王 穎,「古代小說生態批評的困境與突圍」,『瀋陽師範大學學報』, 2015年 第6期.

王晶紅·李漢擧,「黃山搜神記-『聊齋志異』的民俗文化土壤觀瞻」,『蒲松齡研究』, 2006年 第 1期.

王中江,「道與事物的自然-老子"道法自然"實義考論」,『哲學研究』, 2010年 第8期.

_____,「'和'的道理和價值」,『河南社會科學』, 2010年 第5期.

_____,「出土文献與先秦自然宇宙觀重審」,『中國社會科學』, 2013年 第5期.

姚曉怡,「人與自然圓融共舞-蒲松齡『聊齋志異』的生態觀念」,『柳州職業技術學院學報』, 2007 年 第3期.

李貴蒼·周曼青,「靈性與野性-中外變形故事折射出的自然觀與生態内涵」,『浙江師範大學學 報』, 2018年 第6期.

李成玉,「莊子生命意識初探」,『安康學院學報』第21卷, 2009年 8月.

李 瑩,「電影〈捉妖記〉系列與文化貼現」,『電影文學』 2019年 11月.

李會琴,「多模態視覺下電影〈美人魚〉的生態環保主題分析」,『海外英語』, 2020年 第5期.

張 傑,「〈美人魚〉中的環保危機與人性救贖」,『電影文學』, 2016年 第20期.

張慶民,「漢晉神女下降故事研究」,『中國古代小說研究』第一輯, 人民文學出版社, 2005年.

張德瑞·張 薇,「繼承與超越-『聊齋志異』與『搜神記』之比較」,『比較研究』. 2011年.

張燕菊,「共生景觀及其叙事表徵-華語奇幻電影中的人與"妖"」,『當代電影』, 2020年.

張 偉·潘 峰,「『聊齋志異』對唐傳奇的藝術提升管窺」,『東岳論叢』, 2007年 第3期.

張祖利,「『聊齋志異』的生態美學解讀」,『聊齋志異研究』, 2004年 第2期.

張欽娟·温 敏,「童話與現實交織-從生態女性主義的角度解讀電影〈美人魚〉」,『桂林師範學 院學報』第31卷, 2017年.

程芳萍, 「〈捉妖記〉-一場角色倒錯的女性主義"烏托邦"式狂歡」, 『黑龍江教育學院學報』, 2017年 2月.

程相占,「身體美學與審美理論知識的有效增長」,『中國圖書評論』No.5, 2017年.

_____,「生態美學的八種立場及其生態實在論整合」,『社會科學輯刊』, 2019年 第1期.

鄭 藝·王琳珂,「國産電影跨文化傳播的文化折扣研究-以電影〈捉妖記〉在韓國上映遇冷爲 例」,『新聞研究雜誌』第8卷, 2017年 第1期.

趙愛華,「真人動畫電影〈捉妖記〉多元主題研究」,『電影文學』, 2018年 第8期.

朱振武,「融俗入雅, 雅俗同炉-『聊齋志異』在小說美學上的創新」,『蒲松齡研究』, 2005年 第 2期.

曾繁仁,「當代生態文明視野中的生態美學觀」,『文學評論』, 2005年 第4期.

_____, 「我國自然生態美學的發展及其重要意義」, 『文學評論』, 2020年 第3期.

曾繁仁, 「『聊齋志異』的"美生"論自然寫作」, 『文史哲』, 2020年 第5期.

_____·程相占, 「中國生態美學的最新進展及其與生生美學的關係」, 『鄱陽湖學刊』, 2020年
　　　第5期.

何　鵬, 「〈捉妖記〉: 人與"妖"共筑的叙事奇觀－兼論中國奇幻電影的新發展」, 『東南通讯』,
　　　2015年 第12期.

胡景敏·孫俊華, 「『莊子』生命意識的神話哲學解讀」, 『湖南工程學院學報』, 2006年 6月.

胡楚夢, 「生態批評視域下的〈捉妖記〉」, 『廣播電視雜誌』, 2017年 12月.

侯海榮, 「生態之思－〈美人魚〉的影像策略」, 『電影文學』, 2016年 第15期.

고민희, 「『聊齊志異』를 통해 살펴본 淸初 齊문학의 面貌」, 『아시아문화』 23집, 2006.

권혁래, 「동아시아 옛이야기 연구방법론으로써의 환경문학－생태문학론 검토」, 『동아시아
　　　고대학』 제57집, 2020.

김경아, 「『聊齋志異』 속 변신에 내재된 욕망 연구－'인간이 동물로 변신하는 이야기'를 중심
　　　으로」, 『중국학』 제54집, 2016.

김경희, 「『莊子』의 變과 化의 철학」, 이화여대 박사논문, 2005.

김기주, 「동양 자연관의 비교철학적 연구－동서자연관의 거시적 비교와 전망」, 『동양철학』
　　　제16집, 2002.

김미영, 「신경숙의 장편소설에 나타난 에코페미니즘적 글쓰기와 다문화시대의 윤리」, 『동아
　　　시아문화연구』 제53집, 2013.

김석환, 「포스트코로나 시대의 문명 전환－인간중심적 문명에서 탈인간중심적 문명으로」
　　　『포스트휴먼연구자 네크워크 2021 봄 학술대회 발표자료집』, 2021.6.

김선자, 「중국변형신화전설연구」, 연세대 박사논문, 2000.

김지선, 「동아시아 서사에서의 변신모티프 연구」, 『중국어문논총』 제25집, 2003.

김혜경, 「『聊齋志異』에 나타난 蒲松齡의 作家意識－人鬼交婚小說을 中心으로」, 『중국학보』
　　　제35집, 1995.

당윤희, 「중국의 환경문제에 대한 대응과 소설『인류세』」, 『중국문학』 제102집, 2020.

문현선, 「장르로서의 奇幻, 용어의 개념정립을 위한 시론」, 『중국소설논총』 제42집, 2014.

박부순, 「에코페미니즘으로 읽어본 〈옥자〉」, 『영어영문학』 제25권, 2020.

박지현, 「중국의 영혼 관념과 혼백설」, 『中國文學』 제38집, 2002.

박혜영, 「생태위기와 에코페미니즘의 '젠더'론」, 『인문논총』 제76권, 2019.

裵柄均, 「『聊齊志異』의 題材 淵源」, 『中國語文學』 제14집, 1988.

송연옥, 「'동화적 환상'으로 본 周星馳의 〈美人魚〉」, 『중국문화연구』 제37집, 2017.

송정화, 「재주술화된 세계-영화 〈捉妖記〉의 신화적 특징에 대한 분석」, 『중국소설논총』 제49집, 2016.

_____, 「영화 〈美人魚〉-경전의 해체와 낯설게 하기」, 『중국어문논총』 제82집, 2017.

송진영, 「『聊齋志異』의 상고소설연구-여성상인고사를 중심으로」, 『중국어문학지』 제76집, 2021.

신진숙, 「동아시아 에코페미니즘적 글쓰기와 '자연-정동'의 구조화 과정」, 『문학과 환경』, 제17권, 2018.

왕   남, 「電影〈捉妖記〉對『山海經』的借鑒以及對中國傳統文化元素的展現」, 『중국어문학논집』 제101집, 2016.

우희종, 「포스트휴먼과 포스트코로나의 만남」, 『포스트휴먼연구자 네크워크 2021 봄 학술대회 발표자료집』, 2021.6.

이상화, 「여성과 환경에 대한 여성주의 지식생산에 있어서 에코페미니즘의 적용가능성」, 『한국여성철학』 제16권, 2011.

이연희, 「육조 지괴 속에 보이는 변신의 상상력-개 설화를 중심으로」, 『민족문학사연구』 31집, 2006.

이찬규·이은지, 「한강의 작품 속에 나타난 에코페미니즘 연구」, 『인문과학』 제46집, 2010.

전홍석, 「현대 문명의 생태학적 전환-생태와 문명의 교차점: 보편주의와 다원주의의 회통」, 『동서철학연구』 제61호, 2011.

진은경·안상원, 「영화 〈옥자〉에 나타난 생태학과 에코페미니즘」, 『문학과 환경』 제17권 3호, 2018.

최병규, 「『聊齊志異』 속의 「嬰寧」을 통해서 본 蒲松齡이 추구하는 理想的 여성」, 『인문연구』 57집, 2009.

최원오, 「'원형 개념'으로서의 변신에 내재되어 있는 세 가지 특성과 변신 미학」, 『구비문학연구』 제29집, 2009.

허원기, 「인간-동물 관계담의 생태적 양상과 의미」, 『동화와 번역』 23, 2012.

Russell Kirkland, "A World in Balance: Holistic Synthesis in the *T'ai-P'ing kuang-chi*", *Journal of Sung-Yuan Studies*, 1993.

山田利明, 「太平廣記神仙類卷第配列の一考察」, 『東方宗教』 第43號, 1972.

초출일람

제1장 『장자』의 글쓰기와 생명의식
「『莊子』의 글쓰기와 생태적 상상력」, 『中國文化研究』 第40輯, 2018.5.

제2장 신선설화의 글쓰기와 자연에 대한 메타독법
「신선설화를 읽는 방법-'自然'에 대한 메타 독법을 중심으로」, 『中國語文學論集』 第104號, 2017.6.

제3장 『열선전』·『신선전』의 수련자와 자연의 생명력
「신선설화에서 자연의 생명력 체현과 자기 초월의 의지-『列仙傳』·『神仙傳』의 수련자를 중심으로」, 『中國語文學誌』 第78輯, 2022.3.

제4장 『태평광기』의 환상성과 죽음 너머의 존재들
「中國 古代敍事에서의 幻想性 探索-生死學的 관점에서」, 『中國語文學論集』 第51號, 2008.8.

제5장 『요재지이』의 주제의식과 '사이'의 서술미학
「『聊齋志異』의 주제의식과 '사이'의 글쓰기」, 『中國學報』 第93輯, 2020.8.

제6장 『요재지이』의 생태적 세계관과 인간과 이물의 '관계'
「『聊齋志異』의 생태적 세계관과 의미 고찰-人과 物의 관계성을 중심으로」, 『東아시아 古代學』 第55輯, 2019.9.

제7장 『요재지이』 변신 서사의 양상과 특징
「『聊齋志異』 변신 서사의 양상과 특징 고찰-人과 物의 관계성을 중심으로」, 『中國語文學論集』 第121號, 2020.4.

제8장 『수신기』·『요재지이』 변신 서사와 '관계'의 생태학
「『聊齋志異』 변신 서사에 내재된 '관계'의 생태학-『搜神記』와 비교를 중심으로」, 『中國語文學論集』 第127號, 2021.4.

제9장 영화 〈착요기〉: 문화적 다양성과 생명 존중의 서사
「에코페미니즘의 관점에서 읽는 영화 〈捉妖記〉의 의미 분석」, 『中國語文學誌』 第75輯, 2021.6.

제10장 영화 〈미인어〉: 여성과 자연, 지구환경의 서사
「영화 〈美人魚〉에서 본 에코페미니즘 적용의 쟁점들」, 『中國語文學論集』 第130號, 2021.10.